上海市剧本创作中心
海上风·艺术文丛

杜邨戏剧作品自选集

DUCUN
XIJU
ZUOPIN
ZIXUANJI

夏　萍　**主编**
杜　邨　**著**

上海人民出版社

目　录

无场次话剧

爱情泡泡

人物

　　陈思、黄莺、陆地、燕子都是故事里的主角。影子、鬼子、爷、睡在陆地边上的女人是四股力量，他们可以不出场，但他们的"力"应该无时不在。

场景

　　该剧有四个场景。

　　陈思的空间里布满了方便面盒和烟盒。

　　陆地的栖身之处则堆满了女人的大腿和胸部。后来，这些东西被卷筒纸所淹没。

　　黄莺的宾馆包房里一定有一面大镜子和后来布置的那堵"美女墙"。

　　电话是三个空间里的必备道具。

　　至于华都酒楼，它是全局中唯一的一个开放性场景，始终被一种特别的音乐笼罩着。

　　当代。

　　大城市。

　　夜，很深。

　　伴着做爱时的呻吟，一个孤单的人影在黑暗中蠕动，愈渐激烈……

　　突然，他猛地跳了起来！

　　他喘着粗气，好像还在梦里。

　　他神情萎靡地打开录音电话。

　　磁带里是影子的声音：陈思，你一定会奇怪吧？有几个电话，你

"喂"了一声后,对方就挂了,那都是我打的。这次你不在,面对录音电话机械的声音,我终于有了勇气,也机械地说一些话,这些话我想了很长时间……我决定结束我们这段恋情……自从决定这么做以后,几乎每天晚上都在梦中跟你谈它,看尽了你所有可能有的表情,真正体会到了有情人难成眷属、有得终将有失的滋味……可能你会觉得我走出了国门,便淡泊了情意。不管你怎么想,我都不想解释了。这儿的一切,根本不是我们想象的那样简单,那样美妙,只有亲身体验了,才能有体会……

电话铃骤然响起。一下,两下。

他关了录音,有气无力地拿起话筒,有气无力地问:"喂?"

陆地:"喂喂喂,干嘛呢?"他的声音充满诱惑。

"没干嘛……"他还是有气无力。

"又在想影子?"

"嗯。"他吐了一口气,把这个字也顺便吐了出来。

"唉,这事都过去两年多了,你怎么还在想?人家现在正开着空调跟洋鬼子做爱呢,说不定已经有一个混血婴儿诞生了。女人就是水,而且他妈的是活水,你像块礁石一样,死不愣登地老是待在原地,这叫活受罪!快走出这个套子吧,爱情是谈得完的,日子是过不完的,想想现实,嗯。"

"现实?现实是什么?现实是遗精!现实是手淫!现实是压抑!"

"见鬼,你真该找个女人了。要不要我帮你物色一个?"

"我要那玩意儿干什么?"

"能调节你的情绪。"

"也能破坏我的情绪。"

陆地的边上传出一个女人的呢喃。

"又是哪个被害者在你边上？"

"怎么是被害者？应该是被爱者。"

"对你来说，被爱者变成被害者还不就几天的事儿。"

"这叫曾经爱过，又何必真正拥有！被你这么一说，他妈一点诗意都没了。"

"我是记者，要什么诗意？你看报上的'本报讯'，哪篇有诗意？"

"说起'本报讯'，我还正有正事找你呢。"

"你这个歪人哪儿来的正事？"

"明天，五点半，在华都酒楼有一个记者招待会。"

"我不去。"

"哎，是个女的。"

"女的就更不去了。"

"别人可是指了名道了姓地要请你这个大记者到场啊！"

"是谁？"

"你不认识，是一个办了一个乐队的女歌星。"

"凭什么她叫我去我就得去？"

"那就算我请你去，总得给个面子吧？"

"又是你的性伴侣？"

"什么呀！她是个女强人，一个富婆，我根本沾不上边儿，我只是她的形象设计。"

"有你沾不上边的人？"

"哈，来点兴趣了吧？哎，我突然觉得你们俩是两个极端哩！你老是回忆，她总是展望，一个是'昨日像那东流水'，一个是'明天会更好'。嘿嘿，真有趣，所以你还真该去一去。其实也由不着你了，我在她面前已打了包票,你去也得去,不去也得去,要不然咱同学一场、朋友一场就收场了。"

"哟哟哟,实足一个重色轻友的坏子。"

陆地的边上又传出女人的呢喃。

"快去吧,在催魂呢。赠你一首诗,二八佳人体似酥,腰间仗剑斩愚夫,虽然不见人头落,暗里教君骨髓枯。"

"谁说的?"

"兰陵笑笑生。"他挂了电话。

"这小子,尽看淫书。"他也挂了电话。

华都酒楼后花园。

音乐萦绕……

陈思坐在石凳上吸烟。

陆地引着黄莺找寻而来。

陆地:"大记者到底是大记者,别人都在里边狼吞虎咽,他却在后花园里吞云吐雾。来,介绍一下,这位是黄莺小姐,黄莺爵士乐团的董事长;这位就是《时报》的'名记',陈思先生。"

"你那么年轻就当上董事长了? 你懂事吗?"陈思打量着她。

黄莺笑了:"不太懂,请大记者多多关照。"

"是谁让你这么穿的?"陈思又问。

陆地:"是我。"

"俗!"

"俗不好吗? 现在不就兴俗灭雅么,我这叫适应潮流。"陆地辩解。

黄莺双手递上:"这是我的名片,请多关照。"

"谢谢。我没名……骗。"

黄莺好奇地问:"记者不用名片?"

"我有记者证。"

"能告诉我你的电话吗?"

"你记得住?"

"只要用心记就行。"

"别用心,用心要吃苦的。58195726。"

"谢谢。"

陆地:"我这位朋友是活在昨天的,你别在意,他说话虽冲,人却特好。"

"我看得出。"

"你会看相?"陈思问。

"嗯。你刚失恋。"

"哦?"

"你现在很恨女人。"

"哦?"

"不过你有一颗爱心。"

"哦?"

"你这人感情很专一。"

"哦?"

"你这人意志很脆弱。"

"哦?"

他在等她说下去,她却不说了。

"还有呢?"他问。

"今天就说这些,要听,下回分解。"

他苦笑,说:"小姐,我告诉你,我不是刚失恋,我已经失恋两年多了。"

"是吗?"黄莺愣了。

陈思问陆地:"你都对她说了什么?"

"我什么都没说,你自己脸上写着呢。"

"哦?"

两人走了。

他突然冲她背影喊:"明天我会发稿的。"

陈思的家。

屋里的电话在响。

他奔进屋,电话却不响了。

他呆坐了片刻,又打开录音电话。

还是影子的声音:陈思,跟你在一起的一千多天,那些日子,那种感情,我这辈子有幸体验,已经没什么好后悔,好遗憾的了……将来,当你拥着你的太太、孩子,享受着靠你的才华、灵气带来的幸福时,我会默默地为你高兴,尽管我没有这个福分……我也不想说抱歉或者请原谅,因为当初我付出的也是一片很真很浓的情,而此时此刻,我同样极度极度地难过……在我边上,放着你的 12 封信,整整 90 页,我知道它们在那儿,可我已什么都看不见……

电话铃又响了。

他关了录音,拿起话筒:"喂?"

黄莺:"是我。"

"你好。"

"建议你改用录音电话,因为你经常不在家。"

"我是录音电话。但两年前我已把它当成放音机了，直到今天。找我有事吗？"

"今天再给你算一命，你是个失信的人！"

"哦？"

"我找了贵报所有的角落，都没有找到您的大作。"

"什么？那篇稿子没发？"

"你不知道？你难道不看报？"

"我从不看自己任职的那份报纸。肯定是哪个编辑塞了一篇自己捞了好处的东西进去。"

"对你的失信你说该怎么办？"

"……"

"请我吃饭？"

"我干嘛要请你？"

"那我请你？"

"更不敢当。"

"再给你算一命，你这人，既小气又冷漠。"

"哦？"他笑了，"……好吧，算是失信的补偿，我请你。老时间老地方见。"他挂了电话。

"哎——"她糊涂了，"哪有什么老时间老地方？"

突然，她会心地笑了。

又传来那种熟悉的音乐。

华都酒楼。音乐萦绕。

他在等她。

她来了，说："你这家伙真鬼，请人吃饭还要考人智商。"

"是谁让你这么穿的?"他问。

"我自己。"

"我建议你可以辞退你的形象设计了。"

"你想敲你朋友的饭碗?"

"你以为他到你这儿来是为了赚钱? 他有的是钱,他是想赚人。"

"是吗? 他是吃人的老虎?"

"不,他是被人吃的老虎。"

"哈哈,我们好像在说动物世界。"

"这世界动物凶猛,尤其是雌性动物。"

"你……那么记恨女人?"

"不,恰恰相反,我是因为太爱女人了。"

黄莺点头:"对,爱之深恨之切。"

"你多大?"

"你就这么问小姐的芳龄? 你呢? 你多大了?"

"64 年生的,属龙。"

"你也是 64 年生的? 咱俩同年。"

"是吗? 这么说你居然比我大,看来你的形象设计确实有些本事。你看上去最多 25 岁。"

"为什么我一定比你大?"

"64 年生的都比我大。"

"你是最后一天?"

"对,12 月 31 日。"

"你也是 12 月 31 日!"黄莺几乎叫了起来。

"什么叫也是……"陈思话一出口,立刻反应过来了。

两人几乎是同时问:"你是几点?"

他答:"凌晨 2 点。"

她答:"晚上 8 点。"她笑了,"你还是比我大。"

"没想到我们居然是同年同月同日生。"

"应该再接半句,说不定同年同月同日死。"

"不不不,我是一个早已死了的人,一个行尸走肉。"

她哀怨地叹道:"其实我也早死了。"她又突然一笑,说:"不过现在好像又有活过来的迹象。"

"是吗?"他居然苦笑。然后举起杯:"干杯!"

黄莺:"为死而复生!"

他紧接:"为死灰复燃!"

两人碰杯。斟酒。

"为死里逃生!"

"为死马当活马医!"

两人又碰杯。又斟酒。

"能让我这个死皮赖脸、死有余辜的人插上一杠子吗?"陆地来了,他边上还有一位姑娘。

他在他们中间坐下,让姑娘坐在他的对面。

陆地:"两位一个是生活在过去,一个是生活在未来。我呢,脚踏实地立足今天,坐在中间做个桥梁,不过桥上好像已经通车了……"

"对不起,我去一下洗手间。"黄莺站了起来。

姑娘跟着站起:"我也去。"

陆地:"她好像泪汪汪的? 你也不太对劲,这是怎么啦?"

陈思:"没什么。你哪儿又去搞了一个?"

"我公司里的。"

"好家伙,你现在馋得连窝边草都吃了?"

"什么呀！我这次，连我自己都没想到，是十足地学雷锋。"

"学雷锋?"

"她呀，山东沂蒙山区人，知道不？是老区人民，不远万里，单枪匹马来大城市'空麻袋背米'，不幸借住的房子被收回，昨晚就在办公室里过的夜，今晚又只能在办公室里过夜，你说我该咋办？我毕竟是个有善心的资本家嘛，只能学一次雷锋，把她带回家去。"

"然后再把她带上床。"

"我这是在学雷锋，不是在学西门庆，你他妈真当我精力过剩?"

两人回来了。

"还没介绍呢，黄莺，陈思，燕子。"陆地信手指了三下，就算完成了任务。"咱们干一杯吧，就算认识了。"

他举起杯，问陈思："为什么?"

陈思："为昨天!"

黄莺："为明天!"

燕子："为今天!"

陆地："都叫你们说了，我说什么?"他愣了一下，突然说："为每天!"

四人干杯。黄莺的BP机响了。

"对不起，我得马上回宾馆。"她很抱歉地说。

陆地："这么心急火燎，一定得回去吗?"

"嗯。"黄莺已站了起来。

"什么人啊?!"陆地有点不高兴。

"一个债主。"

陆地惊了："你那么有钱还会欠债?"

"有钱的人哪个不欠债?"她向他们匆匆忙忙打了个招呼，匆匆忙忙地走了。

"你不送送?"陆地问一直坐着没动的陈思。

陈思面无表情:"咱们喝吧。"

陆地的房间。

陆地和姑娘进屋。

陆地:"就是这么一个狭小的空间,不过还是容得下你的。你晕高吗?"

"不晕。"

"太好了,那你就睡里间吧,那是一个阳台。你怕不怕?"

"不怕。"

"我提醒你,这屋子是在 21 层。"

"我睡了你的床,你睡那儿?"

"我睡你边上。"

"陆经理……"

"别怕,我不会乘人之危落井下石的。我睡哪儿?我睡沙发!"

"经理,要不还是我睡沙发?"

"行了行了。这屋子里的一切,你都可以乱摸乱动。电话也可以随便打。"

"谢谢,我打了电话会告诉你的。"

"我还在乎那几个钱?你平时几点睡?"

"1 点钟左右。"

"那么晚?你干什么?"

"读书。"

"读书?"

"我在读自学考试。旅游管理专业已经毕业了,现在在读对外贸易。"

"你读那么多书干什么?为你老板挣钱?"

"我想到一定时候自己开公司。先开一个旅游公司,让家乡人到大城市来开开眼界;然后再开一个贸易公司,把我们那边的土特产介绍到大城市来。"

"计划还挺宏伟,看来还是一个集团公司。你哪儿来开公司的钱呢?就靠你一月 600 元的薪水?帮帮忙吧,我折腾到现在,才开了一个皮包公司。"

"说不定哪天奇迹出现,我会赚到一大笔钱。"

陆地笑她异想天开:"等着吧。好了,我不影响你读书,也不影响你做梦。把电话拿出来,我打电话。"

他拨电话。

陈思屋里的电话响了。

陈思接起电话:"喂?"

"别那么快接电话,是我。不是你想听的甜甜的、软软的声音。"

"现在有空给我打电话,看来你真是在学雷锋。"

"嗨,我还骗你吗?我这也叫过把瘾。哎,我问你,是不是爱上黄莺了?"

"哦?"

"我看得出她也爱上你了。"

"是吗?"

"别跟我装糊涂,真人面前说瞎话是没用的。你们呢,是心有灵犀一点通;而我呢,是旁观者清,何况这方面又是我的特长。所以吧,我说感情这玩意很怪,就像抽烟。某人号称他只抽三五牌,可要是三五烟不生产了,我敢保证,他准会改抽其他烟,就这样。好了,兄弟,我为你高兴,你终于改抽其他烟了。其实,就是应验了那句老话,随着时间的推移,怎么怎么怎么的……真的,想想,感情还不就那么一回事,套牢,就割肉。总有一天会翻盘吧,抓住一个飙升的机会,再买进,再抛出,赚了。"

"你怎么不说有人做输了会跳楼?"

"那是傻瓜!"

"我告诉你,要是感情真像股票倒好了。可一个是钱,身外之物,一个是情,体内之魂,前者是割肉,后者是剖心挖肺!懂吗?这两者不能从表象上去比较,还算是读过比较文学的人呢。"

"我承认你说得有理,你这是太认真地看问题。世界上的事情,怕的就是'认真'二字,尤其感情这事,千万不能太认真,你想想,现在爱情故事你听到多少?爱情事故倒时有发生!你一认真,就进入事故多发地段,吃苦、受累还算好,说不准还得赔上一条命。"

"可是酒后开车能控制住自己吗?是人呐!"陈思挂了电话。

"唉,这小子,命苦。"他也挂了电话,问:"燕子,睡了没有?"

"还没呢。"

"你说一个人认真好还是不认真好?"

"当然是认真好,不认真的人根本就没成熟。"

"什么?"

"不认真的人不是个成熟的人!"

"这是谁说的?马克思、巴尔扎克还是培根、歌德?"

"是我说的。"

"你算老几?快睡吧。"他关了灯。

陈思的家。

电话响了。他接："喂?"

黄莺在宾馆包房里给他打电话。

黄莺:"跟谁煲电话粥啊,我打了半天打不进来?"

"在跟陆地讨论爱情。"

"讨论出什么结果?"

"我是死人,他也是死人,最后只能进死胡同。"

"你是认死理,他是死不讲理,是吗?"

"其实也可以反过来说,他是认死理,我是死不讲理,搞不清楚,咱们换个话题。"

"你什么时候有空儿?"

"我天天有空儿。"

"请你帮我布置一堵墙行吗?"

"一堵墙?什么墙?情人墙?柏林墙?还是城墙?"

"美女墙。"

"什么意思?"

"我想在一堵墙上都贴上我的相片。"

"哦?那么说你是美女喽?顺便问一下,有泳装的吗?"他调侃。

"有,还有全裸的呢。"她没好气地说。

"我不来。这事交给你的形象设计吧,这是他的特长。"

"不,我要你来。"

"你要我来就得来?"

"我请你来。"

"你请我来我就得来?"

"你会拒绝往一个乞丐摊开的双手上扔钱吗?"

"你不是乞丐。"

"我连乞丐都不如。"她挂了电话。

他想了想,拨电话。

通了。她接:"喂?"

"我明天来吧。"他挂了电话。

"这世界上到底谁是乞丐?"他想不通。

黄莺的宾馆包房。

他已经帮她布置好了那堵墙,他贴完最后一张,问:"还有吗?"

"没了。"

"全裸的呢?"

"你要看?"

"我想带给陆地看看,他喜欢。"

"你混蛋!"

"我以为你会让我滚蛋呢。"

"我让你坐下喝酒。"

他坐下,端起酒杯。

他说:"为死不瞑目!"

她说:"为死得其所!"两人干杯。

"能跟我谈谈你的爱情吗?"黄莺问。

"当然可以,这是我最愿意谈的事。"

她听着。

他说:"那是在很久很久以前……久以前……"

黄莺也开玩笑:"Long Long ago ... ago ..."

他说:"有一个阿拉伯的故事……"

她说："伯的故事……伯的故事……"

两人笑。

他停顿了。

"不想说了?"她问。

"不,是没法从头到尾说了。有些东西已经模糊了。"

"那就想到什么就说什么吧。"

他点点头,说:"记得我们是在游乐场的单轨滑车上认识的。在那滑车转了720度以后,你知道出现了什么情况?"

"她面无人色,你勇敢地扶起她……"

"那是英雄救美人的框架。我们没有那么豪放,当时只有尴尬。我告诉你吧,当时她的手紧紧抓在了我要命的地方,你知道是哪儿吗?"

她点点头,脸很快红了。

"她是把我的命根子当作她的救命稻草了。于是,她不知说什么好,我也不知说什么好。就这样,什么也没说,我们就这么认识了……她第一次跟我上床是骗他爸爸说去宜兴了,上床时居然说裤子不脱。"他笑了,"我们就这么相爱了,是先有性,再有爱。"

他顿了顿,又继续说,"中秋节,我骑着车去她家,她下来了,我从兜里掏出一个月饼,两人你一口我一口地吃,越吃越小,总要有谁吃最后一口吧?我们没有。因为谁都想把最后一口让给对方,最后索性接个吻,让它融化在我们嘴里。我说,月饼在我们嘴里团圆了。她说,月饼在我们心里团圆了。"

她听得入了神。

"我们想过我们的家,房间里的一切布置都画在一张粉红色的信笺上。为了这个家,她搬来了幼时的玩具,她最珍爱的书籍,那些藏书的扉页上，她都贴了一个小贴物，她喜欢这样。"

"你们好了多长时间？"

"4 年。"

"4 年？那就像结过婚一样了。"

"对。我们还想过给孩子起个名。我开玩笑地说，生个男的叫根生，生个女的叫莲花。她说那多难听。我说取个赖名好养活。后来我们还真有了个孩子。当然，'人流'了。当时，我把她送进医院的妇产科，一个人在大街上闲逛，看到一个花店，我进去买了三枝玫瑰，两大一小。她出来了，我迎上去，把三枝玫瑰献给她，她看到那枝小玫瑰，泪珠子啪嗒啪嗒往下掉……"

她拿出手帕拭泪。

"后来她说要出国，她走的那天，没让我去送，怕机场离别，那一刻，我也怕。但我还是去了。我只是想在远处看看她。不知道航班，我就一大早赶到机场，候着。可不知怎么回事，肚子痛得厉害，去了一趟厕所，回来正看见她在检票。一个背影，我们的缘分，就是一个背影……"

她站起来，走到他身边，用手抱住他的头。

半晌，他突然猛地推开她。

"别碰我！我有两年多没碰女人了，我要爆发的！"他叫，狠狠地叫。

"那就爆发吧……"她幽幽地说。

他死瞪着她。突然，他向门口逃去。

她抢在他前面堵住门。

他气急败坏："走开！"

"不走开！"

"快走开！"

"不走开！不走开！不走开！不走开！不走开！"她泪流满面。

突然，电话铃响了。

她浑身通电般一颤。她走过去接电话。

他僵立当场。

她拿起电话，"喂"了一声后，淌着泪的脸上，立即绽开了如花的笑容。

她嘻嘻哈哈地和对方通话。用的是日语。

（大意是："你好，亲爱的，太高兴了你来电话……当然想，你在干吗……又喝酒……哈哈，我听见他们在唱歌……好啊，你快去唱，快去唱……乐队很好……对，天天排练……你什么时候来……噢，太好了，……想你……再见，亲爱的。"）

她滔滔不绝。

他吃惊地看着她。

她挂了电话。

她从镜子里发现，他已经走了，门洞开着。

她久久地看着自己变形的脸，突然扑向床上，大哭起来。

陆地的家。

陈思来了。

陆地一把将他拽进门："来来来，我正闷得慌呢。"

"燕子呢？"

"读书去了。"

陈思坐下，问："有酒吗？"

"我这里酒和女人是常备不缺的，现在女人没了，酒还有。"他取酒。

"还在学雷锋?"

"没办法,已经是在被迫学雷锋了。"

"你可以找个房子让她住出去,我帮你找。"

"她那点钱,交房租都不够,还要吃吗?还要穿吗?算了,我就好事做到底吧。"

"原来是你自己不想让她住出去,这我就管不着了。看来……"

陆地打断他:"别说下去了。看来什么?看来我爱上她了,是吗?见鬼。我爱上她?一个山妹子?"

陈思:"据说山里人有股仙气?"

陆地:"什么仙气?那是土气。再说我也不敢招惹沂蒙山,那是打游击的地方,我既不想当土匪,也不想找什么军民鱼水情的感觉。我倒想问问你,你怎么了?黄莺好吗?"

"我刚从她那儿来。"

"上床了?"

他摇摇头,问:"她怎么那么有钱?"

"做生意赚的。"

"做什么生意?"

"不知道。"

"你没问过她?"

"我问她这干吗?她做什么生意关我屁事。我要问,也只会问她是不是处女。"

"你问了吗?"

"没问,因为我根本就不管是不是。哎,我说,你又认真了?"

"她日语怎么说得那么好?"

"她是外国语学院日语系毕业的。哎,我提醒你,你可千万别认真啊!玩儿玩儿就行了,来什么爱情啊!'爱情价更高',是吗?可现在什么都涨价,只有爱情在跌价!"

陈思在想。

"你在想什么?"陆地问。

"什么都没想。"他答。

燕子回来了。满脸沮丧。

陆地问:"出了什么事?"

燕子:"倒霉透了!"

陈思:"我能帮你吗?"

燕子摇摇头。

"那我先走了。"陈思站起,走了。

陆地又问:"什么倒霉事?"

燕子从包里拿出一盒名片和一只呼机,说:"我问别人借了传呼机,又向一家贸易公司借了抬头和账号,还印了名片,联系好了几个要卷筒纸的人,他们让我尽快运来。我马上联系了山东的关系,运了几百箱卷筒纸来,可现在货要到了,那几个货主却找不到了,当初说好会呼我的,可这呼机从没响过。你说这大城市的人怎么这么不讲信用……"

"会不会是寻呼机坏了?"

"没坏,我自己呼着试过。你瞧,那上面都是我呼的。"

陆地看着她,忍不住笑了。

"你还笑我!"

"你以为做生意那么好做?你以为你这就是在做贸易……"他越说越觉得好笑。

"我是碰到了坏人、骗子,要不然,我就这么运来运去,一个月能赚几千块钱差价呢!"

"你真是纯。你知不知道,生意场上纯就是蠢!那里没有好人,那里是好人变坏、坏人更坏!你身上只有泥土气,没有铜臭,是做不成生意的。"

寻呼机突然响了。

燕子一阵惊喜,赶紧回电:"喂,对,我是燕子……什么? 你们货已经到了……"

"快回掉! 快说你不要了,不要了!"他拼命提醒她。

"好的,我马上来提货。"她挂了电话,"我可不愿做那种背信弃义的小人!"

陆地叹息,问:"这批货多少钱?"

"一万五左右。"

"现在买家没了,你哪儿来那么多钱?"

燕子哭了:"我、我能问你借吗? 你放心,我这辈子做牛做马也会还你的!"

陆地笑了:"这样吧,这批货我买下了。反正卷筒纸我也需要,这点卷筒纸够我用一辈子的了……"他笑出声来。

燕子满怀感激,愣在那儿不知说什么好。

"一会儿,这个空间里,将堆满卷筒纸了!"他索性大笑起来,笑弯了腰,还在笑。

陈思的家。

他接起电话:"喂?"

黄莺:"是我。"

他顿了顿:"你好。"

"生我气了?"

"没有。"

"对不起。"

"干嘛要对不起?"

"那个电话是债主打来的。我……"

"其实说对不起的应该是我。"

"为什么?"

"我不辞而别了。"

"你干嘛一定要走呢?"

"我有些害怕。"

沉默。

她说:"对不起。"

他说:"对不起。"

"中秋快要到了,不知道我们是否有缘合吃一个月饼?"

他沉默。

"你在想什么?"黄莺问。

"我在想,我是不是还会有月饼……"

"……"她也沉默。

"你在想什么?"陈思问。

"我在想,月饼在心里团圆的滋味。"

"……"他又沉默。

"陈思,中秋节,我们在华都酒楼聚一聚吧,叫上陆地他们。"

"好的。"

他们挂了电话。

陈思自问:"月亮圆了,人能圆吗?"

华都酒楼。

燕子:"你们大城市的月亮怎么雾蒙蒙的?"

陈思:"今天天不好。"

燕子:"小时候就听我娘说,中秋节的月亮特别圆,特别大。谁要是在这天不能回家团圆,就使劲看月亮,这样,家里的亲人就能在月亮里面看见他。哎,你们不看看月亮?"

黄莺:"燕子,想家了吧?"

陆地从外面进来。

"你去那儿了?"陈思问。

"我去后花园撒了泡尿,想看看水中的月亮,结果只看到了自己的脸。"

燕子:"你这人嘴真脏。"

"这叫不干不净,一生没病。来,再干一杯。"陆地举起杯子,问:"为什么?"

陈思:"随便。"

陆地:"好,那就……为随便——干杯!"

四人碰杯。

陈思叹息:"唉,何以解忧,唯有杜康!"

"不对,何以解忧,唯有女人!"陆地反驳他。

燕子白了他一眼:"何以解忧,唯有钱。"

黄莺幽幽地道:"何以解忧,唯有死。"

众人不响了。

半晌。陆地问燕子:"你有多少钱?"

燕子："就是没钱才忧么。"

陆地："告诉你,等你有钱了,就更忧。黄莺那么有钱,你听她说了没有?何以解忧?唯有死!还想钱不?"

"想。"燕子毫不犹豫。

陆地服了："还真有不怕死的。"

陈思："有钱也会想到死,没钱也会想到死,怕饿死、穷死,我呢,钱不多也不少,所以就醉生梦死。"

陆地："行了行了,今天是中秋,咱们大谈——断气干什么?好死不如赖活,这是至理名言。黄莺,这都是你不好,是你先起了个头,罚你说个段子。"

"我没段子,还是罚我听一个吧。"

"好吧,那就罚你听一个。给你们猜个谜,一对老年人谈恋爱,打一部国产影片和一部国外影片。"

三人想。

燕子："是不是《金色池塘》?"

陆地笑了："真纯。告诉你们吧,《老井》和《老枪》。"

黄莺笑得直不起腰来。

燕子："无聊。"

"哟,你也听懂了?怎么样?再来一个要不要?"陆地逗她。

陈思："行了,你可别玷污了处女的心灵。"

"处女?处女算什么?处女还不就是一张百元大钞么,开始时,总不舍得花,等换开了,还不很快就完了。"陆地说。

燕子实在听不下去了,她掏出一张百元大钞,往陆地面前一放,说："给你一个处女,我先走了。"她向外喊："服务员,给这桌来杯浓茶!"

陆地愣愣地看着她。

陈思:"你不去追?"

"我干嘛要去追? 她能去哪儿? 她只能回我那屋子待着,然后一个人看着月亮,跟她家乡人民对话。"

黄莺:"其实,我们都该跟家乡人民对对话。哎,你们说,咱们去燕子的家乡看看,怎么样? 去个几天。"

陈思:"几天有什么用?"

黄莺突然来了激情:"那就几年,几十年,一辈子。"

陈思似乎也有了激情:"这个想法倒是不错。让山里的燕子飞到大城市来,见见激光霓虹灯,再让城里的黄莺飞到大山里呼吸呼吸新鲜空气,这叫请进来走出去,综合治理。"

三人沉默。黄莺的 BP 机突然响了。

她看了一下,顿时大惊失色。

陈思:"怎么啦?"

"对不起,我、我得马上回宾馆……"

陆地:"又是债主?"

黄莺点点头,她有些心神不定。

陆地:"中秋节上门讨债,这也太不讲理了,你到底欠了他多少钱? 咱哥们凑凑帮你还了!"

黄莺感激地朝他笑笑:"已经还得差不多了,谢谢你,陆地。"她看了一语不发的陈思一眼,又说,"我这人,天生欠债的命。"她取出一百元钱,放在桌上。

"这是干什么?"陆地问。

"不是说好 AA 制的吗?"

陆地:"哎呀,算了算了。"

"说好了的事,怎么能算呢。"她又看了陈思一眼,往外走去。

突然,她转过身:"陈思,你来一下。"

陈思走过去。

她突然在他脸颊上亲了一下,飞跑而去。

陈思木然地待在原地。

陆地:"你不去追?"

他又待了一会儿,回到桌前,坐下,"追不上了。"他说。

陆地叹息。

两人沉默。

陆地突然倒酒:"弄了半天,只剩咱两人团圆了。"

沉默。只有音乐。

突然,陆地大叫:"老板,买单!"

黄莺的宾馆包房。

陈思来了。他手里有一个小塑料袋,里面是一个月饼。

他看见门上挂着"请勿打扰"的牌子,犹豫了一下,终于摁了门铃。

黄莺打开门。她穿着睡袍。见是他,一下子僵在那儿。

几乎在看见黄莺的同时,他透过那面镜子,也看见了床上侧卧着的男人。

所有的,在这一瞬间都明白了!

他居然很冷静,居然还能说出一句急中生智的话:"这……这儿是张先生的房间吗?"

黄莺的嘴唇在抖,她用牙咬着。

"对不起,好像……我可能记错了房间!"说完,他猛地拉上门,把她关在了里边。

他拼命地逃走了。一路上，他竭力想说服自己，一次比一次更强烈地喊道："是的，是我记错了房间号了……记错房间号了！我记错房间号了！"

突然，他停了下来，用颤抖的双手将月饼塞进嘴里，狠命地咀嚼……

陆地的家。

陆地回到家中。

"果然在看月亮。有没有看到吴刚捧出桂花酒？"

"你喝多了。"

"多？这点儿酒算什么？教你一句顺口溜：一斤酒不叫酒，二斤酒漱漱口，三斤酒我扶墙走，四斤酒墙走我不走……"他又找杯子喝酒，"我说，咱俩也团圆团圆吧？"

"好啊，你来陪我看月亮。"

"看月亮？在这封了窗的阳台上，肩并肩地抬着头，眼巴巴地看着吴刚和嫦娥亲热，而我们呢？我们玩木头人游戏，说什么'我们都是木头人，不许讲话不许动'……"

燕子笑了。

陆地突然扯开嗓门："春宵一刻值千金！乡巴佬。"

"你这人，总没正经。"

"正经？大城市里正儿八经吃不开，歪门邪道倒是如鱼得水！大城市里需要的是生意经！大城市里只有合同、契约，买进卖出，多头空头，交割分红！大城市里是少数人发财、多数人发呆！大城市里是商场如战场，情场如坟场或者游戏场！大城市里的女人冬天穿裙子、夏天穿裤子！大城市里的女人会把男人钱包里的钱全部塞进她们的胸罩,这样会使她们的胸部更丰满、更挺拔！大城市里的女人哪个不是梅开几度?!"

"你已经喝得没人样了。"她过来拿走他的酒杯。

"可我是人!"他吼道。"想洁身自好,那就回你的山沟沟和石头为伴吧。我不是石头,我是有七情六欲的人!"

"你没有情,只有欲!"

"我只有欲? 可你连欲都没有! 告诉你,这间房子是三天两头换女主人的,可你来了以后,这里只有房东和房客了! 学雷锋? 我不学了! 我没那么高尚,我他妈陆地就是陆地,不是雷锋。我成不了伟人,只能是小人。你知道吗? 一间屋子,这是一间屋子! 你在里边上厕所的声音我都听得一清二楚。我好几次偷偷爬起来,趴在门缝里看,可这门他妈质量太好了,一丝光都不透,我恨不得一脚踹开门!"

燕子突然说话了:"如果你想得到拥抱,最好先有个决定。如果你已准备离去,请不要留下一吻……"

"说话怎么像唱歌?"

"这是一首歌,叫《相信你也在感觉》。"

"我已经没感觉了! 小姐,生活不是歌,没那么浪漫动听。有的只是付出,只是给予,只是他妈的献身!"

"你简直像头野兽!"

"对,你终于悟到了,大城市里只有野兽和驯兽员。这里没有自留地,麦田守望者不需要! 你要么被同化,要么被吞噬,要么被驱逐。想出污泥而不染,那是童话,童话里有白雪公主,可现在是什么时代? 白雪公主只能在电影里出现!"他一步步向她逼去。

"等等!"她喘了口气,往里间走去。

陆地:"祷告吧! 准备牺牲就义吧,高呼口号吧……"

"你来吧!"燕子在里间轻轻地说。

陆地猛然起身,像走向刑场一般。

突然,他震惊了!

在他眼前是一尊无瑕的胴体,而这尊胴体却坐落在窗台上。

他一时不知所措,看着她不好,不看着她又不行。

"天哪,我碰上圣女贞德了! 下来,快下来……这可是在 21 层啊! 不是开玩笑的……快把衣服穿上,要着凉的……燕子,我不那样想了,咱们以后相敬如宾,好吗……下来吧,我求你了……"

电话骤然响起。

他吓了一跳:"见鬼,这个时候来什么电话呀!"他不敢去接。"你快下来,燕子,我求你了,你快下来啊……"

"你接电话吧。"窗台上的燕子很冷静。

"你先下来呀!"

"我不会跳下去的。"

"你不下来你让我怎么去接啊! 你在这儿悬着,我能放得下心吗? 要是你跳了下去,我会内疚一辈子的!"陆地急得快哭了。

"我下来了。"她果然从窗台上下来了,"你去接电话吧。"

陆地松了口气:"谢谢你,燕子,我向你保证,再也不那样了,你把我的酒吓醒了,把我的魂吓没了,把我的色胆彻底吓破了……对不起,对不起,我又说这种混账话了。"他起身接起电话,"我说你什么时候不能来电话啊? ……啊! ……什么? ……好,请稍等。……燕子,你的电话,好像是你爹打来的……"

"我爹?"燕子奔过来接过电话,"喂?"

电话那头传来憨厚的声音:"是燕子吧?"

"爷,是俺! 俺是燕子! 你好吗? 娘好吗? 虎子好吗?"听到熟悉的乡音,燕子的家乡话脱口而出。

"好,好。他们都好! 你好吧? 大城市里过得好吧?"

"好! 俺在大城市里能挣不少钱呢。"

"有三百块吧?"

"有六百呢,爷。"

"多少?"

"六百块,爷。"

"听清了,闺女,你是咱山里最有出息的!"

"爷,前几天俺才给家汇了二百块钱,给俺娘扯了一块料子,给虎子买了一个足球。"

"不用不用,你留着用,燕子,咱山里要了钱也没啥用。你身体好吗?"

"好! 爷,今天是中秋节,咱山里的月亮还是那么好看吗? 我听娘的话,使劲看月亮了,娘在月亮里看见俺了吗?"

"看见了,燕子。啥时候你回来真的叫爷看看?"

"燕子会回去的,燕子是想衣锦还乡!"

"说啥? 只要回来就好。"

"爷,山里有啥新鲜事?"

"俺跟乡长正扯着呢,想办个采石场,靠山吃山哩。"

"太好了,爷,早该办了,这是你的老本行呢!"

"爷老了。燕子,都好吧?"

"好! 爷,快放下吧,不少钱呐! 你保重! 叫娘也保重!"

"你也保重!"

"嗯,保重! 爷。"她挂了电话。

陈思的家。

电话响了。

他接："喂?"

"是我。"是黄莺。

陈思顿了顿,居然很轻松地说:"他走了?"

"……"

"上半场结束了,现在开始下半场了,快开始吧,演员同志,观众等着呢。"

"那天你为什么不进来?"

"什么? 我那么聪明的举动你居然不表扬几句?"

"你是个懦夫!"

"错了吧? 应该说我是个君子,不是吗? 君子才有成人之美之心。"

"你应该进来,应该把一切都说清楚。"

"这样的话,我不是害人吗?"

"不,你是救人!"

"听不懂。"

"我掉进了深渊。想依靠你把我拉上来,可你却像做贼似的逃跑了。"

"难道我那时除了逃跑还有第二条路好走?! 难道你让我待在门口就这么看着你,并且透过你背后的镜子看着床上的他?! 难道我应该进来打上一架不成?!"

"你知道他是谁吗?"

"债主。"

"对,债主,不过我没有欠他一分钱,我都还给了他,用我的青春,用我的肉体,用我的泪,用我的梦,用我的一切痛苦和遗憾。他是一个鬼子,一个北海道的渔民,后来开了一家水产公司,发了大财。他给我钱,成立了乐团;他给我钱,买了乐器;他给我钱,包下了宾馆这间房;他给我钱,让我吃喝拉撒! 他用他的钱给了我所有想要的一切,同时,也带给了我所有不想要的一切!"她深深地喘息。

他也深深地喘息。

"我带着这颗矛盾的心,期盼着总有一天,会彻底摆脱他,期盼着自己能够出人头地。我在大城市里拼搏,在生活中演戏,一面是人一面是鬼。我终于感到累了,不是人累,是心累。老天爷安排,让我遇到了你,爱上了你,我就想着脱离那个深渊,可我没有勇气。我还是只能忍受着每一笔开支都用发票找他报销,这是规定,我还是只能忍受着不管我在哪里,只要一接到他的呼机,就必须立即回宾馆等电话,这也是规定。你来了,我真想一把把你拽进来,对他说,这是我的爱人,我用整颗心、整个生命在爱着你。让他滚,让他带走他应该带走的一切! 可我还是没有勇气! 而你,却在我最需要你的时候,逃跑了……"

电话里只有双方的呼吸声。

许久,他说:"对不起。"

她在那边啜泣。

他说:"哭吧,哭个痛快。"

"多少年来,我以为我不会哭了。自从遇到了你,那次在华都的饭桌上,我发现我眼里又有泪了,我又会哭了……"

她大声地哭。

他听着。

她哽咽着:"我挂了……"

"嗯。"

她继续哭。

他继续听。

"挂了……"

"嗯。"

"你怎么还不挂电话呀!"

"我爱你!我要来!我现在就要来!"她在那边大叫。

"来吧,越快越好,我等着你!"

黄莺将电话往床上一扔,发疯般冲出门去……

他挂了电话。呆坐片刻后,猛地跳了起来,取出酒,将两个杯子斟满。

他静静地等……

黄莺撞门而入。

两人疯狂地拥抱。

黄莺气喘吁吁地:"我想发疯,我想疯狂一下。"

"我准备了酒。"陈思松开她。

"太好了。"黄莺端起杯子:"为死心塌地!"

"为死去活来!"

两人狠狠地干杯,差点将杯子碰破。

她一饮而尽,将杯子一扔,又投入他的怀抱。

他紧紧地抱住她。

他们狂热地吻,狂热地做爱,都想把对方融化,都想把自己融化。

……

疯狂之后的宁静。

两人精疲力竭。

黄莺:"陈思,说说话……"

"说什么呢?"

"随便,说些我爱听的。"

沉默。

陈思突然说:"你说这人为什么都喜欢吃海鲜? 到底是河里的鱼好吃还是海里的鱼好吃?"

"你什么意思?"

"没什么意思啊。"

沉默。

突然,黄莺的寻呼机响了。

两人触电般松开。

他们一动不动。

"回吧,快回吧,还剩1分钟了! 你的进口乐器会像废铜烂铁一样被回收的。快回吧,魔鬼缠身了,那是渔夫的网、渔夫的诱饵,我已经闻到了鱼腥气……"他跪着说,像日本人那样。

"啪! 啪!! 啪!!!"黄莺开始抽他耳光,一下,又一下,越来越激烈!

"谢谢!"他说完,转身走了。

她待在原地,没动。

突然,她开始喝酒,一杯,又一杯。

她咬牙切齿,歇斯底里地吼叫:"鬼子,你见鬼去吧! 我要做人了! 你听见没有?! 你他妈见鬼去吧! 我要做人了! 我要做人了! 债主? 到底谁是债主?! 你听着,鬼子,我是你的债主! 你欠了我做人的命! 我不玩了,我玩够了,我玩累了,你们都滚吧,我要做人了!"

她大口大口地喘息,大口大口地喝酒。

燕子来了。

"原来你们大城市里的人真是无所顾忌的……"燕子说。

"你怎么来了?"

"我是来和陈思哥道别的,正好黄姐也在,我决定回家乡去了。"

"对,从哪儿来,回哪儿去。"黄莺像是对燕子说,又像对自己说。

"陈思哥不在吗?"

"他又逃跑了。"

燕子听不懂她的话:"黄姐,你别喝酒了,你会醉的。"

"醉了倒好了,可我没醉,我连醉都醉不了,太不公平了!平时喝这点儿酒,早醉了,今天怎么一点儿感觉也没有?这不是个好兆头,是吗?燕子。"

"黄姐,你已经醉了。"

黄莺问她:"燕子,你很希望有钱,是吗?"

燕子点点头。

"钱不是个好东西。没钱想变成有钱,难啊!有钱了想变成没钱,更难!"

燕子似懂非懂地点点头。

"你想有爱情吗?"

"黄姐……"

"别怕难为情,说实话!"

"想。"

"别想。爱情也不是好东西。没爱情的时候想有爱情,难!有了爱情想没爱情,更难!"

"黄姐,你对爱情理解得真深,可我傻乎乎的什么都不懂。"

"不懂好啊,懂了就有你受的了。燕子,我真羡慕你,还可以回去。我呢？我回哪儿？"

"黄姐，你说我该不该回去？"

"该，太该了。"

"为什么？"

"水土不服。懂吗？一方水土养育一方人，别到最后像我这样患了绝症，想走也走不了了。"

"绝症？黄姐，你怎么了？"

"没什么。燕子，我想洗个澡，帮忙放点水好吗？"

"好的，黄姐，我去帮你放。"她走进盥洗间。

一会儿，水声哗哗……

黄莺又倒酒，然后拿起杯子，当空一举："来，为死无葬身之地，干！"她一饮而尽。

"水放好了，黄姐。"燕子出来了，"哟，黄姐，你怎么又在喝酒了。"

"好，不喝了，这是最后一杯。"她将杯子扔在地上，往盥洗间走去。

"行吗？黄姐，要不要我帮你？"

"没事，水里泡泡就清醒了。"她关上盥洗间的门。

陆地的家。

陈思来了。他见门开着，便走了进去。

他叫："陆地！燕子！"

房间里居然空无一人。

陆地回来了。他满脸焦急、沮丧。他听见屋里有声音，赶紧奔进来："燕……是你？"

"我有足够的时间翻箱倒柜，你怎么门都不关好？"

"燕子在你那儿？"

"没有啊。"

"哎呀,现在不是逗趣的时候,到底在不在啊?!"

"是不在啊,我也没心情跟你逗趣。"

"那她会去哪儿呢?"他自语。

"怎么啦?"陈思问。

"她失踪了。"

"失踪了?"

"东西都在,就是人不见了……"

"你是不是想对她……"

"没有的事,我还敢那样?"

陈思笑了:"你放心,大城市里治安情况良好,不会有什么事的。"

"可她自己要弄点事出来是很容易的!真是折腾我。"他问,"你找我有事?"

他苦笑,摇头:"现在没事了。本来我想请教请教你怎么样能不认真,现在看来你也认真了。"

"我认真个屁!"

陈思的家。

"黄姐,你行吗?"燕子见一点声音都没有,又大声地问,"黄姐,你行吗?"

她走过去,敲盥洗间的门:"黄姐。黄姐。"

她突然感觉不对,拼命撞门。

"黄姐!黄姐!"她一边撞门一边叫。

门终于被撞开了,她大叫一声冲了进去:"黄姐!黄姐!!黄姐……"

她失魂落魄地奔出来,赶紧拨电话。

陆地的家。

陆地终于坐不住了。他站起:"我再去找找!"

陈思也站起来,"我们分头去找吧。"

电话响了。

陆地一把抓起话筒:"是燕子吗?"

"快,快来陈哥家,黄姐死了……"

"什么?!"陆地大惊失色,他看了陈思一眼,"你是说……"

"对,黄姐自杀了,快来呀……"

"燕子出事了?"陈思紧张地问。

"不,不是燕子……"陆地不知怎么说好。

"那出了什么事?"陈思追问。

"……你跟我来!"他扔了电话,狂奔出去。陈思紧跟着他。

陈思的家。

"到底出了什么事? 怎么到我家……"他突然醒悟过来,"是黄莺吗?"他吼道。

陆地停住脚步。

陈思猛冲了进去。

"黄姐死了……"燕子满脸泪痕。

"人呢?"陈思如五雷轰顶。

燕子指指盥洗间。

陈思冲了进去。

盥洗间里传来陈思悲怆的、绝望的呼喊:"黄莺! 黄莺,黄莺……

你为什么要这样……为什么要这样……我真混,真混啊……你为什
么要这样呢……"他反反复复地说着,像痴了一样。

陆地和燕子没有去打扰他,静静地听着。

里面突然寂静无声。

少顷。

陆地猛醒。他大叫一声:"陈思!"他欲往里冲。

陈思却出来了。

"你放心,我不会死,我没勇气死,我没她那么勇敢,我配不上她,
我不值得她爱……我甚至都不配跟她是同年同月同日生的。我是贪
生之辈,我是个懦夫,是个逃兵,我不敢跟她同年同月同日死,我只能
留在这个世上活受罪……她在墙上写了五个字:我要做人了! 为什
么? 为什么她只有做了鬼才能做人? 不公平……太不公平了……死
了的人就没烦恼,没痛苦,是吗? 这样也好,她是去享福了,她是该
享享福了……"

他倒酒,说:"为死而后已!"他一饮而尽。

几天以后。陈思的家。

他呆坐着。

电话铃骤然响起。他接。

"是我。"是陆地。

"哦。"

"你好吗?"

"还行。"

"那就好。告诉你,燕子走了。"

"……去哪儿了?"

"回沂蒙山了。"

"她还是走了?"

"还是走了。这小家伙,也学了影子的办法,给我留了一盒磁带,把叶倩文的歌擦掉了,要不要听听?她还跟你说再见了呢。"

"好。"

陆地打开录音机。

燕子的声音:陆地哥,你是天下最好最好的人,你给我的恩情,我一辈子也忘不了……

陆地插道,"听见吗?还真有点'军民鱼水情'的感觉。"

燕子的声音:"陆地哥,那一万多块钱我一定会还给你的,但只能分期付款,请你原谅。陆地哥,还记得中秋节晚上的事吗?其实,我那时坐在窗台上,浑身发抖,我怕死,我看见下面的行人了,他们很小,我要活,所以,那天你要是真过来了,我不会往下跳的,我只会跳进你的怀里……"

陆地又插了一句:"她也不想想,人命关天的事,我敢吗?"

燕子的声音在继续:陆地哥,告诉你个秘密。有一天我晚回家,你已经睡了,我偷偷地亲了你一下……我也是女人,我只是山里人,有农民意识,所以不像大城市的人那么开放,那么随意。陆地哥,你这人真的很好,你是属于那种满嘴说混话心地却特正的人,我很喜欢你,有空到我们沂蒙山来,'打游击',这是大城市里无法享受到的乐趣……代我向陈思哥道个别,欢迎你们一块儿来,我会端出沂蒙山的地瓜干、地瓜叶、荞麦窝头、黍黍面做成的红米黏粥来招待你们。这些东西,你们可能听都没有听说过吧?可是黄姐不能来了,黄姐也是好人,以后每年在她走的那天,我都会爬到山顶,向大城市的方向鞠躬!好了,陆地哥,等着我的信吧,我现在要去采石场搬石头了,你做梦都想不到,我能搬得动多重的石头,以后告诉你!

录音机里传来了叶倩文的歌,陆地关了。

陈思长长地叹息。

陆地:"兄弟,我们隔着话筒干一杯?"

"好!"

两人取杯,倒酒。

陆地:"喂?"

陈思:"好了。"

陆地:"为人去楼空!"

陈思:"为……人来人往!"

两人异口同声:"干!"

远处飘来《婚礼进行曲》……

陈思问:"你听见什么吗?"

"《婚礼进行曲》。"

"你说,这世界上最值钱的是什么?"

"爱情。"

"最不值钱的是什么?"

"也是爱情。"

"没有价的又是什么?"

"他妈的,还是爱情!"

他们挂了电话。浮想联翩。

一朗朗童声掩盖了《婚礼进行曲》:"桃花红了,千朵万朵,小猴不爬树,怕碰落了花朵;小熊不摇树,怕碰伤了花朵;桃花笑了,大家爱我,我要快快结果……"

剧终。

无场次话剧

中国航班

谨以此剧献给那些敢于挑战一切，并且战胜一切的人们。

时空

空中的驾驶舱和客舱。地面的指挥中心。明天的母与子与昔日的当事者在同一架航班上。天上与地下相通，过去与未来相连，这是一个超时空的舞台。

CH898 航班机组人员和乘客一览表

方明祥　男。42岁。机长。

王保根　男。38岁。副驾驶。右座。

陈永康　男。32岁。机械师。

金秀敏　女。29岁。乘务长。

秦　嘉　女。19岁。乘务员。绰号"小歌星"。

柳　青　女。30岁。乘务员。空嫂。

张丽萍　女。30岁。乘客。方明祥前妻。

"花花公子"　男。25岁左右。乘客。

下岗女工　女。30多岁。乘客。

反贪局人员　男。35岁。乘客。

证　人　男。59岁。乘客。

退休的美国飞行员　男。60岁。乘客。

胆小的女孩　女。23岁左右。乘客。

香港的中年人　男。45岁。乘客。

台湾老太　女。73岁。乘客。

"送死的"男人　男。40多岁。乘客。

空中乘务员若干。乘客若干。

地面人员

秦松林　男。50岁左右。机场总调度室总指挥。秦嘉的父亲。

赵向东　女。35岁上下。空中管制中心协调与联络。

另一时空(几年以后)

母与子。

环境提示

舞台上,最好能铺上蓝灰色的条纹地毯。

驾驶舱和客舱可以抽象体现。

一个超大荧光屏幕(或投影)是舞台上的必备装置,因为文本里的部分叙述是通过它来实现的。当飞机上升、下降、试着陆、迫降时飞机外形的三维动感画面(电脑制作)以及迫降成功后地面人员与机上人员紧紧相拥、泪流满面的情境……甚至可以在舞台上安置一个摄像探头,在需要的时候,对人物设置局部特写画面。

序

远东大道上,车流如梭。

年轻的母亲一边驾着车，一边和 5 岁的儿子在对话。汽车里，放着欢快的音乐。

母与子的对话——

"妈妈，我们这是在哪儿？"

"远东大道上。"

"我怎么看不到尽头？"

"路的尽头就是我们的目的地。"

"飞机场吗？"

"对，我们就在那儿上飞机。"

"妈妈，飞机有你这车快吗？"

"当然，飞机是在天上移动的。"

"那到联合国要多长时间？"

"打个盹就到了。"

"那么快？这下可糟了，我这个漂流瓶里的故事还没想好呢……"

川流不息的汽车声、此起彼伏的喇叭声给母子俩的对话画上了句号。

注：该序也可作幕外处理。

正　篇

机场的广播一遍中文一遍英文地不断重复着："乘坐 CH898 航班的旅客，请在 5 号登机口办理登机手续……"

超大屏幕上，滚动显示着航班信息。

驾驶舱里,机长、副驾驶、机械师正做着起飞前的准备工作。

旅客开始三三两两登机。

乘务员在不同位置向旅客问好。

反贪局人员和证人并肩走来。登机时,反贪局人员示意证人走在前面。证人笑笑,表示服从。

进入客舱后,反贪局人员发现他俩的座位正好隔了一个走道,他犹豫了一下,示意证人往里坐:"你进去一个。"

乘务员柳青过来了:"对不起,先生,请您按座位号入座。"

反贪局人员无奈地坐回到自己的座位上。

证人:"你怕我逃了? 这是在飞机上。"

反贪局人员:"我不是怕你逃,我是怕你死。"

胆小的女孩、退休的美国飞行员、下岗女工、香港的中年人先后进入客舱。

柳青搀扶着台湾老太进来,帮着她找到了她的座位。

"花花公子"来了。

舱门口的秦嘉送他一个微笑,给他一个问候。

"花花公子"一下来了劲儿:"你好,小姐。一会儿聊聊?"

秦嘉:"谢谢,先生。一会儿我有我的工作,您有事请按座位顶上的呼唤铃。"

"是吗? 那我一定会按个不停。""花花公子"边说边进入客舱。

张丽萍来了。

秦嘉见她是个孕妇,便想搀扶她进入客舱。

张丽萍:"没事。飞机上我比你熟,要不然我也不敢这种样子坐飞机。"

乘务长金秀敏正从驾驶舱出来:"啊呀,嫂子,怎么是你?"

张丽萍:"秀敏,是你当班啊,真是太巧了。"

金秀敏:"还有更巧的,你知道今天的机长是谁?"

张丽萍:"我知道,是他。"

金秀敏:"那他知道吗?"

张丽萍:"他不知道。我没跟他联系过。"

金秀敏:"要不要去告诉他?"

张丽萍摇摇头。

金秀敏望着她挺着的肚子问:"孩子几个月了?"

张丽萍:"7 个多月。"

金秀敏:"要命了,7 个多月你还敢坐飞机?"

张丽萍:"这有什么,别忘了,我出国前的飞行记录比你还多出100 多个小时呢。在飞机上,我胜似闲庭信步。"

金秀敏:"我的嫂子哎,你是闲庭信步,他却是翻江倒海。"她指着她的肚子。

张丽萍抚着肚子:"那就让他锻炼锻炼。哎,秀敏,你怎么还叫我嫂子?"

金秀敏笑笑:"一日为嫂,终身叫嫂。"

张丽萍:"你怎么样?个人问题解决了吗?"

金秀敏开玩笑地说:"你在美国帮我找一个吧。"

张丽萍逗她:"真的?那我立马就操作这事儿,包你满意。"

金秀敏:"行了,我满意有什么用?别人会满意我吗?整天在天上飞。"

张丽萍:"唉,干空姐这一行的,个人问题还真是难。要么近水楼台成立个双飞家庭,要么靠着姿色傍个大款,要么像我这样,仗着语言还可以,出国闯世界。"

"送死的"男人气喘如牛地奔来。

秦嘉看了他的登机牌，把他迎进舱内。然后对金秀敏说："乘客的餐食少一份，这是一个候补上来的乘客。"

金秀敏看了一下表："把我的餐食给他，正好准点起飞，关舱门。"

金秀敏起身拿起广播话筒，开始致欢迎词："女士们，先生们，晚上好！欢迎您乘坐 CH898 航班。很高兴与大家一起飞往祖国首都北京。我叫金秀敏，是本次航班的主任乘务长，我将带领机上的全体乘务员竭诚为您服务。"接着，她又用英文说了一遍。

超大屏幕上，显示着飞机起飞的过程。

飞机滑向跑道，然后加速，起飞。

夜幕中，飞机翼尖的红、绿、白三色航行灯一闪一闪，格外耀眼。

年轻的母亲和她 5 岁的儿子出现在另一时空，也许他们早就在那儿了。小男孩抱着一个金灿灿的漂流瓶。

男孩："妈妈，一会儿飞机飞到了天上，你能不能帮我把窗打开？"

母亲："小傻瓜，飞机上的窗是不能打开的。"

男孩："为什么？"

母亲："里边和外边的气压不一样，再说，飞机的飞行速度比声音的传播速度都快，要是窗一打开，你整个人就会被吹起来。"

男孩泄气地："噢，这下又糟了。我还带了一大把石子，想从窗口扔下去呢！"

飞机平稳地飞行着。

客舱里，秦嘉和柳青等空姐在为乘客发放着报纸和端送着饮料。

"花花公子"摁了呼唤铃。

秦嘉走过去："您好,先生,请问有什么事?"

"花花公子":"小姐,这儿有空座,一会儿忙完了,来这儿坐坐。"

秦嘉:"对不起,先生,我们乘务员有自己的位置。"

柳青给台湾老太戴好耳机:"我们有 9 个节目呢,您按这里就可以选台。"

胆小的女孩无事可做,她似乎想找人聊天,但她身边坐着的,却是一位外国人。

这位外国人就是美国退休飞行员。此刻,他正专心致志地看着中国民航的杂志。

证人在闭目养神。

走道那边,反贪局人员一直注意着他。

证人突然睁开眼睛,解开安全带,欲起身。

"你干什么?"反贪局人员问。

"上厕所。"

反贪局人员跟着他去厕所。

"送死的"男人在呼呼大睡。

下岗女工茫然地看着窗外。

香港的中年人也凑过身子往外看:"上海的夜景真是太漂亮啦!"

另一时空。

男孩:"妈妈,你第一次坐飞机是不是像我一样傻?"

母亲:"其实,你不是第一次坐飞机。"

男孩不解:"我以前坐过飞机?什么时候?我怎么一点儿都不知道?"

母亲:"那是 1998 年,从上海到北京的 CH898 航班。"

男孩:"1998年？那时候不是还没我吗?"

母亲:"你在妈妈的肚子里。"

男孩:"你和爸爸怎么从来就没跟我说过?"

母亲:"想等你长大了再告诉你。"

男孩:"妈妈,我已经是个大人了!"

停顿少顷。

母亲:"妈妈和爸爸曾经分开过……"

男孩:"是吗？为什么?"

母亲:"因为妈妈太意气用事了。好在妈妈还是回来了,要不然,妈妈会后悔一辈子的……"

男孩:"是爸爸让妈妈回来的?"

母亲:"是你让妈妈回来的。或者说,是爱让妈妈回来的……"

"嘟嘟嘟……"驾驶舱里,形态页上红色信号突然显现。

机械师陈永康立即报告:"起落架报警!"

机长方明祥问:"前面后面?"

副驾驶王保根也回头看,一边说:"前起落架红色报警灯显示。"

三个男人不由对了一下目光。

方明祥:"用另一套液压系统,再做一次收放动作。"

客舱里,金秀敏正拿着话筒进行航线广播:"女士们,先生们,我们的飞机马上就要降落在北京机场,请大家系好安全带,不要随意走动。"

旅客们纷纷系上安全带,一副准备结束旅途的样子。

驾驶舱里,三个男人互相配合,再次操作了一回。

红色报警灯再次显示。

陈永康:"会不会是信号系统出了问题?起落架已经放下去了?"

王保根:"不太可能。难道两套液压系统的信号都同时出了问题?"

方明祥想了一下,说:"先报告塔台再说。"

塔台与驾驶舱。

方明祥:"塔台,塔台,898报告。"

赵向东:"898请讲。"

方明祥:"898出现情况,前起落架放不下来。"

赵向东一愣,赶紧将话机递给秦松林:"秦总,898出现情况,前起落架放不下来。"

秦松林:"898,请重复。"

方明祥:"898前起落架放不下来,已经做检查动作。"

秦松林:"塔台明白。你们航向270度,继续做检查动作。有时也会有这种情况,起落架的收放是正常的,只是显示器出现了红色警示。"

方明祥:"898明白。"

秦松林:"你是老方吗?"

方明祥:"是我,秦总。"

秦松林:"是你我就放心多了。我记得在你的飞行档案中曾经正确处理过波音707起落架放不下来的故障,你们争取空中排故。"

方明祥:"明白。"

秦松林:"保持联系。"

方明祥："明白。"

结束通话后，方明祥吩咐道："永康，你去观察孔检查一下。"

塔台。

秦松林："你知道吗？这种时候，一个优秀的驾驶员意味着什么？"

赵向东默默点头。

陈永康走出驾驶舱，来到公务舱。

金秀敏过来探问究竟："我听见起落架响了二声……"

陈永康："前起落架放不下来。"他欲掀地毯。

金秀敏凑过去："我来帮你。"

陈永康赶紧说："不不不，我、我一个人就行了。"他脸涨得通红。

见他一副窘相，金秀敏笑着退到一边。

陈永康通过观察孔，查看起落架的状况。

金秀敏在边上逗他："你的衬衣领子好洗洗了。"

陈永康赶紧缩紧脖子。他观察了一会儿，站起身就往驾驶舱走。

金秀敏："哎，怎么样？"

陈永康："我会洗的。"

金秀敏："谁问你这个了，起落架到底怎么样？"

陈永康已逃进了驾驶舱。"确实没放下来。"他对两人说。

王保根望着机长说："那只有使用应急程序，进行人工放轮了。"

方明祥点点头，发出指令："执行不正常检查单，完成人工放起落架操作。"

王保根向右滑动自己的座椅，座椅下露出紧急放前起落架手柄，他将手轻轻地放在上面，拉动手柄。

红色报警灯依旧闪亮。

陈永康机械地报告："紧急系统放起落架失败。"

这一瞬间，三人都沉默了。

王保根有些紧张："怎么回事?!"

陈永康："看来……有点麻烦了。"他的声音都有些变了。

方明祥沉吟半晌，说："保根，你负责操纵飞机，我想静一下。"他踱至一边。

塔台。

赵向东已打印出了一叠材料："秦总，这是麦道11型飞机的技术参数和有关案例。"

秦松林："通知客运部，请他们迅速查一下898航班旅客的基本情况，越详尽越好。"

赵向东闻言立即行动。

客舱里，"送死的"男人叫嚷起来："怎么回事？这飞机降不下去了？看看，一直待在2000米上，在兜圈呢!"他指着屏幕说。

柳青赶紧走过来："先生，飞机马上会着陆的，请您系好安全带，耐心等待。"

"送死的"男人："小姐，我要是能耐心等待我就不上这架飞机了!瞧瞧，这是什么？就是下一航班的机票!我连一小时都等不及，得赶紧回去签合同，客商都在宾馆里等着呢!"

香港的中年人："这就叫'欲速则不达'啦，所以什么事都是不能心急的啦。"

"送死的"男人："你什么意思？"

香港的中年人："对不起对不起，我对你没有什么意思啦。"

此语一出，客舱里传来了笑声。

驾驶舱里，方明祥很镇静地说："我刚才想了一下，起落架故障，有三种办法解决。第一，检查起落架上的空地转换开关位置。第二，排除起落架出现液锁的可能。这两个步骤已经做了。现在，我们做侧滑。"

陈永康："你想在空中做大速度小半径盘旋，借离心力把起落架甩出来？"

金秀敏进来了："怎么样？"

陈永康一见她进来，赶紧转过身子缩紧脖子。

方明祥："你来得正好。情况比较麻烦，接下去要做些动作，看来，要让我们的乘客受点儿累了。"

王保根补充道："我们要做高速度小半径转弯，左转、右转都要做，一定要乘客系好安全带。"

金秀敏点点头，她感觉到了事态的严重，赶紧出去准备了。

方明祥故作轻松地说："好了，伙计们，这下要考试了。"

王保根笑着说："正好跟着机长学几手。"

陈永康："学本事可是要交学费的。"

王保根："这没的说，下了飞机我请客。"

方明祥吩咐左右："准备。"

三人立即着手准备。

金秀敏来到客舱。她拿起广播话筒,通知乘客:"女士们,先生们,我们抱歉地通知大家,由于机械故障,飞机将暂缓降落。机长将进行空中排故。在这个过程中,飞机的姿态会有所倾斜,请大家系好安全带,不要走动,谢谢大家配合。"接着,她又用英语说了一遍。

一时间,呼唤铃四起。

乘客们纷纷询问:"会有危险吗?"

空姐们一一作答:"不会的。您放心。"

"我要采取什么保护措施?"

"您只要系好安全带就行。"

超大屏幕上,显示着飞机的飞行轨迹和高度数字。

退休的美国飞行员目不转睛地注视着。

"送死的"男人沮丧万分。

"花花公子"伸手按呼唤铃。

"您好,您需要什么?"秦嘉走过去问他。

"花花公子":"真是天赐良机,我以为我得马上下飞机了。"

秦嘉:"是的,故障一排除,飞机很快就会降落。"

"花花公子"递上名片:"那我得赶紧推销我自己。"

"谢谢。"秦嘉接过名片,问:"您需要什么?"

"花花公子":"我希望你能陪我说说话。"

秦嘉:"对不起,乘务员是不能和乘客聊天的。"

"花花公子":"这我就搞不明白了,要是不能聊天,范志毅、马明宇他们怎么都会娶了空姐?"

秦嘉笑着说:"我也搞不明白。"

"送死的"男人在按呼唤铃。

秦嘉对"花花公子"说了声"对不起",赶紧走过去。

"送死的"男人："小姐，这飞机到底出了什么问题？"

秦嘉："不会有什么大问题的，您放心。"

"送死的"男人："但愿如此，要真是降不下去了，那我今天真叫送死来了。"

此语一出，几乎所有的人都瞪着他。

"花花公子"："先生，这种话最好别说，在飞机上特忌讳。"

胆小的女孩："就是，触霉头。你不想活我们还想活呢！"

"送死的"男人满脸委屈："你们不知道啊！上机前一小时我还在浦东呢，司机是死赶活赶地把我送到机场，我又是好说歹说地说通了机场值机，在最后5分钟才办理登机的，登上飞机还庆幸不已、暗自得意呢。"

台湾老太在按呼唤铃。

柳青过去问："请问您有什么需要？"

台湾老太："我口渴，能不能给我一杯矿泉水？"

柳青："请您稍等，我马上给您送来。"

退休的美国飞行员站起身往驾驶舱走。

柳青用英语问他："先生，您有什么事？"

退休的美国飞行员似乎想说什么，但最后只是简单地说了句"Sorry"，又退回了座位。

金秀敏抱了一厚叠毛毯走向张丽萍。

张丽萍："是不是前起落架放不下来？"

"嫂子，你不愧为老乘务。"金秀敏将毛毯都放在张丽萍的边上。

张丽萍："我听见前面响了两下。接下去怎么办？"

金秀敏："要做侧滑。"

张丽萍愣了一下："那么严重？"

金秀敏有些紧张地点点头："你只能自己照顾自己了。"

张丽萍笑着说："没事。这也算胎教，让他在娘肚子里就吃点儿苦，以后说不定能坚强些。"

金秀敏笑了一下，她的笑容也有些僵。

张丽萍察觉了她的情绪："秀敏，你是不是有些紧张？"

金秀敏微微一怔，继而点点头。

张丽萍："这种时候，别忘了，你是乘务长。"

金秀敏："昨晚正好看了一个空难片，那些灾难场面，现在还留在我脑子里。所以今天飞机上一出问题，我就产生联想了。"

张丽萍嗔怪地："这种片子你去看它干什么？"

金秀敏笑笑："一个人闷得慌。谢谢，你提醒的正是时候，我可能情绪上是有些流露了。"她起身往自己的位子走去。

金秀敏经过秦嘉、柳青身边时，柳青问："乘务长，出了什么故障？"

金秀敏："前起落架放不下来，无法着陆。"

秦嘉："那怎么办？"

金秀敏："机长正在设法空中排故。时间一长，乘客可能会出现烦躁情绪，甚至会造成混乱，你们一定要设法控制。还有，你们自己千万不能流露出紧张情绪。"

秦嘉和柳青点着头。她俩的位子隔着一个过道。

等乘务长离去后，秦嘉悄悄地问："柳青姐，前起落架放不下来，飞机能着陆吗？"

柳青："我也不太清楚，飞机的主轮和前轮好像相距要20多米，这么长的距离要是没有一个支点……"她摇摇头，不敢想下去了。

驾驶舱里,方明祥下令:"开始!"

王保根和陈永康立即配合行动。

超大荧光屏幕上,显现着飞机的外形。此刻,飞机正侧滑盘旋。

机身晃得厉害,旅客们东倒西歪。

刹那间,呼唤铃四起。有的旅客甚至站了起来。

柳青和秦嘉等空姐大叫:"请大家配合,系好安全带,不要站立,不要走动。"

飞机终于又平稳飞行了。

"花花公子":"我的天啊! 这是民航班机吗? 这简直就是战斗机!"

胆小的女孩几乎要哭出来了:"吓死人了,游乐场的假飞机我都不敢坐,没想到……谁能跟我说说话?"她想找人说话,但她边上坐的都是外国人。她站起来,在前排的一个中国人肩上拍了一下。

那人正是香港的中年人。

胆小的女孩:"先生,我可以请您坐到后排来吗? 我边上都是老外,没有人跟我说话。"

"行行行,你们换吧,我让开。"说话的不是香港的中年人,而是坐在她左侧的那位外国小伙子。

胆小的女孩不禁吐了吐舌头:"不好意思,我以为您听不懂我们说话呢。"

香港的中年人换了过来:"不好意思的是我啦,我的国语还没有他说得好啦。"

胆小的女孩:"你是香港人?"

香港的中年人:"咦,你怎么知道我是香港人?"

胆小的女孩忍住笑:"你说这飞机怎么啦? 我都和朋友约好了,明天一起到香山去呢,连早餐在哪个地方都约好了。"

香港的中年人:"你真是好人好福啊,都什么时候了,你还想着你的早餐呀。告诉你吧,这飞机能平安下地就不错啦。"

胆小的女孩:"你不要吓我,那么严重?"

香港的中年人:"你看看这个屏幕上的飞行线路图,都走成一个大圈圈了,刚才又不断地在做怪动作,机组人员现在也在着急呢。"

这时,胆小的女孩才发现,大家几乎都盯着电视屏幕,一言不发,气氛严肃。

退休的美国飞行员再次起身走向驾驶舱。

金秀敏:"先生,需要我帮你什么?"

退休的美国飞行员用英语说:"我是美国的退休飞行员,飞行时间1万8千6百,我知道飞机的前起落架放不下来了,不知道我能否对你们有帮助?"

金秀敏也用英语说:"谢谢,请跟我来。"

金秀敏将退休的美国飞行员带进驾驶舱。

方明祥有些诧异。

金秀敏:"机长,这位先生是个乘客,他说他是美国的退休飞行员,想问问情况。"

退休的美国飞行员用英语说:"对不起,我知道我很冒昧,我犯规了,我知道这样做是非常不礼貌的。我看了你刚才做的所有高难度动作,非常完美。我只是想来提供一些技术信息,不知是否有用?"

金秀敏将他的话大致翻译了出来。

方明祥:"告诉他,非常感谢,此时此刻不用来什么客套了,但说无妨。"

金秀敏开始充当临时翻译。

退休的美国飞行员:"据我所知,收放动作筒会出现液锁,可以分系统断压。"

方明祥:"已经排除了这种可能。"

退休的美国飞行员:"空地转换开关会不会出错?我们有时怀疑就干脆拔掉。"

方明祥:"已经拔了。"

退休的美国飞行员耸耸肩:"非常抱歉,一个小时里我能想到的就这些。好了,我现在只是一个普通的乘客了,祝你们好运。"他转身往外走。

方明祥静思片刻,再次与塔台联系。

塔台与驾驶舱。

方明祥:"塔台,898 报告。"

秦松林:"怎么样?老方。"

方明祥:"做侧滑大甩架失败。"

沉默少顷。

秦松林果断地:"老方,准备重着陆。"

方明祥:"我也是这么想的,争取靠惯性把起落架蹾下来。"

秦松林:"这可是将着陆、复飞、大升率爬高这几个高难度动作连在一起做,有把握吗?"

方明祥:"有。"

秦松林:"好,希望你稳健操作,地面会配合你,我们保持联系。"

方明祥:"明白。"

驾驶舱内,方明祥命令左右:"准备重着陆。"

陈永康:"这样有用吗?"

方明祥:"有没有用都得做,只有做完所有的动作,才知道下一步做什么。"

王保根和陈永康对视一眼,默默准备起来。

金秀敏:"我去让乘客做好准备。"

方明祥:"可以告诉乘客,我要试着落。把乘客都转移到后舱去。"

金秀敏点点头,欲往外走。

陈永康:"乘务长,转移时客舱可能会有些乱……"

金秀敏:"嗯,我会尽量控制住。"

塔台。

赵向东:"秦总,旅客名单和机组名单打印出来了。"

"给我。"秦松林伸手要。

赵向东略有迟疑。

秦松林:"怎么啦?"

赵向东:"秦总,您……您女儿也在上面……"

秦松林平静地说:"我知道。今天是她第一次单飞,昨晚激动得一夜没睡……"

赵向东默默地将名单交给了秦松林。

秦松林:"立即报告有关领导,做好地面保障准备。"

金秀敏回到客舱,她做的第一件事就是打开了空姐们的内部话机。

秦嘉和柳青等空姐发现讯号后立即拿起了话机。

金秀敏："全体乘务员注意了。接下去机长想试着陆。一会儿要把乘客转移到后舱去,到时乘客可能会产生恐慌情绪,要尽量劝抚他们。听清楚了吗?"

空姐们在不同的位置齐声回答:"听清楚了。"

金秀敏:"同时,要尽量放松自己,不能让乘客们感到危险有多大。记住,今天是个特殊的时刻,今天的声音和笑容应该是全体的,只有让所有的人都感到安全,才是最大的安全。"

空姐们:"明白。"

金秀敏放下了内部话机。她望了望张丽萍,向她走去。

张丽萍问:"他是不是想重着陆了?"

金秀敏:"你怎么知道?"

张丽萍:"他以前在家里,老是考虑飞机上可能出现的各种故障,包括前起落架放不下来。然后,他根本不管我愿不愿听,非得把他的那些个解决办法一个一个告诉我,瞧着他那股子得意劲儿,我都烦了,你想想,咱们整天在飞机上,到了家,还要跟我谈飞机,受得了吗?"

金秀敏:"你那时受的罪,说不定今天就是我们和乘客的福了。"

张丽萍笑笑:"其实跟他分开后,时常想起的,还就是他跟我说飞机时的那种傻样。"

金秀敏:"来,嫂子,我先扶你到后舱去,后面安全些。"

张丽萍缓缓地摇了摇头。

金秀敏:"嫂子,我知道你在想什么,但你现在已经不是乘务员了,你是个孕妇。"

张丽萍:"至少我是个特殊乘客。"

金秀敏："嫂子,你没有任何特殊的地方。"

张丽萍："有。他在前面。"

金秀敏怔了一下："你……还爱着他?"

张丽萍没有正面回答,只是从包里取出一个铝罐,递给她:"这是加钙的大麦茶,给他冲一杯。他以前老是喜欢喝这种茶来稳定情绪。"

金秀敏："茶我去泡,不过我还是希望你能挪到后舱去。"她拿着铝罐走了。

驾驶舱里,三个男人在各自做着准备工作。

王保根:"昨晚我老婆哭了。"

在静静的场合,冷不丁得听到这么一句话,方明祥和陈永康都转过身来看着他。

王保根:"她不知哪儿听来一句话,说什么飞行员的工作是通天的,人也是通天的。还跟我举例子,说哪天某位中央领导上了飞机,下机前,看到飞行平稳,飞行员要求与领导合个影,一般都会同意的。叫我不要错过这种机会,趁机提个要求,说老婆下岗了,帮忙解决一下工作,说不定也就真的解决了。你们说,这不是笑话吗? 我去跟中央领导提这种鸡毛蒜皮的事?"

陈永康:"什么鸡毛蒜皮? 在一个下了岗的人眼里,重新上岗就是最大的事。"

王保根:"可我这个人在领导面前就犯怵。别说是中央领导,就是在我们飞行部的总经理面前,我连大气都不敢喘。"

方明祥笑了:"你以前读书的时候,肯定是个坏学生,总是挨老师的骂,所以习惯成自然了。"

王保根憨厚地笑笑："读书的时候,成绩好像是不太好。"

金秀敏端了个托盘进来,上面放着三杯茶。

方明祥："哎哟,乘务长亲自送茶来了,我还正口渴呢。"他拿起一杯就喝。

金秀敏偷偷观察着他的表情。

果然,方明祥愣住了。他看着金秀敏,有些吃惊地问："她在飞机上?"

金秀敏点点头。

王保根："谁在飞机上?"

陈永康已有所感觉："不是领导,胜似领导。"

金秀敏转过头去看他。

陈永康又赶紧低下头。

方明祥踱至一边,轻声自语："这也算是缘分……"

金秀敏带着方明祥来到客舱后,便知趣地走开了。

这对离异的夫妻对视着,一时谁都没有说话。

方明祥："你怎么会在飞机上?"

张丽萍："我很高兴能在飞机上。你好吗?"

方明祥："不太妙。谢谢你的茶。"

张丽萍："你还没忘了这茶的味道?"

方明祥："你这样了怎么还坐飞机?"

张丽萍："是你驾驶的飞机,我有什么不敢?"

方明祥沉吟片刻："你知道我们碰到的麻烦了?"

张丽萍点点头："我当了 10 年空姐。"

方明祥："所以,这下可能会再次让你失望了?"

张丽萍:"再次? 什么意思?"

方明祥:"第一次让你失望,你离我而去。这一次再让你失望……"

张丽萍不让他说下去了:"不不不,你从来就没有让我失望过。"

方明祥:"但愿能对得起你,对得起……孩子的父亲。"

张丽萍笑笑:"怎么啦? 你好像没有以前那么自信了?"

方明祥有些迟疑地说道:"这是过去的飞行模拟机上,或者平时的飞行训练中,从来没有碰到过的问题……"

张丽萍:"总有第一次,你说呢?"

方明祥点点头。

张丽萍:"你以前说过,只要是你驾驶的飞机,你就一定能让它降落到地面上,这一次,为什么就不行了?"

她看着他,他也看着她。方明祥的眼里渐渐有了自信:"谢谢信任。"他转身往驾驶舱走去。在经过金秀敏身边时,他向金秀敏点点头,示意她可以通知了。

金秀敏拿起广播话筒:"乘客们,飞机的前起落架出现了故障,现在机长准备试着陆。为了大家的安全,请所有的乘客都集中到后舱去。请大家听从我们乘务员的安排,按顺序移动,坐好后系上安全带。"

客舱中果然乱了。有的人不管安排,争先恐后地往后舱跑。也有的人呆坐着,不知怎么办好。

秦嘉、柳青等空姐一边疏导乘客,一边叫道:"请不要带行李! 请按顺序移动!"

秦嘉见"送死的"男人正在取行李,赶紧上前劝阻他:"先生,请不要带行李。"

"送死的"男人急了："为什么不能带？我这箱子里有几百万的合同，丢了怎么办？"

"花花公子"正经过他身边："你先想想命丢了怎么办吧？都这时候了还管合同。"

"送死的"男人愣了一下。

金秀敏走过来对他说："您放心，先生，你的行李不会丢。"

反贪局人员和证人被挤散了。

反贪局人员急得大叫："喂！你在哪儿？！你在哪儿？！"

柳青走来："先生，您有什么事？"

反贪局人员满脸焦急："我、我的……还有一个人不见了……"

柳青："您先坐下，请系好安全带。反正都在飞机上，一会儿下了飞机，就会碰到了。"

反贪局人员无奈地坐下。

柳青："谢谢配合。"

下岗女工一动不动地坐在原来的位子上，似乎客舱里发生的一切与她无关似的，她还是茫然地看着窗外。

柳青见状赶紧过去："小姐，您不舒服吗？"

下岗女工面无表情："哦不，没什么。"

柳青："那请你赶紧挪到后舱去吧？要不要我帮您？"

下岗女工："我坐在这儿不可以吗？"

柳青："我们是为您的安全考虑。"

下岗女工苦笑一下："安全对我来说没什么意义……"

柳青愣了一下。

下岗女工："我还是坐这儿好，要死死我一个，省得那么多人都做了我的陪葬。你知道吗？我这人命不好，说不定就是我害了大家。"

柳青："小姐，我不知道您为什么会这么说，但我还是希望您能配合我们，不管您怎么想，既然你是我们的乘客，我们就必须对您的安全负责。"她真诚地看着她。

下岗女工终于站起身，往后面走去。

塔台。赵向东向秦松林报告："秦总，通向机场的道路现在是一路绿灯，公安、武警、消防、救护此刻正在赶往机场的路上，附近医院所有主任医生以上的医护人员正就地待命，做好了救护伤员的一切准备。"

秦松林默默点了一下头。

电话铃响了。

赵向东接："喂？请讲……请、请等一下。秦总，您的电话。"

秦松林："谁打来的?"

赵向东："是您爱人。"

秦松林："告诉她，不会有什么事的，让她不要在这个时候占线。快挂了!"

赵向东点点头，急促地对着话筒轻声说了几句。

驾驶舱里，方明祥在问："都准备好了吗?"

王保根和陈永康同时给予了完成的答复。

方明祥与塔台联系。

方明祥："塔台，898 报告。"

秦松林："请讲。"

方明祥："我们已做好重着陆的一切准备。"

秦松林："好的，老方，注意仰角，控制好速度，只当是一次正常的飞行训练。"

方明祥："明白。"

方明祥操纵飞机，进行重着落。

客舱里的超大荧光屏幕上，庞大的飞机呼啸着落下，在跑道上重重地蹾了一下。

后起落架着地，轮胎擦起一股白烟。

机头忽又猛地大幅度向上拉升。

客舱内一片惊慌失措的叫声。

荧光屏幕上，出现一张张惊恐的脸。

飞机又开始平缓地飞行。

柳青："真难为你了，第一次上机单飞就碰上这样的事。"

秦嘉："昨晚跟我爸约好的，让他在塔台看着我降落。"

柳青："没准他现在正指挥着我们降落呢。"

秦嘉："他肯定在担心我。"

柳青："那还用说，做父亲的当然关心女儿。"

秦嘉："他是不放心我，怕我出他的丑。"

柳青："是啊，做父母的，总觉得自己的孩子永远长不大。"

呼唤铃响了，是"花花公子"在摁铃。

秦嘉走过去："先生，您有什么事？"

"花花公子"："小姐，我还真是想跟你聊聊，我现在感觉你们空姐，就像是我的亲人。"

秦嘉："谢谢你，我们机组全体人员一定会尽最大努力，保证大家的安全。"

"花花公子"："小姐，你怕不怕？"

秦嘉想了想，说："说不害怕那是假的，不过更确切一点儿地说，应该是着急。"

"花花公子"点点头："我不给你添麻烦了，要不然你会更急。"

秦嘉："谢谢你能够谅解。你不想找其他人聊聊吗？"

"花花公子"："什么意思？"

秦嘉："我看见那边有一位老太太，一个人好像很孤单的样子。"

"花花公子"："小姐，你以为我真的那么喜欢聊天吗？不过，我还是很愿意遵命。"他起身向台湾老太走去。

秦嘉高兴地："太感谢了，先生。"

"花花公子"在台湾老太身边坐下，他发现台湾老太紧闭着眼睛，嘴里念念有词，手却在不停地抖动着。

"花花公子"："当一个人连自己都不相信了，才会去相信神灵。"

台湾老太睁开眼睛，发现身边多了一个小伙子。

"花花公子"："您好，我陪您说说话，好吗？"

台湾老太感激地点点头。

"花花公子"："您从哪儿来啊？"

台湾老太："台湾。"

"花花公子"："您是来大陆观光的？"

台湾老太："来看我孙子的，他在大陆投资了一个厂。唉，看来我是看不到他了。"

"花花公子"："您放心，不会有问题的，大陆的飞机是安全的，我了解飞机。"

台湾老太很高兴："你是航空公司的？"

"花花公子"愣了一下："不，我不是航空公司的，我只是经常被航空公司赚钱。"

台湾老太被他逗笑了。

驾驶舱里,三个男人在冥思苦想。

"好了,伙计们,现在只有唯一的一个办法了。"方明祥顿了顿,吐出四个字:"准备迫降!"

驾驶舱里一阵沉默。

突然,陈永康说话了:"除此之外,还有一个办法。"

王保根:"还有什么办法?"

陈永康:"下起落架舱门去敲。"

方明祥断然否决:"这不是办法!"

陈永康:"你知道,这是办法,是在天上解决问题的最后一个办法。机上有 136 个生命,值得一试。"

方明祥:"不,你说错了,机上有 137 个生命。"

王保根:"永康,我们不能让你冒这个险,这不是拍电影,再说,《机组乘务员》里的那个镜头准是用特技拍的。"

陈永康笑着说:"那我就当一回特技演员,有什么大不了的。"

方明祥不理他,开始命令:"准备迫降!"

陈永康:"不管有没有用都得试一下,这是你自己说的。再说,就是敲不下来,也可以找到究竟是什么原因。"

方明祥:"我不能拿我兄弟的性命开玩笑!"

陈永康:"你更不能拿 136 个性命开玩笑!"

驾驶舱里一阵沉默。

少顷,方明祥继续下令:"各就各位,准备迫降!"

陈永康愣了一下,然后很快地走至一边,开始往自己身上绑绳子。

方明祥严厉地:"机械师,你的位置在哪儿?!"

陈永康不理他,继续绑绳子。

王保根:"永康,听机长的。"

陈永康:"要是迫降不成功,他这就是失职。我们就是在九泉之下,也无法面对这一百多个生命。"

王保根:"永康,起落架能承受飞机两百多吨的重量,你这根绳子根本就是形同虚设。敲不下来还好,要是敲下来了,说不定你也跟着下去了。"

陈永康已绑好了绳子,一言不发地走了出去。

"永康。"方明祥突然叫住了他。

陈永康站住了,回身看着机长。

方明祥憋了半晌,终于轻轻地说了两个字:"当心。"他的眼里,一下子涌出了热泪。

陈永康默默地点点头。他一手拿着消防斧,一手拖着绑在身上的安全带,走出舱外。

金秀敏迎上来,见状惊问:"你想去敲?!"

陈永康点点头。

金秀敏默默地跟过去。

走到了位置,陈永康并没有往下钻,他犹豫着。

金秀敏:"算了吧,太危险了。"

陈永康终于鼓足勇气,支支吾吾地说:"秀敏……我、我不是不敢下去,我是想、想跟你说几句话……不说,可能再也没机会说了……我、我一直在……我想跟你好,可我一直就开不了口,不知道、不知道你是怎么想的?"

金秀敏："永康，你、你这个闷葫芦！你为什么不早说呢！"

陈永康闻言激动万分。

金秀敏凑过身子，在他脸上亲了一下。

陈永康傻了，他一时不知干什么好。突然，他想起了自己的职责，满怀豪情地说："我下去了！"

金秀敏一下子满眼热泪，哽咽地："我支持你，我为你感到自豪！"

陈永康钻进舱底。

驾驶舱里，连着陈永康的绳子一下子拉直了！

方明祥狠狠一拳击在椅子上。

王保根长叹一声："唉！我怎么有这样的念头？我居然希望他敲不下来……"

方明祥："不瞒你说，我也是……"

"砰！砰！砰！"一声接一声的敲击声传来，震撼人心！

金秀敏捂住脸，不敢正视。

突然，敲击声没了。

金秀敏呆了半晌，猛地扑向盖板处："永康！"

陈永康的脑袋冒了出来。

金秀敏赶紧缩回身子："你没事吧？"

"没事。"陈永康和她对视一眼，一下脸红了，他赶紧低下头，飞快地爬了上来，逃进驾驶舱。

驾驶舱里，方明祥见陈永康上来了，一把抱住他。

王保根一边操纵飞机，一边伸出手，狠狠地捏了陈永康一把。

陈永康："敲不下来,是固定锁的销子断了。"

王保根简直有些急了："怎么可能? 这个螺栓的安全寿命是5万小时,现在最多只有1万多个小时。"

陈永康："我也没想到,正是它的意外断裂卡死了前起落架的传动机构。"

方明祥："看来,咱们再怎么努力,空中排故的可能性已经不存在了。"

驾驶舱里一时沉默。

方明祥："伙计们,咱们碰到的,是概率几乎为零的一次意外,这就叫考验。考试是不会有这么难的题目的,只能说老天爷在考验我们的意志和本事了。"

王保根："机长放心,这一回,我不会是个差生。"

驾驶舱里,响起了短促的笑声。

塔台。赵向东报告："秦总,各类消防车辆全部到达指定位置,现在91号机位集结待命。"

秦松林："武警方面呢?"

赵向东："已经有5个中队进入机场,在飞机预定降落处东侧80米处安全区待命。"

秦松林："好。"他在机场平面图上画着圈。

客舱里。

"送死的"男人哀叹："唉,也算是不幸中的万幸。一年四季在外跑,坐飞机就没想过买保险,今天真是鬼使神差了,居然在那么紧的时间里,去买了一份保险,保单上说,如果出了事,还有20万呢。"

"花花公子"讽刺他："那你又可以在另一个时间另一个地点重新起家了。"

"送死的"中年人："你别老是讽刺我，你年纪轻轻无牵无挂知道吗？"

"花花公子"："谁无牵无挂了？这飞机上的人你问问，哪个无牵无挂？你有小的要抚养，我就没有老的要孝顺？"

"送死的"男人："我不是跟你说这些。小伙子，我是说我的公司，好不容易搞成了现在的这种规模，又好不容易接到了几笔大生意，却在飞机上下不去了，这不急死人嘛！"

香港的中年人："在飞机上下不去的不是只有你一个人啦，我们大家现在都是悬在半空中啦。"

台湾老太问"花花公子"："飞机要是强着陆，下地后，我们会得到大陆方面什么样的救助？"

"花花公子"："您放心。机场方面和航空公司会尽自己的一切力量来援救的，我们航空服务方面的进步，是跟大陆的进步一致的。"

秦嘉正好经过他边上，闻言向他感激地笑笑。

台湾老太："我一个老人行动不方便，他们会照顾我吗？"

"花花公子"："会，一定会，您放心，我也会照顾您。"他故意说得很响，希望秦嘉能听见。

香港的中年人居然还有心情开玩笑："坐飞机也不知道坐过多少回了，从来都没有出过什么事，这回看来要破一次例了。"

胆小的女孩看着窗外："我看见灯了，好大一片！"

香港的中年人："这么说我们现在是在城市的上空了。"

几乎所有的人都看向窗外，下岗女工也不例外。

从窗口俯瞰，片片灯火越来越亮，越来越清晰。

客舱里一片静寂。

与此同时,孩子嬉闹、夫妻吵骂、锅碗瓢勺的交响,甚至广播操的节拍等等平时生活中经常听见或不太留意的声音越来越响……

胆小的女孩在问:"为什么不飞到机场上空去呢?"

香港的中年人:"你就趁此机会多看几眼吧。也许是机长想让我们最后看一眼城市的夜景,然后就可能去海上迫降了,这可能是他能想到的最通人情的办法啦。"

胆小的女孩:"要去海上迫降?"

香港的中年人:"我也不清楚啊,只是瞎猜猜啊。"

胆小的女孩:"要是真去海上迫降,那可惨了,我一点儿不会游泳,到时你得帮帮我。"

香港的中年人:"这你可找错人啦,真要是掉在海里,不要说救你,我也是泥菩萨过河,自身难保啦。"

胆小的女孩:"你也不会游泳? 你们香港四周都是水,你怎么会不会游泳?"

香港的中年人:"实在不好意思啦,要是能平安下去,我第一件事就是去学游泳。"

"花花公子"学着粤语腔说:"我看你还是学跳伞啦,这样实用一些。"

客舱里,传来短促的笑声。

下岗女工依然茫然地看着窗外。

柳青一直在留意着她,此刻稍有空闲,她拿着一杯矿泉水走向她。"想不想喝点水?"她问。

下岗女工:"谢谢。"

柳青:"您有什么心事? 我能帮您吗?"

下岗女工苦笑:"你要是能帮我就好了,没有人能帮我,我这人命不好,命中注定。"

柳青:"您遇到不顺心的事了?"

下岗女工:"不顺心? 哪有那么简单? 我是不想活了。"

柳青吓了一跳。

下岗女工:"看着这一飞机的人躲来躲去,想想真好笑,我只有在这种时候,才算跟这些贵人们、富人们平等了。而且,比他们坦然得多。"

柳青:"您怎么会有这种想法?"

下岗女工:"什么想法?"

柳青:"死的想法。"

下岗女工:"换了你,你也会有。"

柳青:"或许会有,但我绝对不会真的这么去做。"

下岗女工:"要是事情不在我身上,我也会这么劝人。要是事情在你身上,或许你还熬不到今天。"

柳青:"能跟我说说吗?"

下岗女工:"第一个月,我父母先后走了。第三个月,单位通知我下岗。第四个月,丈夫有了外遇,提出跟我离婚,还带走了孩子。你说,像我这样的人活着还有什么意思? 现在是第十个月了,我已经熬了半年了,不想再熬了,人倒反而舒畅了,想想这辈子,还没坐过飞机呢,我把所有的钱凑在了一起,想临死也潇洒一回,真是人算不如天算,居然坐上了一架降不下去的飞机,真是天意。"

柳青:"飞机一定会平安着陆的。"

下岗女工:"但愿如此。我也不想有那么多人做我的陪葬,只想清清静静地走。"

柳青想了一下，问："听说过空嫂这个词吗？"

下岗女工点点头。

柳青："我就是。"

下岗女工羡慕地："你运气真好。"

柳青："其实，在这以前，我几乎跟你走过同样的路，自己下了岗，孩子又查出晚期白血病。当时，真想陪他一块儿去了……我不想跟你说爱拼才会赢、自强创辉煌的大道理，这也是我当时耳边听到最多的两句话。我只想跟你说句大白话，既然老天爷让你在这个世界上走一遭，就得自己对得起自己。"

这时，有人摁响了呼唤铃，并且大叫："有人晕过去了。"

柳青刚想过去，金秀敏叫住她："我去吧。"她快步走去。

张丽萍斜倒在椅子上，她脸色惨白。

金秀敏紧张地："嫂子，嫂子。"

张丽萍一点儿反应也没有。

金秀敏向客舱里大声发问："谁是医生？乘客中有医生吗？"

客舱里无人答话。

突然，台湾老太解开安全带站了起来。

陪着她的花花公子问："您是医生吗？"

台湾老太："差不多。"

柳青赶紧过来搀扶台湾老太，走向张丽萍。

金秀敏："老太太，您是医生？"

台湾老太："战争年代我做过 3 个月护士。"

金秀敏愣了一下。

台湾老太一边俯身观察着张丽萍，一边问："怀孕几个月了？"

金秀敏："7 个多月。"

台湾老太："让她尽可能地躺平。"

金秀敏和柳青赶紧帮忙。这么一折腾，张丽萍居然醒了过来。

金秀敏："嫂子。"

张丽萍看着周围，充满歉意地说："秀敏，没想到我给你们添麻烦了……"

金秀敏："嫂子，都这时候了，你还说这话。"

台湾老太："来，把手握紧，对，就这样，用力！"

张丽萍紧握着手。

台湾老太："没事，你有力气，就不要紧。"

驾驶舱里，方明祥与塔台联系着："塔台，塔台，898 正向机场方向过来，请求给予高度。"

秦松林："898，898，高度保持 800，速度不变。"

方明祥："明白。"

秦松林："老方，还剩多少油量？"

方明祥瞥了一眼油表，答道："7.2 吨。"

秦松林："继续绕圈，留一个复飞的油量就行。"

方明祥："明白。"

秦松林："老方，秦嘉在飞机上，是吗？"

方明祥："是的。"

秦松林："这是她第一次单飞，请让秀敏叮嘱她一下，让她坚强一些。"

方明祥："明白。"

陈永康时不时地往舱外瞥一眼。

方明祥看在眼里，说："永康，你去通知乘务长，告诉她我们准备迫降。"

陈永康涨红着脸,看着方明祥,半晌不说话。

方明祥:"怎么啦?"

陈永康:"没、没什么,我这就去。"他向客舱走去。

"哎,等等。"方明祥叫住他,"让秀敏通知秦嘉,到驾驶舱来一次。"

客舱里,金秀敏呆呆地坐在自己的座位上,望着窗外。

陈永康已经走到她身边,她还没有察觉。陈永康也不说话,呆呆地看着她。

金秀敏感觉到了有人在看她,回过头来。

陈永康赶紧说:"机长让我通知你,准备迫降。还有,叫秦嘉去一趟驾驶舱。"他说完就走。

"哎,你回来!"金秀敏叫住他。

陈永康站在那儿,却不回过身来。

金秀敏把他拉到身边坐下。

陈永康的头简直要藏到裤裆里了:"算我没说……"

金秀敏逗他:"刚才情况紧急,我没听清,你再说一遍。"

陈永康:"算我没说……"

金秀敏:"我不是要听这句话,我是问你在下起落架舱的时候,说了什么?"

陈永康:"对不起,算、算我没说……"

金秀敏又在他脸上亲了一口。

陈永康傻了。

金秀敏:"算我没亲。"

陈永康："秀敏,嫁……嫁给我……"

金秀敏："告诉我,你有这个想法多长时间了?"

陈永康："从、从跟你第一次在一架飞机上开始。"

金秀敏："那不是几年前的事吗?"

陈永康："4年前,一个除夕夜。那次也是上海飞北京的航班,为了让乘客们有一种过节的气氛,你还为乘客唱了一首歌。那时候,你还是一个三乘,后来你当了主任乘务长,我甭提有多高兴了。"

金秀敏："你这个闷葫芦! 4年来,你就一直闷在心里?"

陈永康："我不是闷葫芦嘛。"

金秀敏："要是我4年里嫁了人怎么办?"

陈永康："你不会。"

金秀敏："为什么?"

陈永康："因为我还没跟你说,你怎么会嫁人?"

金秀敏："你这个闷葫芦! 还真沉得住气。告诉你,你再不说,我就出家当尼姑去了。"

陈永康："那我就去当和尚,咱俩还是靠得近。"

反贪局人员向他们走来。

陈永康："我进去了。"

金秀敏："告诉机长,我会处理好客舱里的事。"

反贪局人员："请问您是乘务长吗?"

金秀敏："是的。先生,您有什么事?"

反贪局人员："是这样的,我是反贪局的,奉命押送一个贪污犯进京,他是一个很重要的证人。刚才转移时,被冲散了,我必须找到他,我的职责是保证他的安全。"

金秀敏："好的,我马上安排。"她招来秦嘉。

秦嘉:"乘务长,有什么事?"

金秀敏:"你立即陪同这位先生去找一位乘客,然后安排他们坐在一起。完了以后,去一趟驾驶舱。"

秦嘉带着反贪局人员走了。

他俩在客舱里搜寻。终于在后舱的一个角落里发现了证人。

证人居然在呼呼大睡。

反贪局人员推醒他:"你倒是自在,都什么时候了,居然还睡得着。"

证人:"不瞒你说,我已经很长时间没有安安稳稳地睡上一觉了,也只有这个时候才能睡得舒坦些,人一做了亏心事,总怕半夜鬼敲门啊!"

证人的边上,是"送死的"男人。

秦嘉对他说:"先生,能不能请你换个位子? 这位先生在执行任务。"

"送死的"男人拼命摆手:"不不不,我不换。我知道飞机的发动机在中间,后面最保险。"

坐在附近的下岗女工站了起来:"你坐我这儿来吧,我这儿离舱门近,飞机一着陆,你可以第一个下去。"

"送死的"男人看着她,一时不知如何是好。

下岗女工:"我是个下岗女工,以前我做梦都希望自己有钱,好让日子过得宽裕一些,平时也可以风光体面一些,至少让自己活得轻松一些。可要是有钱人在危险面前只考虑自己,只考虑自己的合同,只考虑自己的钱,那有钱也没什么意思。"

"花花公子":"就是,亏你还是一个大男人呢。你看看人家小姑娘,还在客舱里穿来走去地为咱们服务,要说危险,人家就不懂? 你坐我这儿来!"

"送死的"男人面带愧色,他站起身,自己找了个空位子坐下了。

证人问反贪局人员:"你有孩子吗?"

反贪局人员:"有一个女儿。"

证人:"多大了?"

反贪局人员:"今年刚好要进初中预备班。"

证人:"功课好吗?"

反贪局人员点点头:"在班上,她总是前三名。"

证人:"我有个儿子,是个不争气的儿子。"

反贪局人员:"我知道,你是为了他才贪污受贿。"

证人:"现在想想,我是害了他,也害了自己……"

驾驶舱里,三个男人互相配合,在做着迫降的准备工作。

方明祥:"保根,你有没有发现我们的机械师有些变化了?"

王保根故意叹了口气:"唉,人一有了爱情,还就是不一样。"

陈永康脸一下涨得通红:"你们怎么知道? 我、我有什么不一样?"

王保根:"不一样就是不一样。"

方明祥和王保根大笑。

陈永康还在盯着问:"你们是怎么看出来的?"

方明祥:"那还用说? 我们都是过来人,看一眼就心知肚明了。"

王保根:"就是,秀敏走进走出的目光,以及你老兄不断躲避的眼神,逃得过我们火辣辣的眼睛?"

陈永康不响了。

方明祥:"保根,咱们平安着落后,你敢不敢找领导?"

王保根：“找领导干什么？”

方明祥：“替弟媳妇找一份工作呀。”

王保根想了一下，说：“敢。”

陈永康：“真的？”

王保根又想了一下，似乎有些犹豫了：“到时候再说吧。”

方明祥感叹地：“唉，你们两个啊，让我怎么说你们呢。一个见了领导就怕，一个见了女人就躲，可是在危险面前，倒是勇气倍增，豪情万丈。”

秦嘉进来了。“机长，您找我？”她问。

方明祥点点头，吩咐他的两位助手：“现在做耗油盘旋，你们轮流去上厕所，再用凉水冲个脸，让自己清醒一点，镇静一点。”

陈永康先走了出去。

方明祥问秦嘉：“你知道我们碰上麻烦了？”

秦嘉点点头。

方明祥：“怕不怕？”

秦嘉摇摇头，继而又补充道：“您放心，机长。”

方明祥笑了：“不是我不放心，是你老爸不放心……”

秦嘉：“他根本就不了解我，他平时根本就不和我沟通。”

方明祥打开话机，呼唤塔台。

秦松林：“898，请讲。”

方明祥：“老秦，你女儿很出色，此时此刻，她很镇定，也很坚强。她说你根本就不了解她……”

秦松林：“瞎胡扯！做老子的会不了解女儿？”

方明祥笑着将耳机递给秦嘉：“天上地下，你们父女俩沟通沟通吧。”

秦嘉:"爸,妈知道吗?"

秦松林:"知道了,她来过电话。"

秦嘉:"爸,你应该对妈好点儿。在单位,你是机场总调度室的总指挥,可在家里,你只是一个丈夫,一个父亲。你用不着永远板着个脸,一副严肃相,你知道吗? 你这副样子,在我们眼里,就是凶,就是没有家庭的温暖……"

女儿的声音通过对话器清晰地传来,他无言。

秦嘉:"爸,趁现在飞机在耗油盘旋,我还有一个请求,也顺便说了吧。你最好不要介入我们儿女的感情生活,你喜欢的人不一定是我喜欢的,你眼里的好女婿,并不一定就是我眼里的好丈夫,每次跟你谈及这个问题,你总是非常地主观,根本听不进我的话,说什么我年轻不懂,你是过来人,你不会害我的……你要知道,不尊重女儿的选择在某种意义上来说,就是害了我……"

秦松林缓缓说道:"塔台明白。嘉嘉,本来我只想叮嘱你一句的,没想到反过来被你……"

秦嘉:"爸,您要叮嘱我什么我知道,您放心,我绝不会丢您的脸,绝不会丢我们航空公司的脸,绝不会丢我们空姐的脸,绝不会丢我们机组的脸。"

秦松林:"好,这下爸爸可以没有任何后顾之忧地来做好地面的一切保障了,谢谢你,女儿。"

秦嘉:"爸,别忘了咱们的约定,你答应会在塔台看着女儿降落的,一会儿见,爸。"

秦松林:"一会儿见,我等待你们的降落。"

秦嘉将耳机还给方明祥,走了出去。

客舱里，金秀敏镇定自若地拿起话筒，向乘客们做动员和说明："女士们，先生们，现在机长决定进行陆地紧急迫降。我们的飞机无大的危险，我们全体乘务员都受过良好的训练，我们有信心、有能力，保证全体旅客的安全。请您听从乘务员的指挥。现在请大家脱下皮鞋、高跟鞋，解下领带、手表、项链、戒指，取出钥匙等坚硬物件，放于您座位前面的口袋里。女士们请脱下连裤丝袜。请大家配合。"

从这以后，乘客们再没有看到乘务员们的笑容。这个时候，不能再有笑容，只有命令，只有服从。

柳青和秦嘉等空姐在客舱里巡视。

乘客们纷纷照做。

胆小的女孩手上留了个铂金钻戒没有取下。

柳青提醒道："小姐，您忘了取下戒指。"

胆小的女孩："这么小的戒指没什么关系吧？"

柳青："在迫降产生的高速运动中，再小的尖锐物品都有可能伤人，为了您自身和他人的安全，还是取下来的好。"

胆小的女孩很遗憾地将戒指取下，放进面前的口袋。

柳青："谢谢配合。"

香港的中年人："是不是男朋友给你的定情礼物啊？"

胆小的女孩："我跟他说过，永不离身的。"

香港的中年人开玩笑地说："爱情诚可贵，生命价更高啊。"

有些女士由于穿着紧身裙，要脱下连裤袜是件很尴尬的事，在试了几次后，有的想放弃了。

金秀敏见状赶紧拿起广播话筒："女士们，如果穿着丝袜或尼龙袜，会因摩擦产生的高温与皮肤大面积粘连，遇到明火还容易烧着……"说到这里，她顿住了。

秦嘉突然站在了椅子上,她从容地撩起紧身裙,当众脱起连裤丝袜来:"女士们,时间紧迫,请不要害羞,照我的样子做。"

"花花公子"离她最近,他呆了一下,默默地低下了头。

女士们一个个站起,当众脱着连裤丝袜。

男士们纷纷低下头去。

金秀敏走到秦嘉身边,轻轻地对她说:"我为你感到骄傲。"

刚才一点不害羞的她听见乘务长的表扬却害羞地低下了头。

金秀敏又拿起了广播话筒:"旅客们,在飞机降落时,每个紧急出口需要一位男性救援者,他必须帮助乘务员撤离乘客,他要和我们空乘人员一样,最后离开飞机。请志愿者到前面来。"

"花花公子"第一个站了出来,他走到秦嘉身边站好。

"花花公子":"给我一个表现的机会。在你面前。"后面四个字,他是在秦嘉耳边轻轻地说的。

第二个是退休的美国飞行员,他也走到了前面。

下岗女工也走到前面来了。

柳青:"你怎么上来了?我们需要的是男性救援者。"

下岗女工:"这种时候还分男性女性?你们乘务人员不都是女的吗?"

柳青犹豫着。

下岗女工:"给我一个上岗的机会,我会很高兴的。"

闻言,柳青再也不能说什么了。

香港的中年人:"这种时候,是男的都该上去,可边上有你那么一个胆小的女孩,看来我只有专人专管了。"

反贪局人员:"就是因为要看着你,要不然我早上去了。"

证人突然对反贪局人员说:"那我们一起上去吧?你还是可以看

着我。"

反贪局人员愣了一下。

证人:"你就让我赎点儿罪吧。你放心,就算我死了,但证据不会死,它永远存在。那些个比我做得更大的、手段更狠的、伪装的更好的贪污犯终有一天会得到惩罚。"

两人一起走到了前面。

最后,"送死的"男人也上来了。

乘客们纷纷送给他掌声。

"送死的"男人有些不好意思,他走到下岗女工边上,轻轻地对她说:"谢谢你刚才给我上了一课,要不然我到死都不明白我是怎么活着的。如果我们能平安着陆,如果你愿意,我希望你能到我公司来上班。"

下岗女工:"谢谢你。"

在金秀敏的安排下,空姐和志愿者们,一组一组地在指定的应急舱口入座。

原来躺着的张丽萍支起身子,坐了起来。

方明祥向她走来。

张丽萍:"是不是准备迫降了?"

方明祥点点头。

张丽萍:"有把握吗?"

方明祥沉默。

张丽萍:"告诉我最坏的结果!"

方明祥:"发动机起火,机身断裂。"

张丽萍:"成功率有多少?"

方明祥:"国内没有先例,国际上失败的多。"

张丽萍沉默。

张丽萍:"有一件事,我刚才没有告诉你,怕你分心。"

方明祥:"什么事?"

张丽萍:"还记得我们刚结婚时的约定吗?"

方明祥:"只要一有孩子,我们俩就绝不能在同一架飞机上。"

张丽萍:"现在不仅是我们俩,连孩子也在了。"

方明祥没听明白。

张丽萍:"这孩子是你的。"

方明祥明白了,但他简直不敢相信。

张丽萍:"算算日子,你就知道了,孩子现在 7 个多月了,预产期是 5 月 25 日……"

方明祥:"你为什么不早告诉我?"

张丽萍:"既然已经分开了,我想也没这个必要。而且,也是到了国外,我才发现已经怀孕了。最初的念头,是不想要他的,可想来想去,实在舍不得。后来,我决定把孩子生在国外,然后自己把他带大。但随着他一天一天长大,我一天比一天更想回来,孩子不能没有父爱,所以我回来了。"

方明祥一时无语,他喃喃地:"难道这是天意? 难道我们真是该分不该合? 难道、难道这孩子天生就不该出世?! 丽萍,你为什么就偏偏要搭乘这次航班呢?"

张丽萍:"我早就打听到这次航班你是机长,我乘上这架飞机,就是希望和你一块儿降落。此时此刻,能跟你在一起,我觉得很幸福。"

方明祥:"你一定要尽可能地保护自己,一定要让他在这个世界上走一遭。"

张丽萍:"我现在很后悔,当初为什么会那么意气用事地离开你,为什么会那么意气用事地一定要出国。你会原谅我吗?"

方明祥:"我也很对不起你。有人说,嫁个老男人,可以宠着你。可我整天在天上飞来飞去,就是在家里,也像个老顽童,还要你来照顾我。"

张丽萍:"你知道我现在最想的是什么吗?"

方明祥:"什么?"

张丽萍:"你一定要答应我。"

方明祥:"只要我能做到,我一定答应你。是什么?"

张丽萍:"照顾你。照顾我们的孩子。"

方明祥一时不知说什么好,他紧紧地抓着她的手:"我也希望你能再给我一次做丈夫的机会,应该说,还有做父亲的机会。千万不要像上次那样,我用八架飞机也拉不回你……"

张丽萍泪流满面:"不会了,再也不会了,就是八架飞机也拉不走我……就是刚才,我还在想,我们俩牵着孩子的手,一家子一块儿去逛超市呢。"

方明祥深情地看着她。

张丽萍:"你一定能行的,给孩子一个榜样。"她抚摸着隆起的肚子。

方明祥坚定地点点头,镇定自若地走向驾驶舱。

这时,客舱里似乎有些乱。

有人哭了起来。

有人四处要笔想写遗书。

一位小伙子将领带蒙住了双眼,空姐在劝他,但他死活不肯取下。

金秀敏刚拿起广播话筒想提醒乘客,张丽萍突然站了起来,她伸手向金秀敏要过话筒,充满感情地说:"女士们,先生们,这种时候,镇静是第一位的。我是机长的妻子,这里,还有他的孩子……"她捂着肚子,一时语塞。

金秀敏赶紧扶住她。

客舱里鸦雀无声。

她继续说:"以前,我一直说他,只是个好机长,不是个好丈夫。现在,我为他是个好机长而感到自豪。我和他一起飞了10年,我非常了解他,有他驾驶的飞机,一定会平安着陆的,我相信他,也希望大家跟我一样相信他,他能行,他一定能行!"

金秀敏将她扶到座椅上躺好,然后按响了内部话机信号。

在各个位置上的空姐立即拿起了话机。

金秀敏对着话机发出命令:"全体乘务员注意了,无论发生什么样的情况,一定要沉着,一定要保护好每一个乘客的安全。听清楚了吗?"

全体乘务员异口同声:"听清楚了!"

可能由于紧张,秦嘉的声音也有些变了。

金秀敏听了出来,她问:"秦嘉,是不是有些紧张?"

秦嘉:"不,不紧张!"她的声音在抖。

金秀敏:"听说,姐妹们都叫你小歌星?"

秦嘉笑笑。

金秀敏:"那就轻轻地哼一首歌吧,稳定稳定情绪。"

秦嘉点点头,她轻轻地哼了起来。

《祝你平安》的旋律在客舱里漫延着。

塔台。

秦松林："打开话筒。"

赵向东依言迅速将一排开关全部打开。

秦松林镇定一下自己,发出命令:"全体救援人员注意了! 全体救援人员注意了! 武警部队,准备两个中队的实力,在飞机降落后,立即组成70米直径的包围圈,任何人都不得进入危险区。"

"明白!"幕外的声音来自四面八方。

秦松林："成立6个救援组,从飞机的两侧救护飞机上下来的乘客,做到下来一个,背走一个,不得有半点延误。"

"明白!"

秦松林："成立1个机动组,万一飞机出现意外或爆炸,机动组的任务不但要救助乘客,也要救助参战人员。"

"明白!"

秦松林："消防车辆开始在跑道定点位置喷洒泡沫,长度1000米,宽度30米,喷洒完毕立即撤出,要快!"

"明白!"

秦松林："医护人员各就各位,准备好一切必要的抢救措施。"

"明白!"

驾驶舱里。

王保根："老方,看见地面上的情况了吗?"

方明祥点点头:"他们并不比我们轻松啊! 地面上的伙计们可能比我们想得更多,做得也更多。"

陈永康："机长,我们来个约定怎么样?"

方明祥："什么约定?"

陈永康："下了飞机,咱们就去你们家喝个痛快,嫂子的手艺我可是好久没尝到了。"

方明祥:"行啊,到时你们不来,我也会把你们一个一个地抓来。现在告诉我,还有多少航油?"

陈永康:"2.7 吨。"

"是时候了。"方明祥与塔台联络,"塔台,塔台,898 报告。"

秦松林:"898 请讲。"

方明祥:"机上航油只剩 2.7 吨,898 请求降落,请求迫降!"

秦松林:"塔台同意,地面已做好一切准备。"

方明祥:"明白。"

秦松林:"自动刹车放在中部,三发拉起,放到慢车位。"

方明祥:"明白。"

秦松林:"襟翼 50 度。"

方明祥没有同意:"秦总,898 请求 35 度着地。"

秦松林:"……"

方明祥:"秦总,我知道,您是考虑到尽可能地保证机组人员的安全,可是 50 度着地的重力会远远大于……"

秦松林:"不要说了,老方,同意 35 度着地。在飞机机头蹭地的瞬间,千万将双腿收回。"

方明祥:"谢谢,秦总。"

方明祥向两位助手伸出手去。

三个男人的手放在了一起,形成了一个大大的拳头。

然后,他们无声地、镇定地各就各位。

方明祥发出指令:"保根,提醒我放前轮动作,落地后拉一发和三发的反喷。"

王保根:"明白。"

方明祥:"永康,监督减速是否能自己张开,在飞机快要停下时拉开所有的灭火装置,预报着地高度。"

陈永康:"明白。"

方明祥的手放在了操纵舵把上。

方明祥:"好了,伙计们,让我们齐心协力,完成一次震惊世界的降落!"

陈永康清晰冷静地报出高度:"1000米,500米,200米,100米,50米,20米……"

客舱里的超大屏幕上,显现着迫降时的情景。

飞机带着山一般的重量、海一般的啸叫,呼啸着冲了下来。

飞机后轮着地。

一声闷响,机头也着地了。

紧接着,机头在坚硬的跑道上"嘭、嘭、嘭、嘭"地重擦起来。

一点火星。

二点火星。

火星连成了片。

火星抱成了团。

火花一团,像一轮红日,似旭日东升。

一个尖锐的女音刺破了沉寂的夜空:"平安下来了!"

这声音,惊鬼神,震心旌。

金秀敏在寂静的机舱里来回奔走。她大声地呼喊着:"还有人没有撤离吗?听到请回答!还有人吗?听到请回答!还有人吗?听到请回答!"

只有她自己的脚步声,只有她自己声音的回响,只有她自己剧烈搏动的心跳。

突然,一声婴儿的啼哭穿透了灿灿的红日……

音乐起。

灿灿的红日中,那位会说中国话的外国小伙子和若干空姐率领着若干乘客出来了……

灿灿的红日中,胆小的女孩和香港的中年人出来了……

灿灿的红日中,反贪局人员和证人出来了……

灿灿的红日中,下岗女工和"送死的"男人出来了……

灿灿的红日中,"花花公子"、台湾老太、退休的美国飞行员出来了……

灿灿的红日中,王保根、秦嘉、柳青出来了……

灿灿的红日中,陈永康和金秀敏出来了……

灿灿的红日中,方明祥和张丽萍出来了,张丽萍手上,还抱着刚刚诞生的婴儿……

灿灿的红日中,秦松林和赵向东向他们迎去……

尾 声

年轻的母亲带着5岁的儿子来到了他们中间。

男孩看着这些既熟悉又陌生的叔叔、阿姨、爷爷、奶奶,对妈妈说:"妈妈,我觉得你和爸爸,还有这些叔叔、阿姨、爷爷、奶奶,都是英雄。"

母亲:"是的,至少在那一刻,他们都是一个纯粹的人,一个大写的人。"

男孩若有所思地点点头,问:"妈妈,我可以把这个故事写进漂流瓶吗?"

母亲:"当然可以。妈妈告诉你这个故事,就是希望你把它记下来,也想让你知道,爱可以战胜一切!团结可以战胜一切!信念可以战胜一切!"

音乐再起。

剧终。

七场话剧

第五天神

序　幕

　　序幕和尾声是一个整体,无需一个特定的景。在这个空间里,剧中人思索或叙述着。除了梦飘的一段话有承上启下的衔接作用而最好保持原状外,其余人的那些话都可由塑造该角色的演员自行编辑,只要遵循一个宗旨就行,就是自身的感悟。

　　陈俭:"我叫陈俭,A市税务局税务检查科科长。在刚过去的这段日子里,我经常会自己跟自己说话,心里像有两个拳头在打架,我这一生中从来没有这么犹豫过……"

　　国芳:"其实你是没有选择的,你只能这么做。10年过去了,我还能在你心里,我已经很满足了。我不会怪你,要怪也只会怪我自己。现在我最想说的还是那句话,忘了万芳,记住国芳,只有国芳,才值得你爱……"

　　周一鸣:"我似乎永远是你们两个情人间多余的人。10年前我是多余的,10年后我还是多余的。想想这些,心里就不平衡。不过现在我服了你了,阿俭,我确实各方面都不如你……"

　　陈浩光:"我陈浩光在财税部门工作了四十多年,对税务局最大的贡献就是儿子继承了我的衣钵,而且比我做的好得多。"

　　万艳群:"老陈,同样是做父母的,我们是一天一地啊。"

　　赵亮晨:"我赵亮晨无话可说。"

　　安娘:"我这一生有一个最大的遗憾,就是没能为人妻。同样,我这一生也有一个最大的欣慰,那是因为我有无数个孩子,他们都叫我安娘。(远处传来孩子们的呼唤)这不,刚走开一会儿,孩子们就想我了,我得赶紧去了,一会儿见。"

郗主任:"我姓郗,是瑞德公司的办公室主任。我在美国读的MBA,瑞德公司的高薪使我变成了一个麻木不仁的人。美国安然公司出事后,法官在庭审时对安达信会计师事务所所做的评价让我记忆犹新。他说,如果把安然公司比作抢劫银行的劫匪,那么安达信会计师事务所无疑是等在银行门口接应他们逃走的同谋。那么,像我这样的,又算作什么呢?"

梦飘穿着紧身衣裤,拖着一根长长的鞭子,款款走来:"我叫梦飘。做梦的梦,飘飘然的飘。这段时间,我赚了不少钱,真有些飘飘然了。现在想想,真像做了一场梦,真的,不骗你们。看着我这身装束,对,尤其是这根鞭子,你们一定会以为我是一个杂技团的驯兽员,其实不是。你们猜得出我这根鞭子是干什么的吗?"

她突然挥击了一下鞭子,随着"啪"的一声脆响,舞台瞬间变得漆黑。

第一场

博宏公司。舞台上展现给我们的,与其说是办公室还不如说是一个休闲场所。

此刻,这里正发生着令人震颤的一幕。

梦飘高举着鞭子,正鞭打着满地乱爬的赵亮晨。

梦飘:"……8、9、10、11、12……"

赵亮晨像一头畜生一样,头发凌乱,满眼通红,可是脸上似是有无比的快感。

赵亮晨爬到了按摩床上。梦飘扔下了鞭子,去给他按摩。

赵亮晨渐渐平静了下来:"嗯,好好,重点,对,腰那儿。飘飘,你抽鞭子倒有两下子,按摩就不行了,简直是乱按一气。"

飘飘:"人家又不是按摩小姐,我已经使出吃奶的力气了。"

赵亮晨开始恢复了人样:"光使蛮力有什么用? 要用巧劲。"

飘飘:"算了,我帮你找个按摩小姐来吧。"

赵亮晨:"我看现在大学里秘书专业的课程根本就不对,要我说,第一堂课就该教按摩,第二堂课教喝酒,第三堂课教唱歌,第四堂课……"

电话铃适时响起。

赵亮晨拿起电话:"喂? 嗯嗯,让他进来。"他挂了电话。"刚才说到哪儿?"

飘飘:"说到第四堂课。"

赵亮晨:"对,第四堂课就该教怎样应付查账的人。"

飘飘:"应付查账的人? 税务局来人了?"

赵亮晨点点头。

飘飘:"不就是那个姓周的嘛,赵总不是早就把他搞定了。"

赵亮晨:"呵呵,人不可貌相,海水不可斗量,千万别把人想简单了,知人知面不知心啊。"他一边说着,一边取出一个信封给飘飘。

里面显然是一叠钱。

飘飘将信封收后:"谢谢赵总。"

赵亮晨:"谢什么? 这是你应得的酬劳。"

传来敲门声。

飘飘:"请进。"

周一鸣进来了。

飘飘:"周先生好。"

周一鸣:"你好,梦飘小姐。"

赵亮晨笑道:"一鸣,什么风把你吹来了? 是公事还是私事? 或者说是来看账还是来看我?"

周一鸣也笑道:"看你,也看账。"

赵亮晨:"我的会计这个月没来申报吗?"

周一鸣:"来了。不是为了申报的事,是局里派我们来的。"

赵亮晨:"我们?"

周一鸣:"对,不是我一个人。"

赵亮晨:"还有谁?"

周一鸣:"你一直很想见的那人。"

"我很想见的?"赵亮晨马上反应过来了:"你是说陈俭?"

周一鸣:"没错。正是他。"

赵亮晨:"他人呢?"

周一鸣:"他说先去车间里看看,我就先进来了。"

赵亮晨轻轻"哦"了一声,顺口问道:"是局里派你们来的? 陈俭不是税务检查科的吗?"

周一鸣:"是啊。"

赵亮晨:"一鸣,局里派你们下来,尤其是派陈俭下来,总不会是来表彰我这个纳税人的吧?"

周一鸣笑而不答。

赵亮晨:"怎么? 你们怀疑我逃税?"

周一鸣:"不是逃税,是骗税。"

赵亮晨:"什么? 我、我骗税?"

周一鸣:"有人向我举报了。"

赵亮晨:"向你举报? 向你举报你还不给我遮住? 再说,这根本就是无中生有嘛。"

周一鸣:"要是无中生有那是最好,可是我们接到的举报案,至少95%以上都有那么回事。"

赵亮晨:"一鸣,我说你真不够兄弟。我的税款是你们六所征管的,要是真出了事,你这个当所长的面子上就过得去?"

周一鸣:"我当然不希望你出事。可是有人举报我有什么办法?"

赵亮晨有些急了:"你挡驾啊。"

周一鸣:"我挡驾有什么用? 别人能往我这儿举报,就不会向税务检查科举报? 就不会向局里举报?"

赵亮晨忍不住问道:"兄弟,能告诉我吗? 那人是谁?"

周一鸣:"我也不知道。匿名的。"

赵亮晨:"这么说,你们是铁了心来查我了?"

周一鸣:"局里让我配合陈俭一起调查此事。"

赵亮晨:"就你们俩?"

周一鸣:"目前就是我们俩。"

赵亮晨:"好,就你们俩就好。我想就是不看我的面子,也该看看小芳的面子吧。"

周一鸣笑而不答。

赵亮晨愤愤地:"妈的,这可恶的举报人,给我凭空添乱!"

飘飘:"赵总,我去下面陪陪那位陈先生吧?"

赵亮晨:"好,哦不,还是我去。一鸣,你陪我一起去。我不能怠慢了这位陈科长。"

赵亮晨正欲拖着周一鸣出去,陈俭出现在门口。

周一鸣看见了,便道:"阿俭,来了啊。这位就是赵总。"

赵亮晨:"哦哟,陈先生,怠慢怠慢。我正想让一鸣陪我去下面找你呢。"

陈俭:"不客气。"

赵亮晨:"我经常听一鸣说起你,早就想认识你了。"

陈俭:"是吗?"

赵亮晨:"我跟一鸣是老朋友了,他刚才都跟我说了,怎么? 有人举报我?"

陈俭:"是的。赵总,这是税务检查书,这是我的检查证……"

赵亮晨:"不用看不用看,陈兄远近闻名,哪儿用得着看什么证不证? 我知道陈兄很多事。朝阳假发票案,还有那双什么健身鞋逃税的事,不都是陈兄出面侦破的。"

陈俭:"赵总过奖了,那也不是我一个人。"

赵亮晨:"陈兄不用谦虚,主要还不就是你在负责。其实我不仅知道这些,我还知道陈兄在学校里可是个才子,是很多女孩子追求的对象呢。"

陈俭笑道:"看来一鸣真是跟你说了不少。"

周一鸣在一边只是笑笑,没有解释。

赵亮晨:"陈兄,我们公司的纳税信用等级虽然不是 A 级,但也不是 C 级,至少也是个 B 级吧? 怎么会有人举报我? 我实在想不通。"

陈俭:"我们也只是例行检查,赵总不必多虑。"

赵亮晨:"呵呵,既然是陈兄来了,我当然全力配合。飘飘!"

飘飘:"赵总,什么事?"

赵亮晨:"你去把这个月的财务报表拿来。"

陈俭:"对不起,我要近 3 个月的。"

赵亮晨:"好,把近 3 个月的都拿来。"

飘飘应声而去。

赵亮晨:"两位请用茶。"

陈俭:"谢谢。"

赵亮晨:"陈兄,以后有机会我们多走动走动。听一鸣说,你们是校友?"

陈俭:"是的,一鸣是我师兄。"

赵亮晨:"呵呵,一鸣啊,你这个师弟可是比你有出息啊。"

陈俭:"我和一鸣只是岗位不同而已。"

周一鸣:"陈俭在学校的时候就是学生会主席,我只是默默无闻的一个普通学生。比我有出息是应该的。"

赵亮晨:"哎,陈兄,我们说句悄悄话。"

陈俭:"有什么话你就当着一鸣的面说吧。"

赵亮晨笑道:"其实也没什么,我只是想冒昧地问一句,听说陈兄至今未婚?"

陈俭:"你还知道得真不少。都是听一鸣说的吗?"

赵亮晨:"不全是。为什么? 以陈兄的一表人才,是不是要求太高了?"

陈俭:"呵呵,我们还是谈公事吧。"

赵亮晨:"陈兄,有时候公事私事是连在一起分不清的。"

陈俭:"难怪赵总把办公室也布置得像个私人的休闲空间。"

赵亮晨:"呵呵,陈兄见过的办公室数以百计,有没有布置得像我这样的?"

陈俭:"没有,的确没有。"

赵亮晨:"我是个享乐主义者,既然这样的空间既不影响我办公,又不影响我赚钱,我干吗不让自己舒服一些?"

陈俭:"要享乐也得有条件啊。赵总是不是赚钱太容易了?"

赵亮晨:"哪里?赚钱都得冒风险。"

陈俭:"赵总指的是冒哪方面的风险?"

赵亮晨:"所有方面,呵呵,我的意思是说都是很艰难的。"

飘飘拿来了账册。

赵亮晨:"两位请随便看。"

陈俭:"谢谢。"他翻阅起来。

周一鸣也拿了一叠,在边上查看。

赵亮晨:"有什么问题尽管问我。"

陈俭一边看着一边随口问道:"那笔 8000 万服装的出口订单是什么公司让你们加工的?"

赵亮晨:"是香港万盛行贸易有限公司订的。"

陈俭:"什么公司代理出口?"

赵亮晨:"T 省的瑞德公司。"

陈俭:"你们的面料都是哪儿进的?"

赵亮晨:"这在发票上有反映,80%都是 T 省 V 县进的。"

陈俭:"那儿盛产面料吗?"

赵亮晨:"主要是那儿的面料价廉物美。就是加上运输费还比邻近省份的便宜,你知道,我们做生意的总是要货比三家,反复核算成本的。"

陈俭若有所思,继续翻看着账本。

赵亮晨:"一鸣,有什么问题吗?"

周一鸣:"哦,没有。"

赵亮晨："你就没发现一张假发票?"

周一鸣："我没细看,但我想假发票应该不会有。"

赵亮晨："一鸣真是法眼过人。一会儿等你们工作完了,我们喝酒去。"

陈俭："赵总,账上有没有问题现在还暂时无法下定论,可是我还有些小问题想问一下。"

赵亮晨："请说。"

陈俭："那笔8000万的订单是你们公司独立完成的吗?"

赵亮晨："那是当然。陈兄怀疑我的能力?"

陈俭："不是怀疑你的能力,而是怀疑你们公司这些设备的能力。我看了贵公司的设备明细表,刚才又去车间里转了一圈,我觉得这些设备只有每天24小时不停地运转,才有可能完得成。"

赵亮晨："哈哈,陈兄说得一点不错。不瞒你说,我们正是加班加点才完成的。"

陈俭："加班加点?"

赵亮晨："是啊,一天24小时,分三班。"

陈俭："可是工人的加班费似乎没有增加……"

赵亮晨："对对对,我们还没及时做上去,因为公司资金的运转有些问题,原来打算这个月就做上去的。"

陈俭："赵总,既然你的机器是一天24小时在运转,那这个月的电费怎么还低于前两个月的? 还有,既然厂子里一天到晚都有人在上班,那这个月的水费怎么和前两个月的基本持平呢? 难道是供电局的或者是自来水公司的抄表员抄错了? 即便是其中一个抄错了,总不至于两个都抄错了吧?"

赵亮晨一时哑然。他强辩道:"这……税和水电费有关吗?"

陈俭:"你说呢?赵总。布料难道在一夜之间就能变成服装?还是你直接就把布料装进了集装箱?"

赵亮晨没有回答,半晌,他缓缓地问道:"你还记得国芳吗?"

陈俭愣了一下:"谁?你说谁?"

赵亮晨:"国芳。"

灯光渐暗,三束追光下三个人都在思考着。

陈俭的意识流:"他、他怎么会突然跟我提起国芳……"

赵亮晨的意识流:"陈俭,你果然有一手。不过只要你是人,我就不信没办法对付你。"

周一鸣的意识流:"好戏开场了……"

第二场

税务局健身房。

陈俭在划船器上锻炼。

周一鸣:"你不想知道国芳的消息?"

陈俭在划船器上狠命地划着。

周一鸣:"你还想调查下去?"

陈俭:"为什么不调查下去?你要知道,他那些布料根本就没有加工成服装,而是装进集装箱在公海上转一圈,国家的税款就大把大把地流失了。我甚至怀疑他那些进布料的发票都是虚开的,因为我在他们仓库里根本没有看见一匹布。要真是这样的话,那集装箱里装的就可能是破麻袋了。"

周一鸣想了想，道："阿俭，不管这集装箱里装的是破麻袋，是布料还是服装，这件事能不能遮过去？"

陈俭愣了一下："一鸣，你一向是个原则性很强的人啊，你不会是在为博宏公司说情吧？"

周一鸣："是在说情。你放过他们这一回，我会让他们下不为例。"

陈俭："我没听见你在说什么，我不会对外人说，也请你别再说第二遍了。"

周一鸣："阿俭，如果你不答应，我不仅会说第二遍，我还会说第三遍、第四遍、第五遍。"

陈俭："为什么？"

周一鸣："因为……因为这家公司确实和国芳有千丝万缕的关系……换句话说，就是那个赵亮晨判 5 年，那国芳就得判 15 年！"

陈俭一时怔住："为……为什么这么说？"

周一鸣："因为国芳就是 T 省的那家进出口公司瑞德公司的老总。"

陈俭傻了。

周一鸣："阿俭，我们可以不管那个赵亮晨，但是国芳……"

陈俭："你早就知道了？"

周一鸣："是……不过，也不是很早……"

陈俭向他吼道："你为什么不告诉我？！"

周一鸣："我……阿俭……"

陈俭："一鸣，你让我一个人静一下行吗？"

周一鸣轻叹一声，退出门去。

陈俭陷入沉思……

画外音:

国芳叫道:"阿俭,准备好了吗?"

陈俭:"这是游船! 又不是赛艇! 你这人真是好胜,什么都要跟人比,将来一定是女强人。"

国芳:"呵,女强人有什么不好? 阿俭,我们以后做生意好不好?"

陈俭:"好啊。"

国芳:"你的脑子那么好,不做生意可惜了。我们赚大把大把的钱,彻底改变现在这种苦日子。"

陈俭:"做什么生意呢?"

国芳:"什么赚钱做什么。我就不信,凭我们俩的智商,还怕闯不出一片天地来! 来,一、二、三,开始!"

两人挥动双臂使劲往前划。

国芳:"阿俭,你爱我什么?"

陈俭:"除了你的虚荣心,什么都爱。"

国芳:"哼,虚荣心有什么不好。"

陈俭:"没什么不好。"

国芳:"我是除了你的好胜心,什么都不爱!"

陈俭:"我正儿八经跟你说,你的虚荣心以后会害你的。"

国芳:"那怕什么? 反正有你保护我。"

……

陈浩光出现在门口。

陈浩光看着儿子的背影,忍不住问道:"你在想什么?"

陈俭:"爸? 你怎么会来?"

陈浩光:"我就不能来吗?"

陈俭:"我不是这个意思,您坐。"

陈浩光："我知道，你现在心里根本就是一团乱麻。"

陈俭："一鸣跟你说了？"

陈浩光点点头，叹道："国芳这丫头我也喜欢，记得当年我是反对你在大学里谈恋爱的，可是你第一次把国芳带回家以后，我觉得这个从孤儿院出来的孩子善良，聪明，热情，开朗。可以看出她在孤儿院里所受到的良好教育。有这样一个孩子做我的儿媳是我的福气。可惜……"

陈俭："爸，对不起。这 10 年来您没少为我操心。"

陈浩光："你等了她 10 年，到现在你还不知道她为什么无缘无故地失踪。现在又为什么突然出现，她还是不是原来的国芳，她现在是什么样子？"

陈俭："不知道。我只知道她是我调查的对象。我现在是又想见她又怕见她。"

陈浩光："一鸣刚才给我出了个好主意，他说你可以回避。"

陈俭："回避？也许回避对我来说是最好的方式。爸，你说呢？"

陈浩光："不知道。对，回避是很轻松，很合理，很方便。但是，孩子，我要是你的话，我就不采取回避，我一定要试试我自己能不能受得住这些可能出现在我面前的考验和挑战。"

陈俭："为什么别人可以回避我就不可以。局里制度上写得明明白白，我有充足的理由可以回避。"

陈浩光："可在我看来这种回避就是逃避。"

陈俭依然不响。

陈浩光："现在你有了她的下落，可是她很可能跟一桩税案有关，所以你会说又想见她又怕见她。你听我说，你是一个国家的税务干部……"

陈俭："爸,我不要听大道理,我不是孩子了,大道理我明白。"

陈浩光："你明白就好。我是觉得你好像有些糊涂了,才想提醒你的。"

陈俭："爸,你让我一个人静一下好吗?"

陈浩光："好,只要你自己能把握住,只要你别让我这张老脸以后不敢进税务局大门就行。我不会怪你不让我抱孙子,但我会怪你不像我儿子!"

陈浩光气冲冲往外走。

周一鸣正好进来:"哎,陈叔叔。"

陈俭："一鸣,明天我们就去 T 省。"

舞台光暗。追光打在三人身上。

陈浩光的意识流:"这才是我的儿子。"

陈俭的意识流:"国芳,我不知道我怎么做才是保护你。"

周一鸣的意识流:"事到如今,那就继续往下走吧。"

第三场

豪华套房。

郗主任开门入内。他转身道:"陈先生,周先生,两位请。"

陈俭和周一鸣提着简单的行李步入套房。他们环顾房内,一派奢华。

郗主任:"两位有什么吩咐尽管说。"

陈俭:"郗主任,我们是要去你们瑞德公司,你把我们带到这儿来干什么?"

郗主任:"陈先生,这儿也是我们公司的一部分,是我们万总的长包房。而且我们万总经常在这儿办公,也可以说是她的办公室。"

陈俭忍不住问道:"你们老总姓万?"

郗主任:"是啊。"

陈俭:"你们国总呢?"

郗主任:"国总?我们公司从来就没有什么国总啊。"

陈俭愣了一下,他悄悄瞥了一眼周一鸣。

周一鸣装作没看见,转身问郗主任:"这是你们万总吩咐的?"

郗主任:"是的。"

周一鸣:"你们万总人呢?"

郗主任:"万总有个会,她马上会赶过来的。"

周一鸣:"好吧,那我们……"

陈俭:"郗主任,那我们还是直接去公司见你们万总吧。"

郗主任面露难色:"陈先生,我这个办公室主任也是打工的,老总怎么吩咐我就只能怎么做。请陈先生,周先生体谅我的苦衷。万总应该马上就到了,就委曲两位在这儿等一会儿行吗?"

周一鸣朝陈俭眨眨眼,道:"陈科,我们就既来之则安之吧,也别让郗主任太为难了。你去忙你的吧,我们就在这儿恭候你们万总。"后面那句是对郗主任说的。

郗主任:"谢谢谅解。两位请自便,我就在隔壁,两位有什么吩咐尽管找我。"他说完退了出去。

陈俭:"一鸣,我们应该离开这儿。"

周一鸣:"为什么?"

陈俭:"我们住在这儿就会被动,我们不能被那个万总牵着鼻子走。"

周一鸣:"谁说的? 我们这叫以静制动。"

陈俭:"对了,你为什么骗我说国芳是这儿的总经理?"

周一鸣:"我、我没骗……"

陈俭:"人家说他们公司根本就没什么国总。"

周一鸣冲他神秘地笑笑,道:"这样吧,你先休息一会儿,我去和当地税务部门联系一下。"

陈俭:"我也一起去。"

周一鸣:"你就等着那个万总吧。万一人来了,我们不在,不是失礼了吗? 我反正快去快回。"他又冲陈俭神秘地笑笑,开门出去了。

陈俭望着他的背影:"这人怎么一下变得神神道道的……"他返身回屋,在沙发上坐定,环顾房内,豪华异常。

突然,他注意到一侧有一个三角箭头在不住闪动,他有些好奇地走了过去。

那堵墙突然往两边移,原来是一个电梯。电梯里站着国芳。

刹那间,电梯内外的两个人都怔住了。

突然,电梯门关上了。

国芳赶紧去按按钮,陈俭也反应过来,去按门旁的按钮。

电梯门又开了。

国芳走出电梯,笑道:"差点关上了……"

陈俭:"这房间有直达的电梯?"

国芳:"是的,由车库直接通这房间。"

两人一时沉默。

陈俭欲言又止。国芳见状问道:"你……你想问什么?"

陈俭:"哦,没什么。"

国芳:"阿俭,这些年……你还好吗?"

陈俭:"挺好的……"

国芳:"陈伯伯他还好吗? 他老人家应该退休了吧?"

陈俭:"是的,3年前退休的。"

国芳:"真是挺想他的。那时候,他对我就像自己女儿一样……"

陈俭:"你这些年是怎么过的,怎么一点音讯都没有?"

国芳:"说来话长……对了,一鸣呢?"

陈俭:"哦,他出去办点事!"

国芳:"旅途辛苦吗? 我知道你们税务局出差,一般为了省钱不坐飞机坐火车的。"

陈俭:"呵呵,我们用的是国家的钱嘛。国芳,你是瑞德公司派来的吧?"

国芳:"不是。"

陈俭:"不是?"

国芳:"没人派我来,是我自己来的。因为我就是瑞德公司的总经理。"

陈俭:"瑞德公司的老总不是姓万吗?"

万芳:"我是姓万。我改了姓。"

陈俭恍然大悟:"原来你改了姓。难怪我到处打听都找不着你。"

万芳:"我都听一鸣说了,我知道你找了我很久。阿俭,真对不起。"

陈俭:"一鸣这家伙真是可恨,他知道了也不告诉我。"

万芳:"是我让他瞒着你的。"

陈俭:"为什么?"

万芳:"因为我既想见你又怕见你……"

陈俭一时无语。

万芳："阿俭,我们今天不谈公事,只叙往事,好吗?"

陈俭想了想,道:"好。"

万芳："你知道我当时为什么会不辞而别吗?"

陈俭："不知道。我至今没想通。"

万芳："我的亲生母亲来找我了。"

陈俭："真的? 那是好事啊!"

万芳："对我们来说,却不是什么好事。我母亲那时在香港,她托人来把我接了去。你知道,那时候香港还没回归祖国,我其实是偷渡过去的。到了那儿我也不敢跟大陆方面有联系……"

陈俭深深地吸了口气。

万芳："我知道你现在已经是税检科长了,我还知道你还没有结婚……"

陈俭："你呢?"

万芳："结了。"

陈俭："哦,那一定很幸福吧? 祝贺你。"

万芳："不幸福。"

陈俭闻言一时不知说什么。

万芳："我们长期分居。我在 T 省,他在 A 市。"

陈俭："A 市? 跟我在一个城市?"

万芳："是的。你们前几天已经见过面了,他就是博宏公司的老总赵亮晨。"

陈俭怔住了。

两人沉默着。

陈俭喃喃自语："原来是这么回事……"

万芳："阿俭，你是聪明人，你肯定想到什么了?"

陈俭："其实你比我更聪明，我只是刚想到，你却已经在做了。"

万芳："要是你不让我做我就不做了。"

陈俭："可是你已经做了。"

万芳："呵呵，说好不谈公事的，可说着说着还是扯到公事上了。"

陈俭："我没想到，我们会在这么一种情况下见面。"

万芳："我也想过好多种，可就是漏了这一种。"

陈俭："不过要是没有发生这些事，我们说不定这一辈子就见不上了。"

万芳："那倒不会。因为……因为我已经打算去 A 市找你了。"

两人再次沉默。

陈俭环顾屋内："这样吧，我们换个地方。"

万芳："为什么? 这儿不好吗?"

陈俭："不是不好，相反，这儿太好了。我们出差一般是不住那么豪华的五星级套房的，我哪儿住得起。"

万芳："你以为我会让你出钱?"

陈俭："我知道你不会让我出钱，不管怎么说，这……总不太好。"

万芳："老同学还那么见外?"

陈俭："可是你是瑞德公司的总经理。"

万芳："我不是说了吗? 今天我们不谈公事，只谈往事，所以至少今天我们的关系是同学，而不是调查者和被调查者。"

陈俭无奈。

万芳："你就住下吧。这套房是我母亲的长包房，她不在的时候一直空关着，不住白不住。以前，我不是也经常住在你们家的吗? 你瞧，这是什么?"她从衣领里掏出一条项链，下面居然挂着一把钥匙。

陈俭愣住了："这是我们家的钥匙?"

万芳点点头。

陈俭："真亏你想得出,把钥匙当项链。"

万芳："老土,不能叫项链,应该叫坠子。"

两人再一次沉默。

"叮咚!"门铃适时想起。

陈俭过去打开门,门外是周一鸣。

周一鸣："哟,我来得不是时候。我出去再办点事。"他转身欲走。

陈俭一把拖住他："你给我进来!"

周一鸣："我、我不打搅你们吗? 你们两个老情人 10 年一晤,一寸光阴一寸金啊。"

万芳："行了,一鸣,你别大呼小叫的了,就算 10 年一晤,也不用争分夺秒呀。"

周一鸣："这么说,你们打算从长计议?"

陈俭："一鸣,我还没找你算账呢! 你把我瞒得好苦!"

周一鸣："我、我没瞒你啊! 我不是告诉你了吗? 可是你自己不信我有什么办法?"

陈俭："你什么时候跟我说过国芳改姓了?"

周一鸣："我想让你有个惊喜还不好吗? 唉,这人还真难做。"

万芳："呵呵,同学在一起的感觉就是不一样,什么话都可以说。我去吩咐一下郗主任,让他去订菜订酒,我们好好聚一聚。"她走了出去。

周一鸣："怎么样? 见到了老情人,什么感觉?"

陈俭无语。半晌,他问道："你是什么时候知道的?"

周一鸣："知道什么?"

陈俭："她在骗税的事。"

周一鸣踌躇了一下,问道："你那么肯定她在骗税?"

陈俭："这还用说吗? 生产公司和出口公司是夫妻老婆店,而且购买布料的发票 80％都是 T 省 V 县开出的,只要去查一下发票的来源就马上水落石出了。"

周一鸣："这么说你一定要查下去?"

陈俭："你说我还有什么选择?"

周一鸣："放弃。这件事情到此结束。我告诉你,万芳前阵子不断跟我打听你的情况,言语里边除了关心还是关心。她跟我说过,她跟她丈夫没什么感情,何况长期分居两地。所以你们俩走到一起,简直是水到渠成的事。你等了 10 年终于等到这一天了,你还能有什么选择?"

陈俭："你忘了你是税务局的了? 你在干些什么?!"

周一鸣："我在征税。我们六所是几个征管所里完成得最好的。"

陈俭："可是你知道有人在骗税你怎么可以知情不报? 你这不是在帮她,你这是在害她! 你怎么这点轻重都分不清! 我现在真想狠狠揍你一顿,你要是当初不纵容他们,哪儿会有今天?! 你、你为什么要这么做啊?"

周一鸣不响。

陈俭："你是为了我?"

周一鸣："不全是。"

陈俭："因为是老同学?"

周一鸣："也不全是。"

陈俭："难道你收了钱? 或者说拿了好处?"

周一鸣："你说什么? 你也太看低我的人品了吧! 我周一鸣在税

务局干了十年,没收过纳税人一分钱!"

陈俭:"对不起。那还有什么特别的理由?"

正说着,万芳带着郗主任推门进来了。他们端着好几盆菜。

万芳:"吃的来了,我包你们吃菜生情,回到当初。"

郗主任又去门口把酒拿了进来。

万芳:"你去吧,你也累了。"

郗主任:"好的,再见,万总。两位再见。"他退了出去。

陈俭和周一鸣呆呆地站在一边。

万芳:"怎么了? 都傻站着干什么? 来看看我叫了些什么菜。椒盐排条,青椒土豆丝,番茄炒蛋,蚂蚁上树,酸辣汤。"

周一鸣:"这不都是咱们学校小食堂的菜吗?"

万芳:"而且味道也差不多,不信你们尝尝。"

陈俭:"你不会把我们小食堂的王大爷也给请来了吧?"

万芳哈哈大笑:"那倒没有。我是在一个小店叫的,有一次公司加班,大伙儿一起吃客饭,我突然发现那菜的味道跟我们小食堂太像了,后来,每当我感到孤独的时候,我就常去。"

周一鸣给每人满上酒,然后举起杯子,"来,为两位久别重逢。"

陈俭突然放下杯子,走至一边。

周一鸣诧异地看着他。

万芳:"阿俭,你是不是在想调查的事?"

陈俭:"是的。我不想我们之间像做戏一样,一边围着一张桌子喝酒,一边想着各自的心事。"

万芳:"你认为我去叫这些菜来是在演戏? 你知道我多么怀念在校园里的那些日子吗? 你知道我现在多么想回到从前吗? 你知道我偷偷去过校园多少次吗? 你知道我在你们家门口徘徊了多长时间

吗？我手里握着钥匙，可是我没有勇气开门进来……"

周一鸣站了起来："我出去一会儿。"

陈俭："别走！一鸣，我一直把你当我的大哥看待，我想国芳也一样，在你面前没什么秘密。"

周一鸣想了想，踱至一边坐了下来。

陈俭："国芳，刚才的话我收回，我可能急不择言。不过我确实没法坐下来喝酒吃饭。你在怀念过去，我在担心未来，因为、因为、因为我不知道该怎么做才好……当初，你给我留下的那封信，也一直揣在我的兜里。你让我忘了你，可是我忘不了！我总在期待着你会突然出现！你现在真的出现了，可是我们之间却成了调查者和被调查者的关系。你让我怎么喝得下酒，咽得下饭……"

两人都沉默了。

周一鸣看了一眼桌上未动的碗筷："菜都凉了……"

万芳："阿俭，从现在开始，你想怎么做就怎么做吧。你放心，我不会勉强你做任何违心的事。"

陈俭："由于我们之间关系特殊，你可以向局里申请让我回避。"

万芳想了想，意味深长地说道："我不想这么做。我觉得你是最合适的。"

灯光渐暗，追光又起。

周一鸣的意识流："这两人真是一对。"

陈俭的意识流："国芳，你知道吗？我现在真希望你能提出让我回避。"

万芳的意识流："阿俭，你知道吗？我万芳要栽也只愿栽在你的手里……"

腰　眼

场景同序幕和尾声。可以所有人都在场上也可以陆续上场。可以平行交流也可以交叉交流。

周一鸣："你已经决定去 V 县查发票了?"

陈俭："除此之外,我还能做什么?"

周一鸣："让他们象征性地罚点款,把这事结了。"

陈俭无语,只是深深地吸了口气。

周一鸣："阿俭,你不是想知道我为什么要帮她吗?"

陈俭："是的,为什么?"

周一鸣："你已经想了不少理由,可是你为什么就想不到是为了我?"

陈俭："为了你?"

周一鸣："是的,为了我,我就不能为我自己? 你是压根也不会去往这方面想的。在学校里,你是出类拔萃的才子,她是倾国倾城的佳人,你们两人的相恋也是顺理成章的事,我们这些人自愧不如,只有羡慕的分,没有插足的分。你知道吗? 我也爱国芳,可是我只能在心里爱,每次见到她,我只能装得若无其事,每次见到你们甜甜蜜蜜,我只能表现得事不关己,甚至还要插科打诨说上几句笑话。你知道我那时是什么心情吗? 你知道什么叫暗恋吗? 你知道暗恋有多少痛苦吗?"

陈俭："一鸣……"

周一鸣:"我告诉你,那家要货的香港万盛行贸易公司,就是万芳的母亲万艳群开的。也就是说,你刨根追底地一查,那他们一家就全完了。当然,还包括我。"

陈俭:"一鸣,我……我现在真的不知道怎么做了……"

赵亮晨像疯狗一样地在问梦飘:"是你举报的吗?"

梦飘:"不是。"

赵亮晨:"不是你那还会有谁呢?"

梦飘:"我、我怎么知道?"

赵亮晨又审到了郗主任那儿:"是你举报的吗?"

郗主任:"不是。"

赵亮晨:"他妈的,都不肯承认。"

郗主任:"不是我,我为什么要承认?"

赵亮晨:"哼! 我就不信我找不出这人!"

万芳和万艳群在一起。

万芳:"妈,你怎么过来了?"

万艳群:"情况怎么样?"

万芳:"我想……他会查下去的……"

万艳群:"那个陈俭就一点儿也不念旧情?"

万芳:"不是不念旧情,他、他就是这么个人……"

万艳群:"你那把钥匙在脖子上挂了 10 年,真是白挂了。"

万芳不响。

万艳群:"别急,妈这一生碰到的事太多了,从来就没有过不了的坎。"

陈俭:"爸,是我。"

陈浩光:"阿俭,你还在 T 省?"

陈俭:"对。"

陈浩光:"见到国芳了?"

陈俭:"见到了。爸,你能跟我说说大道理吗?"

陈浩光:"什么大道理?"

陈俭:"就是上次你在局健身房里想跟我说的大道理。"

陈浩光:"呵呵,其实你真要我说,我还不会说呢。"

陈俭:"爸,你想到什么就说什么。"

陈浩光:"我在财税部门干了 40 多年,很多事都已记不得了。但是我刚进财税局的时候,我们领导跟我说的那段话我一直记得。他说,国库的钥匙掌握在我们手里。所以,我们只有为国家征税的义务,没有对偷逃税的人网开一面的权力。"

陈俭:"谢谢你,爸。"

第四场

陈俭家晒台。

陈浩光躺在一把躺椅上,不知不觉睡着了。

万艳群提着一个大包来了。她见陈浩光睡着,便麻利地打开那包。原来包里是一条纯羊毛皮毯。她将皮毯轻轻盖在老陈身上。

陈浩光醒了,见状有些惊讶:"你、你是谁?"

万艳群:"你好,老陈,打搅您午休了。我是小芳的母亲。"

陈浩光:"哦哟,你⋯⋯你请坐,我、我去给你倒杯水。"

万艳群:"不用忙了,老陈,我坐一会儿就走。"

陈浩光:"对了,你是怎么进来的?难道我忘了锁门了,咳,真是老糊涂了⋯⋯"

万艳群:"您锁了门了。不过,我有这个。您还记得吗?这把钥匙就是您当年亲手给小芳的。"她一边说一边拿出一把钥匙。

陈浩光看着那把钥匙,不由地点头:"是啊,有 10 年了⋯⋯那时,我把她当女儿看待⋯⋯"

万艳群:"唉,我这个做母亲的没能尽到责任。当时我也是身不由己,要不然我说什么也不会把她扔在孤儿院里不管的。不过,小芳倒是个有良心的孩子,她经常在我面前说起您,其实我知道,在她心里直到现在还是把您当成她的父亲,因为、因为她一直没有父亲⋯⋯"

陈浩光:"这孩子⋯⋯她现在在做生意?"

万艳群:"是啊。她一直说要来看您,可这人一经商吧,就忙得⋯⋯"

陈浩光突然打断她,问道:"恕我直言,你是不是为国芳的事来的?"

万艳群没想到老头那么耿直,她愣了一下,立即道:"是的。现在陈俭正在调查小芳的案子,我是吃吃不下,睡睡不着。生怕小芳真的出事⋯⋯"

陈浩光:"如果她没偷逃税,那也就不会有什么事。"

万艳群:"老陈,我们生意人总难免有点税的问题,有些事情,可以大事化小,小事化了,这一进一出,就全看陈俭了。"

陈浩光:"不是看陈俭,是看税法。"

万艳群:"对对,是看税法,不过这税法是死的,人可是活的……"

陈浩光:"你是想让我叫阿俭睁一只眼闭一只眼?"

万艳群:"能这样当然好。不过,也不能因此害了阿俭,要不然他的前程会受影响的,最好能找到一个什么办法……"

陈浩光:"那只有一个办法。"

万艳群:"什么办法?"

陈浩光:"知法犯法。违法。"

万艳群:"……其实我们香港有很多大老板当初原始积累的时候,也都是想尽办法偷逃税款的,等他们赚了钱以后,再用各种办法回报社会,比如募捐慈善事业什么的。对了,这样行不行? 我们把没缴的税款通过捐款的方法捐给政府,这样政府同样也收到了钱……"

陈浩光:"你真是个生意人。可是在法律面前是没生意可谈的。我在财税部门工作了 40 年,我只知道依法纳税是每个公民的义务。"

万艳群:"老陈,要是阿俭真查出了什么问题,我可能也难逃干系。可是我无所谓,充其量在牢里度晚年。可是小芳她这辈子就完了。她太可怜了,小时候在孤儿院长大,下半辈子又要在牢里度过……她跟她丈夫关系也不好,长期分居着。她这辈子就没享过真正的福,没有过真正的爱……"

陈浩光:"她有过。我儿子陈俭 10 年来一直爱着她,要是他查出问题来,我想最痛苦的一定是他,我都怕他承受不住……"

万艳群:"那就让他别查了啊。"

陈浩光:"这是他的职责。我没有权力让他放弃,他也没有权力。"

万艳群:"老陈,我们都是做父母的,你就将心比心……"

陈浩光:"别说了,我真的无能为力……"

万艳群："是不是因为小芳没有嫁给你儿子让你们怀恨在心,想借此机会报复……"

陈浩光闻言火了："你说什么?你这么说玷污了我儿子对国芳10年的感情!你知道吗?这10年来,有多少人给他介绍女朋友,都被他一口拒绝,我曾经试着想劝劝他,可是我不忍心开口!你刚才说将心比心,那我问你,难道我这个做父亲的就不希望儿子早点成个家吗?难道我就不希望早点抱上孙子吗?一到晚上我就会把窗都打开,你知道为什么吗?因为我想听邻居家那些小孩子哭闹的声音,我就是听听也是一种满足。可是我知道他心里一直想着国芳,一直在等着国芳,我从来就没有催过他,我只能理解他,我和他一起在等,一起在盼,一起在期待!因为我也希望有朝一日国芳能成为我的儿媳妇……"

万艳群："老陈,我、我完全理解……你们一直在等着小芳,其实小芳也没有忘了你们。你看,这厚厚一叠信都是她写给你们的,可是她一封都没有发出来,她是觉得没有这个脸再进这个家……老陈,你就救救她吧!她马上就会离婚,只要你们还肯接纳她,她随时可以成为你的儿媳,如果、如果能把她托付给你们,我这个做母亲的也就放心了,我宁愿去为她顶罪,去为她坐牢……"

陈浩光无语。

万艳群："我先走了……哦,这条毛毯,是小芳去澳洲的时候,特地给您买的。她知道您的腿受过车祸,也知道您喜欢在晒台上午睡……"她往外走。

陈浩光将毛皮毯提在手里,突然他发现毛毯里掉出一张钱来。他抖了一下,更多的钱从毛毯收口处掉下。他一下发怒了："哎!你回来!"

万艳群吓了一跳。

陈浩光："你这是干什么？"

万艳群："哦，这是小芳的一点心意。她知道您是不会收她钱的，所以就动了个小脑筋……"

陈浩光："难道这样我就会收了？请拿走，这毯子分量太重，盖在我身上，我会直不起腰的。"

舞台光暗。追光又起。

万艳群的意识流："有其父必有其子，看来这事有些麻烦了……"

陈浩光的意识流："这丫头原本不是这样的。唉！"

第五场

孤儿院一隅。

远处传来男男女女年龄不一的孩子们合唱的歌声。

陈俭和万芳在倾听着。

陈俭："小时候你也像这些孩子那样唱歌吗？"

"嗯。"万芳点点头，她轻轻地哼起了儿时的歌……

陈俭："知道我为什么要带你到孤儿院来吗？"

万芳："陈俭，别以为你是世界上最聪明的。"

陈俭笑道："要论聪明，我哪儿比得上你啊。要论傻，我倒是不折不扣的大傻瓜。"

万芳："这 10 年来，你真的没找过一个女朋友？"

陈俭："没有。安娘来了。"

万芳调皮地："我先躲起来。"

安娘来了，她手上拿着一叠歌谱。

陈俭："安娘。"

安娘："小陈，你真是个有心人，每年都会……"

陈俭："安娘，你看我把谁带来了……"

万芳突然蹦了出来："安娘！"

安娘："小芳！"

万芳："安娘！你还是老样子，一点没老！"

安娘："呵呵，整天跟孩子们在一起，我哪儿老得了。小芳啊，谢谢你在国外还一直惦记着我，每年都让小陈来看我，还给我带各种各样的礼物，其实带什么东西呀，我最想见的还是你人。现在回来了？"

万芳起先微微一愣，但立即明白了，她点点头："嗯。"

安娘："成家了吗？"

万芳点点头，突然一把揽住陈俭，道："安娘，我们结婚了。"

陈俭闻言目瞪口呆。

安娘满脸慈祥地看着他们："好好好。祝贺你们。"

陈俭："国芳……"

万芳从包里掏出两袋喜糖："安娘，给，这是我们的喜糖。"

安娘喜笑颜开："谢谢，谢谢。小芳啊，你真是有心人，你这孩子从小心地就善良，我就知道你不会忘了安娘的。"

陈俭在边上脸涨得通红。

万芳："安娘身体还好吗？"

安娘："好，托你们的福，没病没灾，我还能干几年呢。"

万芳："现在孤儿院里有多少孩子？"

安娘："23个，比你们那时候少多了。现在国家富强了，生活也稳定了,孤儿自然也就少了。小芳,你现在在干些什么呢?"

万芳:"我、我在做生意。"

安娘:"好好,有出息了。我就知道你会有出息的,你小时候就很聪明,很机灵,现在果然出息了。"

万芳:"谢谢安娘。"

安娘:"小芳啊,这生意场上,也不是简单的地方。你安娘是什么都不懂,总之,做生意也是做人,要诚信为本。"

万芳默默地点点头。

"安娘!"远处有孩子们在叫安娘。

安娘:"孩子们叫我了,我去去就来,你们可别急着走,好不容易来一次,就多待一会儿。"

万芳:"嗯。"

安娘走了。

陈俭:"你胡说些什么?!"

万芳:"我愿意这么说。"

陈俭:"你干什么骗老人?"

万芳:"我没骗她,要说骗那是在骗我自己。"

陈俭:"那两包喜糖是哪儿来的?"

万芳笑了:"前几天有朋友结婚给我的。"

陈俭拿她没办法,走至一边。

万芳:"你这几年每年都来代我看安娘?"

陈俭不响。

万芳:"你为什么骗她说我出国了。"

陈俭:"跟你一样,我也是在骗我自己。我到处找不到你,总以为你在国外,来这儿看安娘,也是想打听你的消息,可是这10年来,你一次都没来。其实你真该来看看她老人家的，你没见她看见你的时候有多高兴吗？她看你的眼神，就像母亲看着自己的女儿……"

万芳："是的，她把我们都当成了自己的孩子。"

陈俭："她说得多好，做生意也是做人，要诚信为本。"

万芳走至一边，脸上露出愧疚。

陈俭："昨天我和一鸣去了Ｖ县。"

万芳："你们去查发票了？"

陈俭点点头："开发票给博宏公司的那18家公司全都是空壳公司。"

万芳不响了。

陈俭："一鸣告诉我了，下那8000万订单的香港万盛行贸易公司的老板就是令堂大人。所以我已经得出结论了。供货的，要货的，中间代理出口的，全是你们一家人在操作。你们很好地利用了Ｖ县工商登记、领取发票、纳税申报中的时间差，用三个公司一个循环的办法在骗取国家的税款。"

万芳："在你面前我不想抵赖，你说的全是事实。"

陈俭："你为什么要这么做呢？"

万芳："你知道我从小是在孤儿院长大的。我一直想赚好多钱，我这种翻身的愿望比任何人都来得强烈。"

陈俭："那你就通过正当途径去赚啊。"

万芳："这样来得快。"

陈俭："可你就没有想过这样是在犯罪？"

万芳："我想过。我一直在想到一定时候就收手不干了，可人的贪心真的是个无底洞，我好像在情不自禁地往里钻，越钻越深，越钻越不能自拔。"

陈俭："你知道我为什么要约你到孤儿院来吗？我是想让你明白你从小是国家养大的,是国家资助你上的学。不管你现在姓什么,你曾经姓过国！那是因为你那时候把国家当你的父母,你想过没有？你等于是在骗你父母的钱！"

万芳向他吼道："你为什么不早点儿跟我说这些？"

陈俭一愣："早点儿？早点儿我根本不知你在哪儿？"

万芳叹道："唉,我是一步走错步步错。阿俭,你知道我为什么不来找你吗？那是因为、因为……我没脸见你……"她话刚出口,泪水便顺着脸庞滑落。

陈俭："你哭了？"

万芳："你不知道,这 10 年我是怎么过来的……刚到香港的时候,我就被赵亮晨那个王八蛋给强奸了……他胁迫我嫁给他,要是我不嫁他,他就会把我遣送回大陆……我、我实在没办法……从那以后,我变得麻木了,我除了疯狂地赚钱,就是疯狂地用钱……我不敢想起你,我强迫自己忘了你,可是我发现,我根本就忘不了你……"她扑进他的怀里。

陈俭一动不动,像根木桩子。

万芳："阿俭,你还会要我吗？"

陈俭："……在我眼里你永远是纯洁的。"

两人就这样抱着。

陈俭："前几天你妈去找过我爸了。"

万芳放开他："是吗？"

陈俭："她把你写给我的那些信带去了。我爸看了,给我来了电话……"

万芳："陈伯伯说什么？"

陈俭:"他说我这 10 年等得值……"

万芳:"然后呢?"

陈俭:"然后他哭了……我拿着话筒的手都抖了,我从小到大,从没见他哭过……"

万芳:"我真对不起陈伯伯……我、我真恨我自己……安娘?"她突然发现安娘站在一侧。

安娘怜惜地看着万芳:"我是回来拿乐谱……"

万芳:"您都听见了?"

安娘默默地点了点头。

万芳扑进安娘的怀里,放声大哭起来。

安娘轻轻地拍着她:"哭吧,孩子。哭出来会好受些……"

舞台光暗。追光起。

万芳的意识流:"我要是早点儿来看安娘就好了。"

安娘的意识流:"知错就改,有罪就认,安娘会永远把你当女儿的……"

陈俭的意识流:"这才是真正的母亲……"

第六场

豪华套房。

赵亮晨像头困兽一样在屋子里转圈。他对万艳群吼道:"你女儿怎么连一个小小的税检科长都搞不定,真是一点屁用都没有!"

万艳群:"你吼什么? 吼有什么用? 我已经约了陈俭来谈了。"

赵亮晨:"谈?谈有个屁用!我告诉你,现在只有一条路,就是让万芳把他拖下水,不管用什么办法,逼他就范……"

传来门铃声。

赵亮晨立即恢复平常神态,笑容可掬地打开门。

门外是陈俭和周一鸣。

赵亮晨:"陈兄,一鸣,两位请。"

陈俭冷冷地:"走开!"

赵亮晨有些尴尬,原本伸出的手僵在半空。

陈俭径自往里走。

赵亮晨:"呵呵,陈兄火气好大,你有什么想法,或者有什么要求尽可以说……"

陈俭铁青着脸:"你给我出去!"

赵亮晨:"陈兄,你……"

周一鸣也不知陈俭为何这样:"阿俭……"

陈俭冲赵亮晨吼道:"滚!!"

赵亮晨敢怒不敢言,怔在原地。

周一鸣:"阿俭,我和他去外面聊。"

陈俭不响。

周一鸣示意赵亮晨:"走吧。"

赵亮晨只能灰溜溜地跟着周一鸣出去了。

万艳群突然道:"阿俭,谢谢你替我出了口气。"

陈俭不解。

万艳群:"我早就想让他滚了,可是……"她轻叹。

陈俭依然不响。

万艳群:"小芳已下定决心要跟他分开了……阿俭,你还爱小芳吗?"

陈俭没有回答,而是问道:"万董事长,您找我有什么事?"

万艳群:"阿俭,我去看过你爸了。"

陈俭:"我知道。"

万艳群:"这10年来,小芳确实有点对不起你们父子……"

陈俭:"不,她没有对不起我们。万董事长,您找我就是为这事吗?"

万艳群:"不是。阿俭,我请你来只有一件事,就是恳求你放过我们……"

陈俭沉默。

万艳群:"你是税检科长,又是我们这个案子的调查小组组长,我知道你有权可以放过我们……"

陈俭依然沉默。

万艳群:"阿俭,现在偷逃税的太多了。你听说过哪个家教老师去交过税?那些出租私房的房东,又有几个是交税的?至于做生意的,那就更不用说了,哪个不是在想方设法逃税?有些人搞假合资,为了什么?有些人四处去找残疾人拉进公司里,又是为了什么?有的学校名下挂了几十个校办工厂,还不都是为了逃税!"

陈俭:"你说的不错,偷逃税的确实很多。不过现在越来越多的家教老师纳税都会主动地来我们税务局申报,至于私房出租也越来越规范化。我相信随着国家信用体系的建立,公民纳税意识的增强,这种现象会越来越少。"

万艳群:"是的,可是现在别人都在逃,你为什么盯着我们不放?!我们是在骗税,我承认,可是我们骗得再多,也不过是沧海一粟。那些你们来不及发现的,你们还没有去查的,又有多少?"

陈俭："太多了。"

万艳群："那为什么就不能放过我们?"

陈俭："你知道吗? 每年我们国家流失的税款将近1000个亿!这些钱,可以架设90座杨浦大桥,可以举办20次奥运会,可以建5条跨越9个省市的京九铁路,可以造3个宝钢,可以再上马2个三峡工程。1000个亿啊! 这一串阿拉伯数字的后面,国家在流血,在呻吟……你说,我有什么权利放过你们!"

万艳群无语。

陈俭："你要知道,国家财政收入的来源95％以上是税收。要是你逃我逃大家逃,那国家就会受穷,受穷就会落后,落后就会挨打,挨打就会亡国! 你说,我有什么权利放过你们!"

万艳群依然沉默着。

陈俭："很抱歉,在国家利益面前,我只能这么做,我没有别的选择……要是没别的事,我先告辞了。"他往门口走去。

万艳群突然问道:"阿俭,你能告诉我实话吗?"

陈俭："什么?"

万艳群："你还爱小芳吗?"

陈俭："爱。再见,万阿姨。"他拉开门出去了。

万艳群深陷在沙发里,陷入沉思中。

万芳进来了。她轻轻叫道:"妈。"

万艳群置若罔闻。

万芳："妈,你怎么了?"

万艳群喃喃自语:"看来我万艳群终于走到末日了……"

万芳："你说什么?"

万艳群："哦,没什么。陈俭刚走,你没碰到吗?"

万芳:"没有。"

万艳群:"他刚才说他还爱你,我实在想不通,他爱你还要亲手把你送进牢里。"

万芳:"在他眼里,这不是爱不爱的问题,是原则问题。"

万艳群:"对我们来说,这也是原则问题。要是出了差错,我们就彻底完了。"

万芳:"我知道。可是我也没办法。"

万艳群:"现在只有唯一的一个办法了……"

万芳:"什么办法?"

万艳群:"跟他上床。"

万芳:"你、你说什么?"

万艳群:"只有诱惑他就范,他才可以收手,我们才可能得救。"

万芳:"我没想到你会想出那么卑鄙的办法。"

万艳群:"小芳,我们不把他拖下水,他就要把我们拖进大牢了!"

万芳:"我不会这么做,我不会把我们的感情就这样玷污了。妈,你让我很失望。我没想到你竟是这样一个人。我真想再回到孤儿时代,永远没有你这样的母亲,这是我最后一次叫你妈。"她欲夺门而出。

万艳群:"小芳!"

万芳在门口驻足。

万艳群沉默了一会儿,说道:"你不是一直想知道你父亲是谁吗?"

万芳:"是谁?"

万艳群:"我跟你说你爸死了,是骗你的。因为我根本就不知道他是谁……小芳,妈有今天是很不容易的。当年我是个知青,我不愿一辈子修地球,我想回城,可回城哪有那么容易。迫不得已,我先跟村里的医生睡了,然后又跟村支书、村长睡了,我终于得到了我梦寐以求的 3 个图章……"

万芳目瞪口呆。

万艳群:"所以在这种时候,我本能地想到了女人的救命稻草,请你原谅妈,妈也是迫不得已……"

"妈的,原来这是你惯用的武器。"赵亮晨不知什么时候出现在门口,原来他一直在偷听。

万芳:"赵亮晨,你给我住口!不许你用这种语气跟我妈说话!"

赵亮晨:"你以为你妈是什么好东西?想当初她是怎么跪在我面前求我的?又是怎么钻进我被窝的……"

万艳群:"赵亮晨!"

万芳震惊:"妈,他、他说的是真的?!"

赵亮晨:"当然是真的,还不是为了要把你弄到香港去……"

万芳:"你这头畜生!"

赵亮晨:"乱叫什么?!你现在也快点向你妈学习!别扭扭捏捏了,他不是你的老情人吗?你不是本来就爱她吗?现在我成全你们还不好吗?要不然我们全部从天堂到地狱!"

万芳:"你根本就不是人!你是魔鬼!你本来就应该下地狱!那儿才是你的家!"

舞台光暗。追光又起。

万艳群的意识流:"唉,早知今日,何必当初。"

赵亮晨的意识流:"说我是畜生,在我眼里你们连畜生都不如!"

万芳的意识流:"10 年,就像做了一场梦,现在梦该醒了……"

第七场

几天后。豪华套房。

万芳的前面堆了一大沓账本。她在计算着。

过了一会儿,她似乎想起什么,拿起电话:"郗主任吗？请到我这儿来一下。"她放下电话,继续算账。

少顷,门铃响了。

万芳:"进来。"

郗主任推门进来了:"万总,你找我?"

万芳:"是的。请坐,郗主任。"

郗主任:"没事。万总有什么事请吩咐?"

万芳:"我想请你辞职。"

郗主任愣了一下:"万总也怀疑我是那个举报人?"

万芳:"不是。我让你辞职是想最后帮你一下。"

郗主任:"帮我?"

万芳:"因为瑞德公司马上要倒闭了,你从一家倒闭公司出来,再去找工作我想对你总不会很有利吧?"

郗主任:"谢谢万总。"

万芳取出一沓钱:"这算是给你的补偿。请收下。"

郗主任:"不,万总在这种时候还能想到我已经是很大的恩情了。平时我的薪金已经不低,这钱我不能拿,谢谢万总。"

万芳:"郗主任,你在公司近 2 年了,到今天我才了解你。"

郗主任:"万总,祝你好运。再见。"他退了出去。

万芳继续算账。

门铃又响了。

万芳:"请进。"

进来的是周一鸣。

万芳:"一鸣,快请坐。"

周一鸣:"阿俭没来吗?"

万芳:"我故意跟他约晚了 1 小时,这样我们可以有一段单独的时间。"

周一鸣闻言有些不自在:"你……在干什么?"

万芳:"我在做账。你知道我在做什么账吗?"

周一鸣:"什么账?"

万芳:"我在算这几年我一共骗了国家多少税。结果刚算出来,说心里话,我也吓了一跳。"

周一鸣:"多少?"

万芳:"收受 V 县的 18 家企业虚开增值税专用发票共 106 份,价税合计 107673248.50 元,使国家税收损失 13606012.36 元,骗取出口退税 486 万元,还有出口奖励 132 万元。总共要将近 2000 万。"

周一鸣沉默着。

万芳:"一鸣,我真不知说什么好。出了事你肯定会被牵连进去,真……真是对不起……"

周一鸣:"说对不起干吗? 我是自愿的。"

两人沉默着。

万芳:"一鸣,我知道你一直在心里默默地爱着我……"

周一鸣:"你、你知道?"

万芳："我又不傻,再说,女人对这方面是最敏感的。"

周一鸣的头低了下去。

万芳："一鸣,请你原谅,我不能同时爱两个人,我只能装傻,其实我也挺喜欢你的,但我只能把对你的情感转化成兄妹一样的情感。"

周一鸣："我明白。"

万芳突然叹道："唉,我现在真怀念学生时代的纯洁无瑕……"

周一鸣："我也是……"

万芳："一鸣,麻烦你将这封信转交给陈俭好吗?"

周一鸣："他不是一会儿就要来了吗?"

万芳："我有点急事,不等他了。"

周一鸣："那……好吧。"他欲起身。

万芳："一鸣,你就在这儿等他吧,我要走了。"她话里有话。

周一鸣则丝毫没有察觉："好吧。"

万芳走到门口,又回头道："一鸣哥,再见了。"

周一鸣感到了什么,问道："你去哪儿?"

万芳故作轻松："就去隔壁。"她走了。

周一鸣坐在椅子上发愣。

陈俭："一鸣。"

周一鸣："哦,你来了啊。"

陈俭："国芳呢?"

周一鸣："她有封信让我转交给你。10 年前我是你们的信使,10 年后我还是你们的信使。"他递上信。

陈俭一边拆信一边道："我打算把她的表现如实汇报上去,国家说不定会原谅她,就是坐牢也不会多久的。"

周一鸣："你还打算等她?"

陈俭:"是的,我等,我已经等了10年,就是再等10年又怎么样。"

万芳的画外音响起:"阿俭,先跟你说两件事。第一,那18家公司都是我找人在V县注册的。你猜得一点不错,我们正是利用了工商登记、领取发票、纳税申报中的时间差,开一家关一家。附上他们的联系方式,你可以找到这些人。第二,那本存折里,有3000万,你帮我退还给国家吧。如果加上罚款还有多余,也请你以国芳的名义捐赠给让我长大成人的孤儿院。好了,阿俭,我还清了国家的钱,却没法偿还我欠你的感情债了。我这辈子什么都有了,唯一遗憾的,就是没能和你做夫妻……那次在孤儿院,我说我想嫁给你,绝对不是权宜之计。而是真心实意的……原谅我再一次不辞而别。你把万芳忘了吧,只要记住国芳就行,国芳没有做对不起国家的事……这把钥匙请代我还给陈伯伯,让他老人家给他真正的儿媳妇,我不能老占据着它……对了,千万别放过赵亮晨。阿俭,此时此刻,我真的好爱你……万芳绝笔。"

钥匙坠地。

周一鸣一愣:"绝笔?"

陈俭突然明白过来,他悚然动容,大叫一声:"不! ——"

舞台光暗。追光又起。

周一鸣的意识流:"怎么会这样……"

陈俭的意识流:"为什么会这样?!"

尾 声

还是序幕时的那个场景。

周一鸣深深地叹了口气："是我害了她，要是我早点阻止她就好了。唉，我不仅害了她，也害了你，我这 2 年牢坐得一点都不冤……万芳的母亲和丈夫现在怎么样了？"

陈俭："也都判了刑。"

周一鸣："唉，我们确实都是罪有应得。阿俭，你知道是谁举报的吗？"

陈俭："不知道，我一直想感谢这个人。"

周一鸣："不用感谢他。他举报的动机不纯，用心不良。"

陈俭："为什么这么说？"

周一鸣："因为我了解他。"

陈俭看着他，突然明白过来："一鸣，你就是那个举报人？"

周一鸣没有否认。

陈俭："真的是你？你为什么不在法庭上说？你要知道，说不定可以功过相抵！"

周一鸣："我说了，我是动机不纯。"

陈俭不解。

周一鸣："我这一辈子都在妒忌你。在学校里的时候，你比我低二届，却比我风光，校花是你的女朋友。在单位里，你比我晚进 2 年，却还是比我风光，提拔的比我快，位子比我好。听说你已经成了副局长的候选人，而我这个所长都保不住，说不定还要让贤。我举报，是想把你推在风口浪尖上，因为我知道你和国芳的关系，连我这个暗恋她的人都帮她，所以我想看看你这个等了她 10 年的人会怎么做。是 10 年的期待重，还是原则的分量重。现在我知道了，我确实不如你……"

陈俭："一鸣，你脑子里怎么尽想些乱七八糟的。其实你有比我强的地方啊,你有老婆孩子,我有吗? 你有天伦之乐,我有吗?"

周一鸣:"我真是不配做你的师兄……"

陈俭:"一鸣,你永远是我的师兄。人总有七情六欲,一生中有个闪失也很正常。"

周一鸣:"马克思说过,国家有五位大神:财产,家庭,秩序,宗教和税收。他把税收比喻为国家的第五天神。我觉得,你就像一尊天神。"

郗主任:"靠偷税而生存的瑞德公司顷刻之间毁灭了。我这个办公室主任自然也就失业了。令我高兴的是国家收回了一笔税款,令我遗憾的是居然有一些公司来高薪聘请我,他们以为我能帮他们逃税……"

梦飘:"大家还记得这根鞭子吗? 我现在把它挂在了自己家里,以后的日子里,我会以鞭为戒。"

赵亮晨:"我还是无话可说。"

安娘:"我一直把小国芳当成自己的女儿,孩子走到这一步,我这个做娘的也有责任。但愿我的孩子中,不要有第二个万芳了。"

万艳群:"要是她没有我这个亲生母亲就好了,我把她变成了一个畸形的人,我毁了她这一生。"

陈浩光:"我造就了儿子,牺牲了儿媳。我陈浩光在税务局干了40多年,这件事我是不是做错了? 要是陈俭当时采取了回避的态度,小芳她还会死吗……"

国芳:"爸,万芳会死的,因为她对不起把她抚养成人的国家,对不起那么爱她的阿俭,对不起爸,也对不起安娘。我没想到改了一个姓,就改了一生的命运。"

陈俭:"一鸣把我说成了神,其实做神哪有那么容易,我要真是神,我就不会犹豫不决,我就不会徘徊再三,我就不会举棋不定,因为我毕竟是人,我要和我 10 年的期待作斗争,我要和我的兄弟友情作斗争,可是在国家利益面前我无法选择,人可能就是在选择与无法选择,逃避与无法逃避中生存着,作为一个共和国的税务干部,我想,我只有这么做,才对得起国家的第五天神!"

剧终。

无场次话剧

蛋白质女孩

根据王文华同名文学作品改编

时间

　当代

地点

　城市

人物

　张宝、李贝

女性

　蛋白质女孩、安娜苏、薇琪、莎莉

不出场人物

　高维修女子、镭射头、珍妮、90 度裤子先生、CSR、青梅竹马、迈阿密的寒冷

　寂静的空间，孤独的人。

　李贝在受着煎熬："21 世纪，寂寞是每个人的隐疾。当你经过多年的被拒绝，你会慢慢忘记爱这个字怎么写。你开始相信爱情是贵族的特权，而自己生来贫贱。你开始相信爱情是一种生意，有成交的行情和条件……"

　他的沉思被骤然响起的电话铃声打破。

　他接起电话。

　李贝："喂?"

　张宝在另一空间："我看见你留言了。"

李贝:"怎么那么晚回电?"

张宝:"我刚回家,手机忘带了。什么事这么急?"

李贝:"我失恋了。"

张宝:"哈哈……"

李贝:"你还笑?!"

张宝:"这是好事啊!"

李贝:"好事? 我是找你寻求安慰,你还冷嘲热讽?"

张宝:"我说这是好事不就是在安慰你嘛。不是说失恋一次,成熟一次嘛。"

李贝:"老兄,我已经 35 岁了,还不够成熟? 难道还要靠失恋来让我成熟?"

张宝:"你会为了失恋那么大惊小怪,就说明你还不够成熟。好了,不多说了,告诉我,你现在想干什么?"

李贝:"我现在什么都不想干,又什么都想干。"

张宝:"呵呵,好吧,我们去酒吧。"

酒吧淡淡的音乐飘了进来。

李贝:"我不想去。借酒浇愁愁更愁。"

张宝:"我不让你借酒浇愁,我有别的更好的办法。"

李贝:"真的? 什么办法?"

张宝:"你来了就知道了。"

李贝:"OK,我马上到。"

两人放下电话,直接走向另一空间。这时,灯光已发生变化,音乐已笼罩整个空间。一个酒吧形成了。

李贝垂头丧气,萎靡不振。

张宝:"告诉我,失恋后做了些什么?"

李贝:"想她,除了想她还是想她。想她喜欢的 Billie Holiday,星期六下午阴暗的客厅,我们各靠着一面墙,伸长腿,脚趾对脚趾地听。3 个小时不发一点声音,脚趾间却说了千言万语⋯⋯"

张宝评价:"有情调。"

李贝:"想我生日那天她快递给我一个望远镜,让我下午 3 点看对面 17 楼的公司的 lobby。她站在落地窗前,对我慢慢撩起上衣,肚子上写着'生日快乐'⋯⋯"

张宝继续评价:"真浪漫。"

李贝:"想她花了 2 个小时去买厨具和原料,只为她说坚持要做东西给我吃。我吞到嘴里难以下咽,却说这是我吃过的最棒的海鲜⋯⋯"

张宝不说话了,他开始玩弄起酒杯来。

李贝:"想她生气时用高跟鞋踢我,想她离开时用力按电梯,想她走进计程车把我的钥匙丢在地上,车内的背影正在掩面哭泣⋯⋯"

张宝突然问道:"记住车牌了吗?"

李贝恍惚地:"记车牌干什么?"

张宝:"是不是 LS2504?"

李贝:"LS2504?"

张宝:"那是我多年前女友的车子。那时她下班后都会顺道来接我,我看到 LS2504,觉得一天从这时才开始。和她分手后,我下班后站在公司大楼门口,一站就是一个小时,每一辆开过的车,我看到的车牌都是 LS2504⋯⋯"

李贝:"你也会这样?"

张宝:"每个人都会这样。那时我年轻,纯真,主动,热情,容易被惊喜。我急欲相信,急欲掏空自己,急欲冒险,急欲在搞不清对方想法时先说我爱你。那时我不玩游戏,觉得诚实能缩短两个人的距离。那时我爱她,爱她的爸爸,爱她的弟弟,爱她的CD。我努力,让自己有更好的身体、个性、品味和财力。我积极,每天送她不同的东西,研究了无数小说和电影,希望在她面前变一些别的男人没玩过的把戏。我一直以为我们的矛盾没什么稀奇,差异没有太大的关系。最后我们会在一起,婚礼可以办得让爸妈高兴。一直到她说明天就要上飞机,我还傻乎乎地问回来时要不要我去接机……"

李贝叹息:"后来呢? 你怎么办?"

张宝:"后来? 后来我去医院打点滴。后来我每天加班,晚上尽量不一个人待在家里。后来我找朋友,就像你现在找我一样,在优雅的音乐里喝着苦涩的酒。每一次举起杯子都异常费力,因为没有拿起杯子的力气但又特别希望自己能够麻醉。朋友谈,我跟着谈,只是表情僵硬,声音变得很低。有时我的脑袋会突然闪过一段回忆,像一阵凉风吹过脚底,所有遗忘的努力都前功尽弃。"

李贝:"然后呢?"

张宝:"然后你重复同样的过程,次数越多,你会觉得体重越来越轻,脚步越来越欢快。最后,也许你现在很难相信,这一切都会过去。"

李贝:"会过去吗?"

张宝:"会过去。而且我已经替你找好了加速器。"

李贝:"什么加速器?"

张宝:"忘掉的加速器。"

李贝:"这就是你说的更好的办法?"

张宝点点头,递给他一帧相片。

李贝的眼睛一下子直了:"这个漂亮美眉是谁?"

张宝看了一眼表:"她马上要来了。我追不到她,但你可以试试。现在最好的办法就是转移。"

李贝的视线从相片离开,抬头看张宝。

张宝:"不是转移视线,是转移感情。"

李贝的视线又回到相片。

张宝介绍道:"她是一名'高维修女子',照顾她要一天 24 小时。"

李贝:"高维修女子?"

张宝:"她们像一部设计精密、需要时时维修的机器。"

李贝:"你是说她体弱多病?"

张宝:"我是说她标准很高,要求很多。对于衣食住行有许多规矩,绝对不会降低要求,她们期望环境和人配合她们。"

李贝:"你讲得太玄了。"

张宝:"那就给你举个例子。早上上班前,你到超市买东西。柜台前排了一长串等着付账的人,大家都在赶时间。正在付账的她从店员手中拿回找钱后,会堵在柜台,优雅地把钱放进钱包,还慢慢地整理,好像世界上只有她一个人存在。"

李贝:"这样的女人再漂亮有什么用?"

张宝:"问题是,她们除了漂亮,还很聪明。我说的不是早上进公司先列一张'今日待办事项'的那种聪明,而是对文明的一种熟悉。她们知道点什么菜,穿何种品牌,涂哪个颜色的口红,开胸前第几颗纽扣。她们下班一定会去健身房,衣服紧得令所有男士慌张,跑步的姿势像翩翩起舞,练哑铃时其实在欣赏镜中的自己。和她们在一起你觉得尊贵,觉得刺激,觉得自己在演电影,觉得周围有很多双眼睛。"

李贝:"难怪她们那么以自我为中心,这其实是她们的世界,我们只是寄居在其中而已。"

张宝:"你一般跟初识的女孩子怎样交往?"

李贝想了一下,道:"我会请她们上餐厅或看电影。"

张宝:"错。大错特错。一会儿你千万别跟高维修女子上餐厅或看电影。"

李贝:"为什么?"

张宝:"吃饭要两三个小时,对初识者是很大的投资。何况吃是粗鲁的活动,你会看到对方满手是油。鸡腿啃到骨头,还舔来舔去不肯放手。舌头上有嚼烂的碎肉,喝汤时嘴巴像漏斗。若是吃了太多的豆类,待会儿放屁岂不害羞。"

李贝笑道:"有道理。那看电影又有什么不好?"

张宝:"看电影?那更糟。至少2个小时不能和她交流,片子难看也不好意思开溜。为了让她了解你的个性,你对电影的反应要十分小心。幽默对白笑得特别大声,为了显示你很有水准。感人场面你吸着鼻子,好像在等她给你面纸。裸露镜头你老僧入定,仿佛自己寡欲清心。2个小时表演下来,还没散场你已经累坏。她对你仍不太认识,你对她仍一无所知。"

李贝点着头:"那我带她去唱KTV。"

张宝急道:"和初识的女生去唱KTV,就好像和她去裸体海滩日光浴,彼此的缺点暴露无遗。你如果点《三月里的小雨》,她知道你上了年纪。你如果点蔡依林,她觉得你还没脱离青春期。她如果点《无字的情批》,你觉得她好像不够高级。她如果点王菲的歌曲,你会笑她自不量力。如果你都不唱歌,可能显示你害羞闭塞。如果你唱得太多,她会认为你太要表现不实在……"

张宝的手机突然来了短消息,他看了一眼,有些歉意地道:"见鬼,她不能来了。"

李贝:"为什么?"

张宝:"她今晚得打电话到美国,谈一个 100 万美元的生意。"

李贝:"把电话给我。"

张宝:"你想打过去? 她不会来的。"

李贝拨通了电话,故作低沉地问:"Hello,你在哪里?"

高维修女子的声音:"Richard! 我在计程车上,马上就到凯悦了,你们等我……"

"Shit!"李贝按掉电话,愤然地,"她骗了你,她说她在……"

张宝笑着打断他:"我听见了。我已经处变不惊百炼成钢了。千万不要动肝火,这样伤身体。她不来就不来,我再帮你介绍另一个。"他在手机上发短信。

李贝:"这年头,简直是个违约的年头。生意可以违约,爱情可以违约,约会也可以违约。张宝,你今天能约到谁,我就打算娶她做老婆了。至少我有一个不失约的太太。"

张宝:"真的? 我敢保证她一定会来。"

李贝:"为什么?"

张宝:"因为她是蛋白质女孩。"

李贝:"她是营养师?"

张宝:"不是。我是说她像蛋白质一样,健康、纯净、营养、圆满。和她在一起你会长得又高又壮。"

李贝:"我交女朋友不是要又高又壮。"

张宝:"你要的是浪漫、激情、冒险、刺激? 你记住今天的日期,我要告诉你一个真理。听着,能给你那些东西的女人,通常在一个月或信用卡刷爆后就会对你失去兴趣。那些刺激的女人就像一场精彩的马戏,你可以观赏但最好不要参与。她们的游戏属于专业领域,你充其量只能做她们的驴。她们每一个动作都是特技,你学不会也玩不起。她们注定要四处迁徙,留给你的只有派对后的杯盘狼藉。"

李贝不得不承认他说得对,他点头。

张宝:"所以,最适合你的只有蛋白质女孩。不过我得提醒你,她是一个个性很好的女孩。"

李贝愣了一下,随即明白了他的意思:"没关系,我不注重外表。她什么时候到?"

张宝:"很快,我之所以约她,就是因为在我所有的女朋友中,她家离这家酒吧最近,几乎就在隔壁。"

李贝:"我晕啊!原来我一辈子的缘分就取决于这家餐厅的地理位置。"

张宝:"别把缘分看得太神秘。缘分可以是你的邻居,可以是你的同事,缘分说不定就是从地上捡起一本书,也说不定是吃一碗麻辣烫,缘分可能在电梯里出现,也有可能会在你上厕所的时候出现。"

李贝:"拜托,男厕所里都是男的。"

张宝:"你敢保证你不喝醉酒不走进女厕所?你敢保证她误打误撞不会走进男厕所?人生是个不定式,没有绝对只有相对。想不想听听我对蛋白质女孩的评价?"

李贝:"当然想。在她来以前我可以有个底。"

张宝:"她日月座是狮子和双鱼,同时会讲日文和法语。她早起,起床后先跑半小时,吃了麦片才去公司。她贤惠,经常做一打火腿三明治,带到公司请同事们吃。她有礼,快递脸上有雨时她递上面纸,清洁妇来吸地时抬起椅子。她负责,影印机塞纸时修理到底,洗完便当后水池一定清理干净。"

李贝："太好了,蛋白质女孩,快走进我营养不良的生命,让我的爱不再有矿物质的冰冷、纤维质的粗糙、胆固醇的油腻、钙质的稀少,帮助我长得又高又壮吧。"

张宝笑道："她来了,接下去你自己去发现吧。"

李贝猛地回头。

切光。

起光。还是这个酒吧。

蛋白质："张宝这人真有趣,约我来却又说临时有事。"

李贝："他不是临时有事,他是想把你介绍给我。"

蛋白质愣了一下:"是吗?"

李贝:"是的。因为他想安慰我,告诉我不会没人爱。莫愁前路无知己,世上谁人不识君。"

蛋白质:"你失恋了?"

李贝:"你真聪明。"

蛋白质:"他给你介绍女朋友是为了你忘掉前面的那段感情?"

李贝承认:"应该是的。"

蛋白质:"这么说,人一有了新欢就会很快忘了旧爱?"

李贝:"我也不知道。至少是没办法的方法。"

蛋白质沉默着。

李贝:"对不起,我这人直来直去,但我的本意是不想骗你。"

蛋白质还是沉默。

李贝:"如果你觉得伤害了你,你可以立即离去,好在你们家离这酒吧也近。"

蛋白质缓缓道:"如果这真是没有办法的办法,我愿意和你一起来尝试。"

李贝有些惊讶:"真的……"

蛋白质:"为什么不呢?"

李贝:"你这是助人为乐?"

蛋白质摇头。

李贝:"那是可怜我?"

蛋白质:"不是。"

李贝:"难道……难道是对我一见钟情?"

蛋白质不置可否:"能告诉我吗? 她为什么离你而去?"

李贝:"可能对彼此的存在都已习惯,我对她的好是理所当然。我们的爱已经变成了商务套餐,什么都有但吃起来没有口感。"

蛋白质:"我明白了。"

李贝:"好吧,不管你是什么想法,我都很感激你。你现在想干什么?"

蛋白质想了想,道:"我想看电影。"

李贝哑然:"啊……"

切光。

几天后,张宝的办公室。

李贝兴冲冲进来。

张宝:"哟,春风满面,进展顺利?"

李贝:"岂止顺利,简直是突飞猛进。"

张宝:"哦,已经上床了?"

李贝:"在你脑子里,似乎上床就是最终目的。我可以告诉你,面对蛋白质女孩的纯情,我根本就没有这种念头。"

张宝："好吧，那我就听听你们的纯情恋爱法。那天我走了，你们干了些什么？"

李贝："看电影。"

张宝顿时目瞪口呆。

李贝："呵呵，没想到吧？不是我不听师傅的话，这可是她提出来的。我告诉你，她还有很多优点。她准时，和你约会前一天打电话确认，第二天打电话谢谢你点的果汁。她纯情，爱像唐诗宋词，意境优美对仗工整。性像阿拉伯文，她知道它的存在却不懂是什么意思。她善良，生理时期还抱起大水桶换饮水器的水，没人注意时还认真做垃圾分类。她有礼，咀嚼食物时嘴巴从不张开，交叉的双腿一定用裙子盖起来……"

张宝打断他："是的，她是很好。不过我不得不扫你的兴了。"

李贝："什么意思？"

张宝："正因为她那么好，所以现在还有一个人也在追她。"

李贝闻言大惊："你说什么？"

张宝："而且还是个镭射头。"

李贝："镭射头？"

张宝解释："他像镭射头一样准确、快速、锐利、聪明。只要他放出光束，绝对在千分之一秒内击中目标。"

李贝瘫在椅子上："那他应该去比赛射击，或者帮人去矫正视力，跟我抢女朋友干什么？"

张宝也很无奈："这只能说你运气不好。"

李贝："他是哪儿毕业的？"

张宝："他是哈佛商学院的 MBA。"

李贝赌气地："哈佛商学院？哼，有什么了不起，我是哈佛幼儿园毕业的,我比他先进哈佛。"

张宝:"说气话有什么用。人家无论哪方面都比你有实力。他帅,大学时当过模特儿,而你在大学里只义务打扫食堂。他年薪百万,而你的薪水大概还不够付他的晚餐。他坐在咖啡厅等人,常用手把浓厚的头发往后翻,而你要是尝试同样的动作,已经稀少的头发会再掉一半……"

李贝:"住口! 你到底是他的朋友还是我的朋友?"

张宝一脸苦相:"我说的都是事实啊。"

李贝:"什么狗屁事实,我就不信,他完美得没一点儿缺点? 我读过《阿Q正传》,我相信这些完美的人一定有不可告人的缺陷。比如说疝气。"

张宝:"疝气? 你有没有搞错,他当模特儿时拍的是内裤广告!"

李贝:"那他有口吃。"

张宝:"口吃? 他代表他们系参加辩论比赛,把对手讲到举白旗!"

李贝:"那么……他、他和蛋白质女孩其实有血缘关系! 要不这世界太不公平了……"

张宝:"你醒醒吧,这个世界本来就不公平。这就是人的劣根性,当我们因世界不公平而受惠时,我们绝口不提。当我们吃亏时,我们会对列祖列宗骂三字经。"

李贝彻底泄了气:"他妈的! 没想到快乐和绝望的距离那么近,近到只有一束镭射光的距离。"

两人沉默着。

李贝叹道:"唉,我的感情好可怜。好不容易死去活来又死于非命。你这儿有酒吗? 我看我们也不用去酒吧了,在家里喝吧。"

张宝:"别急,我在想。"

李贝不解地看着他:"想什么?"

张宝:"我在想镭射头的弱点。"

李贝:"他哪儿有什么弱点? 我要是像他这样就好了,女孩子一大把,哪儿会在家里喝苦酒。酒呢?"

张宝突然跳了起来:"对了,找到突破口了!"

李贝木然地看着他:"你别吓我。"

张宝:"他的弱点就是女孩子太多,这样的男人,多半是个淑女杀手。他一定四处留情,伤了许多女孩的心。"

李贝猛醒:"如果蛋白质知道他始乱终弃,自然会和他保持距离。"

张宝:"对,现在我们就要搜集证据。"

李贝:"好,为了挽救我的爱情,我们分头行动!"

两人击掌。

张宝和李贝在通电话。

张宝:"找到了吗?"

李贝:"找到了。3 个月前他在朋友聚餐时认识一个在外商公司上班的珍妮。吃完饭他们去唱 KTV,离开时他在电梯里为她拉直衣领,车门关上后他替她解开窄裙。十分钟后他向凯悦开去,珍妮的同事第二天发现她没换上衣。2 个月后珍妮坐在一家小医院的妇产科大厅,镭射头的手机永远变成了已关机。"

张宝:"好,我还发现一条更恶劣的,他居然在他的豪宅里诱拐了一个未成年少女!"

李贝义愤填膺:"混账东西! 现在就是不为了我的爱情,为了申张社会的正义,我也要和他斗到底!"

几天后,镭射头豪宅。

李贝摸索着找来。他按门铃。

安娜苏从卧室奔出:"不好,我哥回来了。快把衣服穿上。"

张宝一边穿衣服一边从卧室出来。

安娜苏已打开门。

安娜苏:"咦,你找……"

李贝这时才想起根本不知道镭射头叫什么:"我找……我找……找镭射头。"

安娜苏:"镭射头?"

张宝闻言赶紧过来:"你怎么来了?"

李贝更是大吃一惊:"张宝?你怎么在这儿?"

安娜苏:"你们认识啊,那快进来吧。"

李贝想通了:"呵呵,原来你比我还急公好义,我还考虑了三天,你却……"

张宝一把将李贝拉到边上:"等等等等,不是这么回事。我搞错了,她是镭射头的妹妹,是在校大学生,在百货公司的安娜苏化妆品专柜勤工俭学。"

安娜苏:"亲爱的,你朋友来了就不理我了?"

张宝:"不是不是……"

李贝闻言大吃一惊,他一把把他拉回来:"她叫你什么?"

张宝有些尴尬:"呵呵,你明明听见了嘛。"

李贝简直不敢相信:"好极了!这真是太好了。我极力想陷害的情敌并没有诱拐少女,而我的军师却爱上了幼齿!"

张宝:"别说得这么难听嘛。"

安娜苏:"你们俩在嘀咕什么啊。"

张宝:"哦,没什么,他有点心理不平衡。"

李贝:"我心理不平衡? 还是你根本就不正常?"

张宝:"我很正常。我只是动作快了一点儿而已。"

李贝:"好,我们先撇开镭射头的事不谈。我只是问你,你真的爱上她了?"

张宝:"对。我也没想到。可是,我不得不承认,我确实爱上她了。那天我看见安娜苏,外面下着大雨,我的心却第一次放晴。她长得像变坏了的布兰妮,却有宇多田的大眼睛。她直接、热情、大声喧哗、百无禁忌。我终于呼吸到新鲜空气,它让我从 30 年的沉睡中苏醒。"

李贝:"你不是苏醒,你这是迷醉。"

张宝:"不,我现在比任何时候都清醒。"

李贝:"你忘了? 你前几天还在给我上课? 让我不要去玩这种刺激的……"

张宝打断他:"我没忘。你知道,教育别人容易,可是自己碰上了就情不自禁。"

李贝:"好,那我现在来教育你。你不能爱她,对你来说她太年轻。"

张宝:"你从来没有爱过大学生,你不懂得青春的美丽。"

李贝:"你现在需要镇静剂。"

张宝:"我不需要镇静剂,我需要爱情。过去 30 年我活得像木乃伊,早上睁开眼就开始盘算如何逃避。安娜苏让我觉得爱情不再遥不可及,爱可以像自来水,打开龙头就源源不绝。"

李贝:"可你付不起这种水费。她追求欲望和本能,你崇尚理智和安稳。她穿豹纹热裤,你穿三件式西服。你想结婚,她要私奔。结婚你想请显贵致辞,她想找舞龙舞狮。蜜月旅行你要先上网收集资料,她说到了国际机场再思考。投资理财你想贷款买房子,她说我想要新款的奔驰。计划退休你准备买定时定额的基金,她说我们 40 岁就跳楼殉情。她就像尼亚加拉大瀑布,远看心旷神怡,跳进去就死无葬身之地。你要理智一点。你想过没有?你们的年龄相差太大,不说别的,有一天当她达到性欲的高峰期,你可能已经在选合适的轮椅。"

张宝:"她爱我,她不会在意。"

安娜苏插了进来:"是的,我爱她,年龄不是问题。"

李贝:"小妹,相信我,年龄永远是问题。你们的生活完全没有交集。他喜欢马龙白兰度的电影,对你来说马龙白兰度则是人必须减肥的原因。他喜欢空中补给的歌曲,对你来说空中补给则是做爱的一道程序。他喜欢吃大排档的辣肉面,你只喝法国进口的矿泉水。他喜欢拼装二次大战的飞机模型,你对机械的兴趣仅止于诺基亚的新型手机。他有余钱通通去买开放式基金,你的薪水全部花在 Hello Kitty。他的偶像是白手起家的成功人士,你所崇拜的是金发碧眼的男孩地带。他像植树节,很少人记得它存在的原因,没有人把他放在眼里。你像圣诞夜,明明是圣洁的时间,狂欢纵欲却借它横行。"

安娜苏:"你说完了吗?"

李贝在喘着粗气。

安娜苏:"不管你有没有说完,先休息一下听我说。告诉你,我不喜欢 Hello Kitty,也不喜欢男孩地带。我喜欢'岸上风云'和陀思妥耶夫斯基。我现在努力存钱,希望 1 年后能买我的第一架相机。2 年后我要去拍西藏和敦煌的风景，3年后我要去纽约视觉艺术学院拿一个摄影的 degree。当然，这些对你来说没有任何意义，在你的世界，这些都是功课不好的人搞的玩意。"

李贝："好极了，那你应该好好追求你的理想，何必为爱情分心？"

安娜苏："分心？你年纪大我一倍，对爱的了解不及我的二分之一。对你来说，爱是电视屏幕旁跑过的字，是一种分心，不是主体。是一种额外资讯，不是压轴好戏。是一种调剂，可以选择使用的地点和日期。是一种演习，程序繁复但没有血肉痕迹。是一种点滴，慢慢流过没有剧烈的反应。是一种日记，适合回忆但不能履行。你坐在家里，读几本简·奥斯丁，租两部法国电影，就以为自己懂得爱情？"

张宝忍不住大笑起来。

李贝则有些不自在。

安娜苏："让我告诉你爱是什么。爱是一场即兴剧，台词不顺但充满惊喜。爱是一场雷阵雨，来去匆匆你毫无躲避的余地。爱像《拯救大兵瑞恩》，生与死不凭技巧只看运气。爱像一场车祸，刹那间发生追究不出原因。爱像照胃镜，痛苦不堪但完整彻底。爱像这个……你知道486是什么？"

李贝脱口而出："一种旧式的微处理器。"

安娜苏："RU486是口服堕胎药。"

李贝："你一个少女居然常备着这种东西，亏你还好意思告诉我爱是什么，在你眼里爱和性好像没什么区别。"

安娜苏："你根本没听懂我的话。我已经告诉你爱无法准备、无法预期，性当然也是同样道理。你以为性和爱是两种东西，发生有固定的程序，像吃荔枝要先剥皮，视窗98之前一定是97？那样的爱无从着力，那样的性只是升旗典礼。真正的爱与性是同一样东西，像一只篮球,前后只看你从哪个角度看而已。"

张宝:"李贝,那你说,我人不帅,又没有钱,如果不是真爱那是什么?"

李贝:"她只是想跟你玩玩。她知道你这种年龄渴望冒险、刺激和危险性游戏。她爱你是要解放你,她把跟你交往当作是一场革命、一种证明。"

安娜苏:"你完全曲解了爱的动机,所以无法体会爱的实质。就算真的是一场革命,那也完全是在拯救你们。"

李贝:"小妹,我们这种年龄经不起伤害。"

安娜苏:"你们这种年龄应该对伤害已经免疫。"

张宝:"李贝,你说不过她。"

李贝:"不是说不过她,是我们在不同的年龄,看到的东西不一样。"

安娜苏:"你就是李贝?那我要告诉你一个好消息。"

李贝:"什么好消息?"

安娜苏:"你喜欢的蛋白质女孩已经婉言回绝了我哥哥的求爱。"

李贝:"真……真的?"

安娜苏:"还有一个更好的消息要告诉。想不想听?"

李贝:"想……想听。"

安娜苏:"我突然发现你也很可爱的,那就告诉你吧。她回绝我哥哥的理由是她说她心里已经有人了。"

李贝心花怒放:"那个人是我?"

安娜苏:"这我就不知道了,但愿吧。"

几天后。

张宝和李贝在通电话。

李贝满脸沮丧:"告诉你一件很不幸的事。"

张宝:"什么事?"

李贝:"蛋白质女孩心里的那个人不是我。"

张宝:"啊! 你怎么知道?"

李贝:"我亲眼看见了。"

张宝:"那人是谁?"

李贝:"他是 90 度裤子先生。"

张宝:"什么?"

李贝:"他裤子笔挺,坐姿端正。坐着时膝盖下有一个 90 度的直角,你可以在那里开一扇门。"

张宝:"他干什么的?"

李贝:"他是肠胃科的医生,与蛋白质相识在周四的门诊。困扰蛋白质多年的胃痛,他开刀的结果非常成功。麻醉前她眼睛哭得好红,他拿下口罩说我保证这绝不会痛。手术多花了 90 分钟,只因他坚持要细细地缝。一个月后他打电话给蛋白质追踪,问伤口有没有肿。紧接着就成了她家里的常客,什么时候过去都不用看钟。"

张宝:"他是她的医生? 天啊,你怎么老是碰到你无法竞争的对手。"

李贝:"为什么无法竞争? 我就那么不堪一击?"

张宝:"不是你不堪一击,而是别人自始至终占据有利地位。他可以要她宽衣,她不会有任何怀疑。他可以摸她肚脐,她还说拜托你摸个仔细。他可以替她照胃镜,她痛得死去活来还握他的掌心。他可以随时打电话给她,美其名曰讨她的病情。他可以半夜到她家,说我还是对你有点担心。"

李贝不服："可是他也有致命的弱点。他个性严谨,看过的最近代的小说是《西游记》。他沉默寡言,周末在家做飞机模型。他没有情调,蛋白质生日送的是果汁机。"

张宝："你是说他是一个好医生,却不是好情人?"

李贝："你说呢?"

张宝："这要看你如何定义'好情人'。你一说我就明白了,我了解这种人。他虽然不会花言巧语,做的事却可歌可泣。比如午餐时他会削两个苹果,切片后装在塑胶袋里。然后放入医院的公文封,请快递在一点前送给女友。"

李贝："他削苹果是不是用手术刀? 那样的苹果有没有细菌? 他如何让苹果在运送中不变色? 是不是先用生理盐水冲洗?"

张宝："重点不是在他如何处理苹果,而是在他会做这种事情。"

李贝："这有什么了不起? 我也可以送蛋白质玫瑰花,而且一出手就是两打。"

张宝："你有亲自挑选、剪裁、搭配、包扎吗?"

李贝："这事儿不用我做,这是一个专业分工的时代,事必躬亲违反了经济原理。"

张宝："可是这种 90 度先生不但事必躬亲,还是个完美主义。他每天早上为她榨综合果汁,都请营养师在一旁监视。他不会一早起来说我爱你,但会确定她早上喝的果汁中有维他命 ABCDE。"

李贝："呵呵,我听你这么一说,反而有信心把蛋白质从他手里夺过来了。这种机器人的爱,你想能维持几个星期? 有一天快递迟到,苹果是不是就要生锈? 有一天蛋白质要吃麻辣火锅,他会说这对你的胃不好。有一天蛋白质要吃大闸蟹,他会说这玩意儿胆固醇很高。他是医生,爱她的方式是治疗病症。我是情人,爱她的方式是帮助她享受人生。我不给她维他命 C，但用恋爱来增强她的免疫力。他可以让她健康安全 100 年，我可以让她彻底燃烧 50 天……"

李贝的门口传来门铃声。

李贝："有人来了。好了，我去开门，不多说了。Byebye。"

李贝挂了电话去开门。门口居然是蛋白质。

李贝："啊，怎么是你？"

蛋白质："你忘了？不是约好今天来你家的吗？"

李贝激动起来："我没忘，只是我以为你不会来了。"

蛋白质："为什么？"

李贝："我以为你现在心里只有 90 度先生。"

蛋白质："90 度先生？"

李贝："哦，我说的就是在你生日那天给你送花的那个人。"

蛋白质笑道："我生日那天有很多人给我送花啊，就是你没送。"

李贝："我送了，我只是又拿回来了。瞧，在那儿。"他指着花瓶。

蛋白质："为什么？"

李贝："那天傍晚，我兴致勃勃地捧着花来你家，正巧看见你的医生捷足先登，而你对他亲热万分，于是我就心灰意冷，失魂落魄打道回府，然后把花插在了那里。"他又指了一下花瓶。

蛋白质笑道："你想哪儿去了？他是我医生啊！"

李贝："你病好了还哪儿来什么医生？"

蛋白质："病好了就不能有医生朋友吗？"

李贝："你总不会跟我说他跟你一点儿关系也没有吧？"

蛋白质："是的，他是在追我。可是我已经回绝他了……"

李贝一喜："你告诉他你心里有人了？"

蛋白质："咦？你怎么知道？"

李贝闻言简直要跳起来了:"我、我真是太幸福了! 我没想到,你对我那么一往情深,你对我的爱那么坚定,哪怕什么镭射头、哪怕什么90度裤子先生,全都诱惑不了你。亲爱的,你听我说,我绝对不会负了你的……"

蛋白质:"李贝,有些事我还是跟你说了吧。"

李贝还在兴奋里:"什么事?"

蛋白质看着他,有些不忍,想了想,还是说道:"我心里确实一直有一个人,或者说,是一个影子,他是我的前男友。其实那天我们在酒吧认识的时候,我也刚失恋没多久,我太理解你当时的心情了,我也努力想让自己忘记过去的那一段,但根本忘不了,尤其当一个人独处的时候。所以,与其说我是在帮你忘记过去,还不如说是你在帮我忘记过去。一直想跟你把这事说穿,可一直找不到一个合适的机会……"

李贝差点又要跳起来了:"你认为现在是个合适的机会? 老天,你把我从九霄云外抛到了柏油马路上!"

蛋白质歉疚地:"对不起……"

沉默半晌,李贝道:"好了,你的任务完成了,我可以告诉你,我已经忘掉了过去。"

蛋白质:"你现在是不是很恨我?"

李贝:"没有,我还应该谢谢你,毕竟你对我有所贡献。我只是很遗憾,由于我的无能,没能达到你所期望的目的。"

蛋白质:"李贝,如果你愿意给我时间,我相信终有一天我会忘掉的……"

李贝转过身,看着她。

切光。

酒吧。

张宝:"原来她投篮不中,你是篮板球,兴高采烈地弹来弹去,最后却被判出界。"

李贝:"还没出界。你说,我要不要等?"

张宝:"等什么?"

李贝:"等我的形象盖过她心里的那个形象,等篮板球弹来弹去最后掉进篮框里的那一刻。"

张宝:"等个屁!你知道等多久?说不定终场哨都响了那篮板球还在弹。你现在只有一条路好走。"

李贝:"什么路?"

张宝:"放弃。立刻放弃!"

李贝有些不甘心:"就因为她有一段过去?每个人都有过去,这并不表示她不能再爱别人。"

张宝:"这男的不是过去,而是一块胎记。不管她走到哪里,他都是她的身份证明。不论你怎么爱她,她总是会拿你跟他相比。刷牙的手势、毛衣的颜色、喝汤的声音,你有任何一点和那男的不同,她都会忍不住批评。你们的床将异常拥挤,两个人睡有三个人的体积。你永远无法战胜你的情敌,有血有肉的你怎么比得上一段美好的回忆?"

李贝:"那我现在该怎么办?"

张宝:"好办。像所有幼稚的男人一样,一段感情不知如何收场,就去找另一段来补偿。"

李贝:"可是我不幼稚。"

张宝:"在我看来,你已经够幼稚的了。本来今天我想请你帮我个忙,现在看来咱们一起努力吧。"

李贝："什么意思?"

张宝："一会儿有两个美眉要来,你我各择其一吧。"

李贝："好家伙,你一约就约俩?"

张宝："不是我要这么做,你知道这样的女人,她们永远形影不离。两个人条件相近,甚至有相同的发型。她叫莎莉她叫薇琪,一个天蝎一个处女,一个冷淡一个热情。两个人亦步亦趋,衣食住行都在一起。每个月同样的日子发脾气,大家怀疑她们有相同的经期。午餐点一样的东西,上厕所时坐在隔壁。对方不在时为她接手机,对打来的男人都没好口气。周末时一起去剧场看戏,客满时一个位子也愿意挤。万一有了艳遇,追薇琪的人是追莎莉的弟弟。"

李贝："等等等等,我问你,你这样做对得起安娜苏吗?"

张宝："我和安娜苏已经各走各的路了。"

李贝怔住。

张宝："咳,你不知道。短短几天,我和安娜苏的事已闹得满城风雨。我妈妈不喜欢她,他爸爸追着我打。她的教导主任做她思想工作,我的亲朋好友对我软硬兼施。弄到最后,我远在津巴布韦的表亲都给我打电话。我们俩像丧家之犬,整天抱头鼠窜。所以这件事情,我只能这么说,事实证明我的理论是正确的,然而我的实践却是错误的。"

李贝："你让安娜苏吃了几次 RU486?"

张宝："不提她了。现在安娜苏已成过去式,动词后面要加 ed,我们来谈进行式,一会儿我追薇琪你追莎莉,如果她刚好爱上你,那岂不是皆大欢喜?"

李贝："没什么好欢喜。我现在不仅想着蛋白质,还想着安娜苏。"

张宝："你最好先想想你自己。"

"张宝。"一个柔软的声音在张宝身后响起。

张宝差点儿从椅子上掉下去。

薇琪和莎莉出现在他们面前。

薇琪："嗨,张宝,这是我朋友莎莉。"

张宝："嗨,薇琪,这是我朋友李贝。"

招呼完毕,彼此入座。

薇琪："你们常来这儿吗?"

张宝："是啊,但更多的时候只有我们两个人。"

薇琪："你朋友是做什么的?"

张宝："他在银行负责信贷。"

薇琪："哇,好有权啊。莎莉,咱们以后缺钱就找李先生啦。"

李贝："但愿你们别来找我。"

莎莉："瞧,人家还不给面子呢。"

李贝："不是不给面子,是希望你们永远不要缺钱。"

张宝转移话题："这件是不是 Prada?"

薇琪："眼光好厉害。"

张宝："Prada 就是要像你这么瘦的人穿才好看。"

莎莉冷冷地："你就是这么泡女孩子的?"

"这就叫泡?"张宝看了她一眼,想给她个下马威,于是他开始发挥,"你口红的颜色很漂亮,搭配你白皙的皮肤十分理想。你穿白色闪闪发光,好像朱丽亚·罗勃兹演落跑新娘。你是不是从来不下厨房,为什么身上闻起来这么香? 你的鞋子很特别,脱下时需不需要我帮忙? 你的腿又美又长,我想彻夜在旁边站岗。你的丝袜若隐若现,可不可以借给我做蚊帐?"

莎莉面无表情。

薇琪微笑不语。

李贝也突然来了情绪,他冲薇琪道:"薇琪是不是混血儿? 长得有点像藤原纪香。你一定当过大学的校花,现在的男友不止一打。"

莎莉:"你们是不是常这样一搭一唱?"

突然间气氛有些紧张。

李贝一时语塞。

张宝脱口而出:"只有当对方非常漂亮。"

莎莉拍拍张宝:"不错,没有弃子投降。"

薇琪站起:"对不起,我去一下洗手间。"

莎莉:"我也去。"

两人离去。

张宝:"哈哈,比赛叫停,我们暂时领先。"

李贝:"接下来怎么办?"

张宝:"约她们周末去你家喝咖啡。"

李贝:"为什么要去家里?"

张宝:"家里的感觉很温馨,女生会失去警觉性。"

李贝:"诸葛亮当初为什么要唱空城计? 就是怕敌人知道他实力空虚。刚认识就请她来家里,就好像她穿大衣看到我的裸体。她会发现我所有的书都很新,整个晚上都没有电话铃。苦心经营的形象,一晚下来不都成了泡影。"

张宝:"但如果你设计得当,就有机会毕其功于一役。想想看,万一你们真的来电,卧房就在旁边。你有主场优势,还不用付宾馆钱。"

李贝:"要是她们拒绝怎么办?"

张宝:"拒绝? 怎么可能?"

李贝:"靠,我就老是被拒绝。每次她们拒绝我的理由,我都不知道是不是借口。"

张宝:"你说说看,我来替你判断。"

李贝:"我要加班。"

张宝:"可能是真的。"

李贝:"我要去看外婆。"

张宝点点头:"最近天气不好,外婆可能感冒。"

李贝:"下一次说要去看外公。"

张宝:"外婆传染给外公,非常合理。"

李贝:"接下来两次是爷爷和奶奶。"

张宝:"亲家平常有往来,可能是忘了用公筷。"

李贝:"你怎么这么乐观?别人讲到这里你还听不出来?"

张宝:"我当然听得出来,但追女生就是要不怕失败。"

李贝:"我明白了。她的借口越精彩,我就要表现得越无赖。"

张宝:"一点不错。其实追女生很简单,最厉害的人让她们冲动,中等的人让她们心动,至于你,至少可以让她们感动。我知道你很忙,一个礼拜飞两次香港。我知道你的电话天天响,爱的路上不断连庄。但我也知道你受过伤,对每个男人都严加提防。我知道我很脏,指甲留得很长。我知道我很胖,头顶已经开始发光。悄悄话我不会讲,情歌也不会唱。事业我不敢闯,老板面前我屁都不敢放。我知道我没有经验,幸福来时我总是紧张。遇到挫折很快投降,碰到好女孩不敢去抢。这一次我决定鼓起勇气,为了不让我一辈子后悔。你可不可以给我一次机会?"

"还真有一套,说得我也被感动了。"李贝突然想了起来:"她们怎么还不回来?"

一句话提醒了张宝,他抬头张望:"我靠,她们和两个镭射头在跳舞!"

李贝:"啊?"

张宝:"别去看,假装没看见。"

李贝:"那我们怎么办?"

张宝:"买单结账,立即走人。"

李贝:"让她们感觉到是我们先走的?"

张宝:"聪明。"

李贝:"那她们的包怎么办?"

张宝:"你放心,这种女人,没把我们放在眼里,但绝对会把她们的包放在眼里。"

两人故作潇洒地离去。

音乐震耳。

李贝家。

李贝在忙碌地布置房间。

门铃响了。

李贝一阵激动,他尽量让自己平静下来,然后打开门。他一下子满脸失望。

张宝一边说一边进来:"我靠,你在干什么啊!让我等那么长时间,我还以为你不在呢。在上厕所?"

李贝:"你靠,我还想靠呢!我在等人,谁知道是你。"

张宝:"等谁?"

李贝:"嘿嘿,我这几天交桃花运了。"

张宝:"哦?"

李贝:"不瞒你说,我都排不过来了,只能分上下半场。"

张宝瞪大眼睛看着他。

李贝:"呵呵,没想到吧?"

张宝:"说来听听。"

李贝:"一会儿要来的是 CSR。"

张宝:"CSR?"

李贝:"Customer Service Rep,顾客服务代表。前几天我收到信用卡账单,同一项款项被重复计算。我气得立马拎起电话,二话不说就对接电话的 CSR 开骂。她不但没生气,还很耐心地跟我解释出错的原因。她的声音像镇静剂,我轻松到竟然毫不克制地放屁。她的解释很合理,我感觉自己在补习班补习。"

张宝:"别告诉我你爱上她了。"

李贝:"讲了 10 分钟,我开始对她个人产生兴趣。我问她爱不爱听许茹芸的'真爱无敌',她说她比较喜欢亚当山德勒的'Big Daddy'。我说听你的声音应该不食人间烟火,她说她是八卦女王喜欢吃麻辣火锅。就在那一刻……"

张宝:"你爱上了她?"

李贝:"因为她 fun,她的快乐彻底解除我的武装。没有创伤的过去,不想人生的道理。和我聊天不在乎老板监听,给我电话号码不怕我是神经病。"

张宝:"她给你她家的电话?"

李贝:"所以当晚我又和她聊了 2 个小时,我发现我爱上了她。"

张宝:"她的声音好听吗?"

李贝:"当然,声音是她工作的主要工具。"

张宝:"那你不是爱她。"

李贝:"为什么?"

张宝:"你爱的是她的声音。这很容易解释,你现在对蛋白质不知所措,所以你寻求补偿,迅速迷上了 CSR。想想看,你连她的面都没见过,怎么可能爱上她?"

李贝:"你没看过《电子情书》或《西雅图夜未眠》吗? 谁说爱情一定要建立在见面的基础上? 你整天和女人肌肤相亲,办完事就翻过身去。她一问结婚的日期,你就说明天还要早起。这又是哪门子的爱情?"

张宝:"那好,要是她是个丑八怪你还会爱她吗?"

李贝不无得意地:"她告诉我她以前是空中小姐。"

张宝一时语塞:"她——好,假设她以前不是,你还会爱她吗?"

李贝:"这个问题根本不成立,你问有什么意义?"

张宝:"你是先知道她是空中小姐还是先觉得和她心有灵犀?"

李贝:"你这像问我是先长出胡须,还是先觉得自己进入青春期,一个具象一个抽象,我怎么比?"

张宝:"我告诉你,你只是爱她的声音、她的神秘、她的距离、她象征的可能性。你和蛋白质有了问题,CSR 提供给你一个迅速的逃避。你爱 CSR,因为和她相处比较容易。每天打几通电话,想发现彼此的丑陋还来不及。你们的爱只能停留在电话上,一旦见面,她会知道你的笑话都很低级,你会发现她月经来时不讲理。"

李贝:"我想说的只有一句话。爱上一个声音的确有危险,但是新大陆通常都是这样被发现。"

张宝:"好吧,那我提醒你,千万不要先对她说出 L 那个字。"

李贝:"Love?"

张宝:"对。"

李贝："我已经说了啊。"

张宝马上问道："那她对你说过 L 那个字吗？"

李贝："没有。不过她说她喜欢我的纯真，赞美我说话谈吐很有水准。"

张宝："喜欢？喜欢算什么？我喜欢我的狗！喜欢是一个陷阱，引诱你先向她掏心。你要以退为进，千万不能中她的计！"

李贝："为什么？"

张宝："这是恋爱男女的政治，L 那个字是藏在底下的烂橘子。如果买方太早得知，你在讨价还价时就处于劣势。你想把所有的情意一吐为快，焦急得像在抢救火灾。你想对她彻底表白，期望她给你同等对待。你没有给她空间适应你的存在，没有给她时间计划你们的未来。你的爱情像读者文摘，第一段就要说个明白。你的速度永远快了半拍，逼着别人立刻摊牌。你明知这样会把她吓坏，但你还是积习难改。"

李贝低头不语，像是在思索着。

张宝："你在想什么？"

李贝："你不说我还没注意，被你一说，好像还真是那么一回事。"

张宝："怎么了？"

李贝："难怪我蹦出那句我爱你，她就开始评论最近的天气。我睡前打电话给她，只有答录机跟我讲话。她为什么突然改变？"

张宝叹息："唉，她为什么突然改变？因为你暴露了你的弱点。"

李贝："爱她是一种弱点？"

张宝："爱她不是弱点，但说出来就苦海无边。爱情的乐趣在于不知道对方的底线，老是怀疑有第三者夹在中间。如果她让你捉摸不定，你也要让她感觉情势未明。"

李贝:"这样暧昧的恋爱谈得多累?"

张宝:"这样暧昧的恋爱才会永远新鲜。如果双方已经坦诚相见,相处时就不再有想象空间。"

李贝:"做自己不是很好?"

张宝:"做自己是爱情的毒药。我们的真我像阳春面,没有人愿意连续吃好几天。所以我们必须不断表演,让她们觉得面中有足够的盐。"

李贝:"那我已经说了 L 那个字,还有没有办法补救?"

张宝:"让我想想。"

李贝:"一会儿她会来,我可以按你说的去做。"

张宝想出办法来了:"你这么做。"

李贝:"怎么做?"

张宝:"预防性分手。"

李贝:"预防性分手?"

张宝:"你有没听过康柏电脑?"

李贝:"这跟康柏电脑有什么关系?"

张宝:"康柏本来是属于高价位的产品。为了防止低价电脑侵入它的市场,康柏自己先推出低价的电脑,吃下低价市场,这样竞争者就没戏唱了。这种先发制人的战略叫'预防性的攻击'。"

李贝:"你讲得很好,但这关我啥事?"

张宝:"你也可以发动预防性的攻击,在 CSR 开口和你分手前先甩掉她。"

李贝:"啊? 不不不,我不能这么做! 我还爱她! 再说,她也只是对我冷淡了一点,并没有要跟我分手啊。我这么做岂不是弄巧成拙?"

张宝："你对爱情的敏感度太差,你现在只有孤注一掷,还考虑什么是巧是拙。"

李贝："再说我也根本找不到正当的分手理由。"

张宝："这不是问题,我教你一些万用的分手理由。比如你长得太美,在你面前我感到自卑。比如你家财万贯,别人会说我蓄意高攀。比如你对我太好,我怎样努力都无法回报。比如我脾气暴躁,你会变成我的出气包……"

电话铃突然响起。

李贝看了一眼来电显示:"啊,是 CSR。"

张宝赶紧提示他:"预防性分手。"

李贝接起:"喂?"

CSR 的声音:"阿贝,我今天不过来了。我想了半天,我们还是不见面的好。"

李贝："为、为什么?"

CSR 的声音:"你对我太好,我怎样努力都无法回报。"

李贝举着话筒,怔住了。

电话里已传来"嘟嘟嘟"的忙音。

张宝过去从李贝手里拿过话筒,放在了座机上。

李贝傻了,半晌说不出话来。

张宝拍拍他:"算了,没什么大不了的。"

李贝喃喃自语:"我要报复,我不能被她不明不白地甩了,我要让她也难受。"

张宝："报复? 怎么个报复法?"

李贝："你帮我想。"

张宝："好吧。你先打听到她回家的路线,然后去租一辆宝马车,再去租一个模特儿,然后载上模特儿,和她在街头制造一个巧遇。她在等红绿灯,你停在斑马线。你打开电动窗,隔着戴墨镜的模特儿,跟她打招呼,'嗨,好久不见,要不要我送你一程?'"

李贝:"可是我还没见过,万一认错人怎么办?"

"哈哈哈哈!"张宝闻言大笑起来,"就是,你连人都没见过,还报复啥?我告诉你,报复绝对没意思,对你来说,还是建立一个防卫机制比较妥当。"

李贝:"什么防卫机制?"

张宝:"弗洛伊德说人在焦虑时会不自觉地产生某些反应来缓解压力,这些反应就叫防卫机制。也就是让你化被动为主动,让自己迅速摆脱烦恼。"

李贝:"比如说……"

张宝:"比如说你可以这么想,她……她得了绝症,她是不想拖累到你,只好拒你千里,让你彻底死心。"

李贝:"她那么健康都有绝症,那我岂不成了鬼魂? 这招不行,我太过清醒,无法自我蒙蔽。"

张宝:"那你就'缩小化',将得不到的东西的重要性降低。你就这么想,爱情毕竟只是调剂,婚姻只是人生的一步棋。"

李贝:"可是这步棋几乎是人生最重要的一步棋,几乎没缩小。"

张宝:"那你'升华',将爱的能量升华到其他更崇高的理想。比如说你可以致力于环保,比如说你可以发明治疗癌症的新药,比如说你可以收养流浪的狗和猫。"

李贝:"我没那么崇高,也没那么大能耐,我收养狗和猫,又有谁来收养我?"

张宝:"那你就'转移'。放弃想追求却得不到的事物,改以另一个不想追求,但比较容易得到的事物取代。对了,你不是还有下半场吗?你的下半场是不是比较容易得到的?"

李贝在判断:"好像比较容易得到些……"

张宝:"你们怎么认识的?"

李贝:"什么怎么认识的? 我们都认识几十年了! 她是我小学同学,一直在美国,这次回家想暂住我家。"

张宝:"青梅竹马?"

李贝:"有点儿这意思……"

张宝陷入遐想:"青梅竹马好……纯情的年代,纯情的事。你们是最好的朋友,小学时你坐在她背后。上课时你拔她的头发,下课时你偷她的橡皮擦。晨间检查她借你手帕,班会时提名你当纠察。中学时她开始学琵琶,你坐在音乐教室外听得发傻。练完琴后你替她拿谱架,两个人一起坐公车回家。你本是一只癞蛤蟆,在她身边变成了蝙蝠侠。你穿着盔甲骑着白马,她是沉睡的公主等你亲吻她的脸颊……"

李贝:"行了行了,我是想亲吻她的脸颊,不过她拒我于千里之外。第一次约她看电影她说头晕,第二次说她要练钢琴,第三次说摔破了眼镜,第四次说对影院椅子的材质过敏。后来我去打听,才知道她视力 2.0,而且根本不会哆咪咪。"

张宝:"这么说当年是落花有意流水无情,不过显然她现在回心转意,想和你重谱恋曲。"

李贝:"也许她只是想省旅馆钱,看上我家就在地铁站旁边。加上我从来不抽烟,房间干净得像五星饭店。"

张宝环顾屋内,他发现多了一张沙发床:"你新买了一张沙发床?"

李贝:"我想把卧房让给她,自己暂时睡沙发床。"

张宝:"是她要求的?"

李贝:"没有,我只是想尽地主之谊。"

张宝差点晕过去:"我靠,你是真笨还是想借拘谨来增加魅力?她主动住到你家,就是一种上床的邀请。你以逸待劳,不花费一兵一卒。一般女子你要甜言蜜语,搞了半天她还欲迎还拒。这名女子一上场就丢白毛巾,你还站在一边不解风情。"

李贝:"你讲得好像她大老远从美国来和我发生性关系。"

张宝:"也许她是来看故宫的瓷器,也许她来搞贸易促进。不过她对你绝对不安好心,而且希望很快达到目的。6年不见,她一开口就要住你家里。她怎么知道你没有和人同居?怎么知道你不是和你妈住一起?"

李贝:"这倒是,她是没问这些问题。"

张宝:"这表示她已经打听过你的消息,知道你一个人孤苦无依。夜里瞪着墙上的冷气,咒骂白天的客户不是东西。碗盆都在水池里堆积,唯一的娱乐是修家里的电器。她知道你现在不堪一击,任何女人出现你都会束手就擒。"

李贝:"这太可怕了。难道她一切布置就绪,就等着我今晚献身?"

张宝坏坏地看着他:"嘿嘿。"

李贝:"可是、可是我对她并没有太多的邪念……"

张宝:"这正好。你没有邪念,脑袋就会比较清醒,这正是你观察她的最好时机。她如果中午不起床,国际电话一直讲,那你不必再和她交往。她如果补足冰箱吃掉的东西,临走前把床单洗干净,那她也许是你的终身伴侣。"

楼下传来青梅竹马的声音:"李贝!"

"啊!她、她来了?"李贝赶紧探头窗外。

青梅竹马的声音:"嗨,李贝,我们到了,这是我的男友强纳森。"

李贝脸上的肌肉一下子抽紧,他刚欲欢呼的嘴张得大大的,忘了合拢,只会傻傻地点着头。

张宝过去拍拍他:"算了,没什么大不了的。"

李贝喃喃自语:"强纳森……强纳森……强纳森……"

光渐收。

张宝公司。

张宝捧着一大束花发呆。

李贝进来,见状有些奇怪:"你成了花痴还是得了花柳病?"

张宝一见李贝,跳了起来:"嗨,来得正好,有没有兴趣做一回侦探?"

李贝:"侦探?"

张宝:"帮我查出这束花是谁送的!"他把花塞给李贝。

李贝莫名其妙,他抽出上面的一张小卡片:"一直暗恋你的同事,迈阿密的寒冷?"

张宝:"我猜不出她是谁?"

李贝:"有没有人对你特别殷勤?"

张宝:"我的下属都对我特别殷勤。"

李贝:"有没有人对你特别冷漠?"

张宝:"我的上司都对我特别冷漠。"

李贝:"有没有女生在补妆时偷偷瞄你?"

张宝:"这我怎么知道。"

李贝想了想,问道:"你的同事中有没有外冷内热的女生?"

张宝:"我们金融机构的员工讲究精准,通常内心没有这么多矛盾。"

李贝:"有没有一路第一志愿上来的女生,上一次和男人约会是去看'乱世佳人'?"

张宝:"没有。倒有人当场叫来求婚的男士快滚,半年后却又抱怨他娶了另一个女人。"

李贝:"有没有人同事生日时蛋糕不碰嘴唇,一个人到炸鸡店鸡骨头不停地啃?"

张宝:"没有。倒有人公开批评偷金城武海报的小女生笨,自己在家却看了 50 遍的《不夜城》。"

李贝:"有没有人整天高喊两性平等,烛光晚餐的账单来时却总是尿遁?"

张宝:"没有。倒有人上车总要等男人替她开门,亲热时却必须主控每一个吻。"

李贝:"有没有人在老板面前分秒必争,老板出国她就摸鱼打混?"

张宝:"没有。倒有人白天表现出小女孩的稚嫩,到了晚上竟变成包法利夫人。"

李贝:"这些表里不一的人都可能是'迈阿密的寒冷'。"

张宝低头思索。

李贝灵机一动:"我有办法了,给我一台电脑用用。"

张宝:"你想干什么?"

李贝:"我在网络搜寻引擎上查一下'迈阿密的寒冷'到底是什么东西。"

张宝:"好主意。用我秘书的电脑吧。"

李贝开始操作电脑。少顷,他叫道:"我找到了!"

张宝闻言赶紧凑过来:"是什么?"

李贝:"'迈阿密的寒冷'是美国Maybelline公司在1997年春季推出的一系列化妆品,颜色都是大胆的绿、黄、粉红,你们公司有没有人涂绿色的眼影、黄色的口红?"

张宝:"我们是金融机构,不是万花筒。"

李贝:"用力想想,有没有人打扮得很辣妹?"

张宝:"我们公司最辣妹的是接待小姐,但就连她都不敢穿露脚趾的鞋。"

李贝:"这就怪了……我打个电话问一下哪里可以买到'迈阿密的寒冷'。"他想找支笔,不经意地拉开抽屉,一下愣住了。

抽屉里,是一盒"迈阿密的寒冷"的粉底。

张宝:"怎么啦?"

李贝将粉底轻轻取出,放在桌上:"'迈阿密的寒冷'是你的秘书。"

张宝目瞪口呆:"怎么可能?"

李贝:"怎么不可能?整个公司里一定是她最了解你!她了解你的衣食住行,了解你的喜怒哀乐,了解你可爱还是可恨。"

张宝叫了起来:"天哪!要知道3年来我从没正眼看过她。她就像一个妈妈,我把她视为理所当然。她关心我有没有吃饱,我说拜托你不要唠叨。陈阿姨的女儿她要帮我介绍,我说请不要逼婚好不好。她对我那么地好,我竟然自私地一点都看不到……"

李贝:"她人呢?"

张宝:"今天休息。"

李贝:"那她明天来了你怎么办?"

张宝:"我不知道。我在外面那个人肉市场跌跌撞撞,没想到有一个爱就近在身旁。和别的女人看午夜场,我只会算计看完后如何骗她们上床。演到一半故意把手放错地方,看她们会不会给我一巴掌。和秘书在一起我不必这么忙,她让我一点都不紧张。甚至只是坐着谈新成立的三家固网,我都可以觉得通体舒畅。她的感情不需论斤计两,爱的价值在上床前后都一样。"

李贝:"听起来很棒,但你不能爱她。"

张宝:"为什么不能爱她?我和迈阿密将成为革命情侣,每天在办公室内同居。我们有共同的生活目标,都是要把公司的逾放比率减少。我们有无数的话题可谈,名正言顺报公账吃烛光晚餐。"

李贝:"办公室恋情通常都以悲剧收场。革命情侣的代价是回家还要谈公事,一天工作24小时。接吻正到高潮,她突然说你要不要检查一下明天的报告。决策时不对事对人,对方有错也不忍心指正。有一天真的为了公事骂开,顺便吵到为什么好久没有做爱。这就是为什么在大公司,夫妻不能在同一部门的原因。"

张宝:"为什么社会上有这么多规矩?爱情有这么多禁区?不能爱你的同事,不能爱你的老师,不能爱你的表妹。不能爱如果她比你大,不能爱如果她比你傻。不能爱如果她家世比你好,不能爱如果她长得比你高。不能爱如果她收入比你多,不能爱如果她是你朋友的太太,不能爱如果她一连离过3次婚。"

李贝:"没有这些规矩,中产阶级的社会如何建立?"

张宝:"中产阶级?我不要中产阶级,我要迈阿密的寒冷。"

李贝:"中产阶级是我们这种四肢简单头脑发达的人的唯一出路。你我若活在亚马逊丛林,不到两天就会被拿去喂老鼠。"

张宝有些绝望："但我爱她……"

光渐收。

酒吧。

李贝独坐独酌。他掏出手机打电话，对方不接。

少顷，张宝穿得整整齐齐出现了。

张宝："来了来了，你就别浪费我电话费了。"

李贝："你迟到了太多时间。"

张宝："我忙。忙得我昏天黑地，忙得我焦头烂额，忙得我快乐无比。"

李贝："忙什么？"

张宝："忙结婚。"

"啊?!"李贝闻言差点从椅子上掉下去。

张宝："有什么大惊小怪的，男大当婚女大当嫁，你也该抓紧了。"

李贝还是不敢相信："你说你要结婚了？和谁？"

张宝："还有谁？当然是迈阿密的寒冷。"

李贝："她是你同事！你真要去尝试办公室恋情？"

张宝："不是同事了，我已经辞职了。"

李贝傻了："我靠，这回你走远了啊！"

张宝笑道："没走远，只是往前走了一步而已。5月20日你有没有事？"

李贝："干什么？"

张宝："婚礼啊，别忘了，我要你当我的伴郎。"

李贝："你、你再仔细考虑一下行不行？"

张宝："我考虑过了。"

李贝："就这么决定了？"

张宝："决定了。当你有了真爱，爱情就不再有任何门槛。"

李贝："你怎么知道你对她有真爱？搞不好只是因为最近没有认识别的女孩，你只是暂时性的疲倦。"

张宝："这不是暂时的。我已经厌倦了单身生活，中午过后就开始约晚上的节目，只是害怕下班后一个人独处。我重复使用相同的招数，骗到女生越来越觉得胜之不武。上床后我们比先前更为生疏，两个人都希望对方今晚不要在这里住。刚刚还将她捧为心肝，立刻就感觉她只是昨晚看过的综艺节目……"

李贝接着说道："有时候没有约到任何女人，站在地铁站突然觉得很冷。不断检查有没有人留言，戒了好久终于又忍不住点烟。走到餐厅菜单看个很久，不自觉地脚开始抖动。菜上来了只想快快吃完，感觉成对的客人都在嘲笑你的孤单。"

张宝："说得太对了，没想到你那么了解我。"

李贝："不，这是你的个性，跟单身没有关系。"

张宝："当然有关系，我要彻底改变我的生活。中午过后打电话给老婆，她接起来后你不用报名直接说是我。关切地问她今天上午忙不忙？无聊的会议多不多。她说下班后能不能来接我，晚上一起去吃麻辣火锅。整个下午你安心工作，不再拿出电话簿不停地拨。晚上见面不需刻意表现，语气和手势不必事先排演。坐下后不必替她点烟，结账时不需假装抢着付钱。所有的菜都让她选，她会说你要少吃点盐。吃完后走在街上，彼此握紧对方的手掌。她问那个辣妹你觉得漂不漂亮，我说我喜欢你的自然健康。她说你难道不觉得我有点胖，我立刻谈起明天的气象。回家后她去洗澡，我吃她做的蛋糕。我边吃边瞄她布置的花草，心想这才有家的味道……"

李贝:"家的味道不仅仅只有甜蜜,还伴随着一连串无谓的争吵。"

张宝:"你不懂,争吵中也有爱的成分,她气得发疯是因为她在乎我这个人。她不准我回房睡觉,我在沙发上慢慢睡着。半夜她出来把我的头扶好,我醒来时看到她熟悉的微笑。我们在沙发上把彼此的衣服脱掉,吵架后的性爱往往更美好。"

李贝:"你想过没有? 有一天她不再美丽你愿不愿意推她的轮椅?"

张宝不假思索:"愿意。"

李贝:"你想过没有? 有一天她不再年轻你愿不愿意帮她换点滴?"

张宝:"愿意。"

李贝:"你想过没有? 你去结婚,就不再有权利认识漂亮的女人?"

张宝:"我问你,你为什么这么反对我的婚事? 完全失去理性?"

李贝语塞:"我……"

张宝:"你平常一向保守纯情,为什么突然变得浪荡不羁?"

李贝:"我……"

张宝:"你是我的好朋友,你应该祝贺我有了好的归宿。"

李贝:"你结婚后我会很孤独。这一年来,你一直在我身边。你教我如何追女朋友,带我冲锋陷阵,给我机会进攻得分。你给我阿Q精神,让我脸皮变厚几寸。没有了你,我只能在电话旁等。没有了你,我只能怨天尤人。"

张宝笑道:"我能教你的也只有这些,我宣布你今天毕业。现在你要挑一双合脚的鞋,大方地走进这个世界。爱有时像圣诞夜,有时像复活节。有时像打猎,你只是为了证明你的优越。有时像锅贴,煮熟的方法必须从外到内。有时像洞穴,你躲进去逃避这个世界。有时像流血,停止它需要一点时间。有时像上学,你不喜欢但已习惯了你的同学。有时像下雪,完全遮住你的视线。有时像拿铁,是文化和品位的表现。有时像纸屑,用完后就被丢在大街。有时像北大西洋公约,你们的结合只在抵抗一个不复存在的威胁。有时像联合国安理会,重大分歧永远无法彻底解决。不管他是什么,你必须亲身体验。你不能永远站在我旁边,赞叹或批评我的表演。"

李贝也笑了:"好吧,我祝贺你。"

张宝叮嘱:"别忘了,5 月 20 日。"

酒楼后花园。

喜庆欢快的音乐不时传来。

李贝在后花园打电话:"对对对,摄像师什么时候到? 好好,没问题,这可是张宝的终身大事,千万不能迟到了。"

他挂了电话,又拨另一个号。

张宝出现在后花园入口,神情有些呆滞。

李贝看见了他:"呵呵,要做新郎了,是不是有点紧张?"

张宝看着他,不语。

李贝:"哦,对了,我把你认识的那些女子都邀请了。我打电话给高维修女了,她口气冰冷得好像刚刚有人过世。我打电话给蛋白质女孩,她快乐的像刚吃了一个苹果派。安娜苏说她不再吃 RU486,今年秋天就要去上 NYU。最有趣的是薇琪和莎莉,她们到现在还把我们当小偷,因为她们的包和我们的人一样,都跑了。"

张宝面无表情。

李贝:"你怎么啦?"

张宝不语。

李贝:"身体不舒服吗?"

张宝欲言又止。

李贝:"怎么啦? 说呀!"

张宝鼓足勇气:"……我……我不能结婚。"

李贝:"你说什么?"

张宝:"我不能结婚,我发现我还是会爱上别人?"

李贝:"你又爱上谁了?"

张宝:"女傧相。"

李贝:"行了,你别开玩笑了。"

张宝:"我不是开玩笑!"

李贝愣住:"你说什么?"

张宝:"你没听见吗? 我说我不能结婚!"

李贝语塞:"你……你是真的……"

张宝:"当然是真的。"

李贝叫道:"Shit! 你简直混蛋!"

张宝:"随你要杀要剐,但我必须说真话。"

李贝:"真话? 你不是跟我说,你已经厌倦了单身生活,没有力气再对抗寂寞? 你不是跟我说,你希望每天醒来有一个人睡在旁边,她的笑容圆满得可以用来发电?"

张宝:"那是我为了要结婚而自圆其说。仔细一想不堪一击。"

李贝:"那婚礼怎么办?"

张宝:"我不知道。"

李贝:"那么多宾客怎么办?"

张宝:"我不知道。"

李贝:"那新娘怎么办?"

张宝简直要疯了:"我不知道!我只知道我不能结婚。我要走了,剩下的事你来挡。"

李贝大叫:"哎!"

张宝鼠窜而下。

李贝怔立当场。

他喃喃自语:"那我怎么办……"

越来越响的喜庆的音乐将他彻底淹没……

寂静的空间,孤独的人。

李贝:"多少年来,我们挣扎于两极化的世界观。漂亮的女人不聪明,聪明的女人不漂亮。漂亮又聪明的女人不善良,漂亮聪明又善良的女人不会看上我们这种高不成低不就的臭男人。于是我们就在肉体和心灵间抉择,一条毒蛇,或是一枝百合。一分钟的过瘾,或是一辈子的温馨。就在我们犹豫不决时,漂亮的、聪明的、不漂亮的、不聪明的,统统离我们远去。我们大概也过了 60 岁,星期六晚上唯一能做的事是写毛笔字。"

张宝:"所有单身男子都有一种劣根性,我们虽然自己有隐疾,却总是在等待完美女人的来临。眼前的爱人永远不值得我们终身相许,因为我们爱的其实只是自己。"

李贝:"我想起过去每一段失败的感情,都因为我只想到自己。她们只是我向朋友炫耀的话题,心神俱疲时急救的点滴。忍受我不时的孩子脾气,帮助我自己宠坏自己。我对她们的关心总是零零散散,把她们的付出当作理所当然。我何曾想过她们的快乐在哪里?

何曾想过她们也有账单和老板、贷款和胃酸,她们也有挫折等着疏散、情绪等着分担。我对幸福充满不安全感,因为自私的幸福无法循环。只有当幸福的来源是让别人快乐,它才可能在不稳定的世界中源源不断。"

张宝:"幸福的关键不在于找到一个完美的人,而在找到任何一个人,然后和她一起努力建立一个完美的关系。恋爱不是在买肥皂洗发精,你可以指定某种品牌,打开包装立刻用得愉快。恋爱的人应该像园丁,种子握在手里,开出什么花完全看你付出的心力。要培养一致的兴趣、收集共同的话题、沟通每一种情绪、发脾气前先想如果我是你。要设法让两人的生活合而为一,这样就不会有挑剔对方的余地。"

李贝:"欢乐是一种人权,你不需以善事来交换。幸福是一种空气,任你自由呼吸。如果你觉得没有找到幸福,那是你没有找到幸福的真谛,明明已经走进幸福的大礼堂,还在抱怨里面的冷气不冷。"

张宝:"其实,爱里面不一定要有自己。"

李贝:"是的,爱里面不一定要有自己……"

变光。音乐起。

剧终。

三幕话剧

清明上河图

时间

北宋宣和年间(1119—1125年)

地点

北宋都城汴京(今河南开封)

人物(出场序)

赵佶　男,宋徽宗,北宋第八个皇帝。

赵桓　男,宋钦宗,北宋末代皇帝。

张择端　男,30岁左右,字正道,又字文友,东武人(今山东诸城箭口人)。

来顺　男,20出头,樊楼堂倌。

樊啸天　男,40岁左右,樊楼(汴京最大的酒楼)楼主。

赵太丞　男,60岁多岁,汴京名医。

刘兰亭　男,50多岁,说书艺人。

李纲　男,38岁,字伯纪,邵武人,汴京保卫战的主战派大臣。

小叫花穷得要命　男,14岁,小乞丐。

柔福帝姬　女,16岁,北宋公主。

设也马　男,25岁左右,金国大将粘罕之子,先为金国使臣,后为金军先锋。

王公公　男,60岁左右,柔福帝姬的仆人。

宋嫂　女,35岁左右,宋嫂鱼庄老板娘。

序　幕

大金国的发祥地——五国城。

官府左廊下的一斗室中,临窗站着一位憔悴猥琐的老人,身上披着破兽皮,兽皮上还沾着不少茅草。老人头上乱蓬蓬的,三绺髭须,本来应当是美的,可现在稀疏而灰黄,更显得落魄凄凉。他望着窗外白茫茫的一片,忍不住吟道:"'小楼昨夜又东风,故国不堪回首月明中。'唉,这里哪有小楼,昨夜又何曾见月明……"

"上皇,别想了吧。"坐在一隅一直低头沉思着的一个30多岁的男人劝道。

这对父子,便是宋徽宗赵佶和亲手写下降书,却仍然免不了作阶下囚的宋钦宗赵桓。

宋徽宗:"桓儿,我怎能不想呀?无限江山,别时容易见时难啊!再也见不到了! 再也回不去了!"

宋钦宗:"世事难料,或者有那么一天也说不定。"

宋徽宗:"社稷山河惨遭涂炭,黎民百姓颠沛流离,昔日繁华灰飞烟灭。即使金国皇帝送我南归,我又有何颜去见列祖列宗? 又有何颜去见江东父老? 又有何颜面对那无数怨鬼冤魂? 唉!'天遥地远,万水千山,知他故宫何处? 怎不思量? 除梦里,有时曾去!'除了梦里,哪里还敢痴心妄想再回南朝。"

宋钦宗:"父皇,我昨夜还真做了梦了。我梦见了大宋的繁华,大宋的亭台楼阁,大宋的风土人情。梦醒了以后,我突然发现,我梦见的,其实是一幅画。"

宋徽宗眼中放光:"你是说《清明上河图》?"

宋钦宗点头。

宋徽宗感言:"只有这幅长卷,记下了大宋的繁华,记下了大宋曾经的辉煌。后人只要看到这幅长卷,就会知道历史上有一个宋朝,有一个糊涂昏聩的皇帝,那是怎样的一个太平盛世啊……"

父子俩遐想着。

第一幕　第一场

樊楼,汴京最大的酒楼。

眼下正是掌灯时分,酒楼里宾客如云。有唱曲的,看相的,有大谈时局的吃客,有大声吆喝的堂倌,热闹非凡。

酒楼一隅,坐着一位外乡人打扮的青年,他就是初到京城的张择端。他似乎已酒足饭饱,此刻正摇首四顾。

少顷,他举手招来了堂倌来顺。

张择端:"伙计,结账,多少银子?"

来顺:"10 两银子。"

张择端咋舌:"10 两银子?"

来顺:"怎么? 嫌贵? 呵呵,客官,您别搞错了,这里可是汴京最大的酒楼啊。"

张择端:"这个嘛,在下当然知道,樊楼那是全国有名,这样说来,20 两银子倒确实不多。"他掏银子,突然,他愣住了。

来顺见状有些不屑："是不是忘了带银子？"

张择端："我、我……我的银子被人偷了……"

来顺立即变了脸："行了，我见这种吃白食的多了，见你一进来就东张西望，我早就留意上你了，要不然咱这樊楼还不被你们这种人吃光了？"他颇为得意。

张择端羞得满脸通红："我、我不是吃白食的！我有银子！"

来顺一伸手："银子呢？拿来啊！我不要多，只要给我10两。"

张择端："我……我的银子被偷了……"

来顺："谁知道呢。要是人人都跟你一样，酒足饭饱后找个借口拍屁股走人，那咱这樊楼不出一个月就得关门。"

张择端："我、我是真的……"

来顺打断他："不用多说了，你被扣下了，后院里劈柴去吧。走，跟我来。"

张择端颇为尴尬。

这时，一位气度不凡的中年人走了过来，他叫樊啸天。他拍拍来顺，道："你去忙吧，我来处理。"

来顺哈腰而去。

樊啸天："兄台是外乡人？"

张择端："小弟乃东武人氏。"

樊啸天："来汴京干什么？"

张择端："小弟前来京城游学，想开开眼界，领领市面。"

樊啸天瞥见了张择端边上的画夹，问道："兄台以画画谋生？"

张择端："不，不，小弟在东武也算殷实人家，来京城以文会友。"

樊啸天："哦。兄台尊姓？"

张择端："小弟姓张，名择端，字正道。不过，这次来汴京，小弟特意改字文友,就取以文会友的意思。兄台如何称呼?"

樊啸天:"小弟姓樊,名啸天。"

张择端猛醒:"啊? 樊兄,这樊楼莫不是……"

樊啸天:"正是小弟的产业。"

张择端一喜:"这、这太好了,樊兄如果信得过小弟,小弟立即传书东武,让家父设法将银子……"

樊啸天:"且慢。"

张择端:"樊兄信不过小弟?"

樊啸天答非所问:"文友兄,你来京城打算怎样以文会友?"

张择端:"这个……我还没想好……"

樊啸天:"好,我给你一个以文会友的机会。"

张择端:"那太好了。小弟听樊兄吩咐。"

樊啸天:"不过,这得凭你自己的本事。"

张择端:"我一介书生,没、没什么本事……"

樊啸天指指画夹,道:"这樊楼乃是京城里最大的酒楼,这里的食客中有皇亲国戚,有官场中人,有商贾,有豪客,有文人雅士,也有附庸风雅之辈……我让你在樊楼卖画!"

张择端:"卖画?"

樊啸天:"对,卖画。画得好,你张文友一鸣惊人,画不好,就屈尊在后院劈一个月柴,然后回你的东武去吧。"

张择端木然。

第一幕　第二场

樊楼一隅已布置成了一个拍卖场。

张择端正在挥毫作画。

台下人群交头接耳,叽叽喳喳。

樊啸天在进口处迎客。

赵太丞信步而来。

樊啸天:"赵太丞,欢迎欢迎!"

赵太丞:"樊老板,你的樊楼敢为天下先啊!"

樊啸天:"哪里哪里,赵太丞请。"

说书艺人刘兰亭笑嘻嘻地进来了。

樊啸天:"哟,兰亭先生也来了?"

刘兰亭:"樊老板,新鲜事哪儿少得了我刘兰亭?"

樊啸天:"多谢捧场! 多谢捧场!"

李纲大步而来。

李纲:"樊兄,你这酒楼怎么也卖起画来了?"

樊啸天:"伯纪兄,我是想让我这个俗气场所沾点儿雅气。"

两人相视大笑。

赵太丞举目四顾:"咦? 怎么没有一个翰林画院的人?"

刘兰亭:"呵呵,这些人自视甚高,是不屑于光顾这种大众场合的。"

赵太丞:"今天在这儿卖画的是谁?"

刘兰亭："听说是一个刚来京城没几天的外乡人。"

赵太丞："无名小卒敢在京师公开卖画,这不等于是在圣人面前卖《论语》?"

刘兰亭："呵呵,我刘兰亭就是在等这素材。"

樊啸天见客人差不多都已入座,便开始了开场白:"诸位,请安静。感谢诸位捧场。大家知道,当今皇上大力倡导绘画,鼓励标新立异,不同风格自由竞争,大家也知道,咱汴京上自白发苍苍的老人,下至稚气未脱的幼童,都热衷于绘画。就连吃伸手饭的小哥儿要是对书画一窍不通,也会被同行瞧不起……"

小叫花穷得要命嚷道:"那当然,买画我不敢想,评画我可是行家,我是专门来挑眼拨刺的。"

樊啸天笑道:"好,小哥儿挑眼拨刺,我就做敲锤喊价的。今天的正主儿张文友乃是东武人氏,东武山清水秀,人杰地灵。当年秦始皇东巡大海也曾经到过那里,倍加赞赏。下面我们就看看这位张文友会带给我们什么惊喜。来,文友,你说几句。"

张择端:"诸位,择端自幼喜爱绘画,未遇明师,全凭兴趣,此次千里迢迢进京游学,意在以画求师会友,今天樊楼卖画,实在是自不量力,来者都是行家里手,恳请不吝赐教。"

小叫花穷得要命叫道:"少啰唆,是骡子是马,拉出来遛遛。"

张择端:"好,请诸位稍候,容小弟最后再涂鸦几笔,马上献丑。"

众人都在期盼着好戏开场。

少顷,张择端完成了画作,展示众人。那是一幅《焦骨牡丹图》,画上牡丹的所有花茎花枝上都带有黑印焦斑,感觉就像被烈火焚烧过。

大厅里一时鸦雀无声,众人感到一阵窒息,都被这幅画征服了。

小叫花穷得要命张大了嘴:"还真不赖啊!"

樊啸天是个生意人,深知生意经中物以稀为贵的道理,他瞄了一眼四周,不失时机地道:"诸位,文友今日只画此一幅,如有慧眼中意者,请勿错失良机。"

大厅里还是一片寂静。

李纲笑道:"呵呵,那么好的画没人出价?我来抛砖引玉,愿出10两银子润笔。"

樊啸天:"好,10两银子。李大人李伯纪出了10两银子……"

赵太丞叫道:"20两银子!"

樊啸天:"好,20两银子,赵太丞出了20两银子!"

这时,一位身着一袭金衫的公子叫道:"30两银子!"

樊啸天:"这位公子出了30两银子!谢谢捧场,谢谢捧场。"

金衫公子满脸冷漠。

樊啸天叫道:"30两银子一次!"

坐在角落里的一位白衫阔少突然开口:"40两!"

金衫公子一脸跋扈:"50两!"

白衫阔少毫不示弱:"60两!"

金衫公子:"70两!"

樊啸天刚叫道:"70两一次!70两……"

白衫阔少:"80两!"

樊啸天:"80两一次!"

金衫公子一咬牙,叫道:"100两!"

樊啸天:"好,100两银子!这位金衫公子出了100两银子!100两一次,100两二次……"

白衫阔少:"且慢,我也出100两!"

此言一出，厅堂内哄然大笑，众人以为这位白衫阔少急糊涂了。

樊啸天："这位少爷，那位金衫公子已经出了……"

白衫阔少傲然打断他："我知道。我出的是 100 两黄金！"

此语一出，举座皆惊。张择端更是目瞪口呆。

金衫公子怔了片刻，他打量了一番白衫阔少，然后冷哼一声，离座而去。

白衫阔少则轻哼一声，面露得意之色。

久经世故的樊啸天也好半天才回过神来："有……有位少爷出到 100 两黄金，100 两黄金一次！100 两黄金二次！100 两黄金三次！"

一锤定音。

第一幕　第三场

王员外府。

客厅。透过窗户，可以依稀看见外面错落有致的亭台楼榭，奇花异木，美不胜收。客厅里挂了些字画，一望而知俱是珍品。张择端的那幅《焦骨牡丹图》也挂在厅堂之上。

奴仆王公公踩着碎步引着张择端进入客厅。

王公公："张先生请稍候，老奴这就去请少爷。"

张择端："多谢了。"

王公公欲走还留，回身说道："张先生，王府乃世代簪缨望族，钟鸣鼎食之家，内外有别，家规森严，老奴丑话说在头里，请先生好自为之。"

张择端闻言有些不是滋味,他淡淡地道:"张某洁身自爱,不劳担心。"

王公公这才举步离去。

张择端背手踱步,在字画前浏览。他看见自己那幅《焦骨牡丹图》也赫然在列,不禁愣了一下。

少顷,那位白衫阔少飘然而止。

白衫阔少:"有劳先生久候。"

张择端:"公子客气了。张某正在欣赏这些历代名人字画,受益匪浅。只是、只是拙作难登大雅之堂,公子如此抬爱,实在汗颜。"

白衫阔少:"先生自觉大作难与这些前辈大师比肩?"

张择端:"张某望尘莫及。"

"先生过谦了。"白衫阔少一笑,继而踱到那幅画前,"牡丹象征着荣华富贵,画牡丹最能迎合世俗的心理,历代画家笔下的牡丹,都是国色天香,雍容华贵,然而先生笔下的牡丹却与众不同,没有花王那种雍容华贵的富贵气,却是一身傲骨,如火如炙。请教先生,您是在何处见到这样的牡丹的?"

张择端:"这是我在洛阳观赏牡丹时,在野外发现的一种稀有品种,叫焦骨牡丹。"

白衫阔少:"焦骨牡丹?其中必有一番来历,愿闻其详。"

张择端:"这是听当地种花人家讲的一则传说,我姑妄言之,公子姑妄听之。"

白衫阔少:"小弟洗耳恭听。"

张择端:"唐朝皇太后武则天废黜了儿子李旦,取而代之,改国号为周,自封为武周圣神皇帝。这年冬天,瑞雪纷飞,则天女皇到御苑饮酒赏雪,满眼银装素裹,一片洁白。只是草木凋零,颜色单调。扫兴之余,她挥毫写下御旨,明朝游上苑,火速报春知。花须连夜发,莫待晓风吹。"

白衫阔少:"呵呵,好蛮横啊。"

张择端:"是啊。百花仙子正在琼瑶仙境休养生息,只待来春献花。忽然接到女皇圣命,个个惊慌失措,不敢抗旨。唯有花中之王牡丹仙子不愿违背节令,不予理会。第二天,则天女皇游园,见姹紫嫣红,百花盛开,十分高兴。仔细观赏,发现独缺牡丹,不由勃然大怒,命将园内所有牡丹连根掘出,驱出长安,发配洛阳。来年春天,女皇到洛阳游春,见邙山上人山人海,都在观赏牡丹。心里更加有气,她命手下放火烧山,要让牡丹断种绝代,再也风光不成。再年春天,她二上洛阳,只见满山遍野的牡丹千姿百态,娇艳无比,比过去还要旺盛。所有的花茎花枝上都带有黑印焦斑,想必就是去年烈火焚烧的痕迹了。"

白衫阔少感言:"这真是天意不可抗,民心不可违啊。虽说是人间帝王,却也不能降服牡丹仙子的一身傲骨。"

张择端:"是啊,真是花中之王,仙容傲骨,高风亮节,愿与公子共勉。"

白衫阔少:"呵呵,听先生这么一说,更觉这百两黄金值了!"他递上银票。

张择端未接,他正色道:"公子,张某此来并非为取百两黄金,而是想问个明白。"

白衫阔少:"先生有何不解?"

张择端:"张某有自知之明,拙作哪里值百两黄金?分明是公子与那位金衫公子竞价的结果。张某不明白,公子为何要这么做?"

白衫阔少有些调皮地道:"这很正常呀,我这么做是因为我喜欢这幅画,那位金衫公子为什么这么做,我就不知道了。"

张择端:"公子请不要瞒我。择端的画可以不值1两银子,但择端的名誉不能被人随意糟蹋。"

白衫阔少:"先生为什么这么说?"

张择端:"张某有自知之明,一个无名之辈的尺幅小品绝对不可能值百两黄金。明眼人都知道这其中必有蹊跷,如今街坊已有传言,有人怀疑是我张某人故意安排的。"

白衫阔少显然未曾想到这一点:"啊?那……那我可以设法为先生澄清。"

张择端:"不用费心了,这种事只会越描越黑。我张择端身正不怕影斜,只希望公子能实言相告。"

白衫阔少略一沉吟,道:"理由很简单,就是不想让这幅画落入番人之手。"

张择端一愣:"番人?那位金衫公子是……"

白衫阔少:"他是金国的使臣,叫设也马。"

张择端:"你们认识?"

白衫阔少一笑:"呵呵,我认识他,可他不认识我。好了,先生,你已经知道了理由,这张银票总可以收下了吧?"他再次递上银票。

张择端也笑道:"现在张某就更不该收了。择端还应感谢公子,使拙作未入异族之手。公子,既然择端已弄明白缘由,这就告辞了。"

白衫阔少:"先生留步!"

张择端止步回身:"公子有何吩咐?"

白衫阔少:"先生有急事要办?"

张择端:"没有。"

白衫阔少:"那为何匆忙要走?"

张择端欲言又止。

白衫阔少:"是不是王管家说了什么?"

张择端掩饰道:"不,他没说什么。"

白衫阔少:"他是舍下的管家,做事尽心尽职,就是话多了点。"

张择端:"不,不,公子千万别误会,他真的没说错什么。"

白衫阔少:"先生,你来汴京多久了?"

张择端:"择端来汴京不足 10 日。"

白衫阔少:"你对汴京印象如何?"

张择端:"汴京不愧是天下要冲,水陆都会。人烟稠密,花团锦簇,真是一派歌舞升平,美不胜收啊!"

白衫阔少:"既然先生感慨万千,为何不把她画下来?"

张择端一愣:"为汴京写真?"

白衫阔少:"是啊。作为一个外乡人,对汴京的美应该更有体会。"

张择端茅塞顿开:"对啊!我为什么不把那么美的汴京画下来呢!曾观大海难为水,除去梁园总是村。择端会画一幅长卷,把汴京的繁华尽可能地展现!多谢公子了。"

白衫阔少:"先生不必言谢,其实我也有私心。"

张择端不明白:"此话怎讲?"

白衫阔少:"我希望先生这幅《汴京写真图》成稿之后能给小弟收藏,当然,小弟也愿出真金白银。如若先生不愿,也希望先生能把写真时的零碎草图赠予小弟。"

张择端不解:"公子要草图又有何用?"

白衫阔少:"小弟只是想收藏留念,别无他意。万一有朝一日离开汴京,也好凭此画一解乡愁。"

张择端:"公子家大业大,为何还要离开汴京?"

白衫阔少:"人生无常,这很难说。"

张择端:"既如此,择端会尽量满足公子。"

白衫阔少面露喜色:"小弟先谢先生了。听先生说来汴京以文会友,不知可否结交了朋友?"

张择端:"还没呢。"

白衫阔少:"先生想以文会友,小弟却认为不会也罢。"

张择端一怔:"公子何出此言?"

白衫阔少:"现在汴京的画家只有两种,一种在画春宫画赚钱,一种在被权臣利用。张兄画出了焦骨牡丹,小弟却看出了张兄的品性。或许在绘画的功底上与这些前辈大师相比有所欠缺,但在做人的气节上绝不逊色。"

张择端:"公子过誉了。"

白衫阔少:"先生,小弟希望你的汴京写真图能超越这些大师们。"

张择端望向墙上挂着的历代大师们的作品,眼里充满尊敬与渴望。

第一幕　第四场

吉祥客栈。

张择端的房间。墙上贴了一些张择端在汴京街头写真的草图。

金衫公子设也马一个人在房间内,他一边浏览这些草图,一边频频点头赞赏。少顷,他见张择端案头放着纸笔,突然心血来潮,挥毫写下一组汉字。

张择端背着画夹从外面写真回来了。一见设也马在屋内,不禁愣了一下。

设也马闻声止笔:"张兄,不好意思,兄弟成了不速之客。"

张择端不卑不亢地:"大人怎会光临寒舍?"

设也马一怔:"大人?"

张择端:"堂堂金国使臣又不是什么见不得人的身份,大人何需隐瞒?"

设也马笑道:"不是想隐瞒,而是怕我这个特殊身份,会让张兄把我当成了外人。"

张择端:"大人是我们宋朝的客人,张某只怕怠慢了贵宾。"

设也马:"樊楼卖画,张兄一鸣惊人,兄弟却是铩羽而归。呵呵,那时,我就看出张兄绘画功底深厚,只是公务缠身,要不早就前来拜访了。"

"大人客气了。"张择端看见了书案上设也马的字,"没想到大人的汉字也能写得龙飞凤舞。"

设也马:"呵呵,献丑了。我从小到大,一共有过5位汉人老师。这书法就是其中一位教的,可惜我不成器,这方面一直难有作为。"

张择端:"大人过谦了。"

设也马:"对了,张兄能否告知,那位白衣阔少究竟何许人也?"

张择端:"张某也不清楚。"

设也马笑道:"这可不是我瞒你,而是你瞒着我了。"

张择端:"择端确实不知。"

设也马也不追问:"听说张兄正在为贵都写真?"

张择端:"是的。"

设也马环顾屋内,道:"张兄,我想进几句忠言,不知当否?"

张择端:"张某洗耳恭听。"

设也马:"贵国皇帝乃风流天子,尤其擅长书画,故而大力倡导。各种流派兼收并蓄,标新立异尤为推崇。他以画选才,择优录用。不少画家平步青云,光宗耀祖,所以贵国上下习书学画成风。你妙笔生花,只要留心钻营,何愁登龙无术?"

张择端闻言淡然一笑:"趋炎附势,非我所愿,荣华富贵,非我所求。"

设也马:"难道你就甘居陋室,不思风光体面?"

张择端:"择端已经习惯了布衣素食。"

设也马:"张兄是否愿意跟我回金国?"

张择端:"一方水土养一方人,择端不会离开大宋。"

设也马:"好吧,人各有志,我不勉强。不过我有个不情之请,不知张兄是否答应?"

张择端:"大人请直言。"

设也马:"张兄这幅长卷绘成后,请卖给鄙人收藏,他人不得染指。"

张择端:"大人,此画尚在构思阶段,现在说这些似乎为时过早了。"

设也马:"不,兄弟有个预感,一旦张兄绘成此画,必然是举世珍品。"

张择端:"大人太抬举在下了。"

设也马:"如蒙应允,我包张兄今生享不尽的荣华富贵。金钱、美女、官印,不管你有什么要求,我都可以满足。"

张择端："择端感谢大人美意。敝帚自珍，恕难从命！"

设也马："张兄，听说贵国正在编纂《宣和画谱》，入画谱之人，大抵是翰林画院之人，只有少数杰出的布衣画家可以列入画谱。只要你将这幅画卖给我，我可以保证你张文友列入画谱之中，要知道，这可是名垂青史、画画之人梦寐以求的事。"

张择端："大人有那么大的能耐？能左右我大宋的事？"

设也马："贵国正联金灭辽，我想贵国的权臣乃至皇帝，都不会也不敢怠慢一个金国的使者。"

张择端："张某绘画并不是为了编入什么画谱。请大人见谅，这画不能卖给大人。"

设也马："为什么？就因为我不是中原之人？"

张择端："不仅仅如此。"

设也马："还有什么理由？"

张择端："如果此画绘成，我想此画也不属于哪个人，只能属于大宋百姓。"

设也马："要是我一定要呢?!"

张择端："大人虽不是汉人，但大人的汉字写得玉树临风，着实不易。"

设也马见他忽然顾左右而言他，一怔道："什么意思？"

张择端："如果有人强按住大人的手写字又会怎么样？"

设也马已有所明白言下之意："那当然写不好了。"

张择端："既如此，大人何必强求。"

设也马："张兄，凡事何必这么认真？"

张择端："择端性格如此。"

见状，设也马换了一个笑脸："我只是和张兄开个玩笑，世上千里马常有,而伯乐不常有。你这幅画我是诚心诚意要买,你先不要一口回绝,还是权衡一下利弊为好。"

张择端:"请不必再浪费时间了,我还要作画……"

设也马:"张兄宁折不弯,兄弟好生佩服。张兄如不嫌弃兄弟无能,兄弟想交你这个朋友。"

张择端:"大人乃一国使臣,择端岂敢高攀。"

设也马想了想,道:"兄弟有一物相赠,请张兄留作纪念。"他掏出一枚金令,轻轻放在桌上。

张择端欲拒:"大人,这……"

设也马:"张兄务请笑纳。望张兄能抓紧时间,早日绘成长卷,兄弟告辞了。"他转身出了门。

张择端拿起金令端详,不知这是啥玩意儿。

少顷,屋外传来李纲的声音:"文友兄在家吗?"

张择端一喜:"在,在,在,伯纪兄,快请进。"

李纲一掀帘子走了进来:"怎么了? 在为你的长卷冥思苦想?"

张择端:"伯纪兄,你来得正好,你见多识广,快看看这是啥玩意儿?"

李纲接过一瞧,吓了一跳:"这东西你哪里得来的?"

张择端:"一个金国的使臣给的。"

李纲:"原来如此。你知道这是什么吗? 这是金国的免死金牌。"

张择端:"什么? 免死金牌? 岂有此理,我的生死跟金人有什么关系? 真是岂有此理!"他越想越气。

李纲:"文友兄,你潜心画画,对时局知之甚少啊!"

张择端:"时局? 时局怎么了?"

李纲:"如今是西夏寇边,金势日狙,盗贼蜂起,浙江方腊,起兵作乱,数逾 20 万人,淮南宋江,以 36 人起事,威行河溯,转掠十郡,无可撄其锋。而大宋上下荒淫，侈靡日盛，国势日衰啊！"

张择端："可我眼前所见，乃是一派繁华胜景啊！"

李纲："文友兄，以史为镜，可以知兴衰；以人为镜，可以明得失。想当年汴京作为魏国的京城，又是何等的繁华富庶。可是由于魏王父子昏庸，排挤信陵君，很快就自取灭亡。于是一代名城楼毁宫倾，掩埋地下。而今，官家风流，权奸当道，武官怕死，文官贪财，天灾人祸，民不聊生，只怕苍天不佑，重蹈覆辙啊！"

张择端："可惜我无权无势，人微言轻，上不能为国解难，下不能为民分忧，只有一支秃笔任我涂抹。"

李纲："昔日郑侠的《流民图》，文友兄是否知晓？"

张择端："略知一二。此图乃一个名叫郑侠的守门小吏所绘，图上是无数流民携儿牵女，身无完衣，啼饥号寒，酷吏威逼，怒目追索等凄惨之像。"

李纲："是啊，他把当时百姓的惨状一一呈现在了神宗皇帝的面前，文友兄，郑侠可以画《流民图》为民请命，你张文友为什么不可以画一幅《浮华图》警诫世人呢？"

张择端："择端未曾想过，我既无雄才又无大志，唯喜爱绘画雕虫小技，如果作品能得到人们的赏识，增添些生活情趣，就很满足了。伯纪兄，倘若我的画笔还能为国为民做点事情，那是我最大的奢望……"

第二幕　第一场

汴河边上。

张择端正在展示他的《汴京闹市图》。

小叫花穷得要命则在边上吆喝："各位街坊过客,樊楼卖画一鸣惊人的张文友,如今已绘成长卷《汴京闹市图》,今天在这里设摊问疑,请各位不吝赐教!"

已有几个人在图前驻足观看,啧啧称奇。

"像咱汴京,想不到咱汴京这么美。"

"想不到张公子能把庞大的汴京搬到这小小的画卷上,真是神笔啊!"

"人人心中所有,人人笔下所无,这幅长卷必将是传世佳作。"

对街宋嫂鱼庄的宋嫂也过来凑热闹了。

小叫花穷得要命叫道:"宋嫂,我吆喝了半天了,赏碗鱼羹喝喝吧。"

宋嫂:"行行,我一会儿就端过来。"她凑到画前观看。

小叫花穷得要命:"我说宋嫂,你就别凑热闹了,快去端吧。"

宋嫂:"我也来看看不行吗?哎,你别说,我还真看出名堂来了。"

张择端谦恭地:"宋嫂请讲。"

宋嫂:"我说大兄弟,你画的这个掌柜的,好像不太对劲。"

张择端:"哦?哪里有问题?"

宋嫂:"你瞧,这店铺顾客盈门,伙计繁忙,这位掌柜捧着烟袋,一副悠闲自在的样子。我是掌柜的我清楚,实际上这时候我最紧张,我得看着店铺的每一个角落,随时准备应付各种突然发生的事,还得用目光示意伙计,好让他如何如何,所以你画这位掌柜的神态目光时要再斟酌斟酌……"

张择端频频点头:"真是隔行如隔山啊,多亏宋嫂点醒,让择端知道平日所见仅是表相而已,多谢多谢。"

宋嫂："哈哈，我是外行人说外行话，大兄弟可别往心里去。"

张择端："宋嫂可谓是择端的一字之师。"

宋嫂："大兄弟，你可把我的脸都说红了。行了，行了，我给你们端鱼羹去。"

蹲在一边看了半天的说书艺人刘兰亭问道："张公子，这个吹笛的乐工左手食指抬起，发的音应该是上尺工凡的'凡'吧？"

张择端："正是。兰亭兄真是观察入微啊！"

刘兰亭："可是这个弹琵琶的乐工手却按在上弦上，这岂不是乱套了吗？"

张择端："琵琶'凡'音在上弦，所以手按上弦。难道错了？"

刘兰亭："正是错了。盖管以发指为声，琵琶以拨过为声，掩上弦则声在下弦也。"

张择端恍然大悟，连连作揖："原来如此，兰亭兄精通音律，择端受益匪浅。"

刘兰亭："哪里哪里，张公子敢在大街上让所有人来找差错，这等精益求精的气魄，我刘兰亭是望尘莫及。"

张择端："兰亭兄，其实我这么做，正是兰亭兄给我的启发。"

刘兰亭不解："哦？"

张择端："兰亭兄，你每回说书，下面总有各式人等，他们脸上的表情，其实就是对你说书的评注。他们专注，说明精彩。他们分心，说明拖沓。下面人多，你知道说得好，再接再厉。下面人少，你知道说得差，赶紧修正。"

刘兰亭频频点头："不错不错，文友兄触类旁通，真是智慧过人啊！"

端详了许久的赵太丞此刻抬起头，问道："张公子，老夫不懂绘画一道,可否冒昧说几句?"

张择端:"赵太丞,俗话说千金难买一骂,择端此举正是任人评说的,您是汴京名医,能对拙作望闻问切一番,择端正是求之不得。"

小叫花穷得要命也在边上起哄:"我说老太丞,您是给皇上看过病的人,见过大世面,您就把这幅画当成一个人,固本还是扶正,治表还是治里,开出药方来吧。"

赵太丞沉吟半晌,道:"张公子,鄙人自幼生长在汴京,汴京的一草一木都很熟悉。你这长卷选取御街南薰门经州桥直至皇城宣德楼一段,固然车水马龙,宏伟壮丽,但这仅仅是汴京的脸面,大而无神。在下认为,要画汴京就该画它的眼睛,顾盼生姿,方有韵味。"

张择端一边点头一边思索:"汴京的眼睛……汴京的眼睛在哪儿呢……"

赵太丞:"以我而言,这条穿城而过的汴河就是汴京的眼睛,这两岸的情景就是汴京的缩影。"

张择端茅塞顿开:"太好了,说得太好了! 这真是一剂良药啊!"

赵太丞:"张公子见笑了,我不懂画,刚才说的这些仅仅是一个在京城生活了几十年的人,对京城的一些感悟罢了。"

张择端:"太丞,择端来汴京仅半年有余,对汴京只有新鲜没有积淀,太丞的感悟正是择端所缺,看来我操之过急了。小兄弟,你带着火镰吗? 借我一用。"他向小叫花穷得要命伸出手。

小叫花掏出火镰递了过去:"公子,要火镰干啥?"
张择端笑而不答,当下打着火镰,将画幅付之一炬。
众人皆惊。
正送鱼羹来的宋嫂见状张大了嘴,端着两碗鱼羹不知如何是好。
小叫花穷得要命更是大叫:"公子,你干什么烧了它? 你疯了啊!"

张择端:"多谢诸位指点,诸位说得我脸红心跳,汗颜无比,这样的画拿出来岂不让人笑掉大牙。"他向众人——作揖,然后信步而去。

小叫花穷得要命冲着赵太丞急叫:"老太丞,你搞什么啊!你这一剂药可是毁了一幅画啊!"

赵太丞也无所适从:"这……这……"

刘兰亭却似乎胸有成竹:"小兄弟,别急,我跟你打赌,不出半年,你还会看到这幅画。"

小叫花穷得要命:"烧都烧了,还看什么啊!"

刘兰亭笑道:"只不过是一幅更好的画!"

小叫花穷得要命:"你怎么知道?"

刘兰亭:"小兄弟,这就叫精益求精。盖文王拘而演《周易》,仲尼厄而作《春秋》,屈原放逐,乃赋《离骚》,左丘失明,厥有《国语》,孙子膑脚,兵法修列,不韦迁蜀,世传吕览,韩非囚秦,说难孤愤,诗三百篇,大抵圣贤发愤之作也!今日张文友焚稿,他日必将有杰作问世!"说罢,也学着张择端的模样,信步而去。

"哎,哎!"小叫花穷得要命叫了两声,见刘兰亭已远去,便也学着刘兰亭的模样,信步而去,一边走,还一边嘟哝着,"有啥稀罕,我也会!"

宋嫂端着两碗鱼羹,见赵太丞还在发怔,便道:"太丞,这鱼汤你喝了吧。"

赵太丞:"凉都凉了,还喝什么?"说完,学着刚才两人的模样,信步而去。

宋嫂:"我这鱼羹,还头一回没人喝。"她一个转身,也信步而去。

第二幕　第二场

王员外府。

白衫阔少在厅堂里来回走动,显得焦躁不安。

王公公进来,道:"公子,张先生到了。"

白衫阔少:"快请他进来。"

王公公闻言退了出去。少顷,张择端进来了。

张择端:"公子找我有什么事吗?"

白衫阔少:"听说先生又有惊人之举?"

张择端笑道:"公子也听说了? 其实哪是什么惊人之举,只不过烧了一幅漏洞百出的画而已。像这样的画一旦问世,会贻笑大方的。"

白衫阔少:"先生,这么说您放弃为汴京写真了?"

张择端:"不,我打算从头再来。"

白衫阔少有些惊讶:"从头再来? 您要重新再画一幅?"

张择端点点头,道:"眼下我正进行人物写真,做些案头准备,那幅画就是太操之过急所致,这回我要从最基础的开始。"

白衫阔少:"我朝绘画一向讲究意境,表达一种含蓄之美,先生何必在写真上下那么大的工夫?"

张择端:"只有掌握了写真,才能自由地写意。世间万物,人是最复杂、最微妙、最完美的生灵,又是最难掌握,最难表现的。我画的长卷,城阙河流、楼台舟车,不过是背景而已,而各种人物形形色色的活动才是画中的主角,不画好人物,此画就是败笔之作。"

白衫阔少:"可以让我看看先生的写真吗?"

张择端:"当然可以。"他递上画夹。

白衫阔少翻看着他的写真,突然发现一个奇怪的现象:"先生笔下全是男子,怎么没有一个女性,莫非先生也重男轻女?"

张择端:"绘画之人怎会重男轻女。男有阳刚之气,女有阴柔之美。乾坤配合,人间才是完整的。"

白衫阔少:"那为何没有女子的写真?"

张择端苦笑:"我也想画女子的写真,可是、可是良家妇女谁肯让人盯着画呢? 一次我躲在暗处偷画两个进香的少女,被她俩的父兄发现,把我当成了偷香窃玉的登徒子,非要送我去官府,幸亏评书艺人刘兰亭解围,当场把画撕破才算罢休⋯⋯"

白衫阔少在画夹中找到了那页被撕成几截的画纸,问道:"就是这张?"

张择端:"对。"

白衫阔少将纸拼好,道:"先生,这张写真实在不敢恭维。"

张择端脸色一红:"我平时很少接近女性,能够看到的,也都被严严实实包裹起来,难识庐山真面目。"

白衫阔少:"也难怪,先生隔雾观花,难得其妙。不过你想画出女性的隐秘细微之处也不难啊,汴京到处是秦楼楚馆,只要舍得花银子,那些烟花女子会让你画个够的。"

张择端:"择端有家训,平生决不进花巷柳陌去狎妓嫖娟。"

白衫阔少:"自古才子皆风流,没想到先生是如此的一个正人君子。"

张择端:"择端生性木讷,和那些才情横溢的大师相比,实在望尘莫及。"

白衫阔少:"那你岂不是永远画不好女子了?"

张择端:"不瞒公子,画不好女性已是我一大苦恼。其实我已将长卷基本构思完整,之所以迟迟未动笔,这也是原因之一。"

白衫阔少:"没想到先生会被这事所困扰……"

张择端低头不语。

白衫阔少思忖片刻,道:"先生愿不愿给我画一幅写真?"

张择端:"愿意效劳。"

白衫阔少:"请先生稍待片刻。"他转入屏风。

张择端打开画夹,做着准备。

少顷,屏风后缓缓踱出一个身披薄纱的妙龄少女。

张择端吓了一跳,赶紧低下头:"这……这是怎么回事……公子呢? 公子! 公子!"

白衫阔少本来有些害羞,但见张择端窘成这样,反而坦然了:"先生不是答应给我画一幅写真吗?"

张择端反应过来了:"你、你……是个女……公子?"

白衫阔少:"我本来就是女子。"

张择端:"那为何女扮男装?"

"一会儿再跟你说。现在,我们先开始吧。"白衫阔少笑笑,然后略显羞涩地摆了一个姿势,问道,"这样可不可以?"

张择端木然地点了一下头。

白衫阔少轻轻一扯,薄纱飘落在地。洁白无瑕的胴体,似美玉雕琢,令人目眩神迷。

张择端不敢正视。

白衫阔少:"先生,你以后可以叫我柔儿。"

张择端："哦。"

柔福："先生，柔儿美吗？"

张择端点点头。

白衫阔少双颊晕红："那先生怎么还不动笔？"

张择端闻言赶紧抓起画笔，画了起来。

柔福道："先生，你知道柔儿是谁吗？"

张择端："不知道。"

柔福："我之所以女扮男装，是为了来去自由些，要不然会寸步难行。"

张择端不解。

柔福轻声道："我叫柔福。"

张择端闻言，吓得画笔都把握不住了："柔、柔福帝姬？！"

柔福微笑着，点点头。

张择端："殿、殿下，我……"

柔福："叫我柔儿。"

张择端："殿下，这……"

柔福："我一直没告诉你，就是怕先生尴尬。更怕先生知道后，不理柔儿了。"

张择端一时不知说什么。

柔福有些不高兴了："没想到你一个大画家也拘泥于这些。你到底画不画啊？"

张择端："画、画。"

柔福立时又高兴了："那好，画吧，别把我刚才的丑样子画进去。"

张择端深吸一口气："殿下那么美，再怎么也画不丑。"他稳定情绪，继续画了起来。

柔福："先生,柔儿这么做,只想解除你的困扰,让你尽早完成长卷。"

张择端："殿下此举,择端无以为报,待此画完成,择端一定赠予殿下。"

柔福："多谢先生。柔儿当初建议你为汴京写真,就是怕有朝一日远嫁和番,我可以捧着这幅画,怀念大宋的风土人情……"

张择端："殿下多虑了,谁不知道殿下是当今皇上最宠爱的女儿。"

柔福苦笑："金国皇帝已经向父皇提过亲了,就是那个设也马。我没答应,好在父皇没有勉强我。皇帝的女儿不愁嫁,可是皇帝的女儿又有几个能嫁得称心如意呢……"她的脸上写满悲哀。

突然传来急促的拍门声。

柔福不高兴地："王公公,你不能轻点吗? 我不是跟你说过,不叫你,你就别进来!"

王公公紧张地："殿、殿下,是皇、皇上来了!"

柔福大惊失色,赶紧披上薄纱,起身转入屏风,匆忙之中根本来不及顾及张择端。

张择端怔怔地站着,不知如何是好。

宋徽宗已走了进来。他见厅堂上站着一个男人,不由一怔。

宋徽宗："你是谁?"

张择端赶紧叩拜:"草民、草民张择端叩见皇上。"

宋徽宗："你就是樊楼卖画、汴河焚画的那个张择端?"

张择端:"正、正是草民。"

宋徽宗："你怎么会在这儿?"

张择端:"草民……草民……"

柔福已换好装束,步出屏风。

柔福:"孩儿叩见父皇。"

宋徽宗:"起来吧。"

柔福:"父皇,这位张先生是孩儿的客人。"

宋徽宗:"柔儿,你居然在外私会男人!真是越来越不像话了!"

柔福:"孩儿是想请张先生为汴京写真。"

宋徽宗:"为汴京写真?主意倒是不错。翰林院有的是画家,为什么不找他们画?"

柔福:"父皇,对艺术,您不是向来提倡不拘一格吗?在柔儿眼里,这位张先生的才华远胜于翰林院里那些自命不凡的画家。"

徽宗仔细端详着张择端。

柔福:"父皇,这幅《焦骨牡丹》便是张先生所绘。柔儿仰慕其才华,更欣赏其骨气。"

徽宗看着这幅《焦骨牡丹》,转身问道:"你打算如何为汴京写真?"

张择端:"陛下,草民想以汴河为主干,从郊外沿闹市一直画到皇城附近,其中各式人等的活动就是画幅的主要内容。"

徽宗:"想法不错,可惜你遗漏了汴京最精彩、最美妙的地方。"

张择端:"陛下所指何处?"

徽宗:"俗话说,天上神仙府,人间帝王家。"

张择端恍然:"陛下是说皇宫?"

徽宗:"精美、壮观的建筑都集中在皇宫大内,那才是汴京最美妙的地方,不入画卷,你这汴京写真图岂不是徒有虚名?你画到皇城附近的闹市就戛然而止,意犹未尽,未免突兀。朕认为你应该继续画下去,接着描绘皇宫大内,朝廷活动,一直画到西郊金明池,汴水入城的

222

一段,你画的汴河便有头有尾,遥相呼应了。视野更加开阔,内容更加丰富,形成了一个完美的整体。"

张择端不住点头:"陛下所言极是。"

徽宗:"来,把你的画夹拿过来! 朕想看一看。"

张择端:"陛下,这……"

王公公见状趋前几步,从张择端手中拿过画夹,跪呈徽宗。

徽宗细细观看,不时点头赞许,突然,他看见了柔福的写真。

"大胆!"徽宗猛地合上画夹。

张择端早已匍匐在地:"陛下,草民……请陛下恕罪!"

徽宗满脸怒容:"恕罪? 张择端,你知不知道,你这是犯了死罪!"

柔福:"父皇,这事不怪张先生,是柔儿自己要求……"

徽宗:"住嘴! 朕的千金在男人面前赤身裸体任人涂抹,这种事传出去岂不乱了体统! 让朕的脸面往哪儿搁? 张择端,你知不知罪?"

张择端:"陛下,草民……知罪……"

徽宗:"来人!"

王公公:"奴才在。"

徽宗:"赐他一根绳子!"

王公公:"奴才遵命。"他返身而去。

柔福忽地跪下,道:"父皇! 既然如此,求你也赐我一根绳子吧!"

徽宗:"柔儿! 看来朕是太宠你了! 宠得你大逆不道了!"

张择端:"陛下,此事跟殿下无关,草民甘愿受死。"

王公公取来了绳子。

张择端:"陛下,草民斗胆请陛下,再容我苟活几日……"

徽宗:"理由!"

张择端:"想当年,太史公甘受宫刑,忍耻含辱得以完成《史记》,名垂千古。东汉时,蔡邕因罪下狱,他请求削断双足,免掉一死去续成汉书,却未能如愿,死也难以瞑目。草民恳求陛下宽限几日,待我完成画稿,我将死而无憾。"

徽宗想了想,道:"好,朕就让你活到画作完成之日。"

张择端:"谢陛下隆恩。"

徽宗:"王公公!"

王公公趋前一步:"奴才在。"

徽宗:"这个人朕就交给你了,把他立即带去宫内,从今往后,不得出宫半步!你要好生照看着。"

王公公:"奴才知道。"

徽宗:"你把他带下去吧。"

王公公:"奴才遵命。"

王公公示意张择端跟着他,张择端跟下。

徽宗:"柔儿,朕不能让你在外无法无天了!你也跟我回宫去!金国皇帝又跟朕提起这事了。"

柔福:"我不嫁那个设也马!"

徽宗:"朕已经答应了。"

柔福:"父皇,金国的野心父皇难道还不清楚?他不是要女儿,他是要整个大宋啊!"

徽宗一时无语,少顷,他道:"这回不是提亲,是索要。现在两国正在议和,这也是金人的条件之一。"

柔福哑然。

第二幕　第三场

皇宫内一居处。

张择端在潜心绘画,王公公则侍立一旁闭目养神。

柔福一闪而进。

王公公立即睁开了眼:"殿下,皇上吩咐过,不让你们……"

柔福:"公公,柔儿是您从小看着长大的吧?"

王公公:"殿下……"

柔福根本不让他说话:"公公,柔儿可是一直把您老当亲人看待的。"

王公公:"是的,殿下对老奴一向不薄,老奴谢殿下恩典。"

柔福:"那柔儿想跟张先生单独待一会儿,公公也不答应吗?"

王公公满脸为难之色。

柔福:"公公,柔儿求您了……"

王公公:"殿下……"

柔福:"公公,您知道,柔儿就要、就要……您连柔儿这最后的请求都不答应吗?"

王公公终于下了决心:"那……老奴、老奴去门口替殿下看着……"

柔福:"多谢公公了。"

王公公往门外去了。

王公公一走,柔福便转身痴痴地看着张择端,灼热的目光使后者不由得转过头去。

柔福："先生,柔儿害了先生了。"

张择端："择端丝毫未怪罪殿下。"

柔福："不要你叫我殿下,叫我柔儿。"

张择端："殿下,择端要做的,就是不负厚望,早日完成此画。"

柔福："先生,柔儿不要这画了。"

张择端："为什么?"

柔福："父皇说过,让你活到画作完成之日,要是先生永远完不成画作,岂不是可以免去一死了?"

张择端一笑,道:"殿下,择端不会这么做。"

柔福："先生,要知道君王无戏言,柔儿不想先生去死。"

张择端："殿下,我张择端也是一诺千金,岂能因为怕死,做出这种令人耻笑的行为。"

柔福："这么说,先生宁死也要完成这幅长卷?"

张择端："是的,这些日子,择端早将生死忘却,沉浸在创作之中了。"

柔福："先生让柔儿好生敬仰,既然先生信念已定,柔儿只愿先生的长卷能留传百世,能与员外府厅堂上那些前辈大师的作品一样,供后人观赏。"

张择端略显遗憾:"现在长卷已越来越接近尾声,可是择端也越来越困惑。"

柔福："困惑在何处?"

张择端："还未找到此画的魂之所在。"

柔福："柔儿可否先睹为快?"

张择端打开画卷,缓缓展示给柔福看。

柔福认真地看着。

长卷已至尽头。

柔福叹道："如此恢宏，如此大气，在柔儿看来已是杰作了。"

张择端猛然发现柔福珠泪欲滴。

张择端："殿下……"

柔福一边拭泪一边道："没什么，柔儿只是看见画中清明时节人们在郊外踏青的那些场面，心里有些酸楚。先生，这画改个名行吗？"

张择端："改成什么？"

柔福："清明上河图。"

张择端："清明上河图？"

柔福："对，清明上河图。"

张择端："殿下，画中虽有清明时节的景色，可是长卷并非独有春季，几乎一年四季的景色都有。"

柔福："在柔儿看来，清明仅是一个象征，因为在这个时节，人们往往会有一种追忆的情绪，追忆大宋的风土人情，追忆心中的爱人……"

张择端："好，就叫《清明上河图》。"

柔福："多谢先生成全柔儿所想。先生，这方玉佩是柔儿亲手制作，请先生收下吧。"

张择端轻轻触摸着这方玉色洁白的项佩，突然，他发现玉佩上镌刻着八个娟秀小字，他念道："'此佩如妾，永伴君侧'。殿、殿下……"

柔福："先生，柔儿请求先生写真之际，已打定主意了，今生今世就侍奉先生一人，哪怕、哪怕只有一次，柔儿也心满意足了。"

张择端："殿下乃金枝玉叶，择端一介布衣……"

柔福："柔儿不奢望明媒正娶，只希望先生心里有柔儿。"

张择端:"殿下……"

柔福:"先生,你就不能叫我一声柔儿吗?"她痴痴地望着他。

张择端不由自主地轻唤了一声:"柔儿……"

两人默默相望,仿佛时空凝止了,只听见两颗心在怦然跳动……

第三幕　第一场

景同上。

张择端画完了长卷的最后一笔,他举着笔,一时不知干什么了。

边上的王公公见状问道:"公子画完了吗?"

张择端长吁一口气:"画完了。"

王公公:"那公子还举着笔干啥?"

张择端闻言,轻轻将笔放在桌案上。

王公公:"公子这支笔能不能送给……"

张择端:"拿去吧。"

王公公:"多谢公子了。真不知该恭喜公子还是……"

张择端无语。

王公公:"前几日,我已经禀报了太上皇,他知道先生快完成画卷了……"

张择端:"太上皇?"

王公公:"是的,徽宗皇帝已退位,现在继位的是钦宗皇帝。我是怕影响公子作画,所以没有告诉公子。唉,现在局势一片混乱,主战的、主和的,每日在朝廷之上争论不休,前一阵子主战的占了上风,兵部侍郎李伯纪刚打了个漂亮的汴京保卫战,没几日主和的又得了势,张邦昌上了台,李伯纪被免了职。金人见宋朝如此德性,变本加厉地索要金银财宝,就连柔福帝姬……"他突然发现说漏了嘴,赶紧住口。

张择端:"帝姬怎么了?"

王公公犹豫了一下,还是说了:"帝姬也被金人索要了去,据说是嫁给那个设也马……公子,老奴人老眼不花,看得出帝姬和公子情投意合,可是、可是皇族至今没有下嫁平民的先例,也只能请公子想开些了……"

张择端:"公公,我想一个人待一会儿。"

王公公:"好,老奴这就出去。"他退了出去。

张择端伫立半晌,嘴里开始反复呼唤着柔福的名字:"柔儿……柔儿……柔儿……"

宋徽宗进来了。

张择端丝毫未觉:"柔儿……柔儿……柔儿……"

宋徽宗:"听王公公说,你的长卷完成了?"

张择端下意识地点着头:"完成了……完成了……"

宋徽宗发现长卷就放在桌案上,便径自走上前去,仔细观赏起来。

张择端还在一边发着怔。

宋徽宗则已激动地两眼放光,赞叹不已:"传世杰作……传世杰作啊!"

张择端:"陛下,草民长卷已成,现在可以领罪了。"

徽宗:"领罪? 不,能绘出如此杰作之人,朕怎么可以杀了? 张文友,杀了你,朕会成千古罪人的! 朕不杀你! 朕还要谢谢你! 谢谢你这幅长卷给大宋立了传! 树了碑! 唉! 如此美好江山就快要葬送在朕的手里了！可惜、可悲、可叹啊！"

张择端："陛下……"

徽宗似乎突然想起他的存在："哦，你可以走了，赶紧出宫去吧，你自由了……"

张择端："陛下，草民斗胆要求，这幅长卷想送给一个人。"

徽宗闻言，转过身来，问道："谁？"

张择端："柔福帝姬。"

徽宗逼视着他："以解她相思之苦吗？"

张择端："不，以慰她怀念大宋之心。"

徽宗一时无语。少顷，他点点头："好，朕答应你。"

第三幕　第二场

青城金营。

大帐内，一片喜气洋洋，乐手们在兴高采烈地吹奏。

一个火鼎在熊熊燃烧，衬映着喜庆的氛围。

设也马正在大帐内与金国官兵把酒庆功。

两个金兵侍立左右。

金兵甲："今日一喜！大金国军队攻入汴京，囚虏二帝，踏平南朝！"

金兵乙："今日双喜！设也马将军战场成婚，迎娶千金，洞房花烛！"

一金将在权充司仪，此刻上前一步问道："启禀将军，今日是庆功之日,又是将军大婚之日,两宴并举,何不让那些宋朝的贵妇娇女入帐侍宴?"

设也马:"好!城既已破,一人一物还不是都归我们大金国所有。传令下去!命宋朝嫔妃宫女换上舞衣,入帐侍宴!"

金兵甲:"命宋朝嫔妃宫女换上舞衣,入帐侍宴!"

金兵乙:"命宋朝嫔妃宫女换上舞衣,入帐侍宴!"

设也马:"哈哈!大宋啊!本将军也替你悲哀啊!我设也马三年使者,把你的腐败侈靡尽收眼底,庸驾无能,权奸当道,呵呵,如此君臣,你不亡谁亡?!来!诸位,喝!"

金国官兵举杯欢庆。

换上舞衣的宋朝妃嫔宫女被带了上来。

司仪:"奏乐!"

乐手们吹奏起来。

宋朝妃嫔宫女伴着乐曲翩翩起舞。

设也马:"诸位听着,今日宴后,在场之人每人可携二名宋女回帐。"

帐中一片欢腾之声。

司仪:"迎娶新娘!"

金兵甲:"迎娶新娘!"

金兵乙:"迎娶新娘!"

少顷,披着红头盖的柔福帝姬在两名金兵的押护下被带了上来。

设也马轻轻一挥手,两名金兵退至一边。

司仪:"掀新娘头盖!"

金兵甲:"掀新娘头盖!"

金兵乙:"掀新娘头盖!"

设也马大步上前，一把掀掉了新娘的红盖头！他乍见柔福，有些愣神。他挥手示意乐手停止奏乐。

设也马："我在哪里见过你？"

柔福不答。

设也马盯着她，突然明白过来："好一个白衫阔少！那时候你女扮男装，难怪我一时想不起来。告诉我，当初为什么一定要和我争那幅画？"

柔福："我喜欢那幅画，更不想让它流落番人之手。"

设也马："番人？柔福小姐，你别忘了，你是在金军的大帐之中，你已不是什么帝姬了！你们这些宋朝的贵妇娇女，都是我们大金国儿郎的玩物！你们宋朝的万里江山，正在我们大金国骑兵的铁蹄之下！你也别忘了，今天是我们的洞房花烛，是你嫁给'番人'的时候！"

柔福："设也马，柔福已有夫君，怎能再嫁于你。"

设也马闻言一愣："你、你已嫁了人?!"

柔福不置可否。

设也马："他是谁？"

柔福："张文友。"

"张文友？"设也马先是一愣神，继而笑道，"哈哈！你骗我，你们皇族不可能下嫁一个布衣画家。这岂不是乱了朝纲？"

柔福："宋朝千金之躯，岂能侍奉金狗！这岂不是失了气节？"

设也马火了："好，你要气节，我设也马就在这大帐之中成全你！"

柔福："你想干什么?!"

设也马淫笑道："今日是太平合欢宴，本将军要与民同乐，当庭合欢！"他一步步逼向柔福。

帐中一片怪叫之声。

柔福:"设也马,我们宋朝重廉耻,不像你们无所顾忌。上有天,下有地,人各有女媳。你就不想想,生你养你的,也是女人……"

设也马兽性大发,狂笑着,继续向柔福逼近。

柔福怒目圆睁:"你敢!"

设也马:"我有何不敢?"他上前一把撕开柔福的衣裳。

刹那间,设也马怔住了,柔福的腰间匪夷所思地裹着一物。他好奇地伸手去拉,这时柔福猛醒,她抽身急退。

一拽一退,柔福似陀螺转开,原来柔福腰间缠着一幅长卷。

设也马叫道:"《清明上河图》! 原来这幅画在你身上! 难怪我费尽周折也没有下落,这下好,踏破铁鞋无觅处,得来全不费功夫。哈哈哈!"

柔福趁他得意忘形之际,一咬牙将画卷撕断,然后迅捷奔向火鼎。

设也马大惊:"你干什么?"

两金兵欲上前。

柔福:"别过来!"

设也马挥手阻止。

众人怔住。

柔福轻声道:"先生,你为求精品不惜焚画,柔儿为了此画不入番人之手,只能再次焚画了。柔儿只求你清明时节,去邙山上,去有焦骨牡丹的地方,给柔儿烧一炷香,跟柔儿说一会儿话,柔儿就知足了……先生,柔儿去了!"言罢,她纵身跳入火鼎。

众人大惊,有的已惊呼出声。设也马一动不动地站着,他彻底被眼前的情景所震撼。

火光炽热夺目。

233

"好一个烈女!"设也马叹道,他一松手,残卷飘落在地,"当初辽国灭亡之时,死于义者,尚有数十人,如今南朝,却唯有此女!"

司仪将残卷卷起,问道:"将军,这幅残卷怎么办?"

设也马深吸一口气,一字一顿地道:"全城搜捕——张择端!"

第三幕　第三场

樊楼后院。

樊楼已今非昔比,没有了往日的奢华和热闹,一片冷清。

张择端在劈柴,狠狠地劈柴!

小叫花穷得要命陪着他,此刻叹道:"唉! 昏君无能,重用奸臣宦官,把一个好端端的大宋朝治理成这副模样,要不然我们老百姓哪儿会颠沛流离日无安宁,柔福帝姬又岂会……"他察觉失言,赶紧打住。

张择端的斧头在空中停顿了一下,又狠狠地劈了下去!

宋嫂和刘兰亭找寻而来。

宋嫂:"大兄弟,你还真在樊楼劈柴啊! 大家都说你在樊楼劈柴,我还不信呢!"

刘兰亭:"贤弟,你不是和李纲一起出城了吗?"

张择端:"我只是出城送李伯纪,送完就又回来了。"

刘兰亭:"你回来干什么! 现在金兵正在全城搜捕你!"

宋嫂责怪小叫花:"小兄弟,你到处去说张公子在这里劈柴干什么? 说什么张公子是守诺之人,为了还樊楼老板的银子,正在樊楼后院劈柴呢! 他樊啸天人都走了,还什么银子!"

小叫花穷得要命满脸委屈："是、是公子叫我到处去说的……"

张择端："我就是想让金兵知道我在这儿,这样他们就不会挨家挨户搜了。"

刘兰亭："可是……"

老迈的赵太丞气喘吁吁地来了。

赵太丞："张公子,金兵往樊楼来了,快躲躲吧！老夫那儿金兵刚来查过,一时不会再来,暂时去避一下吧。"

张择端："多谢太丞,择端不想躲了。金人找我,无非是想要我补全《清明上河图》,这事总该有个了断。"

宋嫂："大兄弟,你是秀才遇到兵,跟他们还有什么……"

正说着,设也马在几个金兵的簇拥下进来了。

众人一时怔住,只有张择端神态自若。

设也马："文友兄。"

张择端："请将军换个称呼,在下不想和你称兄道弟。"

设也马："张公子……"

小叫花穷得要命："也请你再换个称呼,公子是我叫的!"

设也马："张择端！你不要敬酒不吃吃罚酒！"

张择端："请问敬酒怎么吃？罚酒又怎么吃？"

设也马："人上人和阶下囚,你选一个。"

张择端："我都不想选。"

设也马："你不要意气用事,你难道不想让你的作品流芳百世？"

张择端："我当然想。柔儿墙上挂的那些前辈画家的墨宝,正是择端为之努力的目标。"

设也马："那你这半截画怎能流传下去？"

张择端："能不能流传并不是你我所能决定的。依我看,这幅画根本就是平庸之作,柔儿不毁,我也会毁。"

设也马:"呵呵,我不信你的话。你凭什么这么说?"

张择端:"凭我是这幅画的作者,凭我从头至尾根本没有找到魂之所在。"

设也马想了想,道:"不管如何,你先把我给画补全了再说。"

张择端:"恕难从命,我已没有了画画的心情!"

设也马:"张择端,我设也马对你可谓仁至义尽了。"

两金兵在设也马的示意下向张择端走去。

张择端:"等一下,将军是否还记得,当初我就问过你,有人强按住你的手,你还能写字吗?"

设也马:"张择端,我告诉你,这画你补也得补,不补也得补!我可以山珍海味供着你,让你舒适地画,也可以用刀子戳着你的背心,逼着你画,一切都看你自己选择了。把他带走!"

张择端突然举起斧子,朝自己的右手拇指砍去:"啊!"

众人大惊!

张择端痛得在地上打滚,血洒遍地。

设也马震惊:"你、你自断拇指? 你这是何苦?"

小叫花穷得要命扑了上去:"公子,你、你为何自残身体?"

张择端:"柔儿拼上了一条命,我张择端岂又在乎一只拇指。"

小叫花穷得要命:"可是……可是从此以后你就不能画画了呀……"

张择端:"小兄弟,你别难受,我的右手就算完好如初,也无法再画画了。因为我已没有了画画的心情,没有了画画的灵感。我张择端的生命,其实已经结束了。"

小叫花穷得要命:"公子……"

宋嫂不忍再看，扭过头去垂泪。

刘兰亭则义愤填膺。

赵太丞早就在为张择端包扎了。

张择端："将军，现在我已没有选择了，你倒有一个选择。"

设也马："什么?"

张择端："杀了我!"

设也马："我从未有杀你之心。"

张择端："那好，我走。"他忍着痛站起身，欲往外走。

设也马："等一下!"

张择端："将军改变主意了?"

设也马："你不想再看一眼你呕心沥血绘成的作品被毁成怎样了?"

张择端不语。

设也马示意两金兵展开画轴。

张择端还是情不自禁走到画前，看着看着，他突然激动起来："柔儿，柔儿，你帮我找到了魂! 你帮我找到了魂!"

众人面面相觑，不明所以。

小叫花穷得要命："公子，你没事吧?"

张择端似疯似癫："我一直在苦苦寻找的画魂，居然在这幅残卷里找到了。柔儿毁去了皇宫内苑，却现出了长卷之魂! 天意! 真是天意啊! 难怪我越画越困惑! 难怪我越画越犹豫!"

设也马："能否告诉我，长卷之魂是什么?"

张择端："还用说吗? 当然是大宋的百姓! 毁去了皇宫内苑，留下了大宋百姓! 画魂就是大宋百姓! 画魂就是大宋百姓!"他手舞足蹈，兴奋不已。

刘兰亭看了一眼发着怔的设也马,道:"你们还在这儿干什么?你们已经拿到了举世珍品!我代表天下百姓,希望你们珍惜此画!"

设也马:"放心,我设也马不会把天下百姓当敌人。"他示意金兵收起画卷,转身走了。

金兵跟下。

宋嫂:"大兄弟,你说的是真的?"

张择端:"是真的!我终于找到了魂!柔儿,是你替我找到的,是你用你自己的命替我找到的……"他慢慢向外走。

小叫花穷得要命:"公子请留步!"

张择端回身,小叫花穷得要命一下跪了下去。

小叫花穷得要命:"公子,小叫花愿追随公子,浪迹天涯。"

张择端拍拍他的小脑袋,道:"起来,我们走。"

小叫花一下蹦了起来,尾随而去。

众人怔在场中。

赵太丞缓过神来:"这真是不可思议的一个人!"

宋嫂感叹:"他还有不可思议的一段情……"

刘兰亭:"更是画出了不可思议的一幅画!"

尾　声

景同序幕。

父子俩遐想着。

"设也马将军到!"幕外传来喊声,声音由远渐近,由弱变强。伴着最后一声,金国将军设也马已迈进了斗室。

设也马:"呵呵,两位好啊!"

父子俩这时才回过神来。原本坐着的钦宗站了起来,原本站着的徽宗却坐到了土炕上。

设也马环顾斗室:"两位还习惯吗?"

父子俩不语。

设也马:"呵呵,我远道而来是为两件事,其一,是喜事。本该宣个旨,但在这小小斗室里就免了规矩,由我亲口告诉两位吧。皇上颁旨,封赵佶为昏德侯天水郡公,封赵桓为重昏侯天水郡公。两位现在是一个公爷,一个侯爷,是不是喜事一桩?"

父子俩没有反应。

设也马:"还不谢恩?!"

宋徽宗:"什么公爷侯爷,设也马,你见过像我们这样受尽磨难、连猪狗都不如的公爷吗?你见过像我们这样忍辱偷生、苟活世上的侯爷吗?"

设也马笑了,他道:"这是以其人之道,还治其人之身。160多年前,贵太祖也曾封他的阶下囚南唐李后主为违命侯。想不到160年后,他的一双宝贝后裔竟然也都成了阶下囚,竟然也被封为昏德公、重昏侯。哈哈哈哈!"

宋徽宗:"我堂堂大宋天子,太上皇,如今却成了金国的什么昏德侯大水郡公,耻辱啊!奇耻大辱啊!"他突然激动起来,伸手抓向双眼。

宋钦宗赶紧上前按住他发狂的双手,"父皇,你为什么还要损毁自己?"

设也马:"且慢,我还有第二件事,要是弄瞎了双眼,你会后悔的。

这个,你不想看看吗?"

宋徽宗停止了举动,和宋钦宗一起望向设也马手里的一幅画轴。

设也马笑笑,一抬手,将画轴抛给了宋徽宗。

宋徽宗颤抖地打开画轴。

边上的宋钦宗不由地叫了起来:"《清明上河图》!"

打开了画轴的宋徽宗却愣住了:"怎、怎么只有一半,后面的呢?后面的皇城内苑呢?"

设也马:"宋朝的皇城形同虚设,这纸上的,当然也难逃覆灭。"

宋徽宗怒火中烧:"你、你们毁了这幅画?!"他突然两眼一黑,直挺挺地倒在土炕上。

宋钦宗见状大惊:"父皇!父皇!!"

设也马对发生的一切置若罔闻,满脸冷漠。

赵佶横卧于榻。

赵桓伫立在死去的赵佶面前。

设也马慢慢将画轴卷起,淡淡地道:"他死了吗?"

赵桓不语。

设也马:"他临终前看见的是他的百姓们,也该知足了。"言罢,他轻轻踱出斗室。

赵桓缓缓转身,缓缓地道:"在以后的几十年里,每每梦回汴京,眼前出现的,似乎总是这幅长卷,这究竟是怎样的一幅画啊!"

剧终。

240

无场次话剧

寻找归宿的流浪者

人物

郭开贞　男,笔名沫若,四川乐山人,剧中年龄 22 到 30 岁。从第四场起,郭开贞的人物名改成郭沫若,因为几乎所有人都已称他为沫若了。

郁文　男,字达夫,小名阿官,浙江富阳人,剧中年龄 17 到 26 岁。

田汉　男,字寿昌,湖南长沙人,剧中年龄 18 到 24 岁。

成灏　男,后名成仿吾,湖南新化人,剧中年龄 13 到 25 岁。

安娜　女,日本名佐藤富子,日本仙台人。郭沫若妻子,比郭沫若小 2 岁。剧中年龄 22 到 26 岁。

易漱瑜　女,田汉表妹,湖南长沙人,后成为田汉妻子。剧中年龄 14 到 17 岁。

张资平　男,广东梅县人,1893 年 5 月生人,比郭沫若小半岁。剧中年龄 26 到 28 岁。

宗白华　男,原名宗之槐,江苏常熟人。剧中年龄 22 岁。上海《时事新报》"学灯"专栏编辑。

赵南公　男,河北曲阳人,剧中年龄 50 多岁,泰东图书局老板。

王靖　男,又名王梅魂,福建闽侯人,剧中年龄 20 多岁,泰东图书局文学部主任。

易梅臣、郁华、成劭吾、郭沫若的冈山房东、郁达夫的房东女儿、酒肆侍女、和夫、博孙、赵南公的外甥女、郑伯奇等。

关于舞台

什么是最能体现漂泊、动荡、流浪的载体? 什么载体是最渴望寻找归宿的? 这两个问题,笔者第一时间想到的答案就是船。或者说,这是一个具有船的局部或元素的舞台。有舷舱,有舷梯,有舷窗,有甲板。它可以迅速地组合,变成文本中的各种场景,且转换中不用暗场,当众呈现,有些由装置安排,有些可以演员自己带上来,将戏剧的假定性做到极致,同时也保证整个戏的流畅。这些场景,只要元素,不要实景。戏的最后,组合成一艘乘风破浪的帆船,扬起的帆上,"创造"两字格外耀眼。

关于时空

该剧人物间经常会出现错时空交流,情节也会平行推进。

关于字幕

本剧中会出现不少字幕,建议不要用通常的字幕形式出现,最好将这些文字呈现在景的载体上,与整个舞台合而为一。

音乐起。

颂:你庞大的身躯,羸弱不堪

曾经的骄傲,只剩踩蹦的碎片

昏沉的人啊,何时会醒来,怎样才会醒来

我的祖国,在等着一声声呐喊

1. 东渡

船。

一声长长的汽笛。

22岁的郭开贞走向船头的甲板，眼前是一片无边无际的海："我以为她像三嫂，我偷偷地摸过她的手，我以为女人都像三嫂，都有她那样的手，揭开新娘子的红头盖时，我震惊了，这是个跟三嫂完全不一样的人，不一样的手。这不是我想要的婚姻，为什么在中国一代又一代的婚姻都是父母指定的？这样的婚姻不要也罢。我以为考试是最正经的事情，可是荒唐的试题，简直是对人的侮辱，一纸录取通知书在我眼里形同废纸，这样的学校不念也罢。大哥，谢谢你的资助，你的这根金条，虽然只能支撑我半年的生活，但足够了，半年以后，我郭开贞若考不上官费，我就跳海。"

二等舱的舷舱里，是易梅臣、女儿易漱瑜和外甥田寿昌。

易梅臣："我这次的公干时间不长，很快就会回国，你们在他乡异地要相互照应。漱瑜，有事儿你可以多找找寿昌，多听听他的建议。"

易漱瑜："知道了，爸爸，您放心吧。"

易梅臣："嗯，有寿昌在我还是放心的。"

易漱瑜："爸，表哥，我去甲板上看看。"

易梅臣："哦，外面风大，别着了凉。"

易漱瑜："嗯。"她拿了一件披肩走出舱门，去到甲板上。

易梅臣："寿昌，你不去甲板上走走？"

田寿昌："我知道舅舅有话要跟我说。"

易梅臣："寿昌啊，你实在是聪明的人，舅舅就直话直说了，你和漱瑜也可以说是青梅竹马了，我就把漱瑜托付给你了。"

田寿昌："舅舅，舅妈不会同意的，我们家不是个合适的嫁女人家。"

易梅臣："妇人之见，她只看到眼前，这事儿舅舅说了算。"

田寿昌:"舅舅,舅妈自有舅妈的道理。站在舅妈的立场上,她这么想是对的。要是没有您的接济,我可能书都读不成。"

易梅臣轻叹一口气:"我知你是个十分清高的人。也是,缘分的事是强求不来的,顺其自然吧。对了,到了日本打算学什么?决定了吗?"

田寿昌:"最初是想学海军,现在我可能会先从语言学起,先学日语和英语。"

易梅臣点点头:"这是正确的。你从小喜欢戏剧,我想你最后还是会走向文学和戏剧的道路。"

田寿昌:"舅舅,您是真正了解我的人。"

易梅臣:"还记得黄兴先生跟你说的话吗?"

田寿昌:"记得,他说文学家和革命家并不矛盾。"

易梅臣:"临行前我特意带你去见一见黄兴先生,也是希望你能聆听他的教诲,得到一些鼓励。不过,事业的选择也是顺其自然的,到时候自会水到渠成。"

郁华和郁文两兄弟一个坐在舷梯上,一个站在舷梯边。

郁华:"阿官,到了日本,你可不能心思太活,在那里换来换去地换学堂了,这样是不行的。"

郁文:"我也不想换的,我以前换学堂,是因为我觉得我同别的学生不同,不能按部就班地同他们在一处求学的。"

郁华:"到了那里,你或许会感觉跟你的同学们更不同了,毕竟他们是日本人,你是中国人。而且,在日本人眼里,中国人就是'支那'人。"

郁文:"我想,我会孤独地求学。"

郁华:"你的性格比较孤僻忧郁,有时间就多给大哥写写信,遇事别一个人闷着。"

郁文:"我知道。"

哥哥成劭吾和弟弟成灏在船尾甲板上。

成灏:"我要把日语、德语、英语、俄语、法语都学了,只有先学会他们的语言,才能学到他们的先进知识。哥哥,对不对?"

成劭吾:"很对。你从小就有语言天赋,这一点你很像爷爷,记得吗?我们乡里人都尊称他为'康熙字典'。爷爷最喜欢你,所以给你取名'仿吾'。但要学好那么多语言,也实在不是那么容易的,然后你想学什么专业?"

成灏毫不犹豫:"我要报考造兵科,学枪炮专业。"

成劭吾对弟弟的回答很满意:"喔,学造兵器。看来我们新化老乡陈天华的投海殉国对你影响很大啊。"

成灏:"是的,陈天华的《猛回头》和《警示钟》我读了无数遍,长梦千年何日醒,睡乡谁遣警钟鸣? 腥风血雨难为我,好个江山忍送人! 我可不想做洋人畜圈里的牛羊、锅子里的鱼肉,想不让别人欺负,只有自己变得强大。"

成劭吾赞赏地点点头,道:"小小年纪就能有如此志向,我这个弟弟会有出息的。"

易漱瑜夹裹着海风奔了进来,她带着些兴奋:"爸,表哥,我看到陆地了,这个岛国就是日本吗?"

成灏:"这么个岛国,居然比我们泱泱大国先进,中国的积贫积弱实在是深入骨髓了。"

郁文:"我在这个国家能学到什么呢?"

郭沫若:"这里是终点还是起点? 船上的这些人是不是都和我一样,都是寻找归宿的流浪者……"

字幕:

1910 年,13 岁的成灏和哥哥成劭吾从上海乘船赴日。

1913 年,17 岁的郁文随哥哥郁华从上海乘船赴日。

1914 年,22 岁的郭开贞独自从釜山乘船赴日。

1916 年,18 岁的田寿昌与舅舅易梅臣从上海乘船赴日。

4 个未来影响中国文学史的人物,在 20 世纪最初的十几年,先后赴日留学,他们在日本相识、相交、相知,他们的作品,今人依然传颂。

2. 《女神》和《沉沦》

圣路加医院走廊。

郭开贞蹲在地上哭。

医院护士安娜看见了,便向他走去:"你的朋友是去天国了,所以你不要太难受了。"

郭开贞抬起头,泪眼婆娑地看着眼前的倩影。

安娜:"患者的 X 光片是给你吗?"

郭开贞:"人都走了,还要这些有什么用。"

安娜:"毕竟是患者的东西,总要还给他的亲人的。"

郭开贞:"亲人? 在日本他哪里有亲人? 好吧,那就给我吧,我们同学一场,都没有合过影,这张 X 光片也算是他的照片了。"

安娜:"那就请你给我一个地址吧,现在还不能拿,我们要登记的,办好后我可以寄给你。"

郭开贞:"谢谢了。"他随手写下了地址。

安娜:"好漂亮的英语手写体。你住在冈山吗?"

郭开贞:"是的,我叫郭开贞,是中国留学生。"

安娜:"你可以叫我安娜,是圣路加医院的护士。"

郭开贞:"我也是学医的。"

安娜:"将来会有个很好的职业。"

郭开贞:"但愿吧。"

安娜朝他甜甜一笑,转身离去。

郭开贞望着她的背影,有些发怔,继而神情有些黯然,轻叹一声:"我可是结过婚的人了……"

课堂。

郁达夫虽然坐在全班学生的中间,然而总觉得孤独得很。

好不容易下课的钟声响了!先生退去之后,他的同学说笑的说笑,谈天的谈天,几里哇啦说的全是日语。个个都同春来的燕雀似地,在那里作乐。尤其那些女学生活泼的眼波,没一个扫向他。只有他一个人锁了愁眉,舌根好像被千钧的巨石压住的样子,兀的不作一声。

郁达夫悲愤的心声:"在她们眼里,我是'支那'人,他们都是日本人,他们都是我的仇敌,我总有一天来复仇,我总要复他们的仇。"

同学们散去,只留郁达夫一人。

郁达夫自嘲的心声:"他们都是日本人,他们对你当然是没有同情的,因为你想得他们的同情,所以你怨他们,这岂不是你自家的错误吗?"

冈山。郭开贞寓所。/东京。圣路加医院。

郭开贞:"安娜小姐,X光片收到了,让我意外和惊喜的,是那封长长的安抚宽慰我的信,我忍不住读了无数遍。安娜小姐,我可以给你写信吗? 哦,我已经在写了。"

安娜笑了:"我很愿意读信的。"

郭开贞:"你实在是一个善解人意的女孩,你一定出生在一个充满仁爱之心的家庭。"

安娜:"我的父亲是位牧师。我在美国人的 Mission School 毕了业之后,便立定志愿想在慈善事业上去。"

郭开贞:"难怪如此,我实不瞒你,在我最初见了你的时候,我觉得你眉目之间,有种不可思议的洁光,这道洁光,令我肃然生敬。你的长信里,说了许多宗教上的 Resignation 的教训,我当时真感受着一种 bitterish 的 sweetness 呀! 我以为上帝可怜我,见我死了一个契己的良朋,便又送一位贤淑的腻友来,补我的缺陷。"

神田美丰馆下宿屋,郁达夫居处。

郁达夫在伏案写作。

郁达夫:"我何苦要到日本来,我何苦要求学问。既然到了日本,那自然不得不被他们日本人轻侮的。中国呀中国! 你怎么不富强起来,我不能再隐忍过去了。故乡岂不有明媚的山河,故乡岂不有如花的美女? 我何苦要到这东海的岛国里来! 到日本来倒也罢了,我何苦又要进这该死的高等学校。这五六年的岁月,教我怎么能挨得过去。"

郁达夫放下笔,站起身来,在屋子里踱了几步,情绪似乎越来越悲愤。

郁达夫："人生百岁,年少的时候,只有七八年的光景,这最纯最美的七八年,我就不得不在这无情的岛国里虚度过去,可怜我今年已经是 21 岁了。槁木的 21 岁! 死灰的 21 岁! 我真还不如变了矿物质的好,我大约没有开花的日子了。知识我也不要,名誉我也不要,我只要一个安慰我体谅我的心。一副白热的心肠! 从这一副心肠里生出来的同情! 从同情而来的爱情! 我所要求的就是爱情! 若有一个美人,能理解我的苦楚,她要我死,我也肯的。若有一个妇人,无论她是美是丑,能真心真意地爱我,我也愿意为她死的。我所要求的就是异性的爱情! 苍天呀苍天,我并不要知识,我并不要名誉,我也不要那些无用的金钱,你若能赐我一个伊甸园内的伊扶,使她的肉体与心灵,全归我有,我就心满意足了。"

郁达夫回到了书桌前,提笔就写："孤冷得几乎到将死的地步,幸而他住的旅馆里,还有一个主人的女儿,可以牵引他的心,否则他真只能自杀了。他旅馆的主人的女儿,今年正是 17 岁,长方的脸儿,眼睛大得很,笑起来的时候,面上有两颗笑靥,因为她自家觉得她自家的笑容是非常可爱,所以她平时常在那里弄笑⋯⋯"

房门被轻轻叩响。

郁达夫："请进。"

进来的就是他小说里描写的那个房东的女儿,面上果然有两颗笑靥。

房东女儿："郁先生好,今天没去课堂吗?"

郁达夫："嗯,我翘课了。"

房东女儿："我来替你打扫房间。"

郁达夫："好,你请便吧。"

房东女儿开始整理房间,郁达夫在她的背后死盯着她看,等她回身时,他又赶紧避开目光。

房东女儿:"你房间里有些乱呢。"

郁达夫:"嗯,不好意思,让你受累了。"

房东女儿:"没关系的,一个男人独自过日子就是这样的。"她朝他笑着说。

冈山。郭开贞寓所。/东京。圣路加医院。

安娜:"开贞哥哥,今天一到医院,就见到你的信了。我现在似乎已经习惯了,每天一到医院的第一件事就是去看信箱,我太高兴了,一打开信箱就看见了你的来信在那里静静地躺着,耶稣保佑,我不仅看到了信,还看到了你写的诗! 我不知道,开贞哥哥还会写诗。"

郭开贞:"我不知道怎样来表述我现在的心情,诗好像是最能表达的了。"

安娜念起诗来。

残月黄金梳,

我欲掇之赠彼姝。

彼姝不可见,

桥下流泉声如泫。

晓日月桂冠,

掇之欲上青天难。

青天犹可上,

生离令我情惆怅。

郭开贞:"安娜,亲爱的安娜,怎么没有了你的声音? 你在想什么?"

安娜:"我在想你的诗,我好像也是这样的心情。"

神田美丰馆下宿屋,郁达夫居处。

郁达夫继续写着他的小说。

郁达夫:"他心里虽然非常爱她,然而她送饭来或来替他铺被的时候,他总装出一种兀不可犯的样子来。他心里虽想对她讲几句话,然而一见了她,他总不能开口。她进他房里来的时候,他的呼吸急促到吐气不出的地步。他在她的面前实在是受苦不起了,所以近来她进他的房里来的时候,他每不得不跑出房外去。然而他思慕她的心情,却一天一天的浓厚起来。"

静寂的空气里,忽然传了几声沙沙的泼水声音过来。他静静儿地听了一听,呼吸又一霎时地急了起来,面色也涨红了。迟疑了一会,他就轻轻地开了房门,拖鞋也不穿,幽脚幽手地走下扶梯去。

水声是从浴室里传出来的。透过浴室的毛玻璃窗,浴室里的动静可以隐隐约约看见。

他起初以为看一看就可以走的,然而,他竟同被钉子钉住的一样,动也不能动了。

那一双雪样的乳峰!

那一双肥白的大腿!

这全身的曲线!

呼气也不呼,仔仔细细地看了一会,他面上的筋肉,都发起痉挛来了。愈看愈颤得厉害,他那发颤的前额部竟同玻璃窗冲击了一下。被蒸气包住的那赤裸裸的"伊扶"便发了娇声问说:

"是谁呀?……"

他一声也不响,三脚两步地跑上楼上去了。

冈山。郭开贞寓所。/东京。圣路加医院。

郭开贞:"亲爱的安娜,有一件事,我必须向你坦白,我是一个没有资格去爱的人,虽然我从来就没有爱过,我是个已婚的罪人……"

安娜:"你……结过婚? 有过爱?"

郭开贞:"我结过婚,但没有爱。4年前,我的父母替我结了婚,她叫张琼华,一个我婚前没有见过的女人。我记得婚礼那天,我完全是旧式打扮,头戴一顶便帽,身着长袍马褂,我就像一个没有灵魂的傀儡,被人牵来牵去。拜过天地后,一眼瞥见新娘子的三寸金莲,心顿时凉了半截。只是木已成舟,也无可奈何。婚后第五天,我借口快要开学,匆匆逃亡成都,至今也未曾再见过。我不怪她,她是个遵从三从四德的女性,是我对不起她,我们都是封建礼教的牺牲品。好了,终于把心里的积郁吐了个干净,我就是一个有罪之人,现在,你是接受我的忏悔呢还是给我一个审判呢?"

安娜:"开贞哥哥,我不忍心责怪你,你已经够可怜的了,我同情你,也同情那位姐姐,如果你有勇气,我们一起面对。"

郭开贞:"亲爱的安娜,你的宽容让我对你更加的思念了。我起了一个心想,我以为你既矢志在献身事业上,只充着一个看护妇,未免不能充分地达到你的目的。你改进女医学校吧,我把我一人的官费来作两人使用。哦,此刻,我的诗意又上来了……"

安娜读着诗:"新月与白云。

月儿呀! 你好像把镀金的镰刀。

你把这海上的松树斫倒了,

哦,我也被你斫倒了!

白云呀! 你是不是解渴的凌冰?

我怎得把你吞下喉去,

解解我火一样的焦心？"

海边酒肆。

郁达夫双脚似乎不受控制地往酒肆走去。

酒肆在一个大庄子里，门开得很大，他已经可以清楚地看到庭内的假山花草，布置得楚楚可爱。然而这时候他却犹豫了，他举步不前。

一个侍女娇声叫他说："请进来呀！"

他不觉惊了一下，就呆呆地站住了。

他心里想："这大约就是卖酒食的人家，但是我听说，这样的地方，总有歌妓在那里的。"

一想到这里，他的精神就抖擞起来，好像是一桶冷水浇上身来的样子。他的面色立时变了。要想进去又不能进去，要想出来又不得出来；可怜他那同兔儿似的小胆，同猿猴似的淫心，竟把他陷到一个大大的难境里去了。

"进来吓！请进来吓！"里面又娇滴滴地叫了起来，带着笑声。

"可恶东西，你们竟敢欺我胆小吗？"

这样地怒了一下，他的面色更同火也似地烧了起来。咬紧了牙齿，把脚在地上轻轻地蹬了一蹬，他就捏了两个拳头，向前进去，好像是对了那几个年轻的侍女宣战的样子。但是他那青一阵红一阵的面色，和他的面上的微微儿在那里震动的筋肉，总隐藏不过。他走到那几个侍女的面前的时候，几乎要同小孩似地哭出来了。

侍女笑盈盈地："先生，请上来！请上来呀！"

郁达夫硬了头皮，跟着这个十七八岁的侍女走上楼去，那时候他的精神已经有些镇静下来了。

有一长圆形的女人的粉面,堆着了微笑,在那里问他说:"你! 你还是上靠海的地方呢? 还是怎样?"

他觉得女人口里吐出来的气息,也热和和地哼上他的面来。他不知不觉把这气息深深地吸了一口。他的意识,感觉到他这行为的时候,他的面色又立刻红了起来。他不得已只能含含糊糊地答应她说:"上靠海的房间里去。"

进了一间靠海的小房间,那侍女便问道:"你要些什么菜?"

郁达夫:"随便拿几样来罢。"

侍女:"酒要不要?"

郁达夫:"要的。"

侍女转身弯腰出了门。

郁达夫站起来推开了纸窗,一湾大海,静静的浮在他的面前。外边好像是起了微风的样子,一片一片的海浪,受了阳光的返照,同金鱼的鱼鳞似地,在那里微动。他立在窗前看了一会,低声地吟了一句诗出来:"夕阳红上海边楼。"

侍女把酒菜搬了进来,跪坐在他的面前,亲亲热热地替他上酒。

侍女:"窗开了这样大,你不冷的吗?"

郁达夫:"不冷不冷,这样好的落照,谁舍得不看呢?"

侍女:"你真是一个诗人呀! 酒拿来了。"

郁达夫:"诗人? 我本来就是一个诗人。你去把纸笔拿了来,我马上写首诗给你看看。"

侍女:"真的啊? 我这里就有纸和笔呢。"

郁达夫接过侍女递上的纸笔,刷刷刷地写了起来。

痛饮了几杯新拿来的热酒,他更觉得快活起来,又禁不得呵呵笑了一阵。他听见间壁房间里的那几个俗物,高声唱起日本歌来,他也放大了嗓子唱着说：

"醉拍阑干酒意寒，江湖寥落又冬残，剧怜鹦鹉中州骨，未拜长沙太傅宫，一饭千金图报易，几人五噫出关难，茫茫烟水回头望，也为神州泪暗弹。"高声地念了几遍，他就在席上醉倒了。

冈山。郭开贞寓所。

郭开贞："亲爱的安娜，我已经觉得飞鸿传书太慢了，我的信已越来越迫不及待地想写，我的心也越来越迫不及待地想你。无数次我出现了幻听，总觉得有人在敲门，我跑去拉开门，吹进来的只有寒风。我是多么希望门口站着的是你，你戴着宽边的帽子，笑盈盈地看着我，在你的脚边，是一个大大的箱子，我觉得这就是一幅画，我对这幅画说什么呢？我会不会不知所措？"

这时传来了敲门声。

郭开贞："我似乎又幻听了，敲门声又来了，这次吹进来的说不定是雪花，或是什么呢？我去看看。"

郭开贞拉开门，门口是一个50多岁的日本男人。

房东先生："郭先生，您在家啊。"

郭开贞："房东先生，您请进，只是屋里有些乱。"

房东先生："我就不进来了，是这样的，只是想问问您这房子还续租吗？"

郭开贞："续租，续租，我这就把房租给您。"

房东先生："不用不用，应该还没到期吧？我只是想知道您续不续租，如果续租的话我想我就不用急着去找租客了。"

郭开贞："租的，租的，您放心好了。"

房东先生："好，那我就不打搅了。"他说完就退了出去。

郭开贞："亲爱的安娜，这次不是寒风，也没有雪花，而是房东先生。他是来问我续租的事，我当然续租，我要是搬走了，你上哪里找我呢。虽然有了新地址我可以告诉你，但我们的信件就会中断几天，这是我最受不了的事，我现在是恨不得上午读一封，下午读一封，我怎么能允许我们的信件中断呢？我是不是太贪心了？你呢？你是不是这样？"

门外又传来敲门声。

郭开贞："我已经分不清是真实的还是虚幻的了？家里的门好像又被敲响了。我已经不想打开它，我已经不想再让我的梦想破灭了……"

郭开贞去打开门的一瞬间，他愣住了。他的眼前出现了一幅画，画不是他想象中的那幅画，人却是他想象中的画中人。

安娜坐在一个大箱子上，正背对着他，看着远处的景色。

安娜听见了开门声，有些惊讶地侧过身来。

郭开贞更是惊讶地张大了嘴，却发不出声。

安娜："我以为你不在家呢。"

郭开贞："这……不会是幻象吧……"

安娜走上前，轻轻地投进他怀里，给了他实实在在的真实感。

侍女卧房。

一醉醒来，他看看自家睡在一条红绸的被里，被上有一种奇怪的香气。这一间房间也不很大，但已不是白天的那一间房间了。房中挂着一盏十烛光的电灯，枕头边上摆着了一壶茶，2只杯子。他倒了二三杯茶，刚喝完，那侍女也进来了。

侍女："你醒了吗？"

郁达夫点了一点头:"醒了。这被是你的吗?"

侍女笑着说:"是的。"

郁达夫:"我昨晚是在这里睡的?"

侍女轻轻答道:"是的。"

郁达夫:"现在是什么时候了?"

侍女:"大约是八点四五十分的样子。"

郁达夫:"你去开了账来罢!"

侍女:"是。"

郁达夫:"哦,请把你的纸和笔再给我用一下。"

侍女:"你又想写诗了?"

郁达夫:"不是,我的一篇小说的结尾我想好了。"

侍女:"啊? 你不仅是诗人,还是小说家?"

郁达夫:"我不知道我是什么,我应该什么都不是。"

侍女把纸笔给了他,转身出去了。

郁达夫立即伏案写起他的小说。

"我怎么会走上那样的地方去的? 我已经变了一个最下等的人了。悔也无及,悔也无及。我就在这里死了罢。我所求的爱情,大约是求不到的了。没有爱情的生涯,岂不同死灰一样吗? 唉,这干燥的生涯,这干燥的生涯,世上的人又都在那里仇视我,欺侮我。我将何以为生,我又何必生存在这多苦的世界里呢!"

想到这里,他的眼泪就连连续续的滴了下来。他回转头来看看他自家的又瘦又长的影子,就觉得心痛起来。

"可怜你这清影,跟了我 21 年,如今这大海就是你的葬身地了,我的身子,虽然被人家欺辱,我可不该累你也瘦弱到这步田地的。影子呀影子,你饶了我罢!"

他向西天一看，只见西方青苍苍的天底下，有一颗明星，在那里摇动。

"那一颗摇摇不定的明星的底下，就是我的故国。也就是我的生地。我在那一颗星的底下，也曾送过18个秋冬，我的乡土啊，我如今再也不能见你的面了。"

他觉得四边的景物，都模糊起来。立住了脚，长叹了一声，"祖国呀祖国！我的死是你害我的！你快富起来！强起来罢！你还有许多儿女在那里受苦呢！"

郁达夫泪流满面，侍女不知什么时候已站在他身边了。

见郁达夫放下笔，侍女这才递上一直握在手里的纸巾："你写的故事很悲伤吗？你看你，都把自己写哭了。"

郁达夫也不言语，只是默默地把账单结了。

侍女："我看不懂你写的什么，但是你能把你这篇小说的名字告诉我吗？因为它是在我这里写完结尾的，还是用的我的纸和笔。"

郁达夫沉吟半晌，轻轻吐出两个字："沉沦。"

字幕：

1921 年 8 月，郭沫若的诗集《女神》作为创造社丛书第一辑，由泰东图书局出版。这本诗集是确立郭沫若为中国新诗第一人的交卷，是他扛上文学大军领头人旗帜的里程碑作品。

1921 年 10 月，郁达夫的短篇小说集《沉沦》由泰东图书局出版。《沉沦》被誉为中国自叙体小说的开山鼻祖。

3. "受孕"

福冈。郭开贞居处。

安娜在忙碌着家务活,郭开贞坐在一边看书。这时,才 5 个月的儿子和夫哭了起来。

郭开贞心情似乎有些烦躁,他吼了一声:"不要哭了!"

安娜吓了一跳,赶紧去抱起婴儿。

安娜:"开贞,我看你最近情绪不稳,整天捧着文学方面的书,学堂也不去,是不是也受到了学潮的压力? 听说'中日军事协约'的签订,使得东京的中国留学生都在闹罢课呢。"

郭开贞:"我不想去学堂,学潮是一个方面,但更主要的是我有点厌学了。"

安娜:"啊?"

郭开贞:"其实进入大学后不久,我已经感觉到自己学医是走错了路,我意识到自己本是爱好文学的人。"

安娜:"做个医生不是很好吗? 可以治病救人。"

郭开贞:"可是再好的医生,又能救多少人呢? 最多唤醒几颗心脏,挽救几条人命。文学则可以救大众,唤醒的是精神。"

安娜:"那你当时为什么会选择学医呢?"

郭开贞:"那时是迫不得已。稍有志向的人,都是想着怎样来拯救中国。谁都想学些实际的学问来把国家强盛起来,而我对于法政经济又有一种厌恶的心理,对于数学尤其有点畏难,所以拣取了这条学医的折中路径。"

安娜："这段时间你一直在看泰戈尔的诗、歌德的自传、梅里克的小说,是不是文学的心思又点燃了?"

郭开贞："那是因为原本就没有熄灭。"

安娜嘟哝着："学医,至少生活有个保障,文学,毕竟是个空的东西。"

郭开贞轻叹一声,也不想争辩什么,起身道："我出去走走。"

博多湾,千里松原。

郭开贞踱步而来,原先在那里仰望千里松原的一个青年人不经意地转过头,两人视线撞在一起的瞬间,均愣住了。

张资平："是你? 郭开贞?"

郭开贞："张资平,你怎么来这里了? 你不是在熊本吗? 难道你也转到福冈来了?"

张资平："哪里,熊本那里我们还没有毕业呢。"他的梅县的广东官话说得分外激越。

郭开贞："怎么还没有毕业?"

这一问,引发了张资平一肚子怨言："嗨,我们五高的校长是个老顽固,他说我们是因为排日回国的,就不准我们补考。我们说别的高等学校都补了考,为什么我们又不可以补考? 他说,你们又要爱国,又要诳文凭,二者是不可得兼的,你说气不气人?! 我一气之下,就索性一个人跑到福冈来洗海水澡了。"

郭开贞："你这次也回国了? 回国后得到了什么结果?"

张资平："能有什么结果? 跑北京的代表们听说是段祺瑞亲自接见过一次,嘉奖了他们,要他们回到日本安心求学,说政府是决不做有损国体的事的。这一部分的代表，有的早回来了，有的留在北京在运动做官，又有一部分南下到了上海，和派到上海的代表们合在一道，在办着《救国日报》，空空洞洞地只是一些感情文章，我看他们通是一些政客。"

郭开贞："真正爱国的人怕也很不少吧？"

张资平愤懑地说道："我看受牺牲的倒很不少，特别是一些年纪较小的朋友，他们很热心，四处去卖报，去宣传。但那样的生活能够支持多久呢？能有多大的影响呢？要救国怕还是要有点实际的学问才行吧？"

郭开贞："我是 3 年没有回国的人，又住在乡下，国内的新闻杂志少有机会看见。你刚回来，知道现在有些什么杂志可读吗？"

张资平叹道："还真没有一部可读的杂志。这是上海的《时事新报》，你拿去看吧。"他将手里卷着的一份报纸递给郭开贞。

郭开贞："哦，太好了，我也可以了解了解国内的情况。听说国内青年人都喜欢《新青年》，这杂志怎样呢？"

张资平："算不错的，但政治色彩很浓，还是一些启蒙的文章多。我看中国现在所缺乏的是一种浅近的科学杂志和纯粹的文学杂志啦。中国人的杂志是不分性质，乌涅白糟地什么都杂在一起。要想找日本所有的纯粹的科学杂志和纯粹的文艺杂志是找不到的。"

郭开贞："社会上已经有了那样的要求吗？"

张资平："光景是有。你看《新青年》那样的杂志，不已经很受欢迎的吗？"

郭开贞："其实我早就在这样想，我们找几个人来出一种纯粹的文学杂志，采取同人杂志的形式，专门收集文学上的作品。不用文言，用白话。"

张资平："出文学杂志很好,但你哪里去找人?"

郭开贞："据我所知道的,我们预科同班就有一位郁达夫。"

张资平："嗯,我知道他,老郁是会做诗的,听说他也在做小说呢。"

郭开贞："那就更好了,我还知道一位我们在冈山同过学的成仿吾,他去年进了东大的造兵科,他也是很有文学趣味的,他的英文很好,他似乎也可以来一个。你认得什么文学上的朋友吗?"

张资平："我可没有,至少熊本是一个也没有的。"

郭开贞："大高同学的系统之外怕还有些人吧?"

张资平："有或许有,但我可不知道。"

郭开贞："我想就我们4个人,同人杂志也是可以出的。"

张资平："好啊,我很赞成。那么我们就约定以你这里为中心,待学校开课以后,你征求一下仿吾和达夫的意见,我们再策进行。"

福冈。郭开贞居处。

郭开贞在整理自己以前写的诗稿,安娜进来了。

安娜："看来我是阻挡不了你了,你的魂已被文学抓了去。咦,你怎么把这些诗稿都翻出来了?《新月与白云》,这不是写给我的吗?"

郭开贞："是啊,我们的爱,让我诗兴大发。"

安娜有些不好意思："这么说,我还有点贡献呢。"

郭开贞："我想寄到国内的报纸去,看看能不能发表。"

安娜："《抱和儿浴博多湾》,这是写的和儿,这样子的诗也能登出来吗?"

郭开贞："我正是看了国内的报纸,我觉得登出来的那些诗我也能写。"

安娜又有了新发现："沫若？沫若是谁？"

郭开贞："是我给自己起的笔名。"

安娜有些好奇："为什么起这样一个笔名呢？"

郭开贞："我的故乡有沫水和若水两条河，我小时候是喝这两条河的水长大的。"

安娜："嗯，什么样的水养育什么样的人。那我也叫你沫若吧？"

郭开贞："等你哪天支持我做文学了，那时候再这么叫不是更有意义？"

安娜笑道："好啊，这样的话，我都不知道哪天可以这样叫你呢。"

外面有人敲门。

安娜跑去开门，门外是成仿吾。

成仿吾："安娜，初次见面，多多关照！我是成仿吾。"

安娜："是成先生？哎呀，开贞，你快来，有稀客上门呢。"

郭开贞跑出来："仿吾，怎么是你？快进来坐。怎么找到这里的？"

成仿吾："我碰到你的同学，他们给了我地址。冈山一别，也快有3年了吧？哟，都开花结果了啊。"他注意到了安娜背着的和夫。

郭开贞："呵呵，7个月大了。"

安娜："成先生你坐，我去泡茶。"

成仿吾看着安娜离去的背影，轻声问道："没少受风波吧？"

郭开贞："幸亏这里是乡下，也就被骂几声汉奸而已。记得初来日本的第二年，日本提出了'二十一条'逼着中国承认，我当时也跟着几位同学回过上海一次。但是，慨当以慷地回了国的'男儿'，在上海的客栈里待了3天，连客栈附近的街道都还没有辨别清楚，又跟着一些同学跑回日本。谁料隔不到2年我一个爱国者又变成了'汉奸'

呢？对了,我听说这次风潮你回国了呀,怎么会跑福冈来了?"

成仿吾:"是回国了,本来都不想回来的。碰巧在上海遇着一个同乡,是一位患了眼疾盲了 10 年的老先生。老先生知道福冈的医科大学里有一位日本鼎鼎大名的眼科博士,便要我陪着他来日本治疗,所以我就又来了。"

郭开贞:"原来如此。为什么不想回来了? 东大的造兵科不甚理想?"

成仿吾:"东大的造兵科倒是很好,只是学了这些又有什么用?多造些枪炮就能让中国强大吗?"

郭开贞:"也是,一个国家要强大,首先人民要觉醒。我近来也是,一直在读泰戈尔、歌德、海涅的诗,我发现我文学的趣味远远大于医学的趣味,我有点想转学了,去京都的文科大学。你觉得呢?"

成仿吾:"我认为意义不大,研究文学没有进文科的必要,我们也在谈文学,但我们和别人不同的地方是在有科学上的基础知识。"

安娜正好过来送茶,听了这话在偷偷地笑。

郭开贞:"你这句话,最高兴的应该是安娜了?"

安娜:"不是吗? 有个正业,至少能解决温饱。"她送完茶离开了。

成仿吾轻松问道:"她反对你搞文学?"

郭开贞:"她总希望以后有个稳定的职业,做医生是最稳定的。对了,仿吾,我前不久碰到资平,他这次也回国去了,我们聊了很多,我想我们可以做一个同人刊物。"

成仿吾:"什么样的同人刊物?"

郭开贞:"纯文学的,我们倡导一种新文学。"

成仿吾:"好啊,我算一个。"

郭开贞:"早就把你算进去了,我还想到了达夫,不过,也就我们

4个。"

成仿吾:"靠我们几个,出个一期问题不大,但要持续恐怕就难了。"

郭开贞:"你知道东京的留学生里还有没有其他喜欢文学的人?"

成仿吾:"我走动得少,在我看来能把中文写通顺的都没几个人,更说不上什么文学了。慢慢来吧,只要想做总能做成的。"

郭开贞:"你回去也留意着点。"

成仿吾:"嗯,我一时还回不去呢,我要陪着陈老先生看病。"

安娜这时又上得楼来,她找了几本德语参考书:"这些暂时不会要用吧?"

郭开贞点点头。

成仿吾有些疑惑。

见状,郭开贞坦然道:"拿去当铺呢,好在当铺就在楼下,这些参考书就经常楼上楼下跑。"

安娜:"成先生,让您见笑了。"

成仿吾:"怎么会呢!我也不比你们好多少,留学生基本都这样,只是我一个人简单些,像开贞这样靠一个人的官费养着一家子确实不容易。那家里……"

郭开贞:"家里早就跟我断绝了经济往来,有了和夫算是缓和多了,这次主要是我的官费被管理员暂时扣了,所以就只能靠这些参考书度日了。"

成仿吾想了想,道:"我那位陈老先生现在住在旅馆里,每天的耗费太大,我建议他租个房子,因为看病也不是一天两天的事。等他租了房子,你们愿不愿意搬过去一起住,也可以给老先生有个照应。"

郭开贞:"要是这样当然好,安娜可以日常照顾老先生,若有需要,我也可以给老先生跑跑腿。"

安娜也兴奋地说道:"这是求之不得的事,成先生真是我们的福星呢。"

成仿吾起身道:"那我先走了,陈老先生那里不会有问题的。"

郭开贞送他到门口,说道:"仿吾,谢谢你。"

成仿吾闻言,会心地拍了拍他,也不多说什么,转身走了。

安娜:"成先生真是个好人。"

郭开贞:"仿吾是看我们过得拮据,才提出这个建议的。安娜,我不转学了,我会先把医学学好了,毕竟医学可以作为将来生活的保障,还是需要先生存,才能做其他事。"

4.《三叶集》

福冈郭沫若居处/上海《时事新报》"学灯"编辑部/东京田汉居处

郭沫若拿着一份报纸,楼上楼下找安娜:"安娜! 安娜!"

安娜:"出了什么事?"

郭沫若:"你看,你看,《新月与白云》登出来啦! 我的诗见报了!"

安娜:"啊,我看看,我看看,还真登出来啦!"

郭沫若:"我就说吧,那样的诗我也能写。"

安娜很高兴:"太好了,你写给我的诗见报了! 沫若这个名字见报了! 晚上多做两个菜,庆祝一下。"

郭沫若:"嗯,要庆祝,这是第一次看见自己的名字变成了铅字啊! 我要写! 我要继续写! 我要一首接着一首地写,我觉得我有写不完的诗!"他手舞足蹈。

安娜看着他得意忘形的样子,轻笑道:"看来,叫你沫若的时间不远了,我的大诗人。"

宗白华:"沫若,昨天你的信和新诗都收到了,非常喜欢,你的诗是我所最爱读的,我每读了一首,就得了一回安慰,因我心中常常也有这种同等的意境。"

郭沫若:"真的吗? 我的诗真是你所最爱读的吗? 听你这么说,我喜欢到了极点了。"

宗白华:"你有 lyricald 的天才,我很愿你一方面多与自然和哲理接近,养成完美高尚的'诗人人格',一方面多研究古昔天才诗中的自然音节,自然形式,以完满'诗的构造',则中国新文化中有了新诗人了。这是我很热忱的希望,因你本负有这种天才,并不是我的客气。"

郭沫若:"可是,白华兄! 我到底是个什么样的'人',你恐怕还未十分知道呢。你说我有 lyrical 的天才,我自己却是不得而知。可是我自己的人格,确是太坏透了。我觉得比 Goldsmith 还堕落,比 Heine 还懊恼,比 Baudelair 还颓废。"

宗白华:"读了你的诗,就知道你的人了。我很希望我们《时事新报》的《学灯》栏中每天发表你一篇新诗,使《学灯》栏有一种清芬,有一种自然的清芬。"

·郭沫若:"白华兄,你太厚爱我了。《学灯》栏是我最爱读的,我近来几乎要与它相依为命了。我国新文化运动的出版物,除了《学灯》以外我一种也没有,我没有多余钱来买。你这么说,我要努力了,我要把自己变成一座作诗的工厂,每天都在诗的陶醉里,我要把全身的脂肪组织来做《学灯》里面的油。"

宗白华:"我有个朋友田汉,他对欧美文学很有研究,他现在东京留学,他同你很能同调,我要介绍你们认识,我很愿你两人携手做东方未来的诗人。"

郭沫若:"你说的是田寿昌兄吧? 我读过他在《少年中国》里的文章,他早那样地崇拜 Whitman,他才配做'我国新文化中的真诗人'呢!"

田寿昌:"沫若先生,我是寿昌,白华跟我说,他近有一种很可喜的事体,可减少他无限的烦闷,给予他许多的安慰。这件可喜的事体,就是他认识了你,一个'东方未来的诗人'郭沫若!他要让我们认识,同我作诗伴。他把你最近的一首长诗寄给我看。沫若先生,我看了你的长诗,我便先要和你订交。哪怕是你不肯下交我这样的蠢物。我真欢喜!我真幸福!我所交的朋友很多是天真烂漫、思想优美、才华富丽的人。于今又得了一个相知恨晚'东方未来的诗人'郭沫若!我如何不喜欢,如何不算幸福呢!"

郭沫若:"寿昌兄,我从前读过你在《少年中国》上介绍 Whitman的一篇文字,和几篇自由豪放的——你的诗题我虽忘记了,我的读后印象确是'自由豪放'这四个字,我早已渴慕你很久了。即使没有白华的介绍,我也会毛遂自荐,跑到东京来拜访你了。"

田寿昌:"沫若先生,要和你相交,我把我自己先介绍一下吧。易梅园先生是我的'知己舅父';易漱瑜女士是我的'知己爱人';我还要特别介绍的,便是'意坚识著,百苦不回'的易克勤夫人——我的母亲。他们,加上我所有的朋友,就是我生活的意义与价值!"

郭沫若:"我的爱人名叫安娜,她是日本人。此刻为了不打搅我,已去楼上睡了。我把我们的相片寄一张给你,你可以识得我的丑陋和她的贤淑了。"

田寿昌在看着照片。易漱瑜进来了。

易漱瑜："表哥，你在看什么？"

田寿昌："漱瑜，快来看，这就是沫若和他的爱人安娜。"

易漱瑜："啊，我要看，我要看。"

田寿昌把照片递给她。

易漱瑜："An-nasan niyorosiku！你一定要代我祝他们俩幸福。"

田寿昌："可惜，我们现在没有照就的相片，要不然也可以给他们看看。"

易漱瑜："我那里有你跟我妈妈的合影。"

田寿昌："太好了，你去找来给我。"

田寿昌："沫若兄，你的相片子，今日上午已到了，恰好我的爱人到我这儿来，我便也把你的信和你的相片都给她看了，她今年虽刚17岁，却比我懂事得多哩。她要我祝福你们。我们没有合照，我只能把我和舅母易陈颖湘夫人共摄的寄你罢。不过那是民国七年摄的，此刻在精神上，或较当时好得多，因为有'执笔不知疲'的能力啊。"

郭沫若："我看到你的相片了！寿昌！你真是可爱，你真是我的弟弟。你的面貌同我家里的一个胞弟很相像，只是他不及你这样的俊秀呢！"

宗白华："你们俩已经在交流了吗？我真是太高兴了，或许多年以后，会成为文坛一段佳话呢。沫若，你是一个 Pantheist，我很赞成。因我主张诗人的宇宙观有 Pantheismus 的必要。你呢？你对诗是怎么想的？"

郭沫若："我想我们的诗只要是我们心中的诗意诗境底纯真的表现，命泉中流出来的 Strain，心琴上弹出来的 Melody，生底颤动，灵底喊叫，那便是真诗，好诗，便是我们人类底欢乐底源泉，陶醉底美酿，慰安底天国。我每逢遇着这样的诗,无论是新体的或旧体的,今人的或古人的,我国的或外国的,我总恨不得连书带纸地把他吞了下去,我总恨不得连筋带骨地把他融了下去。Shelley 有句话说得好,他说:A man can not say:I will compose poetry. Goethe 也说过,他每逢诗兴来了的时候,便跑到书桌旁边,将就斜横着的纸,连摆正他的时候也没有,急忙从头至尾地矗立着便写下去。我看歌德这些经验正是雪莱那句话底实证了。诗不是做出来的,只是写出来的。我想诗人底心境譬如一湾清澄的海水,没有风的时候,便静止着如像一张明镜,宇宙万汇底印象都涵映着在里面。一有风的时候,便要翻波涌浪起来,宇宙万汇底印象都活动着在里面。这风便是所谓直觉,灵感(Inspiration),这起了的波浪便是高张着的情调。这些东西,我想来便是诗底本体,只要把他写了出来的时候,他就体相兼备。大波大浪的洪涛便成为'雄浑'的诗,便成为屈子底《离骚》,蔡文姬底《胡笳十八拍》,李杜底歌行,但丁底《神曲》,弥尔顿底《乐园》,歌德底《浮士德》;小波小浪的涟漪便成为'冲淡'的诗,便成为周代底《国风》,王维底绝诗,日古诗人西行上人与芭蕉翁底歌句,泰戈尔底《新月》。这种诗底波澜,有他自然的周期,振幅(Rhythm),不容你写诗的人有一毫的造作,一刹那的犹豫,硬如歌德所说连摆正纸位的时间也都不许你有。说到此处,我想诗这样东西倒可以用个方式来表示他了:诗=(直觉+情调+想象)+(适当的文字)。"

宗白华由衷地鼓起掌来:"酣畅淋漓!"

田寿昌:"听沫若兄对诗的见解,就像是听了一首长诗。我觉得我们的手谈可以出一本集子了。"

宗白华:"寿昌,你的提议太好了,这事就交给我来操办吧,能跟两位东方未来的诗人合集,是我的荣幸。好了,夜已深了,无限的情绪已同这漫漫的黑夜化入朦胧境界了,我们再谈罢!"

字幕:

1920 年 5 月,《三叶集》由上海亚东图书馆出版。

5. 拜访

福冈。郭沫若居处。

安娜躺在里间休息,她刚生了第二个儿子博孙,尚在月子里。

郭沫若在外间忙碌着,他跑进跑出,有些忙乱。他偶然间发现地上有碎纸片,捡起一看,吓得叫了起来。

郭沫若:"呀!这不是我的《浮士德》的译稿吗?怎么被撕了!"

安娜在里间问道:"你说什么?我听不清。"

郭沫若:"我的《浮士德》的译稿怎么成了碎片?呀,这里还有!"他在地上又一连发现了好些碎片。

安娜披着衣服起来了,她倚着门边,也是满脸惊讶。

安娜:"你的译稿是放在哪里的?"

郭沫若:"我、我是放在壁橱里的……"

郭沫若赶紧去打开壁橱,一下子愣住了。

里面的译稿已被老鼠弄得乱七八糟,原来壁橱有个洞,直通鼠窝。

郭沫若一下子目瞪口呆,欲哭无泪。

安娜:"哎呀,这壁橱居然有个洞,这些纸很软,是被老鼠拿去做窝了。"她赶紧把所剩无几的稿子取了出来,帮他整理起来。

郭沫若:"没用了,大部分都被咬了,我刚才地上捡的这些,就是《街坊》前面的几场,是最难译的部分。"

安娜:"你没留底稿吗?"

郭沫若:"底稿?底稿早当了厕纸,消费到厕所里去了。"

安娜:"哎呀……"

郭沫若:"2个月的心血啊!每天清早四五点便起床,连吃饭的时间都疼惜着,怎么会落到这么个下场……"

安娜:"或许老天爷就不想让你做文学家。"

郭沫若:"安娜,你会不会安慰人啊?"

安娜:"我、我不知道该怎么安慰你……"

郭沫若:"我的痛苦,我的烦恼,你根本就没办法感同身受,我每天都在斗争,跟自己斗争,跟你斗争,跟文学和医学斗争,我都快疯了。小时候我就想飞,但没有翅膀,现在似乎有了翅膀,可、可沉重得飞不起来了……对不起,你去休息吧,你还在月子里呢。"

安娜有些委屈,默默地进了里间。

郭沫若望着《浮士德》的"废墟",哀叹道:"唉,高客先生啊,这改良半纸已经够柔软的了,你怎么还不满足,偏要咬得如粉末一样碎呢……"

这时,却有人敲门了。

郭沫若打开门,门外站着一个青年人。

田寿昌:"密斯脱郭?我姓田。"

郭沫若大感意外:"喔,田君!怎么会是你?没想到没想到,快请进来。"

这时,原本烧着的准备给婴儿洗澡的水正巧烧开了,郭沫若显得有些手忙脚乱。

郭沫若:"安娜,安娜,水开了,可以给博儿洗澡了。安娜,安娜,田君来了。"

田寿昌见郭沫若的生活似乎一团乱麻,脱口而出:"按马尔萨斯学说,你老兄有点粗制滥造啊。"

这时,安娜出来了。

安娜:"田先生好,初次见面请多关照。"

田寿昌:"安娜,我是田寿昌,我为你的勇气鼓掌。"

安娜:"谢谢你支持我们的结合。"

田寿昌:"这是时代支持的,不是我支持的。"

安娜:"他现在迷恋你远甚迷恋我。"

郭沫若笑道:"寿昌,你先去楼上坐,我忙完就上楼来,你能来我太高兴了,真是谈笑有鸿儒。"

寿昌随口接道:"呵呵,往来有产婆。"说完,他径自上楼去了。

郭沫若有些尴尬,一时无语,只能先帮着安娜给婴儿洗澡。

福冈。郭沫若居处。／上海。《学灯》编辑部

田寿昌:"白华兄,我见着沫若了。"

宗白华:"啊,太好了,你们一定有谈不完的话了,谈了什么都要告诉我呀。"

田寿昌:"闻名深望见面,见面不如不见。"

宗白华:"怎么会这样?"

田寿昌:"他现在烟火气太重了,已经被柴米油盐包围了,这样的环境会把诗艺之神吓到天外去的。白华兄,我现在沫若家的楼上。

楼上有房子两间——

我坐在前一间,

开窗子便望见博多湾。

湾前有一带远山，

湾上有五六家矮屋。

眼瞥着小鸟儿翩翩的飞；

耳听着婴孩儿呱呱的哭。

你若问这婴孩他是谁？

吓！白华啊！他是沫若兄第二回的'艺术的产物'！"

宗白华："哇，家里又添丁了啊！"

郭沫若："白华兄啊，寿昌还是昂头天外的一位诗人，不知道人生为何物。我知道寿昌对我有很大的失望，他却没有想到，一个人有了妻子，孩子会自然跑到你的世界来呀！不管他怎么想，我明天陪他去游太宰府！"

去往松原的火车上。

郭沫若："到了福冈，太宰府是一定要去一下的。这位出身贵族的士大夫，被列入日本古代的四大怨灵之一，简直就是日本的屈原啊。"

田寿昌："我这样把你拖来了，安娜会有意见吧？"

郭沫若："有朋自远方来，不亦乐乎。我也难得可以放飞一下自己，我这是借了你的光了。"

田寿昌："结婚之后，恋爱能保持吗？"

郭沫若："结婚是恋爱之丧礼。"

田寿昌："有人说结婚是恋爱之坟墓的。我现在正在研究中，如莫有好方法时，我不想结婚。"

郭沫若："能永不结婚，常保 Pure love 的心境，最是理想的。结了婚彼此总不自由。这层倒还容易解决,有了生育更不自由,这层简直莫有解决的方法。"

田寿昌:"你知道松井须磨子吗?"

郭沫若:"我知道,日本新剧最当红的女演员,她主演的《玩偶之家》《复活》《卡门》等,都是日本和外国观众极力追捧的戏剧。"

田寿昌:"她死了,自杀的。"

郭沫若:"哦,为什么呢?"

田寿昌:"她的爱人岛村抱月感染了西班牙流感,在去年年底去世了,这过于突然的打击让33岁的松井须磨子再也无心独自支撑他们夫妇两人创建的剧团'艺术座',今年年初她也自尽,追随夫君于地下。你说,他们是爱情吗?"

郭沫若:"这应该是爱情的最高境界了,但是这样的人,这样的感情,是可遇不可求的。你和你的易表妹现在怎么样了?"

田寿昌:"目前为止还是'纯洁'的关系。"

郭沫若:"要等你研究好了再做决定吗? 爱情和婚姻是没办法研究的,只有亲身去体会了,才能知甘苦。"

田寿昌:"好了,不谈这个了。沫若,你以后就做一个诗人? 还是医生? 还是其他的? 我要做一个 Dramatist(剧作家),做一个 Critic(评论家),翻译 Maeterlinck(比利时作家梅特林克)的《青鸟》,还要介绍 Oscar Wilde(王尔德)。"

郭沫若一边静静听,一边点头赞扬他:"我只要能做一个小小的创作家就很知足了。寿昌,你有没有想过办一个同人杂志?"

田寿昌:"你想办同人杂志?"

郭沫若:"3 年前我和资平、仿吾都说起过,我们想办一个纯文学的杂志,他们也都有这个意向,只是人手不够。你有没有文学上的朋友？"

田寿昌："有,京都那边有三四个可以加入。其中郑伯奇本身就是学文学的,也喜欢做文章。还有穆木天一直在研究儿童文学,喜欢写童话。"

郭沫若："太好了！这是个绝顶的好消息！你的朋友我是信得过的,要是有八九个人,那同人杂志应该是可以出的了。"

田寿昌："你有什么具体的计划吗?"

郭沫若："诗、小说、各种文章,批评、杂文都可以有,但是一定要新文学,用白话。"

田寿昌："哪里出版印刷呢?"

郭沫若："这个要找了,要去说服书局。"

田寿昌："嗯,我也帮着打听打听看。"

郭沫若："太好了！寿昌啊,这是这段时间来唯一使我兴奋的消息！"

田寿昌："真的吗? 你那么想办同人杂志?"他似乎并不热衷。

郭沫若："嗯,几乎可以说是我的梦想了。"

"那我一定助你一臂之力。"田寿昌看向窗外："火车慢了下来,要进站了。这是个什么站?"

郭沫若："不知道,是个小站,下一个是二日站,相对大一些,过了二日站去松原就快了。"

田寿昌："火车到底是快啊！这样很快就到太宰府了。"

郭沫若："你知道立体派诗人 Max Weber 的 The Eye Moment（《瞬间》)吗?"

田寿昌："知道,哎,我发现这首诗和着这车轮的节奏,念起来应该很痛快。"

郭沫若:"我就是听到了铁轨和轮子的摩擦声,才问你的。你听……"他念了起来。

Cubes, cubes, cubes, cubes,

High, low, and high, and higher, higher,

Far, far out, out, out, far,

Planes, planes, planes,

Colours, lights, signs, whistles, bells, signals, col, ours,

Planes, planes, planes,

Eyes, eyes, window eyes, eyes, eyes,

Nostrils, nostrils, chimney nostrils, Breathing, burning, puffing,

Thrilling, puffing, breathing, puffing,

Millions of things upon things,

Billions of things upon things, this for the *eye*, *the* eye of being,
at the edge of the Hudson,

Flowing timeless, endless,

on, on, on, on, on ...

译文:立体,立体,立体,立体,

高,低,高,更高,更高,

远,远在天际,天际,天际,

近,平面,平面,平面,

彩色,光辉,记号,汽笛声,钟声,哨声,彩色,

平面,平面,平面,

眼,眼,窗眼,眼,眼,

鼻孔,鼻孔,烟筒底鼻孔,

呼吸着在,燃烧着在,吹喷着在,

叫喊着在,吹喷着在,呼吹着在,吹喷着在,

几百万底物相相重叠,

几千万底物相相重叠。眼中作如是观,实体底眼中作如是观,黑达森江畔,

无穷地流泻,无疆地奋涌,

涌,涌,涌,涌,涌……

郭沫若念了一半时,田寿昌也加入了进来,两人同诵,又疯又癫。

郭沫若:"果然,此诗在火车中诵着才知道他的妙味。我同火车全体,大自然全体,完全合而为一了!"

诵完了诗,郭沫若还在亢奋中,索性即兴赋起诗来:

"火车,高笑,

向着金黄的太阳,

飞!飞!飞!……"

车厢内,列车员已开始查票。

郭沫若手持车票挥舞,不小心车票真飞了起来,从车窗被风吹走了。

火车正好进站,车速减缓。

郭沫若:"哎呀!你帮我看着,它在往哪里飞,我下去找!"

田寿昌:"哎,你不是说这是个小站么,停不久的。"

可是郭沫若早已跑下了车。

田寿昌只能探头窗外,帮他看着在空中飞舞的车票。

终于,郭沫若找到了车票。可是,火车已开动了。

田寿昌在窗口挥手叫喊,郭沫若在月台上追赶。

郭沫若见追不上了,只能大声叫喊:"寿昌,你在下一站二日站下车等我。"

田寿昌一边点着头，一边又摇着头："这家伙，到底是个天才还是个疯子？"

二日站。

田寿昌在二日站车站边的面馆一边吃着面一边等着郭沫若。

这时，远远地传来了惠特曼的诗句，原来是郭沫若，他高声朗诵着诗，一拐一瘸地来了！

田寿昌赶紧迎上去："你这是从哪里冒出来的？你怎么没坐车？"

郭沫若："我一看下一班车要两个小时，便干脆沿铁道大踏步走来了。"

田寿昌："一个人走那么长的路，路上不寂寞？"

郭沫若："怎么会寂寞？我一路上都在朗诵惠特曼的'Song of the Open Road'，还涌出了不少自己的诗句，收获满满呢。"

走了半天路，郭沫若的激情不但没有减退，反而愈加高涨。

田寿昌："你手里拿的什么？"

郭沫若："三叶草。"

田寿昌："啊，我从没见过这种植物，好奇怪的造型。"

郭沫若："这也是这一路上的收获。"

田寿昌突然想道："对了，我们的书信不是要出一本集子吗？这种三叶叠生的植物，就像我们三人的友情，那本集子就叫'三叶集'如何？"

郭沫若："好名字。"

田寿昌："就这么定了，我会跟白华说。你还走得动吗？"

郭沫若："什么意思？"

田寿昌："要是走得动，我们就不坐车了，这一路走到太宰府去。"

郭沫若豪情万丈:"好,走!"

两人豪情万丈,高声朗诵着惠特曼的《坦道行》(Song of open road),迈开大步先前走去。

徒步开怀,我走上这坦坦大道,

健全的世界,自由的世界,在我面前,

棕色的长路在我面前,引导着我,任我要到何方去。

从今后我不希求好运——我自己便是好运底化身;

从今后我再不唏嘘,再不踌躇,无所需要,

雄纠地,满足地,我走着这坦坦大道。

太宰府。

两人一路游来。

郭沫若:"前面就是太宰府了。啊,你看,那像不像罗丹的雕刻?"他指向天空。

天空中无数的白云,大理石一样的,乳玉一样的,在西边天际怒涌。

田寿昌抬头看天:"哦,我知道了,我知道大自然原是大艺术家了!"

太宰府前,铜牛、铜马、铜麒麟、铜狮并列,场面非常宏辉。

田寿昌兴奋地手抚麒麟,郭沫若更是高兴,像孩子一般,一跃上了铜牛背。

田寿昌叫道:"沫若,我是抚麟的孔丘,你是骑牛的李耳了!"

郭沫若:"不,我要做中国的歌德!"

田寿昌:"我要做中国的席勒!"

田寿昌:"沫若,你看,别处的梅花都开败了,这里一颗古梅树却还有花在枝头。想不想来首诗?"

郭沫若脱口就来:

"梅花呀! 梅花!

我赞美你!

我赞美我自己!

我赞美这自我表现的全宇宙的本体!

还有什么你?

还有什么我?

还有什么古人?

还有什么异邦的名所?

一切的偶像在我面前毁破!"

田寿昌接道:

"破!! 破!! 破!!

我要把我的声带唱破!"

郭沫若:"写真师! 写真师!"

田寿昌:"我们在寻你! 我们在寻你!"

郭沫若:"歌德也在这儿!"

田寿昌:"席勒也在这儿!"

两人齐声:

"替他们造铸铜像的在哪儿?

我的诗,你的诗,

便是我们的铜像,便是宇宙的写真师!

不用他求,

只表自己!

去!! 去!! 去!!

我们再去陶醉去!"

两人疯了一把后,田寿昌突然看着郭沫若,说道:"其实你很像席勒。"

郭沫若:"为什么这么说?"

田寿昌:"席勒曾学医,你也是学医的。不过,你有种关系又像歌德。"

郭沫若:"哪种关系?"

田寿昌:"妇女的关系。"

郭沫若哑然:"畅玩了一天,我已经忘了我的处境,被你这一句话喝醒了过来。我想我今后不学席勒,也不学歌德,我只忠于我自己的良心罢。"

田寿昌:"我今后也不专做读书的工夫了,我要多做做人的工夫。我要把从前静的生活,改成动的生活。"

两个才华横溢的年轻人对他们的未来充满着遐想……

6. 受挫

福冈。郭开贞居处。

郭沫若情绪有些低落地一个人盘膝坐在榻榻米上,面前放着一封信,他应该读完没多久。

安娜进来了。

安娜:"开贞,在想什么事?"

郭沫若:"仿吾要回国了,他给我来了信。"

安娜："他为什么回国?"

郭沫若："他以前在东京的室友李凤亭邀他回国。这个李凤亭是在东京一个私立大学学法政的人,毕了业就回上海去了,在上海的泰东图书局做法学主任,他推荐了仿吾去做文学主任。"

安娜："他不是还没毕业吗?"

郭沫若："是啊,临到头的毕业试验他也不顾了。他已决定3月尾上从神户乘船动身,船在4月1日可以抵门司。"

安娜："你是不是也想跟仿吾一起回去?"

郭沫若无奈地："怎么可能呢? 我有妻儿,我就是想去又怎么能去呢?"

安娜沉吟半晌,突然坚定地说道:"你想去就去。"

郭沫若有些惊讶地看着她。

安娜："4月1日到门司,哎呀,那你最晚明天一早就要动身了。"

郭沫若："你真的支持我去? 你不是一直阻止我吗? 不要我转学,不要我回国……"

安娜："可是我见你像个狂人一般,待在家里几个月不进学校,把自己埋在了文学书堆里,我就下了决心了,把医学抛掉就抛掉吧,回国去另外找寻出路可能是更好的选择。"

郭沫若："安娜……"

安娜："你一直想飞,我不能把你捆着……"

郭沫若："可是这家里……孩子还都小……"

安娜："我们的事情你可不用担心。这村上还有些熟人,大家也都会帮衬着,在你回国之后暂时还有官费可领,只希望你回国去努力,有了职业时,我们便回来跟着你。"

郭沫若："安娜,你的性格比我强,只要一下了决心,好似就不会动摇了。"

安娜："既然决定了那就去做。这不是回到你自己的国家吗？"

郭沫若："虽说是回国，实际是等于出外漂泊，我的家在这里呢。四年零三个月，这是第一次，要做长久的分离了……"

安娜："我这就去买红鲷鱼，我再去煮点红豆饭，为你饯行。"

安娜强忍着泪，郭开贞的泪却不争气地流了下来。

郭沫若："我知道这是日本民间的习俗，表示喜庆或祝贺的时候要用这些东西，这有什么喜庆的，这是分别。"

安娜："当然要庆贺，这是沫若哥哥展翅高飞的时刻，难道不值得庆贺吗？"

郭沫若愣了一下："你……叫我沫若？"

安娜："不是说过吗？什么时候支持你了，就可以这么叫你了，我只是没想到这么快就叫你沫若了。"

郭沫若："谢谢你，安娜。"

安娜："……我去买鱼。"她转身下楼去了。

少顷，郭沫若走到隔间两个儿子的卧室，和夫和博孙都在睡梦中了。

郭沫若："和儿，博儿，望你们快快长大吧，无灾无难地长大吧，让妈妈少受些苦，让爸爸少些牵挂……和儿，你是哥哥，你受的委屈更多，你所受了的你父亲的狂怒，真是不少了！你爱哭，我用掌打你，用力地打你，打了之后，我又自己打自己，试试我打痛了你没有。像这样苛待你的不知道有多少回了。博儿，你出生后，你父亲的疯狂状态还是未改，就是昨晚，我诗兴来了的时候，你也在我旁边呕吟，我偏恼恨你那天使一样的纯洁无垢的歌声，我骂了你不知道有好几次！你后来沉沉地便往你母亲旁边去睡了。和儿，博儿，我可怜的儿！我若是早晓得会和你们分离,我真不该那样地苛待你们。你们要恕父亲的罪恶呀!儿子啊,我望你们像首诗一般自自然然地长成了去罢……"

他在两个孩子的额头上轻轻地印下了两个吻。

安娜端着一盆红豆饭,倚在门边,早已是泪流满面。

归国的船上。

郭沫若晕船晕得天翻地覆,此刻,他趴在甲板的船舷上,不断地呕吐着。边上的成仿吾一边拍着他的背,一边喝了口酒。

郭沫若:"我的心儿,好像醉了一般模样。我倚着船栏,吐着胆浆。喔!太阳!白晶晶地一个圆珰!在那海边天际,黑云头上低昂。"

成仿吾:"你这时候还能作诗?"

郭沫若:"你、你这时候还能喝酒?"

成仿吾:"与其晕船的吐,还不如喝醉了的吐。"

郭沫若:"仿吾啊!没想到你为了尽快融入文学创造,连毕业证书都不要了。"

成仿吾:"你不也是这样的一种迫切吗。"

郭沫若:"是啊,文学救国,迫在眉睫。听说你曾经掌掴侮辱你的日本学生?我一直以为你是个忍辱负重的人。"

成仿吾:"忍辱负重也有个限度,到了是可忍孰不可忍,就必须反击!"

郭沫若:"说得太对了!"

成仿吾又喝了一口酒,带着醉意,随口吟道:"我知道这现实的压迫,你自然是一天都不能甘受。我们这一天一天,过的是一些屈辱的生活！我也心念故乡的青山,和它明镜一般的流水,它那海一般的天空,这时候都恍惚,深深映在你光明的眼中!"

郭沫若:"我终于看到仿吾癫狂的一面了。来,给我酒,要醉一起醉! 我们在海舟中醉望日出!"

海平面上,旭日初升。

上海。**马霍路**。**泰东图书局编辑所**。

郭沫若和成仿吾兴致勃勃地来到泰东图书局。

办公室里,一位学生模样的女孩起身问道:"请问两位找人吗?"

成仿吾:"哦,对,我们找李凤亭。"

女学生:"不巧得很呢,李先生已不在编辑所了,他已去担任安庆法政学校的教职了。"

成仿吾大感意外:"啊?"

成仿吾和郭沫若两人面面相觑。

郭沫若:"李先生不在也没关系,我们这位成先生正是来担任文学部主任的。"

女学生:"担任文学部主任? 我们有文学部主任啊。"

闻得此言,成仿吾和郭沫若彻底目瞪口呆了。

这时,传来了皮鞋敲击地板的声音。很快,一个身上穿的是西装,手中拿的是手杖,脚上穿的是响鞋的男子出现了。他的脚步好像羚羊一样,走得很快,与其说在走宁可说在跳。

他经过时,软软地和女学生打了个招呼:"Miss 丁。"

女学生:"王主任好,这位便是编辑所的王靖主任。"她向成、郭两位介绍了一句。

王靖:"他们?"

女学生："他们是来文学部的。"说完,她向成、郭两人眨眨眼。

王靖有些趾高气扬地望向他俩："好啊,欢迎欢迎,我们文学部正缺人手呢。给你们安排住宿了吗? 找赵老板,他会给你们安排的,明天放你们一天假,先搬家吧。"

他说完,便踩着他的响鞋走了。

成、郭两人还在那发呆,女学生的声音响了起来。

女学生："两位怎么称呼?"

成仿吾："哦,我是成仿吾。"

郭沫若："我是郭沫若。"

"郭沫若?!"女学生叫了起来,"我读过你的诗。走,我带你们去见我舅舅。"

郭沫若："你舅舅是……"

女学生："就是老板赵南公先生。"

茶室。

郭沫若："这个赵南公到底是怎么想的? 那么多天过去了,既不给我们聘书,也不跟我们谈办同人杂志的事。这样下去,我们到底是走还是留?"

成仿吾："或许他是想让我们自己走吧。所以,我还是识趣一点,我决定回湖南了,在这儿耗下去不是长久之计,我总要先解决生计问题。"

郭沫若："回湖南能找到工作?"

成仿吾："应该不难。长沙有一座兵工厂,厂长是我在东大的同学,到他那儿是有事可做的。"

郭沫若："有事做就好。"

成仿吾："你呢？回福冈还是先回一趟乐山？"

郭沫若想了一下，说道："我想我还是就在这里吧，我们要出刊物，这个泰东图书局目前是我们唯一的希望了。"

成仿吾："也是，看得出来，那个赵南公对你还是很欣赏的。"

郭沫若："可能是我的那点儿虚名起了作用。"

成仿吾："名是不虚的，但是你也要实实在在地做些事儿出来，才能让他信服。他是商人，商人重利，只要能让他看到前景，就好办了。"

郭沫若点点头："我明白。"

成仿吾："那我就在长沙等着你的好消息了，只要能办成刊物，我随叫随到。"

郭沫若有些伤感，叹了口气："唉，世事难料啊！踌躇满志地来，变成各奔东西了……"

上海。德福里。泰东图书局宿舍。

郭沫若在宿舍里给成仿吾写信。

郭沫若："仿吾啊，我要向你诉苦了，请允许我的唠叨，我要向你说说我们这位王主任，当他回来的时候在大门外老远便听见他的响鞋。大门如是关着，他总要用手杖来在门环上打得满响。一进门就会叫……"

王靖："茶房啊，打水！"

郭沫若："他那枝手杖，和楼梯的栏杆是很有仇恨的，无论是上楼或下楼，那棍子总要在栏杆头上出气。先生的专长是英文，一部归化了日本的外国人写的《文学概论》，便是他的宝典。他一高兴时便捧着朗诵。诵倦了又进房间去按按一架 babyorgm（小型风琴）。编辑所里的人对于这位先生都有点不大高兴,特别是那位每天要被他叫打好几次水,以厨房而兼茶房的司务尤其恨他,当面叫他是王先生,背面便叫他是王八蛋。他每天要到某女塾去教英文,上课时总爱涂一脸的雪花膏,打一身的香水。他那一双响鞋由楼上响出大门,出了大门还可以听见好一段响声。"

在郭沫若写信的同时,王靖做着同他叙述相同的动作。

郭沫若:"我和王先生是同住在一间屋子里的,因此我很感觉着不方便。我们在日本读过书的人,有一种不好的习惯,便是在嘈杂的地方不能用功。王先生的英文朗诵和钢琴的独奏,尤其使我头痛。因为他是主任,我是食客,我也不好干犯他的自由。每当他在编辑所里的时候,我便用毛巾把头包着,把两只耳朵遮盖起来。别人问我是否头痛,我也就答应是头痛。想象一下我的样子,你一定笑痛肚子了吧?你逃得真及时啊,留我在这里受罪。至于同人刊物的事,至今还没有进展,我已多次向赵南公提起,我想他还是听进去的……"

女学生上楼来了:"郭先生,那位噪音先生走了,你可以把毛巾拿下来了。"

郭沫若:"哦哦哦,太好了,可以清静了。"

女学生:"郭先生,告诉你个好消息,我刚才偷听到舅舅的电话了,他把你在编辑所编译的那几本书稿好像给什么人看了,那人对你大加赞赏呢。我想他一定会重用你的,到时把这位噪音先生挤走就好了,大家都会感激你呢。"

正说着,有脚步声上楼。

女学生:"哎呀,好像是舅舅来了,我要下去了,你放心,我听到什么都会告诉你的。"

女学生还是和赵南公撞上了。

赵南公："小雅,你老是往郭先生那里跑干什么?人家郭先生可是有夫人的,而且还是日本人。"

女学生："舅舅,说什么呀!郭先生哪儿会看上我,这点自知之明我还是有的。"她一边说一边逃下楼去。

郭沫若已经起身在迎接赵南公了。

郭沫若："赵老板早啊。"

赵南公很干脆,进来就开门见山直接问:"纯文学的刊物现在肯定有市场吗?"

郭沫若："有。"

赵南公："如果我答应你,你接下来要做些什么?"

郭沫若愣了一下:"你答应替我们出版纯文学刊物?"

赵南公："对。"

郭沫若有些激动:"我先回一次日本,立即联络同人,组织稿件。"

赵南公："好,郭先生,我们一言为定喔!这100块大洋是给你这2个多月辛苦的报酬。另外,这个金镯子是送给你夫人的。"

郭沫若："谢谢,谢谢赵老板,你为中国的文艺青年做了一件大好事。"

赵南公四周看看,突然说道:"等你回来,可能一切都会两样了。"

郭沫若："你是指……"

赵南公朝王靖的床铺努努嘴,眨眨眼:"我会重组编辑所。"

等赵南公走后,郭沫若兴奋地跳了起来,继而,又奔到桌前,继续他那封信:"仿吾,仿吾啊!我再也不向你抱怨了,再也不向你诉苦了,一切的一切,都是值得的,就在刚才,就在刚才!赵南公同意出版我们的纯文学刊物了!"

7. 创造

东京。这是上野公园一个湖泊的边上，一所公寓，人称池之端。郁达夫居处。

郁达夫的寓所里，已汇聚了好几个青年，他们是郭沫若、郁达夫、成仿吾、田汉、张资平、郑伯奇等。

站在窗前往下眺望的郭沫若问道："达夫，这里为什么叫池之端？"

郁达夫："因为我们这个公寓楼在一个叫'不忍池'的池畔，你现在看见的那一潭池水，就是不忍池，所以，大家都把这里称之为'池之端'。"

郭沫若："不忍池，池之端，都是好名字啊！不忍池，我们因为不忍，所以我们要创造新文学，池之端，那就让我们做新文学之端吧。"

张资平："沫若，开始吧，应该也就我们几个了。"

郭沫若："好，沫若认为，要使我的祖国早日觉醒，站起来斗争，无论如何，必须创立新文学。这个提议从最初到现在也有不短时间了，现在终于有了眉目。大家说，我们的刊物名目叫什么好呢？我想了两个名目，夸张一点的便是《创造》，谦逊一点的可以命名为《辛夷》。大家觉得哪个好一些？或者还有什么别的名目？"

郁达夫："我赞成用《创造》。"

郑伯奇："名目若是太夸大了，要求实质相符，是很费力的。"

郁达夫："那就逼迫着我们勤奋了，岂不更好。"

田寿昌："我也认为《创造》好，简单明了，我们本来就是要创造新文学。"

郭沫若:"那么,出季刊还是月刊?还是什么别的形式?"

成仿吾:"好像以现在的力量,只能出季刊,等时机成熟了,再出月刊、周刊,甚至日报。"

郁达夫:"月利、季刊都不论,每次我可以担任一两万字的文章。"

郭沫若:"好,老郁,你果然不负我望!仿吾,我同意你的意见,现在我们能够写作出稿的人至多不上 10 人,又多是有学校缠着,而且散在几个地方,全靠书信来往沟通。季刊一年也要出 4 期,怕已经很费事了。"

田寿昌:"那就这样,暂出《创造》季刊,等将来能力充足时再用别的形式。"

郭沫若:"书局方面拿不出稿费来,也是一件很大的困难。"

田寿昌:"现在有书局答应承印,已经很不错了,我也打听过,最后都没了下文。"

郁达夫:"只要我们的季刊卖得好,我想总会有办法的吧。"

成仿吾:"第一卷的第一号很重要。"

张资平:"国内的新文学已经有点起势了,我的建议,越早出越好。"

郭沫若:"我想先请泰东把我的《女神》和钱君胥的《茵梦湖》作为单本出版,可作为创造社的首批作品!其余的就要拜托各位同人了。"

郁达夫:"我还是那句话,我负责 1 万字以上,什么文章我不知道,但一定会有一篇小说。"

张资平:"我手上也有几篇小说。"

郭沫若:"伯奇,你呢?"

郑伯奇："我把我手上的几部作品重新润色一下，应该是没问题的。"

郭沫若："好。"

成仿吾："我想试着写个小说，去年的新年有些感慨。一个流浪人的新年不好过啊！"

郭沫若："我很期待啊！读仿吾的诗，根本想象不出这是学兵工的人写的呢，不知道读仿吾的小说又是怎样的感觉。"

成仿吾有些腼腆地说道："小说名我已想好了，就叫《一个流浪人的新年》。流浪人的新年不好过，我要写出咱们这些流浪在异国的青年们的苦闷、抱负和追求。"

郭沫若："太好了，有了创造社，我想我们今年的新年一定会好过了！我们这些寻找归宿的流浪者，创造社的成立，至少给我们找到了一叶通往归宿的小舟。大家就在暑假期中准备起来吧。"

张资平："要不要做个预告？"

田寿昌："当然要，就在《时事新报》副刊《学灯》上做吧，这可是我们民国的四大副刊之一啊。"

郁达夫："预告我来操刀。我早想好了。"

张资平："说来听听。"

郁达夫就等他这句话呢，闻言立即自信满满地道："自文化运动发生之后，我国新文艺为一二偶像所垄断，以致艺术之新兴气运，澌灭将尽。创造社同人奋然兴起打破社会因袭，主张艺术独立，愿与天下之无名作家共兴起而造成中国未来之国民文学。"

张资平："你这哪是预告？简直是一颗手榴弹炸响了文坛啊！谁是那'一二偶像'？又是怎么垄断了新文艺？这必然招来各方面的猜疑和不满，乃至批评。"

郁达夫毫不退让:"难道你不知道?我说的不是事实吗?"

张资平:"事实是事实,但是……"

成仿吾:"达夫,要不要再斟酌一下用词,这样说我们创造社可能会四面树敌……"

郁达夫:"不怕树敌,只怕没人理。我们在'不忍池'畔成立创造社,冥冥之中就是叫我们不要忍。"

田寿昌:"在京都的时候,我访问过厨川白村博士,厨川氏说,凡是创作家只消尽力地去创作,别管评论家的是非毁誉。"

这时,由于意见不一,大家都看向了郭沫若。

郭沫若:"达夫比我有勇气,我们中国人往往会比较中庸,我想,既然我们在创造的是一种新文学,就该用新思维,我们谁都不怕,我们只想展现自我。如果真的四面受敌,那我们就全面应战!"

成仿吾:"好,既如此,应战的文章算我一个。"

张资平:"仿吾的气势一夫当关,万夫莫开啊!"

郑伯奇:"到时候我们谁都不会退缩!"

田寿昌:"兵来将挡,水来土掩,想说就说,想干就干,我们在自由的空气里!"

创造社众同人都被激励了,他们豪气干云。

张资平:"沫若,我们4年前在博多湾的提议如今终于实现了。"

郭沫若感慨万千:"是啊,这一天终于来了,我们创造社要扬帆起航了!"

仿吾:"沫若,为我们这些创造者做首诗吧。"

郭沫若:"好!"

字幕:

1921年6月7日,创造社成立。当时参会的人员有郭沫若、郁达

夫、张资平、郑伯奇、何畏、徐祖正等人。成仿吾此时应在长沙,并未参加此次会议。

尾　声

　　舞台渐渐演变,吊杆将部分景片吊起,巧妙地构成了一只帆船的造型。帆船上扬起一张风帆,上面书写着"创造"两字。

　　满台的干冰涌出,刹那间,帆船似在波涛海浪中勇往直前。

　　《创造者》歌词,根据郭沫若发表在《创造季刊第一卷第一号》上的同名诗文改编。

　　　　唤起周代的雅伯

　　　　唤起楚国的骚豪

　　　　唤起唐世的诗宗

　　　　唤起元室的词曹

　　　　你有创造者的孤高

　　　　我有创造者的苦恼

　　　　他有创造者的光耀

　　　　我们有创造者的狂欢

　　　　昆仑的积雪,北海的冰涛

　　　　火山之将喷裂,宇宙之将狂飙

　　　　我要高赞这最初的婴儿

　　　　我要高赞这开辟鸿荒的大我

　　　　我们来了

我们要努力创造

我们不仅

要创造一种新文学

我们更想

创造一个新的世界

剧终。

各位看官别走开,后面还有彩蛋哩……

升腾的海浪还未消散……

宗白华的叙述:

"1920 年 5 月,我经巴黎赴德国留学。直到 1925 年回国,我才在
上海第一次见到郭沫若。记得当时住在上海四马路一家旅馆里。一
天,田汉同一个比我大几岁的清瘦的青年来找我,那个青年十分有礼
貌地连声自我介绍:'我是沫若,我是沫若。'我们高兴极了,就一起出
去游玩,逛大世界,到饭店里一同吃饭。一连几天,我们在一起谈得
很畅快,玩得很开心。以后,我一直在大学教美学,随着时代的动荡,
我们三人见面的机会少了。但青年时期种下的友谊的种子,一直开
放着不败的花朵。"

田汉和易漱瑜的结局:

易漱瑜从波浪中冲出,她急切地叫着:"寿昌哥! 寿昌哥!"

田寿昌:"怎么啦? 表妹,出了什么事了?"

易漱瑜:"寿昌哥,爸爸死了,在广州被枪杀了。"

田寿昌:"啊! 出师未捷身先死,一个革命者反而被革了命,这个
世道啊!"

易漱瑜："我没有爸爸了……"

田寿昌："我有今天，是舅舅成就了我。你不要再住宿舍了，住回来吧。"

易漱瑜点点头。

田寿昌："漱瑜，我们不做兄妹了，我们做爱人吧。"

易漱瑜："我听你的。"

田寿昌："这一抱就是一辈子了，不离不弃了。"

两人紧紧相拥。

创造社果然招来围攻：

郭沫若和郁达夫在一个小酒馆里喝着闷酒。

两个人已是醉态毕现。

郭沫若："……在那电光辉煌的肩摩踵接的上海市上好像就只有我们两个孤零零的人一样。"

郁达夫："他们都是大人物，他们的这些批评会影响一批人……"

郭沫若："没想到，我们的心血，两三个月才卖了 1500 本……"

郁达夫："他们都是大人物……"

一个店伙计见他们喝成这样，便在他们喝空了的酒壶边上又偷偷地放上了一些空酒壶，这样可以多收些钱。

郭沫若看着如森林一般立在眼前的酒壶连连说："我们是孤竹君之二子呀，我们是孤竹君之二子呀！结果是只有在首阳山上饿死了！"

郁达夫："请成仿吾回来挽救大局吧。"

郭沫若："让仿吾来挽救大局吧。"

两个酩酊大醉的青年男子走出酒馆。

郁达夫迎着当面驶来的汽车,做了个拔手枪开一枪的动作,开车人急忙躲避,连停下来骂一声都不敢,是啊,谁会来惹两个醉鬼呢?

对创造社的描述:

郑伯奇:"记得沫若的连襟陶晶孙曾如此评论,沫若为创造社之骨,仿吾为韧带,资平为肉,达夫为皮,这句话是不无道理的。"

字幕:中国有了未来

1921 年,创造社成立。这一年,还成立了一个政党,这个政党,就是中国共产党,他们正如我们希望的那样,建立了一个新的中国。创造社中的骨干郭沫若、成仿吾、田汉先后加入中国共产党,郁达夫成为烈士。

创造社的成员中,有一大批共产党员,他们是潘汉年、何畏(何思静),柯仲平,邓均吾,苏怡,李一氓,阳翰笙,冯乃超,李铁声,李初梨,彭康,朱境我等人。

向先辈们的奋斗致以崇高的敬意!

儿童剧

泰坦尼克号

人物

布莱克　一只乌黑的野猫。

波斯　一只纯白的波斯猫。

加菲　一只金黄的宠物猫。

杰克、露丝和鼠宝　三只老鼠,他们是一家三口。

史密斯　有着一脸雪白大胡子的鼠船长。

老鼠一群　笑笑鼠、呆呆鼠、臭臭鼠、假面鼠、捣蛋鼠、摇滚鼠。

4 条具有绅士般气质的狗,他们是船上的乐手。

泊在南安普敦港口的泰坦尼克号威武昂扬,首航的彩旗迎风招展。人群熙攘。有即将乘船远行的,有前来送行的,也有看热闹的,场面热闹非凡。(影像资料)

3 只老鼠逃窜而上。那是一家三口,鼠爸爸杰克、鼠妈妈露丝和他们的儿子鼠宝。他们找了个角落歇下,似乎都惊魂未定。

杰克:"今天带着老婆孩子逛街血拼,没想到迎面撞上一只野猫。幸亏躲避及时逃窜得快,要不然早被生吞活剥,成了别人肚子里的美味佳肴。"

露丝:"还没彻底摆脱险境呢,那只野猫不会那么轻易放过我们的。"

杰克:"嗯,你们待着别动,我去侦察侦察。"他小心翼翼地四处张望。

鼠宝:"妈妈,猫为什么要追我们?"

露丝:"宝贝,猫是我们的天敌。你记住了,我们这一辈子都得跟猫捉迷藏……"

鼠宝:"捉迷藏? 我喜欢做游戏。"

露丝:"孩子,这可是生死攸关的游戏啊……"

杰克有些紧张地返回:"他追来了,我们快走!"

露丝超紧拉起鼠宝:"我们往哪儿走呢?"

杰克举目四顾:"我们只有上桥,桥那边有一栋高楼,躲楼里去。"

它们眼里的桥其实就是船的舷梯,杰克带着母子俩稀里糊涂地登上了泰坦尼克号。

一只浑身乌黑的野猫追上,他叫布莱克。

布莱克:"饭后出来散步,撞见过街老鼠。先逗他们玩玩,让我消化消化,等到饥肠辘辘,就是一顿饱餐。这里是三岔路口,让我想想,他们会往哪里跑?"

他四下观察地形,很快作出了判断。

布莱克:"这条路是我追来的,可以忽略不计。那边人声鼎沸,他们压根儿不敢去。哼哼,只有这条路了。"他毫不犹豫冲上舷梯。

4 条很有绅士风度的狗出现在船的舷梯口,他们是船上的乐手。4 种乐器,各掌手中。

他们演奏起喜庆欢快的音乐。

狗甲:"天高云淡。"

狗乙:"风和日丽。"

狗丙:"今天是 1912 年 4 月 10 日。"

狗丁:"是一个值得纪念的日子。"

狗甲:"因为这艘世界上最大的船将开启它的首次航行。"

狗乙:"它的华丽就像一座海上宫殿。"

狗丙:"它的庞大身躯就像漂浮在大海上的一块绿舟。"

狗丁:"它被称为永不沉没的梦幻之船。"

狗甲:"达官贵人携家带小住进了头等舱。"

狗乙:"他们是尝个新奇又顺便度个假。"

狗丙:"小老百姓涌进了三等舱。"

狗丁:"他们有很多都是去大洋彼岸的纽约城追寻梦想。"

狗甲:"我们是船上的四个乐手。"

狗乙:"我们用音乐迎接四方来宾。"

狗丙:"我们面带微笑彬彬有礼。"

狗丁:"我们的职责就是用音乐来伴随整个航程。"

狗甲:"我刚才看见了几个特殊的乘客。"

狗乙:"是不是世界首富亚斯特上校?"

狗甲:"不是。他虽然有钱但并不特殊。"

狗丙:"哦,那你一定是指这艘船的设计师安德鲁先生了?"

狗甲:"不是。"

狗丁:"那到底是什么人那么特殊?"

狗甲:"三只老鼠和一只猫。"

狗乙、丙、丁:"啊? 老鼠和猫都上了船? 这下泰坦尼克号上可有好戏看了!"

汽笛长鸣!

他们感觉甲板轻微晃动了一下。

狗甲兴奋地:"啊! 启航了!"

狗乙、狗丙、狗丁也兴奋地:"开船了! 载入史册的航行开始了!"

他们一边拉起提琴,一边载歌载舞。

三等舱甲板上。

老鼠一家逃来。他们想找个安全的地方栖身。

这时,奔到船舷边的杰克大叫起来:"天哪!我们怎么在海上?!"

露丝:"在海上?怎么可能?"

露丝和鼠宝都奔向船舷。

鼠宝兴奋地大叫:"哇!好漂亮的大海啊!太棒了!"

面对突如其来的状况,鼠宝欢天喜地。杰克和露丝则愁容满面,面面相觑。

露丝:"这么说,我们是在船上?"

杰克百思不解:"奇怪了,我们明明是进了一栋楼,怎么变成上了一条船了?"

露丝:"已经上了船了,现在要考虑的不是怎么上的船,而是该怎么下船。"

杰克:"要不赶紧跳下去,游回去,现在肯定离岸还不会太远……"

露丝:"我们能行,可是他呢?我们带着他就不一定游得回去了。"她望向正兴高采烈的鼠宝。

杰克默然。

鼠宝:"爸爸,妈妈,这就是传说中的大海吗?简直太美了!"

露丝:"孩子,离船舷远点,掉下去就完蛋了。"

鼠宝:"妈妈,这真是一次快乐的旅行!我太高兴了!"

鼠宝的话提醒了杰克。他想了想,道:"这样吧,既来之则安之,既然是一艘船,它总有返航的那一天,我们就权当是一次全家旅游吧。"

露丝:"只能这样了,只是但愿那只野猫没有追上来。"

杰克:"我们先找个安全的地方躲起来,等我打探清楚情况后再作下一步打算。"

露丝:"好,你也快去快回,注意安全。儿子,咱们走。"

鼠宝："妈妈，我不想走，我就想待在这儿，我想看大海，你看，多蓝啊！"

露丝把他抱下船舷，鼠宝好不情愿。

杰克："儿子，我们现在是在一艘船上，接下来大海有得你看呢！"

老鼠一家下。

头等舱甲板。

一只波斯猫百无聊赖地踱来。她叫波斯。

波斯："主人忙着应酬，把我丢在舱房。房间虽然漂亮，可我跳上跳下早玩够了，没啥新鲜事物，可恨的加菲也不来陪我，听说紫外线对身体有好处，还不如出来晒晒太阳。"她伸了个懒腰，躺倒在甲板上晒起日光浴来。

布莱克来了，他见到同类很兴奋："嗨，你好，见到你很高兴。"

波斯吓了一跳，继而警惕地打量着他："你是谁？"

布莱克："我叫布莱克。"他向她伸出手。

波斯："我叫波斯。你的手太脏了。"她没跟他握手，有点嫌弃。

布莱克有些不好意思，赶紧将手在身上蹭了几下。

波斯："你是谁家的？"

布莱克："谁家的？什么意思？"

波斯："你的主人叫什么名字？"

布莱克："主人？我没有主人，我的主人就是我，老子就是自己的主人。"

波斯："原来是只野猫。你怎么会上船的？"

布莱克："我要是知道是船，我压根儿就不会上来。"

波斯："那你上来干什么？"

布莱克:"我是为了追老鼠才上来的。"

波斯:"老鼠？那么脏的东西你也吃？"

布莱克:"脏？那可是我的美味佳肴啊！你难道不吃老鼠?"

波斯:"我才不吃呢。"

布莱克:"那你吃什么?"

波斯:"我吃鱼罐头。"

布莱克:"鱼罐头我也吃过,只不过都是人吃剩的,不过偶尔也会捡到剩下很多的,那时候我就会带回去跟大家一起分享……"

波斯:"你那是人吃的鱼罐头,我吃的是猫吃的鱼罐头。"

布莱克:"还,还有专门为我们猫做的鱼罐头?"

波斯:"当然有。你没吃过?"

布莱克:"没吃过,我连听都没听过。"

波斯:"那下次我带点儿给你尝尝。"

布莱克:"太好了,波斯,谢谢你。"

一只加菲猫一路寻来:"波斯！波斯!"

波斯:"加菲,我在这儿。"

加菲快步奔向波斯。见到布莱克,他愣了一下。

波斯:"加菲,这是布莱克。"

布莱克热情地打招呼:"你好。"但他这回没有伸出手,怕别人嫌他脏。

加菲的眼里则有明显的妒意和敌意,他只是敷衍地冲布莱克点了一下头。

波斯:"加菲,你刚才去哪儿啦？也不来陪我玩。"

加菲:"我实在走不开,主人让我去陪他游泳。"

波斯:"你会游泳?"

布莱克冷不丁地冒出一句："这世界上恐怕还没有会游泳的猫呢!"

加菲:"不错,我现在还不会,不过主人正在教我,我可能会成为第一个会游泳的猫。"

波斯:"哇! 加菲,你好勇敢,你就像第一个吃螃蟹的人耶!"

加菲有些得意,他问波斯:"你在这儿干什么?"

波斯:"我无聊,晒太阳呗。"

加菲:"走吧,别在这儿了,我带你去玩。"

波斯:"去哪里玩?"

加菲:"我发现船上有个健身房,有好多好玩的器械。"

波斯:"太好了! 我们去! 布莱克,你一起去吗?"

布莱克还没回答,加菲已叫了起来:"等等,等等,你要他一起去?"

波斯:"是啊,多一个人玩不是很好吗?"

加菲:"我不跟他一起玩。"

波斯:"为什么?"

加菲:"我们怎么可以跟野猫一起玩! 我们跟他没有共同语言。他知道什么是鸡尾酒吗? 他知道什么是交响乐吗? 他知道什么是高尔夫吗?"

波斯:"这、这些不知道又有什么关系?"

加菲:"波斯,你怎么还不明白? 我们出身高贵,是贵族,怎么可以跟一个街头小混混在一起玩?"

波斯:"加菲,你怎么能说这种话? 多伤人自尊!"

加菲:"街头小混混有什么自尊……"

此时的布莱克已是紧握双拳,怒目横眉:"你、你再说一遍?!"

加菲:"怎么样？你想打我?"他有些害怕。

布莱克:"看你这副养尊处优的样子,经得起打吗?"

波斯:"你们……你们别吵啊！布莱克,你不可以打人!"

布莱克:"我不打他,他根本就不配做我的对手。我只想告诉他,野猫也有自尊！野猫怎么啦？野猫无拘无束,野猫自由自在。你有什么了不起？只不过是主人面前一只甩尾巴的宠物猫而已!"

加菲:"波斯,我们走。别跟这种野蛮人纠缠。"

波斯有点歉意地看看布莱克,被加菲拉着离去。

布莱克怔怔地站在原地,过了半晌,他突然喝道:"你出来！别以为我不知道你在那儿躲着。这么点儿距离你想跑也跑不了,出来吧。"

闻言,躲在暗处的杰克只能乖乖地从藏身处出来。

布莱克:"你都看见了?"

杰克战战兢兢地点点头。

布莱克:"我是不是很丢脸?"

杰克:"不,我觉得你很威武。"

布莱克笑了:"原来老鼠也会拍马屁。"

杰克:"我、我说的是实话。"

布莱克:"别紧张,我不吃你,我现在心情不好。你陪我说会儿话。"

杰克不知说什么。

布莱克叹道:"唉,本来看到同类好开心,却没想到被奚落了一通,原来猫和猫之间还有那么大的区别。"他有些难受。

杰克:"你也别太难过,比起我们,你的命运好多了。"

布莱克:"你们老鼠和老鼠之间,有那么大的区别吗?"

杰克："好像没有……哦,对了,好像有一种小白鼠,经常被科学家用来做试验,他们的命运可比我们惨多了。"

布莱克："真是人比人气死人啊!哼,刚才那只叫加菲的猫,我真想教训教训他。"

杰克："是,说话那么目中无人,我还真没想到你居然忍住了。"

布莱克："我是看在波斯的面上。"

杰克："对了,那只波斯猫好像对你挺好……"

布莱克："好什么? 她其实也是嫌弃我的。"

杰克："她只是嫌你脏,但是对你的人品,我看得出,还是挺欣赏的。"

布莱克："真的?"

杰克："当然是真的,你要相信我们老鼠的判断。"

布莱克："你没骗我?"

杰克："我现在敢骗你吗?"

布莱克："被你这么一说,我的心情好多了,你还真会说话。好了,谈话结束。你走吧。"

杰克："你真让我走?"

布莱克："没错。不过我提醒你,躲得好一点,下次再让我撞上,就不会放过你了。"

杰克没动,还是待在原地。

布莱克："你怎么还不走?"

杰克："你不会趁我转过身就扑上来咬我吧?"

布莱克："我说你怎么那么啰唆? 不作死不会死,知道吗? no zou no die。你现在有点作死的节奏了。"

杰克闻言赶紧抱头鼠窜而去。

布莱克哈哈大笑,唱起了《野猫之歌》。

临时鼠窝。

鼠宝百无聊赖,悄悄往外溜。

露丝:"回来。"

鼠宝:"妈妈,老在这暗无天日的地方待着都快闷死了,你就让我去外面逛逛吧,我还想看看大海呢。"

露丝:"不行。外面危机四伏,爸爸回来前不许出去。"

鼠宝:"爸爸什么时候回来啊?! 爸爸要是一直不回来,我不是就永远不能出去了……"

露丝呵斥:"不许说这种不吉利的话! 快,touch the wood!"

鼠宝:"什么意思?"

露丝:"就是摸一下木头,你刚才那几句话就作废了,你爸爸就能走好运。"

鼠宝赶紧去触碰了一下木头。

外面传来响动。

露丝赶紧把鼠宝拉到怀里。

"不用紧张,是我。"进来的是杰克。

鼠宝开心地叫了起来:"啊! 爸爸果然走好运了! 爸爸回来啦! 我就可以出去玩啦!"

露丝:"别吵别吵,先听爸爸说。外面什么情况?"

杰克:"你想先听好消息还是坏消息?"

鼠宝抢着道:"好消息!"

杰克:"好,那就先说好消息。好消息是这艘船好大,大得简直超乎想象,上上下下有好几层,而且每一层都好大,所以我们有足够的地方可以躲藏。"

露丝:"坏消息呢?"

杰克:"坏消息是那只黑猫也上了船。"

露丝:"啊? 他还是追上来了?"

杰克点点头,顿了顿,道:"还有更坏的消息。不仅黑猫在船上,这船上还有一只波斯猫和一只加菲猫。"

露丝:"啊? 3 只老鼠对 3 只猫? 这下我们死定了⋯⋯"

杰克:"不过,那只波斯猫好像对我们不感兴趣,那只追我们的黑猫,好像也不像我们想象中的那么凶恶,至于那只加菲猫,倒是要格外小心,好像本性不是那么地好⋯⋯对了,我给你们带好吃的来了,刚才经过厨房,我就顺手牵羊了一些。"

鼠宝:"哇! 好香啊!"

露丝则一点没有胃口。

外面又传来响动。

他们赶紧缩在角落。

进来的是一只老鼠。他叫捣蛋鼠。

捣蛋鼠并没有发现他们,他直扑那包食物:"咦? 这儿怎么会有香气扑鼻的美食? 奇了怪了⋯⋯"

捣蛋鼠抓起食物尝了一口:"还挺新鲜啊! 是谁放这儿的⋯⋯啊!"他无意间瞥见了杰克他们,吓了一跳,直往后退。

杰克赶紧叫道:"别怕,我们并无恶意。"

捣蛋鼠稍定了下神:"你们是从哪儿冒出来的?"

杰克:"我们是在南安普敦上的船⋯⋯"

捣蛋鼠明白了:"原来你们是乘客。"

露丝:"你也是乘客?"

捣蛋鼠笑了:"我才不是乘客呢,我是水手。这艘船还在建造的时候,我就在船上了,比我早的就数船长史密斯了。"

杰克:"船长?"

捣蛋鼠:"是啊,这是一艘船,当然得要有船长,有水手,还有乘客。"

杰克:"确切地说我们不是乘客,我们是被一只黑猫追上船的。"

捣蛋鼠:"那也算乘客。你说有一只猫也上了船?"

杰克:"对,而且还不止一只,我亲眼见到的就有 3 只。"

捣蛋鼠:"哦,这对我们可不是什么好消息。不过没关系,我们有船长史密斯,他一定能想出办法对付猫的。要不这样吧,你们在这儿也不安全,不如到我们的大本营去?"

露丝:"好啊!那太好了!"

捣蛋鼠:"那走吧,把吃的带上。"

捣蛋鼠带着一家三口下。

老鼠大本营。

老鼠的大本营就像一条迷你的船。

老鼠们中有的打扮成水手,有的打扮成锅炉工,有的打扮成服务员,正各自忙碌着。

船长史密斯留着一脸雪白的大胡子,在威严地巡视。

捣蛋鼠带着杰克一家进来了。

捣蛋鼠:"船长,船长,来客人了。这是杰克,这是露丝,这是他们的小宝宝。"

史密斯船长迎上前:"欢迎欢迎,欢迎光临泰坦尼克号。我是船长史密斯。"

杰克一家和史密斯打招呼。

船长史密斯："来，大家放下手里的活儿，过来认识认识新朋友。"

笑笑鼠："你们好，我是服务员笑笑鼠，因为对一个服务员来说，最重要的就是微笑，而我又喜欢笑，所以大家就叫我笑笑鼠。"

臭臭鼠："我叫臭臭鼠，因为我老是不肯洗澡，我是船上的锅炉工。"

摇滚鼠："我也是锅炉工，我喜欢摇滚，大家就叫我摇滚鼠。"

假面鼠："我叫假面鼠，是服务员，我会变魔术，所以大伙都叫我假面鼠。"他手一翻，手上突然变出一束花，他把花献给了露丝。

露丝高兴地接过，连声感谢。

鼠宝惊呆了，他好崇拜假面鼠，以后的戏中，他会经常跟在假面鼠后面，像个小跟班。

呆呆鼠："大家都叫我呆呆鼠，因为我经常会发呆，像是在思考人生。我跟捣蛋鼠一样，是船上的水手。"他指指捣蛋鼠。

鼠宝："叔叔，原来你叫捣蛋鼠?"

捣蛋鼠假装哭丧着脸："是啊，叔叔没本事，只会捣蛋，所以就只能是捣蛋鼠了。"

杰克一家很高兴，他们感觉像是走进了一个大家庭，暂时忘却了潜在的危机。

船长史密斯："大家听着，为了迎接我们的新朋友，今晚我们开个派对，大家就尽情地玩吧!"

众鼠欢腾!

三等舱甲板。

气温很低，布莱克蜷缩在一个相对暖和的角落，轻声哼着歌。

波斯一路找来。

布莱克:"波斯。"

波斯吓了一跳:"布莱克。"

布莱克:"你到这里来干什么?这是三等舱,不是你来的地方。"

波斯:"我来找你。"

布莱克:"找我?"

波斯递上一个罐头:"喏,这个给你。"

布莱克:"这是什么?"

波斯:"猫罐头。我答应过你的。"

布莱克有些感动:"你还记得?"

波斯:"快吃吧。"

布莱克轻抚罐头,不舍得打开:"我不敢吃……"

波斯:"为什么?"

布莱克逗她:"我怕吃上瘾就麻烦了。你怎么没跟加菲在一起?"

波斯:"我们吵架了,他那人好自私的。"

布莱克:"也许他也是为你好……"

波斯:"不说他了,走,我们找地方去玩去。"

布莱克:"好。"

布莱克带着波斯下。

老鼠大本营。

一场派对正在举行。

摇滚鼠充当了 DJ。

笑笑鼠正高歌一曲《小老鼠》

小老鼠,上灯台。

偷油吃，下不来。

哭着喊着叫奶奶，

奶奶奶奶你快来

奶奶听了跑过来

不哭不哭宝宝乖

灯台不高不用怕

咕噜一滚就下来

臭臭鼠和捣蛋鼠伴着舞。

一首首关于老鼠的儿歌被众老鼠演绎。

众鼠又唱又跳，煞是欢腾。

派对开到一半的时候，布莱克就带着波斯出现了。他们没有让老鼠发现，悄悄地躲在暗处观看。

波斯羡慕地："他们真快乐。"

布莱克："你想不想跟他们一起唱？一起跳？一起疯？"

波斯："想，太想了。可是他们怕我们，他们不会跟我们一起玩的……"

布莱克想了想，道："我有办法。"他从藏身处出来。

众鼠玩得正嗨，见到布莱克，一下子不知所措。

布莱克："嗨，大家好。我叫布莱克，认识你们很高兴。"

老鼠们却一点也不高兴，露丝则赶紧护住鼠宝宝，只有船长史密斯还略显镇静。

布莱克见状，赶紧道："大家别紧张，我不是来吃你们的，而是看你们玩得开心，所以我和我朋友想加入你们。"

波斯也从藏身处出来，向众鼠微笑点头。

船长史密斯："加入我们？"

布莱克："是的。为了让你们彻底地放心,我们可以约法三章,至少在今天的狂欢中,我不会碰你们一根汗毛。"

众鼠还在犹豫,他们都望向史密斯船长,让他定夺。

布莱克指着杰克,道:"不信你们可以问他,我说话是不是算数?"

众鼠又都望向杰克。

杰克实话实说:"他上次说了让我走,确实让我走了。"

布莱克再次望向史密斯船长。

船长史密斯豪迈地:"好,我相信你。欢迎加入派对!"

于是,派对重新开始。老鼠们起先还有些拘束,后来就彻底放开了。

最后,布莱克也唱了一首歌,叫《老鼠不敢爱大米》。

众鼠给他伴舞。

鼠和猫在一个空间里,其乐融融。

加菲突然闯入,打破了这份和谐。他被眼前的这一幕惊呆了。

波斯:"加菲,你怎么来了? 和我们一起玩吧。"

加菲:"一起玩? 亏你想得出! 波斯,你太堕落了! 居然跟一只野猫、一群老鼠玩成了一片,简直、简直不成体统!"

波斯:"这有什么要紧? 我玩得好开心啊!"

加菲:"你忘了你自己的身份? 你是有钱有势有地位的人家里的猫,你怎么可以跟他们混在一起?!"

波斯也来气了:"我就喜欢跟他们玩,怎么啦?"

加菲:"你……你真不自重! 好,我把这群老鼠都吃了,看你还怎么跟他们玩!"他冲向众鼠。

老鼠们闻言吓得惊慌失措,四下逃窜。

波斯叫道:"加菲,你不可以这样!"

加菲："我是为了维护你的名誉！"

船长史密斯并没退缩，他冷静地说道："加菲先生，我是船长史密斯，我建议你去楼上餐厅吃鱼骨头或者厨房里去偷整条的鱼，如果你一定要吃老鼠，那就从我开始吧。"

加菲："好，史密斯船长，你有种，不愧是船长，那我就成全你！"他扑向船长史密斯。

危急时刻，布莱克挡在了船长史密斯的前面。

加菲："你让开！你干吗挡我的道?!"

布莱克："我不能让你吃他们！"

加菲："为什么？我吃他们，跟你有什么关系？"

布莱克："我跟他们有约法三章，今天不吃他们。"

加菲："吃他们还挑日子？我没这耐心。"他欲冲过去。

布莱克依然挡在前面："我说了，我跟他们有约法三章。"

加菲："你跟他们有约法三章，我可没有。"他继续冲。

布莱克继续挡："你要吃他们先得过我这关！"

加菲怒不可遏："猫帮着老鼠？真是天下奇闻！你、你还是猫吗？"

布莱克："我当然是猫，我是一只守信用的猫。"

连续冲了几次，都冲不过去，加菲有些气急败坏："波斯，你看看，你交的是什么朋友?!"

波斯不语。

"好，我们走着瞧！"加菲知道今天只能无功而返了，于是转身往外走，走到门口，返身问波斯道，"你是留在这儿？还是跟我走？"

波斯有些彷徨，一时不知怎么办好。

布莱克："回去吧，波斯，时间也不早了。"

波斯点点头,跟着加菲走了。

鼠船长史密斯走上前:"谢谢你,布莱克,谢谢你救了我们,你是我们的朋友。"

布莱克:"我不是你们的朋友,猫和老鼠是天敌,不会成为朋友的,我只是信守诺言。"

鼠船长史密斯:"不管怎么说,还是谢谢你。"

布莱克走了,走到门口,他又回身,指着杰克,道:"你跟我来。"

露丝大惊,赶紧拖住杰克:"你别去。"

众鼠也有点紧张。

杰克却很坦然:"没事,你们放心,不会有事的。"他跟着布莱克走了。

船长史密斯劝慰露丝:"相信我,我看得出,这位布莱克先生并无敌意,要不然我也不会让杰克跟他走。不过,我们对那只加菲猫倒是要有足够的提防,我担心他会去而复返。"

三等舱甲板。

一只猫和一只鼠在促膝谈心。

布莱克:"你叫什么? 我还不知道你的名字呢?"

杰克:"我叫杰克。"

布莱克:"他们是你老婆和孩子?"

杰克:"是的。"

布莱克:"他们很关心你,很爱你。"

杰克:"是的。"

布莱克:"我很羡慕你,你有一个幸福的家。"

杰克:"你也会有的。"

布莱克:"呵呵,我从来没想过,我只是一只到处流浪的野猫,整天过着居无定所的日子,今天睡这个屋檐下,明天睡那个树洞里,至于一日三餐,也是有一顿没一顿的。一个温暖的家,呵呵,是我想都不敢想的事。"

杰克:"布莱克,你虽然是一只野猫,但你身上的许多品格,比起那些高贵的猫来,要高尚得多。你有一颗善良的心,还有一副侠义心肠。"

布莱克:"杰克,如果你不是老鼠,我也不是猫就好了,这样我们说不定能成为好朋友……"

他们聊着,都没注意一个笼子缓缓从上而下,等杰克发现为时已晚,笼子落下,将布莱克罩在其中。

杰克大惊:"啊! 这是怎么回事?!"他想救布莱克出来,可是无计可施。

头等舱的甲板上探出加菲的脑袋,他哈哈大笑,然后翻身而下,挡住了杰克的去路。

杰克愤怒地:"是你干的?!"

加菲得意地:"没错,这叫瓮中捉鳖。"

杰克:"你为什么要这样?"

加菲:"谁让他帮你们? 哈哈哈,我先让拦路虎变成笼中鸟,然后再来解决你们这些小老鼠。"

杰克:"你真卑鄙!"

加菲毫不知耻:"卑鄙吗? 你现在还是先管你自己吧。"

杰克欲逃,加菲却早堵住了去路,最终被加菲一把逮住。杰克拼命挣扎,可是无济于事,老鼠根本斗不过猫。

加菲摁住杰克,欲吃了他。

布莱克突然叫道:"千万别吃,他有毒。"

加菲愣了一下:"你说什么?"

布莱克:"他身上已毒性泛滥了,你若吃了他,你就会中毒,你也会完蛋。"

加菲:"呵呵,你是想救他,故意这么说,是吗? 我才不上你当呢!他脸色红润,根本就不像中毒的样子。"

布莱克:"我好心提醒你,你中了毒可别⋯⋯"

杰克突然打断他:"布莱克,你瞎说什么呀! 加菲,你快来吃我呀。"

加菲糊涂了,他一时拿不定主意。

杰克:"你还犹豫什么? 快动手啊!"

加菲犹豫不前。

杰克:"你别听他的,我根本没中毒,你瞧,我脸色红润着呢,我还可以活蹦乱跳,这哪儿像中毒的样子⋯⋯"他故意跳了跳。

加菲:"闭嘴,既然没中毒,你为什么吵着要死?"

杰克:"我⋯⋯我⋯⋯"他装出一副实在找不出理由的样子。

加菲:"呵呵,你想得美,想让我跟你同归于尽,我才不上你的当呢。"

杰克埋怨布莱克:"布莱克,都怪你,他这样对你,你为什么还要救他? 我反正毒性快发作了,让他吃了我,这样牺牲我一个,可以救下其他的老鼠。"

布莱克:"他毕竟是我的同类,我不能见死不救。"

杰克轻叹一声,不响了。

加菲:"这么说我还要感谢你?"

布莱克:"谢不谢随你便。"

加菲:"我是不会放了你的。"

布莱克:"放不放也随你便。"

加菲:"我先去解决了那些老鼠再说,一会儿见。"他得意地走了。

加菲一走,杰克立即奔向布莱克。

杰克:"布莱克,谢谢你救了我。"他试图搬动笼子,可是根本搬不动。

布莱克:"你反应也很快。"

杰克:"只怪他太笨,还自作聪明。"

布莱克:"别管我了,你搬不动的。快去通知你的那些伙伴们躲起来吧。"

杰克:"那你怎么办?"

布莱克:"我没事。他就是回来,也奈何不了我。"

杰克:"好吧,我去去就来。"

杰克没走几步,就怔住了。他的双眼望向船舷,目瞪口呆,像是看见了什么恐怖事物。

布莱克:"你怎么啦? 还不快去?"

杰克:"你快回头看!"

布莱克回头一看,发现一大块冰山向他们漂浮过来。

杰克:"这是什么?"

布莱克:"天那! 冰山,我从没见过那么大的冰山!"

他们眼睁睁地看着冰山撞上了船!

杰克被巨大的冲击力掀翻在地。

甲板上散落许多冰块。

老鼠大本营。

在外望风的捣蛋鼠奔进来："船长,果然不出你的所料,那只加菲猫往我们这儿来了!"

船长史密斯："每个人的职责都明白了吗?"

众鼠："明白。"

船长史密斯："好,大家各就各位!"

笑笑鼠走向门口,去迎加菲。

笑笑鼠："加菲先生,欢迎光临。"

加菲愣了一下："你们知道我会来?"

笑笑鼠："我们船长说了,加菲先生一定会回来的,所以我们准备了好多好吃的东西,有鱼,有虾……"

加菲："哈哈,山珍海味我加菲吃得多了,现在对我来说最好吃的就是你,就是你们这群小老鼠。"

加菲抓向笑笑鼠,笑笑鼠赶紧躲开。

摇滚鼠叫道："笑笑鼠,你让他进来吧,这里有一个跟他长得很像的朋友在等他呢。"

加菲又愣了一下："跟我长得很像? 布莱克不可能逃出来,难道波斯又来了?"

加菲冲进门想看个究竟。没想到他一进门,就看见一只老虎正虎视眈眈地瞪着他。

"啊! 老虎!"加菲吓得大叫一声,夺门而逃。他连滚带爬,惊魂甫定,发现老虎并没追出来,他突然明白过来,继而大摇大摆地又走了回去。

加菲："大老虎,来吃我呀,怎么不过来? 你不过来我可要过来吃你了。"

"老虎"转身就逃。

加菲哈哈大笑："你露出老鼠尾巴啦！"

原来这只老虎是假面鼠变的。

加菲："船长先生，你还有什么招？尽管使出来。如果你没招了，那我就开始动手了。"

船长史密斯："加菲先生，俗话说，得饶人处且饶人，你为什么就不肯放过我们呢？"

加菲："放过你们？听说过猫放了老鼠的事吗？何况我现在都能从波斯的身上闻出老鼠味儿来了，我怎么可能放过你们?！我要把你们一网打尽！一个不剩！这一回，再也不会有谁来保护你们了。"

众鼠闻言，都吓得往史密斯船长的身后躲。

加菲一步步向船长史密斯走去，史密斯船长并未退缩。就在加菲伸手可及的时候，他脚下的一块砖突然翻起，夹住了加菲的脚。

加菲疼得嚎叫起来。夹住他脚的是一个巨大的老鼠夹子。

擒获了加菲，老鼠们欢天喜地。

船长史密斯："加菲先生，这回我们是自己保护了自己。"

加菲又疼又恨："你们这群狡猾的老鼠，居然用老鼠夹子来对付我……"

捣蛋鼠："我们是想让你尝尝做老鼠的滋味。"

摇滚鼠："现在你是我们的俘虏了，你还有什么话要说？"

杰克奔了进来："船长！船长！加菲来了没有？"

笑笑鼠笑道："加菲在这儿呢！"

杰克："原来你们逮了他，太好了！那我们快去救布莱克吧，布莱克被这家伙罩在了笼子里。"

船长史密斯："走，去救布莱克！"

众鼠随船长史密斯下。

三等舱甲板。

杰克领着船长史密斯和众老鼠来营救布莱克了。

布莱克："加菲没找到你们吗?"

杰克："他已经被史密斯船长和我的伙伴们逮住了。"

布莱克："是吗? 你们真厉害,幸亏我没有吃你们。"

摇滚鼠："就是,你要是吃了我们,谁来救你?"

人多力量大,笼子很快被抬起,布莱克被救了出来。

布莱克："谢谢你们。"

臭臭鼠："不用谢,你帮我们,我们也帮你。"

船长史密斯一直注视着散落在甲板上的冰块,他问道:"这些冰块是哪儿来的?"

布莱克："船撞上了冰山,一座好大的冰山。"

"冰山?"船长史密斯赶紧奔向船舷,观察了一番,吩咐道:"摇滚鼠。"

摇滚鼠："在。"

船长史密斯："你快去底舱,查看一下船体是否受损,要快,要仔细。"

摇滚鼠："是。"他飞快地奔下。

船长史密斯想了想,又叫道:"呆呆鼠。"

呆呆鼠："在。"

船长史密斯："你马上去找这艘船的设计师安德鲁先生,告诉他情况。"

呆呆鼠："是。"他快速奔下。

杰克："船长,船撞上了冰山,很要紧吗?"

船长史密斯："要看撞到什么部位了。"

布莱克不解："冰山有那么厉害？冰不是很脆的东西吗?"

捣蛋鼠："布莱克先生,冰山和浮冰是两码事,冰山可坚固着呢,你看见的冰山其实只是浮在海面上的那部分,海面下的,你都想象不出它有多大。"

假面鼠："这么跟你说吧,一座冰山就像是一艘巨大的船。"

布莱克也感到事态严重了："啊？这么说,我们等于是撞上了一艘船……"

正说着,摇滚鼠气喘吁吁地奔上。

摇滚鼠："船长！船长!"

船长史密斯："怎么样?"

摇滚鼠："底舱渗水了!"

船长史密斯："快组织人手排水。"

摇滚鼠："已经在排水了,可是进水的速度远远大于排水的速度!"

船长史密斯："明白了。"

呆呆鼠奔上。

呆呆鼠："报告船长,安德鲁先生已经知道了情况,我去的时候,他已经拿出图纸在分析了。"

船长史密斯："他怎么说?"

呆呆鼠："他说情况很糟……"

船长史密斯："糟糕到什么地步?"

呆呆鼠："他说……他说最坏的结果……这艘船会沉……"

船长史密斯："最好的结果呢?"

呆呆鼠："安德鲁先生说,最好的结果和最坏的结果是一样的,最好的结果只是沉得慢一点而已……"

此语一出，众人皆惊。

"这么说，泰坦尼克号的沉没是不可避免的了……"船长史密斯沉吟片刻，开始发令，"假面鼠！"

假面鼠："在！"

船长史密斯："立即通知船上的每一个人，穿上救生衣。"

假面鼠："是！"

假面鼠领命而去。

船长史密斯："捣蛋鼠！"

捣蛋鼠："在！"

船长史密斯："立即放下所有救生艇！"

捣蛋鼠："是！可是，我们船上的救生艇根本坐不下船上所有的人……"

船长史密斯："我知道。让妇女儿童先上救生艇！"

捣蛋鼠："是！"

捣蛋鼠领命而去。

船长史密斯："笑笑鼠。"

笑笑鼠："在。"

船长史密斯："尽量安抚好船上的乘客，让大家不要惊慌，不要引起混乱。"

笑笑鼠："好，我一定尽力。"她奔下。

安排好了一切，船长史密斯松了口气。

杰克："船长，有什么需要我帮忙的吗？"

船长史密斯："暂时没有。你照顾好你的家人。"

布莱克突然问道："杰克，你们把加菲关在哪里？"

杰克："就在我们的大本营里。"

布莱克闻言,快速奔下。

老鼠大本营。

海水已涌了进来,水位正逐渐升高。

加菲依然被老鼠夹子夹着,他拼命自救,尽量努力爬向高处。

这时,布莱克找来了。

布莱克:"加菲!加菲!"

加菲大叫:"布莱克!我在这儿!我在这儿!"

布莱克奔过去,努力帮加菲脱困。

加菲:"你是来救我的?"

布莱克:"没错。"

加菲:"我这样对你你还来救我?"

布莱克:"我是为了波斯。"

加菲:"为了波斯?"

布莱克:"是的。这艘船快要沉了,你一定要让她上救生艇,因为救生艇数量不够。"

加菲在布莱克的帮助下脱了困。

加菲:"谢谢了,布莱克,你是个好人,我这就去找波斯。"

他们往外冲去。

波斯的舱房。

波斯起身,发现地上都是水,她吓了一跳。

"波斯!波斯!"外面传来加菲的叫声。

波斯:"加菲,你快进来,我这儿怎么都是水?"

加菲进来了:"快走,波斯,船要沉了!"

波斯:"船要沉了?"

加菲:"是的,你快上救生艇!布莱克告诉我,妇女儿童可以上救生艇。"

波斯:"那你怎么办?"

加菲:"我会想办法,我先去我主人那里,你赶紧上救生艇,数量不够。"他奔下。

波斯有些茫然,她涉水走出舱房。

船已倾斜,四条狗却依然笔直站立,依然演奏着。

波斯:"这艘船要沉了吗?"

狗甲:"是的,小姐,你快上救生艇吧。"

波斯:"那你们呢?"

狗乙:"我们有我们的工作。"

波斯:"你们的工作就是演奏曲子?"

狗丙:"是的,小姐,你想听什么曲子吗?"

波斯:"我不想听。这儿的人都在顾着逃命,没人在听。你们也赶紧逃命去吧。"

狗丁:"谢谢你,小姐。我们的职责是用音乐伴随整个航程,既然航程还没结束,我们的演奏也不会结束。"

加菲来了,他穿得花花绿绿,像一只雌猫。

加菲:"波斯,你怎么还没走?"

波斯:"我在等你。"

加菲:"那快走吧。"他拖着她就走。

波斯止步,诧异地看着他:"你、你怎么打扮成这样?"

加菲:"你别管那么多了,赶紧走吧。"

波斯突然明白了:"等等,你是想男扮女装?"

加菲:"嘘! 别响,被人听见就完了。"

波斯:"你为了活命,居然做出这样的举动?"

加菲:"我这不也是为了你吗? 你活着,我也活着,这样我们以后不是还能在一起玩吗。走吧,我们一起上救生艇。"

波斯:"不,我宁死也不和男扮女装贪生怕死的人挤在一条救生艇上。"

加菲:"波斯,我不这样,我就走不了,我这也是没办法的办法……"

波斯:"走不了就走不了,我陪你。"

加菲:"波斯,为什么我们要死在一起,不能活在一起呢? 波斯,走吧,我求你了,我们得赶紧下船,救生艇数量不够。"

波斯:"我不会跟你走的,你要走自己走吧。"

加菲:"你……你不会在众人面前戳穿我吧?"

波斯:"你放心,我不会揭发你,你那么想活你就去活吧,不过我告诉你,你就算活了下来,你也会活在无尽的忏悔中,活在众人鄙视的目光中。"

波斯毅然转身离去。

加菲:"波斯! 你站住! 你要去哪里?"

波斯:"我去找布莱克。"

加菲:"波斯!"

波斯义无反顾地走了。

加菲叹了口气,往相反的方向跑去。

四条狗演奏完了一曲。

狗甲放下琴,四下看看,道:"确实没人在听了,我们也散了吧,祝各位好运。"

他们互相默默地拥抱,离去。

狗甲并未离开,他想了想,独自演奏起来。

悠扬的旋律再次响起。

已经走远的狗乙、狗丙、狗丁听到了旋律,他们止步返身,先后回到了狗甲身边。

他们又再度合奏。

甲板上。

杰克:"露丝,带着孩子上救生艇去吧。"

露丝:"你呢? 你怎么办?"

杰克:"我是男的,你没听船长说吗? 只有妇女儿童可以上救生艇。"

露丝:"不,你不走我也不走! 我们 3 个,是死是活都要在一块儿!"

杰克:"听话,露丝,我不会有事的。你别忘了,我可是游泳冠军。"

露丝:"这是大海,不是游泳池。"

杰克:"我有救生衣。"

露丝:"救生衣有什么用? 现在的海水温度接近零度,你就是浮在水面上,也会冻死的。"

杰克:"露丝,为了孩子,你必须听我的……"

露丝哭了:"这么多年,我们从没分开过……"

杰克安慰道:"这次我们也只是暂时分开一下,很快就会团聚的。"他抱起鼠宝,在他脸上亲了亲。

鼠宝:"爸爸,你不跟我们一起走吗?"

杰克:"宝贝,你跟妈妈先下小船,我随后就来。"

露丝抱起鼠宝,含泪下。

杰克目送着母子俩上了救生艇,然后走向船长史密斯:"船长,这艘船上还需不需要水手?"

船长史密斯:"杰克,像你这样的水手,我永远需要的。"

两人的手紧紧握在一起。

船长史密斯的目光望向笑笑鼠。

笑笑鼠往假面鼠身后躲。

船长史密斯:"笑笑鼠,你也该上救生艇了。"

笑笑鼠:"不,我要跟大家在一起。"

船长史密斯:"你必须下去,这是命令。"

笑笑鼠:"如果是命令,那我抗命。"

船长史密斯:"好吧,算是恳求。我恳求你上救生艇。"

笑笑鼠:"为什么?"

船长史密斯:"因为必须得有人活着,必须有人把船上发生的一切告诉大家。"

众鼠:"对啊! 笑笑鼠,为了我们,你就上救生艇吧。"

笑笑鼠眼圈红了:"假面鼠,你能再变个魔术给我看吗?"

假面鼠:"当然可以。你要我变什么?"

笑笑鼠:"变老鼠。"

假面鼠明白了她的意思,他左手一翻,已变出了一只"摇滚鼠":"这是摇滚鼠。"

假面鼠双手连翻,"臭臭鼠""呆呆鼠""捣蛋鼠"一个个被变了出来。最后变出的是他自己和"船长史密斯"。

笑笑鼠把这些"老鼠"捧在手中,说道:"谢谢你,假面鼠,我看见他们就看见了大家。我一定争取活下去,我要告诉大家,船上有一群英雄,他们临危不乱,他们视死如归,他们是真正的男人!"她哭着奔下。

少顷,船长史密斯平静地道:"好了,各位已站好了最后一班岗,尽到了你们的职责,我非常荣幸这段时间能跟各位同船共渡。现在,各自逃生去吧,祝各位好运。"

众鼠没有一个离去。

捣蛋鼠奔进来报告:"船长,妇女儿童都上了救生艇,还有一个名额,可以给男的。船长,你上去吧!"

众鼠附和:"对对,船长上去!"

船长史密斯:"各位,这艘船刚造好船架时,我就在上面了,这里的每一块钢板,每一颗铆钉,每一堆煤渣,我都太熟悉了,我的生命几乎和它们合为了一体,我不会抛弃它们独自逃生。船在,我在。船亡,我亡。"

臭臭鼠:"船在,我在。船亡,我亡。说得太好了! 我们都不走!"

呆呆鼠:"对,船长,要不我们就把这个名额放弃了吧……"

摇滚鼠:"我们谁都不会走的!"

假面鼠:"放弃!"

船长史密斯:"我不同意。你们放弃的不是一个名额,而是一个生命。"

众鼠无语了。

船长史密斯扫视众鼠,指着杰克道:"杰克,你上救生艇!"

杰克叫了起来:"不! 我是男的!"

船长史密斯:"现在还有一个名额,就是给男的。"

杰克:"那也不该是我。我现在跟他们一样,都是你的水手!"

船长史密斯："你更是一个孩子的父亲。你想让孩子从小就失去父亲吗？"

杰克："我、我当然不想，可是，我更不想让我的儿子认为他的父亲是个贪生怕死的人！"

船长史密斯："你问心无愧，杰克，你已经是一个好父亲好丈夫的榜样了。现在我需要你去做救生艇上的水手，尽自己的全力，去帮助小船上的妇女儿童。"

杰克："是，船长，我向你保证，艇在，我在。艇亡，我亡。"

船已彻底倾斜，布莱克拉着船舷上的栏杆，吊在半空中。

波斯奔来："布莱克！布莱克！"

布莱克："波斯！我在这儿！"

波斯看见了他，向他奔去。

布莱克："波斯！你怎么没上救生艇？加菲没告诉你吗？加菲呢？"

波斯："别跟我提他！"

布莱克："你们又吵架了？这个时候还吵什么架？"

波斯："不是吵架，是唾弃，是鄙视。"

布莱克："怎么回事？"

波斯："他逃了，他像个逃兵一样地逃了。他知道妇女儿童可以上船，他就假扮成雌猫，仓皇失措地挤进了人堆里。"

布莱克："这个懦夫！但是，你为什么不走？"

波斯："我不走！"

布莱克："为什么？你可以走的。"

波斯："你不也没走？"

布莱克："我是男的,况且我、我只是一只野猫……"

波斯："野猫也是猫。"

布莱克感动了。他突然取出猫罐头,看了一下,问:"怎么打开?"

波斯不解:"打开? 打开干什么?"

布莱克:"吃呀。"

波斯惊讶地:"你怎么会想到现在吃? 你饿了吗?"

布莱克:"我不饿。但如果现在不吃,我这辈子可能再也没机会吃了……"

波斯明白他的意思了:"好,我帮你打开。"

"嗨! 布莱克,快下来!"救生艇上的杰克发现了他们,大声叫唤。

布莱克:"谁在叫我?"

波斯发现了:"是他们,老鼠们。"

杰克:"布莱克,快下来! 船要沉了!"

布莱克:"我、我不会游泳……"

杰克:"没关系,先跳下来! 再不跳就来不及了!"

布莱克望着茫茫大海,实在没有勇气往下跳。

杰克:"为了波斯! 布莱克,我不能眼睁睁地看着你死。尤其在你好像刚刚得到爱情的时候。"

露丝推了他一把:"这时候还说俏皮话。"

波斯露出一副有点羞涩又有点甜蜜的表情。

布莱克:"波斯,他说的是真的?"

波斯娇嗔地:"你个笨猫。还没人家老鼠聪明。"

布莱克:"你不嫌弃我是野猫? 脏猫?"

波斯:"我只嫌弃临阵逃脱,自私自利,没有担当,没有责任心的猫!"

布莱克一下子豪气万丈："好，我们一起跳！You jump！I jump！"

他们一起跳入海中，在大海里沉沉浮浮，险象环生。

危急关头，他们的身躯被托了起来，是杰克和露丝救了他们。

救生艇上的笑笑鼠使劲向他们那边划去。

猫和鼠终于都爬上了小船。

鼠宝："妈妈，你不是说猫是我们的天敌吗？"

露丝："孩子，在危难和互助面前，没有天敌。"

布莱克感慨万分。

众人望向身后的泰坦尼克号，这艘永不沉没的船正被海水一点一点吞噬，直至彻底淹没……

音乐起。

和着音乐，笑笑鼠轻轻哼起了歌，这首歌的歌名可以叫《当危难来临的时候》或者《永不沉没》。（歌词大意：当危难来临的时候，每个人都会作出选择。有人选择生，有人选择死。有人选择帮助别人，有人选择苟且偷生。你们是普普通通的人，却在瞬间变得高尚，这一刻，英雄与狗熊泾渭分明。这一刻，战士与逃兵分道扬镳。请你轻轻地问一声，当危难来临的时候，我是谁……）

歌声由独唱变成合唱。

剧终。

儿童剧

巴黎圣母院

原著 [法]维克多·雨果

人物

卡西莫多　一只独眼、瘸腿、驼背的丑猴子。

艾丝美拉达　一只能歌善舞、色彩艳丽的百灵鸟。

弗罗洛　一只黑色的阴险凶残的秃鹫。

小山羊佳丽　一只雪白的漂亮的小山羊。

蝙蝠王　奇迹宫廷的头儿。

掘土鼹鼠　他有一双掌心外翻的手掌,是掘土的利器。

臭屁虫　一只老是放臭屁的不起眼的甲壳虫。

刺猬肥肥　拥有刺猬的一切特征。性格孤僻,胆小易惊,喜静厌闹,喜暗怕光、怕热怕凉,喜欢打呼噜。

蜗牛小白　一只总是慢半拍却一直努力着的白玉蜗牛。

蝼蚁一群　奇迹宫廷的其他小动物们。

序

晨雾渐渐散去,城市还未彻底醒来。一阵婴儿的啼哭划破薄雾,一只正四处觅食的秃鹫闻声而来。在一座枯井边,他发现了襁褓中的猎物,正欲美餐一顿,却被这个小生命吓到了。

秃鹫:"天哪！这是什么东西?！这根本就是一团烂了的肉,可是这团肉居然是一个生命,一个原本就长成这样的生命。不,这是魔鬼,他就像一堆泥巴,被人随意在上面捏上了眼睛,鼻子,嘴巴。噢,看他的脊梁骨,弯弯的就像是一座拱桥。啊,还有他的腿,一条长一条短,这是个什么怪物? 他丑陋得竟然让我难以下咽。那么好吧,既然这样，就让我们看看，这团肉长大了会变成什么东西……"

秃鹫抓起襁褓，振翅飞去。

1

河滩广场上，聚集着好多小动物。一只百灵鸟在跳舞卖艺，她的边上有一只可爱的小山羊，她的羊角被染成了金色，脚也染成了金色，脖子上还挂着一只金色的项圈。

艾丝美拉达：我是一只百灵鸟，

我叫艾丝美拉达。

我的父亲是雄鸟，

我的母亲是雌鸟。

我过河不用小舟，

我过河不用大船。

众动物：用翅膀，用翅膀，艾丝美拉达用翅膀！

艾丝美拉达：我是一只百灵鸟，

我叫艾丝美拉达。

我的父亲是雄鸟，

我的母亲是雌鸟。

我唱歌不用小嘴，

我跳舞不用大腿。

众动物："用心灵，用身体，艾丝美拉达用心灵唱歌，用身体跳舞！"

艾丝美拉达：听啊——

圣母院钟声已经敲响。

看啊——

全城的人都走出了家门。

是啊——

每个人脸上都带着笑容,

因为今天是一个节日。

众动物:"丑人节!丑人节!今天是一年一度的丑人节!"

艾丝美拉达:今天可以没大没小,

今天可以黑白颠倒。

男女老少纵情狂欢,

因为今天是一个节日。

众动物:"丑人节!丑人节!今天是一年一度的丑人节!"

艾丝美拉达:河滩广场上为什么那么多人?

原来今天是丑人节。

要选出巴黎最丑陋最可怕的一张脸,

来当选今年的丑人王。

艾丝美拉达开始变起一个又一个魔术,引来动物们在边上围观喝彩。蝙蝠王在边上击鼓造势,小山羊佳丽则捧着一顶帽子,求围观者施舍。围观者不时掏出硬币扔进帽子,小山羊佳丽不断鞠躬致谢。

小山羊佳丽来到一只秃鹫面前,被秃鹫凶恶的眼神吓到了,她连连后退。

小动物们叫了起来:"啊!秃鹫弗罗洛来了!秃鹫弗罗洛来了!"

秃鹫弗罗洛:"巫术,这是巫术,你是个女巫!"

艾丝美拉达:"不,不,我不是女巫,我只是一只吉卜赛的百灵鸟。"

秃鹫弗罗洛:"不要对我说不,我说你是女巫,你就是女巫!"

刺猬肥肥:"她不是女巫,她是会唱歌的艾丝美拉达!"

掘土鼹鼠:"对,她是会跳舞的艾丝美拉达!"

蜗牛小白:"她是我们奇迹宫廷的公主。"

臭屁虫:"她带给我们快乐,你却带给我们恐惧。"

蝙蝠王:"一点没错,臭屁虫,快放个屁,把他熏跑。"

臭屁虫:"遵命。"他很快放了一个又臭又响的屁。

秃鹫弗罗洛:"臭气熏天,真是一群蝼蚁!"

他真的被熏走了。

蝙蝠王:"不要被秃鹫弗罗洛破坏了气氛,来吧,大家敲起大鼓吹起小号,来选出今年的丑人王!"

众动物欢呼。

有好几个蝼蚁装疯卖傻,但他们都不够丑。

一蝼蚁叫道:"臭屁虫!臭屁虫!"

臭屁虫:"干什么啊?我只是屁臭,我又不丑。"

另一蝼蚁叫道:"我选刺猬肥肥,瞧她胖得都不像样了,看起来像个球。"

刺猬肥肥不屑于别人的提名:"这有什么?刺猬长得都这样。"

蜗牛小白:"那就我吧,我身上背着那么大的壳,丑死了。你们看,你们看,我行动缓慢,还老是挨批评……"

掘土鼹鼠:"可是你有优点啊!蜗牛小白,你长得细皮嫩肉,白白净净,最牛的你还是雌雄同体,你既可以嫁人,又可以娶妻,多么幸福的人生啊,你跟丑人王实在沾不上边……"

众动物都看着他,有的还仔细端详他起来。

掘土鼹鼠:"看着我干什么?我毛遂自荐还不行吗?我知道自己

长得丑,我头尖嘴长,四肢短小,长得獐头鼠目,我有自知之明,这个丑人王非我莫属,拿王冠来!"

众动物欢叫:"掘土鼹鼠当选喽! 掘土鼹鼠当选喽!"

众动物给他戴上王冠。正在这时,艾丝美拉达惊叫起来,原来她看见了在边上偷窥的一只猴子。这只猴子长得奇形怪状,既是驼背,又是独眼,还是瘸子。

蝙蝠王:"卡西莫多,巴黎圣母院的敲钟人。"

众动物向卡西莫多涌去。卡西莫多见状转身就跑,众动物追逐。

蝙蝠王:"卡西莫多! 怎么就忘了他呢,丑人王非他莫属!"

众动物追逐一番,终于围住了卡西莫多。

掘土鼹鼠将王冠戴在了他头上:"卡西莫多,名副其实的丑人王!"

刺猬肥肥将缀满金箔碎片的袍子披到他身上:"卡西莫多,实至名归的丑人王!"

臭屁虫将金色的木头权杖交到他手上:"卡西莫多,理所当然的丑人王!"

蝙蝠王宣布:"卡西莫多毫无争议地夺得丑人王桂冠。艾丝美拉达,唱起来,跳起来!"

艾丝美拉达:我是一只百灵鸟,

我叫艾丝美拉达。

新的丑人王诞生了,

他就是巴黎圣母院的敲钟人。

新的丑人王诞生了,

他的名字叫卡西莫多。

众动物欢快地又唱又跳,卡西莫多也露出了笑容。

这时,在追逐过程中掉了队的蜗牛小白赶到了,不过,她一样感受到了欢快的气氛:"新的丑人王,卡西莫多……"

2

圣母院钟楼。

卡西莫多一个人在跳舞,他一边跳一边唱。

卡西莫多:今天是我的节日,

我头上戴了王冠。

我身上披着袍子

我手里握着权杖

在一个人的时候,

我也会唱,我也会跳

我也有喜怒哀乐,

我也会心花怒放。

……

卡西莫多得意忘形之际,他猛然发现秃鹫弗罗洛站在身后,吓得赶紧住口。

秃鹫弗罗洛冷冷地:"你很高兴吗?"

卡西莫多献宝似的:"嘿嘿,主人,我有了王冠,有了王冠……"

秃鹫弗罗洛一把夺过王冠,狠狠地扔在地上。

卡西莫多赶紧连滚带爬去拣王冠,然后紧紧地把王冠抱在怀里。

卡西莫多懦弱地:"主人,干嘛扔我的王冠?"

秃鹫弗罗洛:"你把它当宝?在我看来这是耻辱!"

秃鹫弗罗洛冲上去夺过木头权杖,又撕碎了他身上那缀满金箔碎片的袍子。卡西莫多吓得浑身发抖,可是他仍紧紧地护着王冠。

卡西莫多:"主人,你为什么发这么大的火?"

秃鹫弗罗洛:"因为一群蝼蚁挑战了我的权威。他们凭什么开心?他们凭什么欢笑?一群下等的蝼蚁!"

卡西莫多听不懂。

秃鹫弗罗洛:"把它给我!你没听见吗?把它给我!"

卡西莫多很不情愿地递上王冠。

秃鹫弗罗洛:"去,把那个女巫给我抓来。"

卡西莫多有些迟疑。

秃鹫弗罗洛:"快去,把那个叫艾丝美拉达的女巫给我抓来。我要她就唱给我一个人听,我要她为我一个人唱!快去!"

卡西莫多:"是,主人。"

秃鹫弗罗洛一把折断木头权杖,扔在地上:"一群蝼蚁,一群下等的蝼蚁!"

3

奇迹宫廷。奇迹宫廷其实是一个下等酒店的地窖,是下等动物们聚居的场所。

蝙蝠王和小动物们一边喝酒一边打闹,众动物似乎还沉浸在节庆的氛围里。刺猬肥肥却在地窖一角憨睡,且呼噜震天,与气氛有些不搭调。

掘土鼹鼠忍不住了:"喂喂喂,肥肥,你好醒了,越睡越肥。"

掘土鼹鼠轻轻踢了她一脚,刺猬肥肥浑身立即竖起钢刺般的棘刺。

掘土鼹鼠赶紧缩回腿:"呵,还挺会保护自己的啊。"

刺猬肥肥醒了:"干什么啊? 你们玩你们的,我睡我的,别来吵我。"

掘土鼹鼠:"喂,你破坏了我们的气氛,知道吗?"

刺猬肥肥:"我还没嫌你们吵我呢。"

臭屁虫:"你知道你的呼噜有多响吗?"

刺猬肥肥:"哎,你们不要剥夺别人的爱好行吗? 听说过不打呼噜的刺猬吗? 白痴,我怪你老放臭屁吗?"

臭屁虫:"咦,你还有理呢? 看我来教训你。"

卡西莫多不知何时出现了,他扫视着众人,在寻找艾丝美拉达。

蝙蝠王发现了,惊叫起来:"卡西莫多!"

众动物立即四散开来。

蝙蝠王强作镇定:"欢迎丑人王光临,卡西莫多,你来我们奇迹宫廷干什么?"

卡西莫多:"艾……艾丝美拉达……在,在哪里?"

蝙蝠王:"你找艾丝美拉达干什么?"

卡西莫多:"我不是来找她的,我是来抓她的。"

蝙蝠王:"抓她? 为什么?"

卡西莫多:"她是女巫。"

掘土鼹鼠:"凭什么说她是女巫?"

卡西莫多:"她会巫术。"

刺猬肥肥："你懂什么？那是魔术！"

卡西莫多："我主人说她是女巫她就是女巫，我主人说这是巫术这就是巫术。"

臭屁虫："你个狗腿子，回去告诉你主子，这是科学，不是巫术。"

卡西莫多："我不回去，我要艾丝美拉达，我、我等她。"

蝙蝠王一针见血："这是秃鹫弗罗洛的借口，他是想剥夺我们的歌声，剥夺我们的快乐。"

臭屁虫恍然大悟："这个秃鹫弗罗洛好坏啊，我们不能让他抓走我们的百灵鸟。"

刺猬肥肥："对，吉卜赛小鸟是我们的。"

掘土鼹鼠把刺猬肥肥拉到一边，轻声说着什么。

卡西莫多："艾丝美拉达在哪里？"

臭屁虫："我们不会告诉你的。"

蝙蝠王："我们不会出卖朋友。你回去吧。"

卡西莫多："我不回去。"

掘土鼹鼠眼珠一转，说道："除非你能回答出我的问题……"

蝙蝠王："鼹鼠……"

掘土鼹鼠："放心啦，他回答不出的。卡西莫多，你若是能答出我的问题，我就告诉你艾丝美拉达在哪里，答不出，你就回去。"

卡西莫多："什么问题？"

掘土鼹鼠："蜗牛有多少颗牙齿？"

卡西莫多傻了："蜗牛有牙齿吗？"

掘土鼹鼠："当然有，要不我问你干吗？"

卡西莫多："多少颗？"

掘土鼹鼠："哎，我问你还是你问我啊？"

卡西莫多："我不知道。"

掘土鼹鼠："告诉你吧,蜗牛是世界上牙齿最多的动物,虽然它的嘴大小和针尖差不多,但是却有 26000 多颗牙齿。"

卡西莫多瞪大了他的独眼："怎么可能……"

掘土鼹鼠："好了,你输了,请回吧。"

卡西莫多不甘心："你再问一个问题……"他对问问题开始感兴趣了。

掘土鼹鼠："好吧,再给你一次机会。听好了,刺猬怕冷还是怕热?"

卡西莫多瞎猜了:"怕……热……"

掘土鼹鼠："不对。"

卡西莫多赶紧更正:"怕冷。"

掘土鼹鼠："也不对。"

卡西莫多急了:"你、你耍赖。"

掘土鼹鼠："我怎么耍赖了?"

卡西莫多："我总会猜对一个,刺猬不是怕冷就是怕热。"

掘土鼹鼠："为什么不是怕冷就是怕热? 告诉你吧,刺猬是又怕冷又怕热。"

卡西莫多彻底傻了。

蝙蝠王："好了,卡西莫多,你输了,愿赌服输,你可以离开了。"

卡西莫多："我、我不能……离开,艾丝美拉达在哪里?"

蝙蝠王："你说话不算数?"

卡西莫多："我没跟你们赌……"

掘土鼹鼠："既然不是赌,那我们就问问题玩玩?"

卡西莫多："好,好。"

掘土鼹鼠指着臭屁虫:"你知道他为什么叫臭屁虫吗?"

卡西莫多:"因为他老放臭屁。"

掘土鼹鼠:"哈哈哈!臭屁虫,你真是一点秘密都没有,你的臭屁众人皆知。"

卡西莫多也"嘿嘿"笑了起来。

掘土鼹鼠示意臭屁虫:"你还不快放屁?"

臭屁虫反应过来,立即冲着卡西莫多放了一个又臭又响的屁。

卡西莫多被熏得够呛。这时,掘土鼹鼠向刺猬肥肥使了个眼色,刺猬肥肥立即团身向卡西莫多滚去,卡西莫多赶紧躲避,却不料翻身跌进了陷阱里。

掘土鼹鼠:"哈哈哈!那是我掘土鼹鼠挖的陷阱!"

众动物欢呼:"笨蛋掉坑里喽!笨蛋掉坑里喽!"

卡西莫多在陷阱里大叫:"放我出去!放我出去!"

蝙蝠王:"这是你咎由自取,放心吧,我们不会要你的命,但是我们要饿你3天,让你尝尝做坏人帮凶的滋味。"

这时候,蜗牛小白气喘吁吁地赶到了。

蜗牛小白:"不、不好了,那个怪物卡西莫多闯进来了……"

众动物先是愣了一下,继而开始嘲笑她。

掘土鼹鼠:"亲爱的小白,我想告诉你,卡西莫多早就来了,他现在正在陷阱里呢。"

臭屁虫:"你这个警卫做得实在是不合格。"

蝙蝠王:"小白,你下次再申请做警卫,我可不批准了。"

蜗牛小白满腹冤屈:"人家已经尽力了嘛……"

4

陷阱。

掉在陷阱里的卡西莫多虽然毫发无损，却被困在了里面，他尝试着爬出去，都没有成功。

这时候，传来了艾丝美拉达的歌声。

艾丝美拉达：我是一只百灵鸟，

我叫艾丝美拉达。

我不是你说的女巫，

我不会你说的巫术。

我只是用歌声让大家快乐，

我只想用魔术来逗你开心。

卡西莫多："艾丝美拉达……"

艾丝美拉达和小山羊佳丽出现在陷阱边。

小山羊佳丽："喂，你这个坏蛋，为什么要抓我姐姐？"

卡西莫多看着艾丝美拉达，一时无语。

小山羊佳丽："哼，你这个秃鹫弗罗洛的爪牙，让你吃点苦头。"

卡西莫多："水……水……"

小山羊佳丽："水？你想喝水吗？渴死你！"

小山羊佳丽去边上捡了一些烂番茄臭鸡蛋之类的东西，向卡西莫多扔去。卡西莫多左躲右闪，但还是被击中了几次。艾丝美拉达将一个盛水的陶罐放在一个竹篮子里，用绳子吊下去给他喝。

小山羊佳丽发现了："姐姐,他是坏人,为什么要给他喝水?"

艾丝美拉达："他渴了。"

小山羊佳丽："那就让他渴死。"

艾丝美拉达："他不坏,是那个秃鹫弗罗洛坏,他只是分不清黑白,颠倒了是非。"

卡西莫多："美……美……"

小山羊佳丽:"闭嘴!姐姐的美也是你叫的吗?"

卡西莫多:"美……"

小山羊佳丽:"我们走,不理他了。"

艾丝美拉达和小山羊佳丽走了。

少顷,传来一声惊叫。

卡西莫多不明白发生了什么,过了一会儿,小山羊佳丽出现在陷阱边上。

小山羊佳丽:"喂,坏蛋,我的姐姐被秃鹫弗罗洛抓走了,她刚才给你喝水的是不是?"

卡西莫多点点头。

小山羊佳丽:"她对你好不好?"

卡西莫多点点头。

小山羊佳丽:"好,那我放你上来,你必须保护好我姐姐,否则我诅咒你再掉进陷阱,再也没有人救你,再也没有人给你喝水。你听见没?"

卡西莫多点点头。

小山羊把那个空篮子甩了下来,卡西莫多拉着绳子,往上攀爬。

5

圣母院顶楼。

回到了圣母院的卡西莫多发现顶楼多了一个好大的笼子一样的东西，被一块大大的红布罩着，他有些好奇地围着这东西转了半圈，依然不知道是什么。

秃鹫弗罗洛突然出现了："你在看什么？"

卡西莫多："主人……"

秃鹫弗罗洛："你这个蠢货，你还知道回来？"

卡西莫多："主人，对不起，我、我……这是……"

秃鹫弗罗洛："想知道里面是什么吗？"

卡西莫多："想……"

秃鹫弗罗洛上前一把扯开红布，露出一个硕大的鸟笼，鸟笼就像一个大房间，里面有床，有梳妆台，还有镜子。

艾丝美拉达从床上坐了起来，愤愤地瞪着秃鹫弗罗洛。

卡西莫多怔住了："艾丝美拉达……"

秃鹫弗罗洛："你没办成的事我办成了。好了，下去吧，回你的钟楼去。"

卡西莫多："是，主人。"他一步三回头地走了。

秃鹫弗罗洛看着艾丝美拉达，半晌才说了一个字："唱。"

艾丝美拉达不理他。

秃鹫弗罗洛自己轻声哼了起来："我是一只百灵鸟，我叫艾丝美拉达……唱。"

艾丝美拉达依然不理他。

秃鹫弗罗洛:"你这个吉卜赛女巫,你让我疯狂。唱吧,唱!"

艾丝美拉达:"做梦!"

秃鹫弗罗洛:"你敢违背我的意志?!"

艾丝美拉达:"我的歌由心而来,随心而去,没有人能强迫我唱歌。"

秃鹫弗罗洛:"我等你3天,你若是还不肯开口唱,我会拔了你的羽毛,让你变成一只丑鸟,然后,我会剪了你的舌头,让你再也不能唱歌,再然后,我会一口吞了你!"他把笼帘重新拉上,转身离去。

少顷,卡西莫多悄悄来了,他拉开笼帘一角,往里张望,艾丝美拉达吓得叫了起来,卡西莫多也吓得赶紧退开。

卡西莫多:"对、对不起,你不要怕,我吓着你了是吗? 我长得丑,可是我不是坏人。你不要看我脸,你就听我说话好了,帘子拉着看不到星星,我想让你看看星星,今天星星很漂亮……"

过了一会儿,艾丝美拉达:"你把帘子拉开吧,我不怕。"

卡西莫多拉开了帘子,然后快速躲到一边,并且还用手捂住了脸。

卡西莫多:"你看,星星是不是很漂亮?"

艾丝美拉达:"是的,谢谢你。"

卡西莫多:"不要谢的。"

艾丝美拉达:"巴黎圣母院的钟声每天会响,都是你敲的?"

卡西莫多:"是的。"

艾丝美拉达:"不敲钟的时候你干什么?"

卡西莫多:"我……发呆,看鸟,飞来飞去……"

艾丝美拉达:"为什么不出去玩呢?"

卡西莫多:"我丑,没有人跟我玩,大家都怕我,大家见到我都躲得远远的……"

艾丝美拉达:"以后你就来河滩广场玩吧,我们都在那里。不知道小山羊佳丽他们在干吗……"她望着星星,星星闪烁。

卡西莫多:"你想他们?"

艾丝美拉达:"是的,我想他们。还有蝙蝠王、掘土鼹鼠、刺猬肥肥、臭屁虫他们,他们都是我的朋友。"

卡西莫多:"你有朋友真开心,我没有朋友,我只有大钟玛丽。"

艾丝美拉达:"大钟玛丽是谁?"

卡西莫多:"大钟玛丽就是我每天敲的那口钟。"

艾丝美拉达:"你太可怜了,你只能跟钟对话吗?"

卡西莫多:"它们都肯听我说话。对了,你想看看大钟玛丽吗?"

艾丝美拉达:"我、我可以去看吗?"

卡西莫多:"我放你出来,不让主人知道就好了,你不要逃,否则主人会杀了我的。"

艾丝美拉达:"好,我不逃。"

卡西莫多打开门:"走,我带你去看大钟玛丽,她一定会很开心的。"

6

圣母院钟楼。

钟楼里有好几口钟,每口钟下方都垂着一根绳子,只要摆动绳子,钟就会被敲响。

卡西莫多奔上,他抓住绳子像荡秋千一般荡了起来,钟声也随即响起。

他从这口钟荡到那口钟,每一口钟都被他敲响。最后,他敲响了最大的一口钟。

卡西莫多:"这就是大钟玛丽。"

卡西莫多在一口口钟之间穿梭,钟声持续不断。

艾丝美拉达:"太美了,原来我们听见的钟声就是这样敲响的……"

卡西莫多:"好听吗?"

艾丝美拉达:"好听。大钟玛丽的声音尤其好听。"

卡西莫多:"嘿嘿,她今天高兴,因为有新朋友来看她。"

艾丝美拉达:"你平时跟大钟玛丽说些什么?"

卡西莫多:"什么都说。我高兴的时候跟她说,我不高兴的时候也跟她说,她都愿意听……"

艾丝美拉达:"那你可以跟我说。"

卡西莫多:"我、我现在很高兴,因为你愿意来看玛丽。"

艾丝美拉达:"你跟秃鹫弗罗洛在一起的时候高兴吗?"

卡西莫多:"我不知道,我、我怕他……"

艾丝美拉达:"他对你很凶吗?"

卡西莫多:"是的。他是我主人,他的话我都要听的,我、我是他养大的……"

艾丝美拉达:"可是他做得不对你也听吗?"

卡西莫多:"我、我都要听的。对了,你就唱歌给他听吧,要不然他会把你的舌头剪掉的。"

艾丝美拉达:"我不会唱给恶人听。"

卡西莫多:"你就唱吧,我也想听……"

艾丝美拉达沉吟半晌,轻声唱了起来:

> 我是一只百灵鸟,
>
> 我叫艾丝美拉达。
>
> 只有善良的人能听见我的歌声,
>
> 因为歌声会飘向远方。
>
> 邪恶的人即便长了耳朵,
>
> 也只是脑袋上的两个摆设。

卡西莫多傻傻地看着她:"美……美……"

艾丝美拉达被他看得有些害怕:"我们回去吧。"

卡西莫多:"等等,我还有一样东西要给你看。"他钻进大钟玛丽的肚子里,拿了一把弓出来。

艾丝美拉达:"弓箭?"

卡西莫多:"嘿嘿,我自己做的,做得不好……"

艾丝美拉达:"做得很好,你为什么会想到做一把弓箭? 不会是想射那只秃鹫吧?"

卡西莫多:"不不不,他是我的主人,我不会射他的,这只是我的玩具。"

艾丝美拉达把玩着弓箭:"你的手很巧,做得好精致。"

卡西莫多从兜里掏出一个金属哨子:"这个给你,以后有事你就吹它,我一听见就会来的。"

艾丝美拉达:"好,谢谢你。"她试着吹了一下,声音居然很响。

卡西莫多:"我、我还做了一样东西……"

艾丝美拉达:"哈哈,你小玩意儿还真多。是什么? 让我看看?"

卡西莫多:"还没做好,以后你会看见的。现在我们回去吧,要是被主人发现就不好了。"

艾丝美拉达:"好。"

卡西莫多把弓箭重新藏好,又示意艾丝美拉达把哨子藏好,心满意足地带着艾丝美拉达回去了。

7

圣母院顶楼。

艾丝美拉达望着星空发呆。

卡西莫多带着小山羊佳丽来了。卡西莫多脸上还戴着一个面具,而小山羊佳丽一见到艾丝美拉达,立即奔了过去。

小山羊佳丽:"姐姐,姐姐。"

艾丝美拉达:"佳丽,你怎么来了?"

小山羊佳丽:"是他带我来的。"

艾丝美拉达这才看见卡西莫多:"卡西莫多,你戴着面具?"

卡西莫多:"是、是的。我、我怕你看见我的脸害怕,所以就做了一个面具……"

艾丝美拉达:"原来你上次没来得及给我看的东西就是这个吗?"

卡西莫多:"是、是的。"

艾丝美拉达:"把它拿掉吧,丑是遮不住的,也没有必要去遮盖它,你只要是一个善良的人,你就永远是美的,只有那些内心丑陋的人才需要去遮盖。"

小山羊佳丽:"你放心吧,你这次带我来看姐姐,我就不叫你丑八怪了。"

卡西莫多:"好,我、我拿掉……"他拿掉了面具,但依然用一只手遮住脸。

艾丝美拉达:"把它给我吧。"

卡西莫多:"噢,送、送给你。你们说话,我去外面看着点儿。"他把面具递给她,赶紧走了出去。

小山羊佳丽:"姐姐,这个丑猴子还不坏,他来找我,说是带我来看你,我一开始还不相信他呢,没想到他还真带我来看你了。"

艾丝美拉达:"是的,他其实挺可怜的。说说你们,大家还好吗?"

小山羊佳丽:"大家都想姐姐,听不到你的歌声,大家都觉得少了什么似的,尤其是我,不能跟姐姐去河滩广场玩了,真没劲。"

艾丝美拉达:"佳丽,我会回来的,我们还会一起去广场唱歌,跳舞,变戏法,你就继续捧着帽子讨施舍……"

小山羊佳丽:"那个恶人会放你回来吗?"

艾丝美拉达:"恶人总有恶报。"

小山羊佳丽突然起身,去四周看了一圈。

艾丝美拉达:"怎么啦?"

小山羊佳丽压低嗓音:"姐姐,我们会来救你的,蝙蝠王天天在圣母院周围打探,掘土鼹鼠已经快挖通地道了,刺猬肥肥也不是整天睡觉了,而是拼命在练她的蹚地功,还说要减肥。至于臭屁虫,他的屁已到了收放自如的地步,还有蜗牛小白,我们一开始不想带她,因为她太慢了,没想到她竟不告而别,给我们留了一张字条,说是她提前出发了。"

艾丝美拉达:"大家真是太可爱了,有他们这些朋友真好……"

357

两人正说着，卡西莫多回来了。

卡西莫多有些紧张："主人来了，你快走，我带你出去。"

小山羊佳丽："姐姐不能一起走吗？"

卡西莫多面露难色。

艾丝美拉达："佳丽，你先走，我没关系，卡西莫多会保护我的。"

卡西莫多露出有些惊讶的表情。

小山羊佳丽："那好吧，卡西莫多，你一定要保护好姐姐啊。"

卡西莫多："我、我会的，你快走吧，被主人看见就完了。"

卡西莫多带着小山羊佳丽匆匆离开。

艾丝美拉达把玩着卡西莫多留下的面具，这是一个笑脸猴的面具，她把它戴在了自己脸上。

少顷，秃鹫弗罗洛果然来了。

秃鹫弗罗洛看见艾丝美拉达的面具也愣了一下："你长得很美，不要用面具遮挡你的美丽。这一定是那个丑猴子的，他以为戴了个面具丑八怪就能变成美猴王了？"

艾丝美拉达："他外表虽然丑，内心却不丑，不像有些人看上去像正人君子，实质内心丑恶。这样的人，即使没戴面具也如同戴了面具一样。"

秃鹫弗罗洛："女巫。"

艾丝美拉达："你知道我不是女巫，如果我是女巫，这笼子还锁得住我吗？我还会受你的控制吗？"

秃鹫弗罗洛："狡辩。能说会道的吉卜赛女巫。"

艾丝美拉达："你心里阴暗，你见不得别人快乐，见不得别人欢笑，你喜欢黑暗，害怕光明……"

秃鹫弗罗洛："闭嘴！你在给我算命？你的吉卜赛塔罗牌呢？拿

出来给我占个卜。对,你们还会看掌纹,你给我看看。"他向艾丝美拉达摊开双手。

艾丝美拉达刚抓住他的手,只瞥了一眼,便吓得连连后退。

秃鹫弗罗洛:"你看见了什么?"

艾丝美拉达恐惧地:"我看见了魔鬼,天哪!你若不是魔鬼就是被魔鬼附身了……"

秃鹫弗罗洛:"你胡说!"

艾丝美拉达:"你别过来,别过来……"

秃鹫弗罗洛依然一步步向她逼近。

艾丝美拉达:"你为什么不想想当初?"

秃鹫弗罗洛一怔:"当初?"

艾丝美拉达:"你当初把一个弃婴带回家,说明你心里至少还是有善的一面……"

秃鹫弗罗洛:"你是说卡西莫多?哈哈,你太天真了。你想错了,我为什么把他养大,那是因为他实在太丑陋了,丑得我恶心,恶心得让我根本没法吞进肚子里。"

艾丝美拉达震惊了:"原来你真的是魔鬼,天哪!你十恶不赦!"

秃鹫弗罗洛向她扑了过去,艾丝美拉达拼命挣扎,但还是被秃鹫弗罗洛扯下了好些羽毛。

慌乱之中的艾丝美拉达摸到了哨子,情急之中,她吹响了哨子。

哨声尖锐刺耳。

秃鹫弗罗洛吓了一跳,往后退了几步。

秃鹫弗罗洛:"你还指望有人来救你?别做梦了。"

缓过神来的秃鹫弗罗洛继续扑向艾丝美拉达,又扯下几根羽毛。

危急关头,卡西莫多赶到了,他一把抓住秃鹫弗罗洛,把他甩了出去。

秃鹫弗罗洛跌坐在地。

秃鹫弗罗洛："你……"

卡西莫多："对、对不起，主人……"

秃鹫弗罗洛从地上爬起来，狠狠地瞪了卡西莫多一眼："你敢这样对我?!"

卡西莫多："主人，我……"

秃鹫弗罗洛："走开，回你的钟楼去。"

卡西莫多没回钟楼，但却闪到了一边。

秃鹫弗罗洛继续向艾丝美拉达逼近。

艾丝美拉达惊叫："救我！卡西莫多!"

卡西莫多闪身挡住了秃鹫弗罗洛。

秃鹫弗罗洛："你变得不听话了!"

卡西莫多："你、你不能伤害她……"

秃鹫弗罗洛愤愤地瞪着他，终于转身离去。

艾丝美拉达惊魂未定。

卡西莫多："你、你没事吧?"

艾丝美拉达："我没事，谢谢你，幸亏你及时赶来……"

卡西莫多捡起散落在地上的羽毛，捧在手里，哭了起来。

艾丝美拉达："卡西莫多……"

卡西莫多："他、他怎么可以这样……"

艾丝美拉达："他是魔鬼，他是无可救药的魔鬼……"

8

圣母院钟楼。

卡西莫多呆呆地望着大钟玛丽出神。

大钟玛丽的幕外音："卡西莫多,你有心事了?"

卡西莫多："我、我没有。"

大钟玛丽的幕外音："你有,你骗不了我的。"

卡西莫多："我真的没有。"他起身打算离去。

大钟玛丽的幕外音："你回来。"

卡西莫多想了想,又回来坐下了。

大钟玛丽的幕外音："以前你有什么事不是都来跟我说的吗? 卡西莫多,你变了。"

卡西莫多："我没变,我还是我。"

大钟玛丽的幕外音："不,你变了,你变得喜欢思考了,你变得有主见了,你变美了。"

卡西莫多："你骗我。"

大钟玛丽的幕外音："我没骗你。我知道,一只美丽的百灵鸟打开了你的心扉,善与恶的界限变得泾渭分明。俗话说,积善逢善,积恶逢恶,善为至宝,一生享用不尽,心作良田,百世耕之有余。"

卡西莫多："我、我听不懂……"

大钟玛丽的幕外音："你只要知道做善事、不做恶事就行了。"

卡西莫多："可是……我害怕主人看我的眼神,他再也不是我的主人了……他给我吃,给我喝,把我养大,我像条狗一样对他唯命是从,他叫我到东,我就到东,他叫我到西,我就到西,从来没有违背过他的意愿……"

大钟玛丽的幕外音:"卡西莫多,这说明你长大了,你有辨别能力了,这时候,你该听从你自己内心的召唤,它会让你的眼睛看得更远,让你的耳朵听得更清。让你更能辨别什么是善,什么是恶,什么该做,什么不该做。善良会让你变得美丽,邪恶会让你变得丑陋,记住,正义永远会战胜邪恶……"

卡西莫多似乎明白了:"大钟玛丽,你永远是我的朋友。"

他拥抱着大钟玛丽,依偎在她的怀里。

大钟玛丽的肚子是他的储藏室,他取出了那把弓,拿在手里。

这时,他似乎听到了什么声音……

大钟玛丽的幕外音:"卡西莫多,你怎么啦?"

卡西莫多"你不要说话。我、我好像听见了什么声音,不好,是顶楼,是艾丝美拉达……"

他奔下。

大钟玛丽的幕外音:"孩子,你真的变了,大钟玛丽为你高兴……"

9

圣母院顶楼。

艾丝美拉达轻轻哼着歌:

我是一只百灵鸟,

我叫艾丝美拉达。

我的翅膀被拔去了羽毛，

我的身体被锁进了笼子，

可是我依然还能歌唱，

我的心早就飞向了远方……

她停住了歌唱，因为她发现周边发生了变化。

一块块板被掀起，先后露出了蝙蝠王、掘土鼹鼠、刺猬肥肥、臭屁虫、蜗牛小白的脑袋。

蝙蝠王轻声叫道："艾丝美拉达……"

艾丝美拉达："蝙蝠王？啊！掘土鼹鼠，刺猬肥肥，臭屁虫，蜗牛小白，是你们？"

掘土鼹鼠："我们来救你出去。"

艾丝美拉达："太好了！"

臭屁虫："我们可以出来吗？"

刺猬肥肥："这里没有别的人吧？"

艾丝美拉达："没有，快出来。"

正在这时，传来了急促的脚步声。

艾丝美拉达："啊，先等等……"

卡西莫多奔了上来。众动物还来不及退回去。卡西莫多见状不分青红皂白，挥拳就打。

于是，有趣的一幕出现了。卡西莫多打了这边，那边冒了出来。打了那边，这边冒了出来。他就像玩"打地鼠"游戏一样，忙得团团转。

艾丝美拉达不停地在叫："卡西莫多，别打了，他们是我的朋友！卡西莫多！"

卡西莫多打得兴起,他终于听见了艾丝美拉达的喊叫,住了手。

卡西莫多:"你说什么?"

艾丝美拉达:"他们是我的朋友?"

卡西莫多:"你的朋友?"

艾丝美拉达:"对,他们是来救我的!"

卡西莫多傻了。

这时,众动物的头又都冒了出来。

蜗牛小白:"卡西莫多,你打疼我了。"

臭屁虫:"你打得我臭屁都出来了,你到底帮谁?"

秃鹫弗罗洛:"他当然是帮我。"

众动物:"啊! 秃鹫弗罗洛!"

秃鹫弗罗洛的突然出现,众动物集体缩了回去。

卡西莫多:"主人……"

秃鹫弗罗洛:"你做得很对。"

卡西莫多:"主人,我……"

秃鹫弗罗洛:"这些蝼蚁不是我的对手,我用不着你帮忙,你可以去敲钟了。"

卡西莫多:"现在?"

秃鹫弗罗洛:"对,现在。我要你敲响美丽的丧钟。"

卡西莫多满脸疑惑。

秃鹫弗罗洛:"快去,孩子。"

秃鹫弗罗洛的话对卡西莫多依然有威慑力,卡西莫多像中了邪一样,慢慢走了出去。

艾丝美拉达见状愣住了,她叫道:"卡西莫多!"

卡西莫多置若罔闻,只顾往前走,最后消失了。

秃鹫弗罗洛:"我美丽的女巫,你的死期到了,我实在舍不得把你吞下肚子,这都是你自找的。等丧钟敲响时,你就完了……"

他一边说一边靠近艾丝美拉达。

蝙蝠王的头冒了出来:"秃鹫弗罗洛,你要吃就先吃我。"

秃鹫弗罗洛:"肮脏的蝙蝠,我懒得抓你,你要找死就自己过来。"

蝙蝠王没有丝毫犹豫,从洞里钻了出来。

秃鹫弗罗洛向他扑去,蝙蝠王闪避。

这时,小动物们一个个都从洞里钻了出来。

众动物:"你要吃就把我们都吃了吧。"

秃鹫弗罗洛:"一群蝼蚁,我一个个成全你们!"

这些小动物实在不是凶残的秃鹫的对手。蝙蝠王主要还是在左躲右闪,臭屁虫刚放了一个臭屁,秃鹫的大翅膀一挥,臭屁立即烟消云散,刺猬肥肥的棘刺更多只能起到防卫作用,而掘土鼹鼠动作虽快,力量却实在薄弱,对秃鹫根本构不成威胁。

没多久,众动物已被打翻在地,失去了抵抗的能力。

这时,圣母院的钟声敲响了……

秃鹫弗罗洛:"钟声响得正是时候,艾丝美拉达,我美丽的百灵鸟,你终究因为你的歌声害了你……"

解决了动物们的秃鹫又向艾丝美拉达逼去,艾丝美拉达眼看要落入秃鹫弗罗洛的魔掌,正在这千钧一发之际,秃鹫弗罗洛的胸前突然多了一支箭,箭尾还在颤动,箭头却已射入他的心窝。

秃鹫弗罗洛满脸惊讶,他顺着箭的方向看去,卡西莫多手里正握着一把弓。

秃鹫弗罗洛:"你……射我……"

卡西莫多:"主人,这是一枝正义之箭,它只会射向邪恶……"

秃鹫弗罗洛倒了下去。

众动物欢呼,他们跑向艾丝美拉达。

艾丝美拉达和众动物沉浸在胜利的喜悦中。

在他们欢庆之际,卡西莫多抱起了秃鹫弗罗洛的尸体,悄悄地走了。

艾丝美拉达突然发现少了卡西莫多:"卡西莫多,卡西莫多呢?"

蝙蝠王:"对了,卡西莫多呢? 谁看见了卡西莫多? 卡西莫多!"

众动物:"卡西莫多! 卡西莫多!"

久久没有回音,卡西莫多就这样消失了……

尾　声

河滩广场。

河滩广场上,又聚集着好多小动物。艾丝美拉达在跳舞卖艺,小山羊佳丽依然在她的边上。

艾丝美拉达:我是一只百灵鸟,

　　　　　　我叫艾丝美拉达。

　　　　　　河滩广场的人们渐渐散去,

　　　　　　可是我们还在等待他的出现……

众动物:"卡西莫多! 卡西莫多!"

艾丝美拉达:你的丑写在你的脸上,

　　　　　　你的美记在我们心里。

　　　　　　河滩广场的我们不愿离去,

　　　　　　因为我们还在等待你的出现。

众动物:"卡西莫多！卡西莫多！"

艾丝美拉达:"听啊,巴黎圣母院的钟声又响了！"

众动物合唱:圣母院的钟声又响了,

　　　　　　可是我们再也没有见过卡西莫多。

　　　　　　善良的卡西莫多,

　　　　　　善良的卡西莫多,

　　　　　　你一定是躲在大钟玛丽的肚子里,

　　　　　　为我们敲响正义的钟声。

　　　　　　你一定是躲在大钟玛丽的肚子里,

　　　　　　为我们敲响正义的钟声。

　　　　　　……

剧终。

儿童剧

孩子剧团

人物（出场序）

小石头，男，11岁，大名杨金昆，小时候跟随父母从苏北逃荒到上海。

笑熊，男，10岁，大名陈效雄，长得膀阔腰圆，又喜欢笑，所以同伴们都叫他笑熊。

四眼，男，11岁，普通工人家庭的孩子，父母希望他用读书来改变自己的命运，一个典型的书呆子。

小廖，男，10岁，父亲开着一家工厂，很有钱，应该算个公子哥儿。

刘莺，女，13岁，比"孩子剧团"的其他人大不了几岁，却俨然一副大姐姐的样子，做事稳重，是老师的好帮手。

妮妮，女，9岁，父亲是银行职员，母亲在铁路局工作，是个典型的上海乖小囡，非常喜欢唱歌跳舞和演戏。

方老师，女，19岁，学校音乐教师，后为"孩子剧团"团长。

小张，男，16岁，小战士，首长的警卫员。孩子们都亲切地叫他大哥哥。

大妞，女，13岁，后来加入"孩子剧团"的团员。

妮妮妈妈，女，三四十岁。

首长，男，40岁出头。

音乐教室。

育华学校歌咏队的孩子们，有的在练声，有的在练形体。

方老师进来了，她看上去心情有些沉重。

"方老师来了。方老师，方老师。"孩子们发现了，围了过来。

方老师看着孩子们，半晌说不出一句话，眼角却渗出了泪。

刘莺眼尖："方老师，您怎么哭了？"

小石头摩拳擦掌："方老师，告诉我，谁欺负您啦？！"

方老师赶紧抹掉眼泪，说道："孩子们，你们都知道法国作家都德写的《最后一课》吧？"

四眼："知道，就是写普法战争的时候，法国战败了，普鲁士要求当地的学生只能学德语，不能学法语，老师给他们上了最后一堂法语课。"

刘莺补充道："作者想表达的就是民族的悲痛，对侵略者的控诉和对自己祖国的热爱。"

方老师点点头，说道："说得很好。我想告诉大家的是——学校明天就解散了，今天也是我们的最后一课。"

孩子们："啊？！"

小廖："老师，为什么学校要解散？"

笑熊："老师，不上课那我们干什么？"

方老师："日本鬼子已经打到了我们家门口，现在江湾的上空已被炮火染红了，炮弹随时有可能飞过来炸毁我们的学校。为了大家的安全，学校被迫解散……"

孩子们面面相觑。他们有的惊讶，有的愤懑，有的无助……

小石头是最义愤填膺的一个，他捏着小拳头，叫道："太欺负人了！我要去当兵，去杀小日本！"

四眼："小石头，你那么小，部队不会要你的。校长说过，我们学生还是以学业为重，先学好知识，长大了再报效祖国。"

小石头冲他吼道："你个书呆子，这时候还跟我说学业为重，学校都没了！"

四眼一时无语。

孩子们都无语了。

最小的妮妮怯生生地:"老师,我们的歌咏队也要解散了吗?那以后就不能唱歌,不能演戏了?"

孩子们都望向方老师。

方老师点点头,道:"是的,目前只能先解散了,不过我们还是要把今天的课上完。我写了一首歌,大家试着学唱一下。刘莺,麻烦你把歌谱分发给大家。"

刘莺:"嗯。"

每个人都拿到了纸,每个人似乎都有一种庄重感,大家轻声吟诵。

八一三的枪炮声就在耳边,

四万万同胞在齐声呐喊。

我们祖祖辈辈生活的家园,

正被侵略者的铁蹄践踏。

中华的儿女,

不会卖国求荣。

华夏的子孙,

永远不会屈服。

挺起你的脊梁,

让五千年的血液流淌。

……

方老师:"希望大家能记住今天,记住 1937 年的 8 月 13 日,记住我们的最后一课。"

收光。

难民营。

《逃难歌》

逃难,逃难,逃脱苦难,

重的男人担,

轻的女人挽。

逃难,逃难,越逃越难,

枪炮不长眼,

它会到处钻。

逃难,逃难,四处奔散,

一阵阵心酸一声声叹,

有家不能还。

难民营里,四眼在难民中发现了小石头的身影,兴奋地大呼小叫。

四眼:"小石头! 小石头!"

小石头:"四眼? 你也在啊?!"

四眼:"小石头,见到你太高兴了! 你知道我们歌咏队的其他人在哪儿吗?"

小石头:"知道几个,方老师在恩派亚难民收容所,刘莺和妮妮她们在上海美专学校难民收容所。这几天我到处乱窜,昨天我发现工人游击队在招收新兵,我还去报名了呢。"

四眼:"啊,你真想去当兵? 当上了吗?"

小石头一脸沮丧:"当上了我还会在这儿? 气死我了,那招兵的负责人说,当兵的年龄必须年满 18 周岁,我苦苦哀求,他们也不同意,说我还没枪高。看见那些大哥哥领到了枪和军服,真是又羡慕又嫉妒。"

这时，人群有些混乱，有人在大叫："救济会的卡车又送新的难民来了，大家挪挪地方挤一挤。"

小石头和四眼向外望去，外面挤满了人，小石头看见了一个熟悉的人影。

小石头大叫："笑熊！笑熊！"

四眼："笑熊？你看见他了？在哪儿？"

小石头："我去把他拖来。"

小石头人一闪，就没了。一会儿他果真拉着笑熊回来了。

四眼开心地："笑熊，欢迎归队。"

笑熊勉强地笑了笑。

四眼有些奇怪："咦，看到我们不高兴吗？"

忍了半天的笑熊终于忍不住了，一下哭了出来。

小石头愣了一下，看向四眼："他怎么啦？"

四眼也有些莫名其妙："我还从没见他哭过，我只知道他整天笑呵呵的，所以大家都叫他笑熊……"

笑熊："我爸爸妈妈都死了……"

小石头大惊："啊！怎么回事儿？"

笑熊："我们一家想坐小木船去浦东，船到江心时，不知哪里来了鬼子的飞机，向我们的渡船扫射，许多小船都沉了，我们这艘船幸好船家拼命摇橹，终于到了对岸，可是我爸爸被机关枪扫中了，当时就咽了气……"

小石头恨得咬牙切齿："可恶的日本鬼子！"

笑熊："我们上了岸，又碰到飞机来炸船坞，我们躲到了墙角，我妈把我压在了身子底下，等飞机过去了以后，我发现我妈被弹片击中了，流了好多血，好怕人，她的手一点一点变凉……"

小石头过去抱着他:"别说了……"

四眼也哭了:"我陪你一起哭……上次我去你们家,阿姨还给我下汤团吃呢……"

小石头狠狠地道:"我长大了一定要去当兵,给叔叔阿姨报仇!"

四眼:"我支持你。"

3个孩子紧紧抱在一起,流着泪,发着誓。

四眼突然发现方老师不知什么时候在他们边上了,还有刘莺和妮妮。

四眼:"方老师? 老师,笑熊的爸爸妈妈都被日本鬼子打死了……"

笑熊:"方老师,我不哭。"

笑熊的这句话却把妮妮弄哭了,刘莺赶紧把她搂在怀里。

方老师:"孩子,以后你就跟着我,我就是你大姐,我家就是你家。"

小石头:"老师,我也要跟着您。"

四眼:"老师,那让我也跟着您吧,现在学校也没了,跟您在一起还可以学知识。"

刘莺:"我们就都跟着老师吧,我们育华学校的歌咏队又可以在一起了。"

妮妮也破涕为笑:"太好了,这样我们又可以一起唱歌,一起演戏了。"

方老师:"我过来就是想跟大家商量一下的,我们不能老待在难民收容所里,我们该干点儿什么。"

小石头:"老师,要不我们卖报吧? 我在街上看到有不少小孩子在卖报呢。"

四眼："还有的组织了清洁服务队，为难民收容所搞卫生。"

方老师："是的，说明大家都行动起来了。我在想，我们是不是也应该发挥我们的特长，组织一些歌咏戏剧演出，你们说好不好？"

小石头第一个叫道："好，我正愁没事干呢。"

刘莺："太好了，这样大家又可以在一起了。"

妮妮最开心了："唱唱歌，演演戏，多开心啊！"

四眼："老师，那我们唱什么歌？演什么戏？"

方老师："这些天我已经准备了一点，都是些抗战的歌、抗战的戏，我们排一下，尽早走上街头去演出，还可以去伤兵医院，去工厂演出。"

小石头："对，我们不能上战场，就用歌声用戏剧来杀鬼子。"

方老师："说得好，我们来唤起民众，参加抗日。"

刘莺突然想到什么："老师，我们这个团体，总要有个名字吧？"

四眼脱口而出："我们都是孩子，就叫孩子剧团吧。"

小石头叫道："孩子剧团？这名字起得好，到底是书呆子，有学问。"

四眼："这叫什么学问，我只是实话实说。"

方老师："好，我们就叫孩子剧团。"

孩子们就像又有了家，兴奋无比，就连刚刚失去亲人的笑熊，也被大家的氛围感染了。

《孩子剧团》

有难大家帮，

有福一起享。

流离失所的苦难儿，

从此有了家。

一群小光棍，

一群小主人。

孩子剧团的小大人，

变成顶梁柱。

生在苦难里，

长在炮火下。

在这抗战的大时代，

创造新世界。

孩子们站起来

站起来，

在这抗日的大时代

创造出我们的新世界。

街头。工厂。

孩子剧团在街头演唱。

《八百壮士》

火融融，炮隆隆，

黄浦江岸一片红。

满目亲人泪，

满心家国仇。

八百壮士洒热血，

四行仓库泣英烈。

男儿百战死，

壮士十年归。

豪气千秋存，

英名万人颂。

他们在街头唱抗日歌曲,在工厂演抗日小戏。那一天,他们刚演完儿童活报剧《火线上》,大家还都在兴奋中,方老师匆匆来了。

刘莺:"方老师。"

方老师:"大家好,大家辛苦了。"

小石头:"不辛苦,一天演三场,好过瘾。"

笑熊也抢着汇报:"老师,我们唤起民众的抗日热情了,有些大哥哥看了我们演的戏,说我们小小年纪就知道抗日,他们要去报名当兵,去前方杀敌。"

妮妮:"老师,有个阿姨还给我们送来了胖大海,让我们保护好嗓子。"

小石头:"对了,老师,我发现好像有特务在盯着我们,还企图破坏我们的演出。"

方老师:"是的,上海眼看着要沦陷了,这些汉奸特务也越来越猖獗了。我正是来通知大家,我们要转移了。"

四眼:"转移? 转移去哪里?"

方老师并没有直接回答,而是先让大家聚拢来,然后问道:"你们听说过中国共产党吗?"

小石头:"我知道,我还知道红军。"

四眼:"我知道八路军。"

方老师:"红军和八路军都是中国共产党领导的军事力量,你们知道的还不少。"

刘莺:"听说共产党是为我们老百姓说话的?"

方老师:"是的,打败日本帝国主义,解放全人类,建立新中国,让我们老百姓翻身做主人就是共产党的宗旨。组织上很关心我们,希望我们转移去大后方,这样孩子剧团也能发挥更大的作用,唤醒更多的民众起来抗日。我们第一站先去南通。"

小石头:"啊,我们有组织啦? 太好了,这样我们就不是孤军奋战了。"

四眼:"这么说我们要离开上海了?"

方老师:"是的,现在上海基本上被封锁了,京沪铁路已经不通,公路也不好走,我已设法弄来了船票,我们坐船去南通。"

刘莺:"什么时候走?"

方老师:"时间比较急,就是今天晚上。现在大家赶紧回去跟家里人说一下,如果父母不同意千万不要勉强,我们晚上 9 点在码头汇合。"

刘莺:"好,老师,那我先回去,晚上我一定会到码头。妮妮,我们走。"

妮妮刚要跟着刘莺走却被方老师叫住了。

方老师:"妮妮。"

妮妮:"老师?"

方老师:"妮妮,你还太小,等你长大一点儿,老师向你保证,老师会来接你……"

妮妮闻言愣住了:"老师,你不要我啦?"

方老师:"老师不会不要你,你永远是孩子剧团的一员。"

妮妮急得哭了出来:"不,我现在就是孩子剧团的一员,我要跟哥哥姐姐在一起。"

方老师一时不知怎么劝她。

刘莺:"方老师,就让妮妮跟我们一起吧,我会照顾她的。"

妮妮:"我自己会照顾自己的,我不会拖莺莺姐后腿。"

小石头："老师，就让妮妮留下吧。"

方老师其实也不想丢下妮妮，她想了想，道："妮妮，老师答应你留下，但老师有一个要求，你必须让爸爸妈妈同意了才行。好不好？"

妮妮使劲地点着头："嗯，我现在就去跟爸爸妈妈说。莺莺姐，我们走。"她开心地拉着刘莺走了。

小石头："老师，家里我说了算，我不用回去。"

四眼紧跟着道："老师，我也不回去了。"

方老师笑了："你们一个个都是怎么啦？不行，必须得给我回去说一下，要让爸爸妈妈知道，否则，他们会担心的。再说，也得带点儿替换衣服什么的吧？"

四眼顾虑重重："老师，我是怕回去了就出不来了，我爸爸妈妈一直希望我好好读书，将来可以出人头地，改变家里的境况，他们可不希望我参加剧团什么的，而且还要离开上海，我从小到大还没离开过上海呢。"

小石头："要能好好读书，谁不想？可是现在日本鬼子不让我们好好读书，你跟着老师不就是最好的学习，照我看，你妈开心还来不及呢。"

四眼觉得他说得有理："要不你陪我回去，帮我一起跟他们说。"

小石头："行，我保证能说服他们。老师，我还有个请求，我想把小廖也拉过来。"

笑熊："小廖？你知道他在哪儿？"

小石头："我不知道，但他爸有工厂，总能问到吧。"

笑熊："对，好主意，要是能找到他就好了，学校解散后还没见过他呢，挺想他的。"

方老师："小廖能来当然好，他可是我们的台柱子啊。不过一定要征得他们家里人的同意,千万别勉强。"

小石头:"嗯,我明白。"

他们都走了,笑熊有些伤感,因为只有他无家可归。

方老师:"笑熊,我们也走吧,老师带你去买点儿漱洗用品和替换衣服。"

笑熊:"老师,这……您也应该有事要忙,要不我先去码头吧?"

方老师:"笑熊,从今往后,孩子剧团就是你的家,我们都是你的家人,家人之间还有什么好客气的,走吧,我们也得抓紧时间。"

笑熊:"嗯。"

方老师牵着笑熊下。

码头。

夜色下,方老师和笑熊已经到了,两人手里都拿着包袱。

方老师:"笑熊,你跟小廖是同班同学?"

笑熊:"是的,我们经常一起玩,他家好大,我们捉迷藏都找不到人。"

方老师:"那你猜猜小廖能来吗?"

笑熊想了想:"我觉得他爸爸不会同意的。他爸爸是大老板,他又是娇生惯养的公子哥,以后是要他继承家族产业的。"

方老师点点头,表示同意。

但是他们都猜错了。

小石头和四眼来了,而且,他们还带来了小廖。

小石头:"方老师,笑熊,你们看谁来了?"

"小廖!"笑熊发疯一样地冲过来,一把抱住小廖。

小廖:"你抱得我气都透不过来了,让我先跟方老师打个招呼行不?"

　　笑熊这才放开他。

　　小廖:"方老师。"

　　方老师:"小廖,欢迎归队,谢谢你爸爸妈妈的支持。"

　　笑熊夸小石头:"小石头,还真有你的,真把小廖带来了。"

　　小石头一脸得意:"我说吧,我能把小廖拉过来。"

　　四眼:"哟哟哟,明明是小廖爸爸要把工厂搬到内地去,也没工夫管小廖了,要不然你怎么可能得逞。"

　　小石头:"你个没良心的书呆子,就算小廖我没啥功劳,你能出现在这儿,还不全是我的功劳。你跟你妈一说,就被你妈弹回来了。小把戏,搞七捻三,不好好读书,这兵荒马乱的,瞎跑什么……"他把四眼妈妈的口气学得惟妙惟肖。

　　小廖:"哈哈哈,我听见的,我作证。"

　　四眼急得:"你们……我不是来了吗?"

　　小石头:"那还不是我据理力争的功劳。小廖也有功劳,你妈看见他也跟我们一块儿,最后才没拖你的后腿。"

　　四眼不高兴了:"我妈才没有拖后腿呢。"

　　方老师:"其实每个孩子都是家里的宝,家里人放心把孩子交给我们,就是对我们最好的支持。我们以后自己在外面了,也要学会自己照顾自己,学会互相帮助。"

　　小石头凑到四眼身边,用胳膊肘碰碰他,嬉皮笑脸地:"真生气啦?"

　　四眼走开:"懒得理你。"

　　小石头:"想想我们又可以一起玩了,多开心啊。哎,还不把兜里的茶叶蛋拿出来大家分了?"

"我看是你馋了吧！大家吃茶叶蛋，我妈亲手做的。"四眼塞了个鸡蛋给他，然后又分给大家。

笑熊叫道："刘莺来了。"

刘莺来了。可是妮妮却没有跟她一起来。

小石头："刘莺，妮妮呢？"

刘莺有些难受："她爸爸妈妈不同意……"

小石头："你、你平时不是蛮能说会道的吗，怎么就……"

刘莺有些委屈，但也不想跟他争辩。

方老师："这不怪刘莺，妮妮年龄确实小了点儿，再说又是女孩子，爸爸妈妈不放心我完全能理解。人差不多都到齐了，我们走吧。"

众人在方老师的带领下往码头走去。

四眼："要离开上海了，我有点儿兴奋，又有些不舍……"

小石头："我也是，不过好开心，我们要去抗日了。"

"方老师，莺莺姐。"妮妮追了上来，她跑得上气不接下气。

刘莺高兴地："妮妮！"

笑熊："你说服你爸爸妈妈了？"

妮妮："没……没有……"

小石头："啊？那你怎么出来的？"

妮妮："他们把我锁在房间里，我从窗户爬出来的。"

四眼敬佩地："哇，你真勇敢。"

方老师："妮妮，这样不行，爸爸妈妈找不着你，会着急的。"

妮妮："不会，我给他们写了字条。"

方老师在犹豫。

妮妮："老师，求你了，带我一起走吧。"

刘莺："老师，现在再把妮妮送回去时间也来不及了。"

小石头:"老师,就让妮妮跟我们一起走吧,别看妮妮年纪小,她真的很勇敢,再说还有我们呢,我一定会保护好她的。"

孩子们也都希望妮妮跟他们一起走。

方老师:"妮妮,你要记着,以后我们每到一处都要设法给家里报个平安。"

妮妮知道老师留下她了,使劲地点着头:"嗯嗯。"

方老师:"好,我们走。"

孩子们跟着方老师走向码头,他们在走向新的使命。

武汉。孩子剧团团部。

孩子从上海到南通,又经徐州、郑州,终于到达武汉,算暂时有了一个相对安稳的落脚点。

笑熊捧着一大锅饭来了:"开饭喽,开饭喽。"

众人看着他,忍俊不禁,大笑起来。

笑熊满脸锅黑,像个大花脸。而他自己却全然不知:"怎么啦?吃饭有那么好笑吗?"

妮妮:"你看看你的脸……"

"我的脸? 我的脸怎么啦?"笑熊用手摸了一把,叫了起来,"啊!我的脸怎么变成这样啦?"

四眼:"哈哈哈,你演游击队就不用化妆了。"

笑熊摆出个游击队端枪的姿势:"像吗?"

妮妮笑弯了腰:"像,像极了。"

刘莺套着个围兜,端着一大盘菜:"来来来,今天我们吃洗头鱼。"

小廖:"洗头鱼? 洗头鱼长什么样?"

刘莺:"就是上海的河鲫鱼,只是两地叫法不一样。"

小石头："管它什么洗头鱼还是洗脚鱼,我肚子早就提抗议了。"他举起筷子就要吃。

妮妮拦住他:"哎,洗手了吗?"

小石头:"没。"

妮妮:"那你还敢吃? 告诉你,你吃了我就罚。"

小石头没辙了,只能放下筷子:"好好好,我去我去。"他奔向洗手间。

妮妮:"其他人呢?"

还没等她说完,其他人已经老老实实都去洗手了。

妮妮开心地:"哈,看来罚不罚就是不一样。"

四眼走了一半回头问道:"你自己怎么不洗?"

妮妮得意地看着他:"我洗过了。"

四眼:"哟,表率做得蛮好嘛,小丫头蛮会当干部的。"

小石头很快回来了:"这下可以吃了吧? 我的小祖宗。哎哟……"他刚吃了一口鱼,就叫了出来。

妮妮:"怎么啦?"

小石头:"妮妮,我能申请喝口水吗?"

妮妮:"这可不行,会拉肚子的。"

小石头:"好吧。"他大口大口地扒饭。

妮妮也夹了一块鱼,刚放进嘴里脸就变形了。

小石头在边上坏坏地笑着问道:"想不想喝水?"

妮妮:"哼,不喝。"

小廖他们也都洗好手回来吃饭了。

小廖:"这洗头鱼怎么那么咸?"

四眼也直咂嘴:"怕是咸鱼干做的吧。"

刘莺又端来了汤,闻言接道:"什么咸鱼? 今天刚钓上来的,都活蹦乱跳的呢。味道怎么样?"

小石头:"味道很不错,下饭,你瞧,我一碗饭都吃完了。"

妮妮:"刘莺姐,你是不是盐放多了?"

刘莺赶紧尝了一口,叫道:"哎呀,坏了坏了,太咸了,这怎么吃啊! 笑熊,笑熊。"

笑熊刚把自己的脸洗干净:"怎么啦? 叫我?"

刘莺:"你刚才鱼里放盐了吗?"

笑熊:"放了。"

刘莺:"哎呀,我前面已经放过了。"

笑熊:"啊! 是不是太咸了? 都怪我都怪我。"

刘莺:"怪我,忘了跟你说。"

小石头:"没事儿没事儿,吃咸点儿能长力气。"

妮妮:"今天的汤定量供应,每人最多一碗。"

四眼:"我吃饱了,我去做作业了。"

刘莺:"作业?"

小廖:"我安排他的,让他发挥点儿特长,我们演出的剧目远远不够,让四眼试着写点儿啥。"

小石头:"你这作业还没写完?"

四眼头也不抬:"快了。"

小石头:"昨天就跟我说快了,今天还是快了。"

四眼:"就最后几句了。"

小石头一把抢过:"我看看写的啥。"

四眼:"哎,还没写完呢。"

小石头不管,已开口念了起来。众人都凑过来,一人一段接力着念。笑熊一听很有韵味,就在一边打起了快板。

感谢组织感谢党,

舍了小家为大家。

每天都要干些啥,

生活作息表上查。

公鸡朝天一声吼,

赶紧起床去刷牙。

早餐吃完去自修,

音乐国语抢着答。

午餐以后演讲会,

图画作文笔生花。

锻炼已经安排好,

强壮骨骼快长大。

自己动手做晚饭,

吃饱肚子看晚霞。

通报天下大小事,

读报时间眼不眨……

笑熊快板正打在节奏上,突然中断了:"往下念啊。"

小廖:"没了?"

四眼:"我说了还没写完啊。"

笑熊:"那我帮你接二句。累了就往床上趴,一觉醒来不觉乏。"

刘莺:"等等,我再加一句,孩子剧团美如画。"

众人又鼓掌又叫好。

这时又传来了掌声,众人发现方老师不知什么时候出现了,她的边上还站着一位小战士。

方老师:"这是谁写的?"

小石头:"当然是我们四个眼睛的大才子喽。"

方老师:"写得真好,以后你就是孩子剧团的笔杆子了。"

四眼有些不好意思:"我会努力,还是要大家帮助的。"

方老师见大家的目光都好奇地看着小战士,便说道:"我给大家介绍一下,这位是八路军驻武汉办事处的小张同志。"

小张:"大家好。我比你们大不了几岁,以后大家叫我小哥哥就行。"

都差不多年龄,孩子们也没什么拘束,一下就围了上去,七嘴八舌地问开了。

妮妮:"小哥哥,你多大了?"

小张:"我 16 啦。"

四眼:"啊,才 16 啊。"

小张:"别看我小,我可是老兵了。"

小石头:"小哥哥,你打过仗吗?"

小张:"当然打过,打仗算什么,家常便饭。"

小石头羡慕不已。

孩子们缠着小哥哥,要他说打鬼子的故事。

小张推辞不过,只能说道:"好吧,我给大家说一个步枪打下飞机的故事吧。"

小石头惊讶地:"啊!步枪还能打下飞机?真的假的?"

小张:"当然是真的。当时,我军和日军在永定河畔展开激战。我们占据了有利地形,他们打不过我们,在太阳快落山的时候调来了飞机,企图用空中优势遏制我军火力。这时候,头上敌机猖狂呼啸,硬拼就中了敌人的圈套。看看手中顶不上劲的步枪,战士们攥紧拳头眼里喷出仇恨的火焰。敌机在我军阵地上空时而盘旋时而俯冲，战士们的武器装备与敌人悬殊太大，如果跟敌人拼火力肯定吃亏。地面的日军得到空中支援后，乘势又向我军阵地逼了过来，情况万分危急。这时，我们的一位神枪手经过观察后发现，由于我军阵地在山谷之中，敌机投弹轰炸就必须尽可能接近地面俯冲，才能对阵地造成威胁。所以，敌机俯冲下来的时候距离地面很近，就好像擦着战士们的耳朵飞。而且，俯冲一次，敌机就得赶紧拉升，不然就会撞到山石上机毁人亡。得到这样的结论，神枪手心里有了数。他发现不远处有棵大树，就趁敌机拉升的空档迅速奔到大树下隐蔽好，待敌机俯冲迫近的时候，他嗖地闪出，抬起手中的苏制水连珠步枪，'啪'的就是一枪。敌机翅膀一抖，直奔神枪手藏身的大树横冲而来，'嗒嗒嗒'一梭子子弹打在石头上火星四溅。神枪手机智地一个就地十八滚，藏到一块巨石后面。说时迟那时快，趁敌机还没顾得上拉升喘息，神枪手抬手对准敌机又是一枪。这一枪，小日本的飞机吃不住劲了，只见飞机左右乱摆，尾巴拖着长长一道黑烟，一个猛子就扎在塔岭沟里。战士们欢腾了。日军飞行员至死恐怕也不相信，自己的飞机会被我军战士的普通步枪给打了下来。"

小张说得绘声绘色，众人听得大气都不敢喘，一个听完，还缠着小哥哥要再说一个。

方老师赶紧过来解围："好了好了，小哥哥是首长的警卫员，他要保护首长的安全，他有很多重要的事情要去做，故事么，下次再说吧。"她几乎是把小张从孩子们手里抢走的。

小石头还在回味中："苏制水连珠步枪，我要是有一杆就好了。"

笑熊也羡慕地："小哥哥才 16 岁，就是首长的警卫员了。"

小石头叹道："唉，我妈为什么不早几年把我生下来，要不然，我也可以做首长的警卫员了。"

方老师回来了:"孩子们,有一个好消息要告诉你们……"

小石头脱口而出:"每人发一杆水连珠步枪吗?"

方老师笑了:"你呀,听了故事魂都没了。我是来告诉大家,八路军驻武汉办事处邀请我们孩子剧团去演出呢。"

刘莺:"真的啊?!"

孩子们兴奋了。

小石头:"那我们可以见到首长了?"

方老师:"应该是吧。"

孩子们更兴奋了,又蹦又跳。

这时,他们注意到门口站着一个十四五岁的女孩子,正怔怔地看着他们。

方老师上前问道:"小朋友,你有什么事吗?"

大妞:"我在找孩子剧团。"

方老师:"我们就是孩子剧团。"

大妞闻言,身子一软,晕了过去。

方老师赶紧扶住她。

孩子们也都奔过来帮忙。

方老师:"刘莺,快去拿点儿水来。"

刘莺取来了水,方老师喂了她几口水。

少顷,大妞醒转过来了。

妮妮叫道:"她醒了!"

大妞还有些迷糊:"我这是在哪儿?"

方老师:"孩子,你在孩子剧团。"

大妞:"真的吗?"

小石头:"当然是真的,你瞧,我们都是孩子。"

大妞眼睛转了一圈:"终于找到你们了……"

刘莺:"你找我们干什么?"

大妞:"我想加入。我在报上看到你们的消息,知道你们在武汉。"

四眼兴奋地:"啊,我们登报了?"

方老师:"孩子,你从哪里来?"

大妞:"山西。"

小廖:"山西? 好远啊。"

方老师:"你是怎么过来的?"

大妞:"我坐车,坐船,走路,只要是往武汉方向的我就上,五天五夜,终于到了武汉,又花了快两天时间,才找到你们……"

方老师:"那么多天,你都没吃什么吧?"

大妞:"我没钱买吃的,看到有水的地方就喝个饱……"

刘莺:"我去给她拿吃的。"

小廖:"你干嘛不多带点儿钱?"

大妞:"我是童养媳,我是偷跑出来的。"

四眼:"啊? 你是已经结婚的人?"

大妞:"我也不知道算不算结过婚的人……"

方老师:"大妞,以后你就是我们孩子剧团的人。"

大妞:"嗯。"她哭了。

孩子们也哭了。

夜。妮妮一个人坐在院子里,望着星星发呆。

小石头出来了:"妮妮,你在干嘛?"

妮妮："没干嘛,睡不着。你怎么也不睡?"

小石头："被尿憋醒了。"

妮妮悄悄抹掉眼角渗出的泪。

小石头上完厕所过来了:"陪你坐一会儿。"他盯着妮妮脸上看。

妮妮："看我干什么啊?"

小石头："嘿嘿,我看你有没有哭。"

妮妮："才没有呢。"

小石头："想家了吧?"

妮妮："你怎么猜到的?"

小石头："这还用猜吗? 看你刚才悄悄抹眼泪我就知道了。我也想家,都不知他们逃难逃到哪里去了,一家人说不定就从此失散了……对了,你给家里寄信了吗?"

妮妮："寄了,也不知道他们收到没有。"

小石头："他们也没法回信啊,我们从江苏到河南,又从河南到湖北,一直在流动。"

妮妮："石头哥哥,你大名叫什么?"

小石头："杨金昆。"

妮妮："蛮好听啊,为什么大家都叫你小石头?"

小石头有些难为情地说道:"小时候我爸打我,我咬着牙,不哭不叫,我妈就说,我像苏北茅坑里又臭又硬的石头。所以,就一直叫我小石头。"

妮妮笑了:"又臭又硬,还真的挺像你。"

刘莺找来了。

刘莺："你们两个怎么都不去睡觉?"

小石头："哟,查房的来了,我陪妮妮聊会儿天。"

刘莺:"小廖没跟你们在一起?"

妮妮:"没有啊。"

刘莺:"咦,奇怪了,找不到他人了。"

小石头:"我想想,他早上是去买道具的,对了,被你这么一说,今天一天我还真没见过他。会不会买道具出事了?!"他跳了起来。

大家都紧张起来。

妮妮:"那怎么办?"

小石头:"要不先通知方老师?"

刘莺:"方老师也不在,最近形势有些紧张,她几乎每天晚上都要去开会。"

小石头:"那我们发动大家分头去找。"

刘莺:"不行。要是再丢一二个谁来负责。"

小石头急了:"那你说怎么办?"

刘莺也拿不出主意,她想了半天,只说了一个字:"等。"

孩子剧团团部。翌日早上。

小廖抱着一些乐器上,他身后还跟着一个陌生人,那陌生人扛着两个大纸箱。

小廖:"崔叔,就放那儿吧。"

崔叔放好纸箱,搓搓手道:"公子,没啥事那我就先回去了?"

小廖:"嗯,你回去吧,谢谢你啊。"

崔叔:"不谢不谢。"他退下了。

小廖开始整理乐器,突然背后传来一声吼。

刘莺:"小廖!"

小廖:"干啥? 吓我一跳。"

刘莺的语速像机关枪一样："还吓你一跳？你吓了我们一跳你知不知道？你去哪儿了？晚上也不回来？你这是目无组织纪律知道吗？"

小廖有点儿懵："我……不就一晚上没回来嘛？我是去办正事儿去了。"他也提高了嗓门。

刘莺气道："你还有理了你?!"

小廖不服气地："我怎么啦？"

众人都跑出来了。

小石头："小廖，你什么时候回来的？"

小熊："哇！哪儿来那么多新乐器？"他跑过去，爱不释手地玩起来。

小石头："小廖，这是怎么回事？"

小廖："我昨天去买道具，没想到碰到了崔叔……"

小石头："谁是崔叔？"

小廖："就是我爸的司机，他也是来武汉采购东西的，我一想，正好我们的乐器都旧了，有些甚至音都调不准了，我就让他给我们买了一些新乐器，还买了些布料，可以做演出服装。他说我爸爸的厂已经搬来江西了，我们就连夜开回去，一早再把我送过来……"

小石头："小廖，你想着为剧团添置东西是好的，但是你应该跟我们说一声啊，大家为你急了一晚上呢。"

小廖也觉得自己欠考虑："我……当时，实在没时间，就……"

妮妮："刘莺姐昨晚一宿没睡呢。"

小石头："好，安全回来了就好。过去给刘莺姐道个歉。"他轻声在小廖耳边补了一句。

小廖没动。

小石头胳膊肘撞了他一下："你是男人。"

小廖起身向刘莺走去："对不起，刘莺姐。"

刘莺："我刚才也是太急了点儿。"

小石头叫道："好了好了，握个手吧。"

小廖向刘莺伸出手。

刘莺一巴掌拍掉，俏脸通红："干嘛啊，你们这是……"她笑着跑开了。

四眼起哄："和好喽，和好喽，刘莺姐脸红喽。"

众人哄笑。

方老师领了一位中年妇女进来了："什么事那么开心啊？妮妮，你看谁来了？"

妮妮怔住了，她简直不敢相信自己的眼睛："妈妈？"

妮妮妈妈："妮妮！"

妮妮："妈妈，你怎么来了？"

妮妮妈妈："是方老师托了人告诉我你们在武汉，我就赶紧从上海赶过来了，来，让妈妈仔细看看……长胖了，长高了……"

妮妮："妈妈，你怎么哭了？"其实她自己也哭了。

妮妮妈妈抹着泪："2年多了，妈没事就拿出你留给我们的那张字条，看了又看，我想，你怎么就不要妈妈了呢……"

妮妮："对不起，妈妈……"

妮妮妈妈："你好好的，就好，妈妈放心了，你跟着方老师妈妈放心。"

方老师："妮妮妈妈，每个孩子都是家里的宝，你们能放心交给我们，就是对我们最大的支持。"

妮妮妈妈："方老师，我家妮妮不懂事儿，给你们添了不少麻烦吧?"

方老师:"妮妮可懂事儿了,她现在可是我们孩子剧团的骨干。对了,孩子们,把前几天刚排的那个快板书表演给妮妮妈妈看看。"

"好!"孩子们立刻各就各位,开始表演。

孩子剧团是个家,

组织分工全不拉。

事务部,学习部,

健身部,后勤部,

卫生部,剧务部,

还有生活管理部。

刘莺像个大姐大,

洗衣做饭全包下。

一日三餐变花样,

每天换上新大褂。

毛遂自荐小石头,

内部事务他来抓。

锻炼值日都兼顾,

好像管得有点杂。

四眼心里乐开花,

看书学习他揽下。

读报分析讲时事,

谁开小差就挨罚。

排练演出小廖管,

服装道具每天查。

俨然一个小管家,

工作细致众人夸。

笑熊身高力气大，

行李道具交给他，

先是登记再编号，

一捆一捆他来扎。

妮妮现在变最大，

管着大家衣鞋袜，

个人卫生要牢记，

一有臭味她就骂。

老师官衔是团长，

对外联络全靠她。

其实是个大家长，

里里外外一把抓。

孩子剧团孩子管，

这可不是扮家家。

抗日是个大事情，

我们人小志气大。

妮妮妈妈笑得乐开了花："好好好，都是人小志气大。对了对了，阿姨有奖励，这是上海带来的糖果，来来来，每人一把。"

四眼："阿姨，上海现在怎么样了？"

妮妮妈妈："唉，被鬼子占领了，还能怎么样？整日里提心吊胆的，铁路被日本人控制了，我也没法在铁路局干了，她爸爸上班的银行在租界，每天过去都要接受盘问，唉，这日子简直没法过。对了，妮妮，我和你爸爸在商量，我们想把家搬到武汉来，以后，妈妈想女儿的时候就能见到女儿了。"

妮妮高兴地说:"真的啊?"

妮妮妈妈:"嗯。以后妈妈有空就来给你们做上海菜吃。我知道,你们都是从上海石库门里出来的,喜欢吃上海菜。"

四眼:"太好了,阿姨,我想吃酒酿圆子。小石头,你想吃什么?"

小石头:"我想吃酱爆猪肝。"

刘莺:"我想吃鲜肉月饼。"

大妞:"我其实已经吃到了,我知道上海的糖果好吃。"

小廖:"我想吃城隍庙的小笼包。咦,笑熊,你怎么哭了?"

笑熊哽咽道:"我想起了每年端午节妈妈都会包的赤豆粽……"

妮妮妈妈过去把笑熊揽在怀里:"阿姨给你包赤豆粽,你们说的阿姨都给你们做,我还会做我们妮妮最爱吃的干煎带鱼。"

孩子们眼里充满着向往。

方老师:"家乡菜是每个游子的向往,可是日本鬼子却偏要让我们背井离乡。妮妮妈妈,孩子们,我不是想扫大家的兴,我也是昨天晚上刚得到通知,基于目前的形势,我们要撤离武汉了……"

众人都愣住了。

方老师:"对不起,妮妮妈妈。"

妮妮妈妈赶紧道:"我理解,我理解。"

方老师:"对不起,孩子们。"

小石头:"老师,那我们还去不去八路军办事处演出?"

方老师:"不得已取消了。"

刘莺:"老师,我们知道孩子剧团的使命。"

妮妮:"老师,我们下一站去哪儿?"

方老师:"下一站先去湖南衡阳,湖南,广西,贵州,四川都等着我们去,现在的祖国就像一片大桑叶,日本鬼子在不断地蚕食我们,我们要尽可能地唤起各地的民众，参与抗日，我们不能当亡国奴。"

孩子们齐声地："我们不当亡国奴！"

妮妮妈妈："阿姨支持你们，阿姨今天就给大家做一桌上海菜，为你们饯行。"

收光。

祖国山川。孩子们背着行李，抬着道具，徒步跋涉。

行程二万里，

辗转八省市。

宣传抗日不等闲，

一路演戏一路唱。

城市街道口，

乡村庙台上。

因地制宜把戏演，

我们舞台最宽敞。

没有羊毛做胡子，

墨汁画上两道杠。

没有油彩当胭脂，

红纸打湿脸上妆。

屋檐当楼房，

草地像暖炕。

行李道具轮着扛，

一人有难众人帮。

我们不怕远征难，

双脚往前闯。

收光。

重庆。1939 年 5 月。日寇轰炸重庆。

孩子剧团在台上演出儿童剧《帮助咱们的游击队》(剧本从历史资料中找,若没有就换其他的剧目,或者新创作一个。)

突然防空警报大作。

戏正演到高潮部分,孩子们没理警报,继续往下演。

一颗炸弹在附近爆炸。

方老师冲上舞台,指挥孩子们躲起来。

孩子们手忙脚乱往边上的掩体跑。

妮妮:"哎呀,我的头套掉在台上了。"她转身就奔回去捡。

小石头:"妮妮,你快回来。"他赶紧去追她。

这时,又一颗炸弹爆炸了。

小石头扑到了妮妮身上。

方老师不顾一切地冲了过去。

孩子们在叫:"小石头! 妮妮!"

浓烟中,只听见方老师在不断地叫唤:"小石头! 小石头!"

浓烟散去。

孩子们看清了,方老师把小石头抱在怀里,而妮妮被吓傻了,在大声地哭。

众人赶紧奔过去:"小石头怎么啦?"

方老师声嘶力竭地喊道:"快找人! 快找车! 快送医院!"

孩子们闻言奔下,去找人找车。

方老师:"小石头,小石头,你要坚持住……"

小石头:"方老师,我说过我会保护妮妮的,我做到了……可惜我还没有准备好,就要死了,我还没来得及打鬼子呢⋯⋯"

方老师:"小石头,医院马上来车了,你一定要坚持住。"

妮妮哭道:"石头哥哥,都是我不好⋯⋯你不会死的,你不是一块儿又臭又硬的石头吗? 你的命硬着呢⋯⋯"

收光。

重庆某剧场后台。

大妞已经在剧组干起了服化的活儿,她在整理着服装。

台上演出结束了。

妮妮率先奔了进来:"大妞姐姐,四眼哥哥回来了吗?"

大妞:"没有。"

小廖、刘莺、笑熊都从台上下来了。

刘莺:"四眼还没回来?"

大妞摇摇头。

这时,四眼出现在门口,神情有些落寞。

笑熊:"四眼,小石头怎么样了?"

妮妮:"四眼哥哥⋯⋯"

四眼:"一会儿昏迷一会儿醒,他还惦记着演出呢,医生只是说暂时没有生命危险。"

众人闻言,松了一口气。

小廖:"至少暂时没危险⋯⋯"

刘莺:"可是还没彻底脱离危险⋯⋯"

大妞:"我们为小石头祈福吧,我在老家就这样,有时还挺管用。"她双手合十,闭上眼睛,嘴里默默地念着什么。

大家也依样画葫芦,默默地为小石头祈福⋯⋯

方老师、小张和首长一起进来了。他们见状，并没有出声去打搅孩子们。

大妞："方老师。"

妮妮："大哥哥……"

方老师："孩子们，首长来看看大家。"

首长："孩子们好。"

孩子们："首长好！"

首长："小石头受伤的事儿我知道了，战争是残酷的，敌人是残忍的，我们一定要保护好自己，才能更好地打击敌人。"

孩子们点着头。

首长："早就想来看看你们这些小鬼了，你们不容易啊！你们这些小朋友，和我们自己队伍里教育出来的小战士不同，因为他们的能力，是在大集体中得到的。而你们呢，却是在艰苦的环境中，依靠自己的斗争创造出来的。"

四眼："我们都很羡慕大哥哥的。"

首长笑道："你们孩子剧团是在另一个战场打鬼子，性质是一样的。你们唱的歌演的戏都是坚持抗战，反对投降，坚持团结，反对分裂的内容，这和我们的抗日方针是一致的，我送你们'救国、革命、创造'三种精神好吗？你们要一手打倒帝国主义，一手创造新中国。"

孩子们："好！好！"

首长："孩子们，为了更好地保护好大家，组织上决定让大家分批去延安。你们的大哥哥会负责大家的安全。"

孩子们的兴奋之情溢于言表："延安？我们能去吗？"

首长："孩子们，延安需要你们，将来的新中国是你们的。"

孩子们欢呼雀跃。

走吧,向着奋斗的目标,

走吧,向着正义的方向。

赶走鬼子,

统一中国。

我们义无反顾,

走向一个圣地。

走吧,向着奋斗的目标,

走吧,向着正义的方向。

赶走鬼子,

统一中国。

我们义无反顾,

走向一个圣地。

字幕一:

70 多年前在上海诞生的孩子剧团,最小的才 9 岁,最大的也就 16 岁。他们人小志大,不畏艰险,先后经过上海、江苏、河南、湖北、湖南、广西、贵州、四川等 8 个省市,行程 2 万多里。一路上,他们坚持演出,积极宣传抗日,为抗日救亡作出了积极的贡献,被誉为"抗日战争血泊中产生的一朵奇花"。

今日之中国,今日之和平,正是无数先烈用生命和鲜血换来的,这些人里,不乏我们的同龄人。

字幕二:

小石头杨金昆因伤口大面积感染引起并发症在重庆战时救护中心去世,殇年 14 岁。1940 年追认为中国共产党党员,并授予"烈士"

称号。

方钟秀老师 1947 年在解放战争中牺牲,存年 29 岁。

刘莺解放后在文化部工作,直至离休。

妮妮因母亲去世赶回家奔丧,解放前夕跟父亲去香港发展,具体情况不明。

小廖的父母在解放前夕出了国,改革开放后出国和父母团聚。

笑熊没有回上海,他留在了一个小县城,做了一所学校的校长,如今依然健在,且子孙满堂。

四眼有许多升迁的机会,但他最后还是回到了上海,在一所大学里任教,算是实现了他父母的心愿。

大妞解放后一直在文艺院团担任领导工作,终身未嫁。

剧终。

儿童剧

悲惨世界

原著　[法]维克多·雨果

人物（出场序）

冉阿让，从苦役场越狱的一匹狼。后来披上羊皮，化名马德兰先生，成了蒙迪埃市市长。

米里哀主教，一只大白鹅。

玛格鲁瓦尔太太，一只老鸭子，米里埃主教的管家。

沙威，一条猎犬，一直在追踪冉阿让的警探。

德纳第太太，一只母狐狸。

爱波尼娜，德纳第夫妇的女儿，一只小狐狸。

方汀，一只命运多舛的母羊。

科赛特，方汀的女儿，一只小羊。

德纳第先生，一只公狐狸。一家小旅店的主人。

森普利斯嬷嬷，一只山羊，照顾方汀的一个修女。

法官，一只似羊非羊，似鹿非鹿，头上长着一只角的独角兽，它象征着公平与正义。

尚马蒂厄，被所有人误认为是冉阿让的另一匹狼。

布勒维，一只豺，与冉阿让一条铁链上拴了5年的苦役犯。

柯什帕伊，一头驴，被冉阿让救过命的苦役犯，绰号笨驴。

警察（猎犬两条），群众若干。

开场。

这是一个假面舞会，众动物戴着面具，又唱又跳。

《假面舞会》

一起唱吧，一起跳吧，

这是一个假面舞会。

一起哭吧，一起笑吧，

生活总有喜怒哀悲。

当每个人都戴上了面具，

这个世界突然变得鬼魅。

每个人都在遮掩着自己，

你看见的只是一个傀儡。

面具后面是另一副面孔，

你是谁他是谁我又是谁。

假面舞会，假面舞会，

就像心里躲着一个贼，

这样活着到底累不累。

一起唱吧，一起跳吧，

这是一个假面舞会。

一起哭吧，一起笑吧，

这只是一个假面舞会。

突然一声狼啸穿透了音乐！

群魔乱舞的动物们一下散开了。

从他们身后窜出一匹狼来。他就是从苦役场逃出来的冉阿让，他背着一只破旧的背包，手上挂着一根大棍子。他的脸上没有面具。

冉阿让："你们躲什么？因为我衣衫褴褛？你们跑什么？因为我浑身散发着臭味？我知道，你们是一群高高在上的人，你们从骨子里瞧不上我，排斥我，厌恶我，因为我是一个浸在泥水里、跪在烈日下的苦役犯。我只是为了给年幼的妹妹偷一块肉吃，就被你们抓去服了苦役，我逃跑，被抓回，我再逃跑，再被抓回。逃跑的日子不好过，几乎什么都怕。怕冒烟的屋顶，怕路过的人，怕吠叫的狗，怕奔驰的马，怕敲响的钟，怕看清东西的天亮，怕看不清东西的天黑。可是我还是要跑,这次,我又跑了,跑出来至少可以吐出积郁在我胸腔里的浊气,呼吸几口新鲜的空气,跑出来可以看一看这个世界,虽然这个世界不属于我,对我而言,这是个悲惨世界。"

冉阿让冲向左边的动物:"给我一口饭吧,我饿了。"

左边的动物退后。

冉阿让冲向右边的动物:"给我一张床吧,我累了。"

右边的动物退后。

冉阿让冲天吼道:"给我一条活路吧,这个世界!"

动物们都吓跑了,只留下一只大白鹅和一只躲得稍远点儿的母鸭子。大白鹅是米里埃主教,那只母鸭子是他的管家玛格鲁瓦尔太太。

冉阿让阴沉地:"大白鹅,你怎么不走? 你为什么不像他们一样躲得远远的?"

米里埃主教平和地问道:"您饿了?"

冉阿让阴沉地答道:"是的。"

米里埃主教:"您累了?"

冉阿让粗暴地:"是的。"

米里埃主教:"玛格鲁瓦尔太太,您去给这位先生准备点儿吃的吧。"

玛格鲁瓦尔太太稍稍上前了一点,道:"可是主教大人……"

米里埃主教打断她:"对了,玛格鲁瓦尔太太,别忘了再给这位先生铺一张床。"

玛格鲁瓦尔太太:"……好的,大人。"她返身下。

冉阿让:"你是主教大人?"

米里埃主教微笑着点点头,满脸慈祥。

冉阿让惊讶地:"你给我吃?给我住?"

米里埃主教再次微笑着点点头。

冉阿让怀疑地:"你不问问我是谁?也不问问我从哪里来?"

米里埃主教:"我知道您需要食物和休息,而这两样我都可以给您。请跟我来,先生。"

冉阿让嘟哝着:"先生?从没人这么叫过我……"他犹豫了一下,跟了上去。

收光。

大白鹅米里埃主教的家。

米里埃主教:"您不要有任何的拘束,您可以在屋子里随意地走动。瞧,玛格鲁瓦尔太太已经为您铺好了床,晚上您就可以在这儿休息。现在她应该为您去买肉了,因为我们的食物不对您的胃口。"

冉阿让不知说什么,索性什么都不说,他在一把椅子上坐了下来。

米里埃主教:"先生,您坐到这张椅子上去吧,那里离火近一些,您大概感到冷吧?"

冉阿让依言挪到了离火更近的那把椅子上。

玛格鲁瓦尔太太回来了。

玛格鲁瓦尔太太:"肉买回来了,我买的是熟食。大人,您可千万不要说我偷懒。我是担心我不会把它做成一道菜,因为我从来没做过,要知道,家里从来没有吃过肉。"

米里埃主教:"哈哈哈,买了熟食太好了,这样马上就可以吃了。"

玛格鲁瓦尔太太拿来了简单的餐具。

米里埃主教:"玛格鲁瓦尔太太,你忘了家里的规矩了。"

玛格鲁瓦尔太太一时没反应过来。

米里埃主教提醒她:"招待客人是用银餐具的。"

玛格鲁瓦尔:"哦,对不起,我确实忘了。"她赶紧去壁橱内取出银餐具。

米里埃主教自己去里屋拿出一个银烛台,并点上了蜡烛。

冉阿让默默地看着他们忙碌。

三副银餐具整齐地摆放在桌面上,闪烁发光。

看到这些银餐具,冉阿让的眼睛发亮了。

米里埃主教:"吃吧,让您久等了。"

冉阿让实在是饿坏了,他大口吞咽,风卷残云般地扫光了面前的食物。

玛格鲁瓦尔太太面露惊讶,米里埃主教则满脸平静。

米里埃主教:"您吃饱了吗?"

冉阿让抹抹嘴,点点头。

米里埃主教:"如您觉得累了,随时可以休息,我们不会打扰您的。"

冉阿让:"谢谢,我从没受到过这样的款待。"

米里埃主教:"您应该得到的,您休息吧。"

冉阿让打了个哈欠,然后点点头。

收光。

晚上。

米里埃主教已熟睡,发出了轻微的鼾声。玛格鲁瓦尔太太的房间关着门,她应该也进入了梦乡。

突然,不远处传来几声狗吠。

躺在客房床上的冉阿让猛地坐了起来,他悄声下床,警觉地向外张望。

狗吠声渐渐远去。

冉阿让松了口气,他在餐桌前坐下,餐桌上早已收拾干净,铺着平整的桌布,可他的眼睛里仿佛又看见了那泛着光芒的银餐具。

他的目光移向壁橱,他知道玛格鲁瓦尔太太是从那里拿出来的。他情不自禁地起身,似乎有一股欲望推动着他走向壁橱,他轻轻地拉开橱门,盛银器的篮子出现在他眼前。

他取来背包,把银器一件件塞了进去。继而悄悄地打开门,闪身而出。

收光。

翌日清晨。

玛格鲁瓦尔太太起来了。她发现客房的门敞开着,里面空无一人。

她有些惊讶,外面也没有冉阿让的踪影。

玛格鲁瓦尔太太:"大人!大人!您起床了吗?"

米里埃从屋内踱出,手里还拿了一本圣经:"出什么事了?"

玛格鲁瓦尔太太:"大人,您的客人好像走了。"

米里埃:"是吗?走了就走了呗。"

玛格鲁瓦尔太太:"真是太不懂礼貌了,我们给他吃给他住,他居然连个招呼都不打就这么走了⋯⋯"

米里埃:"或许他是怕惊吵到我们,或许他有什么着急的事儿要去办。"

玛格鲁瓦尔太太:"大人,您真是个善良的人。您总是为他人着想,您是宁可自己闪了腰,也不愿踩死一只蚂蚁的人。"

米里埃主教笑了笑,返身进了他自己的屋子。玛格鲁瓦尔太太则继续打扫着屋子。

玛格鲁瓦尔太太打开壁橱的门,猛然发现放银器的篮子里空空如也,她又大叫起来:"大人！大人！"

米里埃主教只能再次出来:"又出了什么事？"

玛格鲁瓦尔太太:"大人,我们的银餐具不见了！您看,只有一只空篮子。一定是被那匹狼偷走了,见鬼,这个不懂礼貌的家伙居然还是个贼！"

米里埃主教:"会不会放在了其他地方？"

玛格鲁瓦尔太太非常肯定:"不会,绝对不会,我记得清清楚楚,昨天晚上我一件一件擦拭干净放进篮子里的。"

米里埃主教表情淡然:"既然他需要就让他拿去吧。"

玛格鲁瓦尔太太:"拿去？大人,您也太宽宏大量了,这根本就是偷窃！哦,对了,我得去看看那个银烛台还在不在。"

米里埃主教什么都没有说,只是拿起了空篮子,将它重新放回壁橱里。

玛格鲁瓦尔拿着银烛台出来了:"谢天谢地,银烛台还在。幸亏我昨晚拿到了里间,要不然它也一定不翼而飞了。"

米里埃主教想了想,道:"玛格鲁瓦尔太太,这件事不要跟任何人说,这些银器没有了就没有了吧。"

玛格鲁瓦尔太太:"好吧,主教大人,您真是充满仁爱。可是,以后来了客人,我们用什么餐具呢？"

米里埃主教:"银器没了,就用锡器吧。"

玛格鲁瓦尔太太耸耸肩:"锡器有一股气味。"

米里埃主教:"那么,用铁器餐具也行。"

玛格鲁瓦尔太太:"铁器太容易生锈了。"

米里埃主教:"那么,就用木头餐具……"

语音未落,传来了敲门声。

米里埃主教正站在门边,顺手打开了门。

两条猎犬架着冉阿让站在门口。一条猎犬手上还拿着冉阿让装银器的那个背包。

猎犬甲:"主教大人,惊吵到您了。我们在小路上发现这匹狼就把他带到您这儿来了,他鬼鬼祟祟的,身上还带着银器,他说这些银器是您送给他的?"

米里埃主教看看猎犬,又看看冉阿让。冉阿让不敢正视他,低下了头。

米里埃主教:"是的,这些银器是我送给他的。"

冉阿让闻言惊讶地抬起头,他简直不敢相信米里埃主教会这么说。

米里埃主教又突然说道:"玛格鲁瓦尔太太,那个银烛台呢?"

玛格鲁瓦尔太太:"在这儿呢。"

米里埃主教接过银烛台,把它塞进了背包里:"我的兄弟,这个烛台也是给你的,你怎么就不拿走呢?"

冉阿让木然地接过背包。

猎犬乙:"主教大人,这么说他没有骗人,这些银器是您送给他的?"

米里埃主教:"当然,他没有骗你们。"

猎犬乙:"要是这样的话,是不是可以放他走了?"

米里埃:"是的,他不是坏人,当然该放了他。谢谢你们,你们很尽职。"

猎犬甲："不客气,没出问题就好,那我们先走了。"

两条猎犬也不多留,他们松开冉阿让,跟主教告辞后离去。

冉阿让的内心受到了极大的震撼,此刻,他好像要昏厥一样,身体摇摇欲坠。

米里埃主教一把扶住他,低声说道："我的兄弟,您不再属于恶,而是属于善,我用谎言消除了您肮脏的思想和沉沦的意愿,把您的灵魂给了天主。我知道,您已经答应了我,您会做一个好人。你去吧,记住,做一个正直的人。"

冉阿让此时的表情已经无法用文字来形容了,他默默地转身离去。

米里埃主教目送着他。

玛格鲁瓦尔太太："大人,我知道您想用仁爱之心去融化邪恶之念,可是没必要把银烛台也一块儿送出去啊。"

米里埃主教回过神来："哦,您说的是银烛台啊?我是想让两位警官能相信他的话,也相信我的话。"

玛格鲁瓦尔太太："警官是相信了,可是我不相信您的善意能感召他的心。这下好了,一夜之间,您家里值钱的东西全没了。"她嘟哝着进了里间。

米里埃主教笑了,他似乎想起了门还未关,他转身欲去关门,却见门口站着一条猎犬。

这条猎犬身躯笔直地站着,面无表情,他的目光让人感到寒冷。

米里埃主教下意识地道："噢,您的同伴刚离开不久。"

沙威："我的同伴?主教大人,我没有同伴,我是警长沙威,我从土伦监狱来。"

414

米里埃主教不知他要干什么,等着他说下去。

沙威:"您见过一匹狼吗?"

米里埃主教:"一匹狼? 一匹什么样子的狼?"

沙威:"这么高,这么壮,身上散发着臭味,眼里冒着凶光。"

米里埃主教:"这么高,这么壮的狼倒是见过一匹,不过,我没有闻到他身上的臭味,也没有看到他眼里的凶光。"

沙威:"他现在在哪里?"

米里埃主教:"走了。"

沙威:"往哪里去了?"

米里埃主教:"不知道。我没问,他也没说。"

沙威:"大白鹅主教,知道吗? 他是一匹从苦役场逃出来的狼,他凶残无比,他会危及社会。你帮了他?"

米里埃:"我帮了一个需要拯救的灵魂。"

沙威:"告诉我,他往哪里去了?"

米里埃:"他往该去的地方去了。"

沙威:"大白鹅主教,您别跟我打哑谜。"

米里埃:"我真的不知他从哪里来,也不知他将往哪里去。"

沙威盯着他,一句话不说。少顷,他吐出两个字,"告辞。"他转身走了。

德纳第的小旅店。

狐狸德纳第夫妇和他们的女儿爱波尼娜住在一个土穴里。他们把土穴变成了一个小旅店,这样可以从来往的路人身上赚取一点儿酒水钱。

爱波尼娜在外面的秋千上玩,这是一只 5 岁的小狐狸。

德娜第夫人很吃力地提着一桶水回来了。

爱波尼娜:"妈妈,我们为什么要把旅店开在这儿?要是离小溪近一点儿你就不用每天跑那么远去拎水了。"

德纳第夫人:"傻丫头,要是这边上就有水,谁还来买我们家的水?你看,从东到西的,南来北往的,都得经过我们家,风水多好。"

一只母羊牵着一只小羊正巧途经此地。母羊是方汀,小羊是她的女儿柯塞特。

德纳第夫人已经瞧见了母女俩,可是她装作没瞧见,吩咐女儿道:"快,快唱你的顺口溜,唱响点儿。"

于是,爱波尼娜一边荡着秋千一边哼起了歌。

匆忙的过客啊,

请你停下来。

这里的土穴是个小旅店,

小旅店的主人是个热心肠。

这里有风,

这里有树,

这里有南来北往的客,

这里有物美价廉的水。

方汀还真的停下了脚步,吸引她的正是这个小姑娘。她牵着柯塞特向土穴走去。

方汀:"您的孩子真漂亮,太太。"

德纳第夫人:"谢谢。我是德纳第太太,我们开着这家旅店。您这是要去哪儿?"

方汀:"我想去蒙迪埃。"

德纳第太太:"噢,是的,我听说那里最近成了你们羊的天堂。不过,离这儿还有好几十哩地呢。"

方汀:"是啊。"

德纳第夫人:"带着个孩子不方便吧?"

方汀:"是的。"

德纳第太太:"你的小不点儿叫什么名字?"

此刻的柯塞特正目不转睛地看着爱波尼娜荡秋千。

方汀:"她叫柯塞特。"

德纳第夫人:"柯塞特,想不想荡秋千?"

柯塞特点点头。

德纳第夫人:"那就去吧。"

柯塞特乖巧地看向妈妈,在征询妈妈的同意。

方汀允许了:"去吧。"

柯塞特这才向秋千奔去。

孩子们是没有陌生感的,何况两个差不多同龄的孩子。她们很快玩在了一起。

德纳第夫人:"你的孩子真是个懂事的孩子。她多大了?"

方汀:"快5岁了。"

德纳第夫人:"哦,和我的孩子差不多大。你看,她们很快就混熟了,就像一对姐妹。"

方汀有些出神地望着两个在玩耍的孩子。

德纳第夫人:"夫人,您在想什么?"

方汀像是自语:"一对姐妹……"

德纳第夫人:"是啊,看她们玩得多开心。"

方汀突然拉住德纳第太太的手,凝视着对方说:"您肯替我看管我的孩子吗?"

德纳第夫人："什么？您说什么？"

方汀："您知道，带着一个孩子找不到活干。当我看到您的小姑娘那么干净，那么漂亮，那么快乐时，我想您肯定是一个好母亲。如果您可以替我看管我的孩子，我每月可以给您6法郎。"

德纳第夫人一时没反应过来，她原本只是想招徕客人住店，可没想过要帮人带孩子。

这时，德纳第先生不知从哪里窜了出来："不能少于10法郎，而且要先付半年。"

德纳第夫人："噢，这是我丈夫，德纳第先生，家里他说了算。"

方汀："10法郎吗？我可以答应你。"

德纳第先生眼珠一转，又道："另外还有15法郎，是初来的费用。"

方汀稍有踌躇，还是答应了："好，我付钱就是了。"

德纳第先生一时想不出还有什么，便转向他的夫人："你说，还有什么？"

德纳第夫人："小姑娘有衣服吗？"

方汀："有，她有衣服，虽然不多，不过也够她穿的了，都放在我的旅行袋里。"

德纳第先生："对了，这些必须都留下。"

方汀："那是当然，小姑娘要穿的呀。"

德纳第先生："还有什么她的东西都要留下。"

方汀："那是，带在我身边也没用，我会都留下的。"

德纳第先生想了想，又道："还有，您付的这些钱可不包括一些特殊情况……"

方汀："您指什么特殊情况？"

德纳第先生："这个么……我一时也想不出来,只能到时再说了。"

方汀："没问题,有什么事您随时可以通知我的。"

德纳第先生："那好吧,我们必须签一份协议,您跟我来。"

方汀跟他去签协议了。

德纳第夫人："这老狐狸真会赚钱,转眼间……10 法郎付半年,就是 60 法郎,再加上初来的 15 法郎,转眼间 75 法郎到手了,哦,还有这些衣服,我们的爱波尼娜有更多的衣服穿了……"她忍不住窃笑起来。

收光。

工厂。女工车间。

正是女工们的休息时间。

女工甲："方汀,借你的镜子用一下。"

方汀："好的。"她在取镜子时不小心将一封信掉了出来。

女工乙眼疾手快,一把抢在手里："哈哈,情书,情书,看看是哪个白马王子写的,我念给你们听。"

方汀见状,赶紧去抢："啊,快还给我!"

可是女工们已将她团团围住,使她脱不开身。

女工乙则躲得远远的,大声念起信来："亲爱的太太……太太?他称呼你太太?你结婚了吗?难道你已经结婚了?"

众女工有些惊讶地看着她。

方汀："快还给我! 这是我的隐私。"她急了,想冲出包围。

可是这次女工们更坚定地围住她了。她们叫道:"念下去! 念下去!"

女工乙念下去了："亲爱的太太，现在天渐渐冷了，您的小柯塞特单薄的衣服已经不够用了，她需要一顶呢帽子，一条呢裙子，您必须尽快给我们寄钱，要不然您的女儿将会赤裸裸地过冬……落款是德纳第先生。"

女工们像看着怪兽似的看着她。

女工甲把镜子还给她，鄙夷地："原来你有个女儿？"

女工丙："那是个私生子！寄养在别人家里。"

女工丁："她没跟我们说实话，她是个骗子。"

方汀："不，不是你们想的那样，我确实有个女儿，我把她放在德纳第先生家里，我不是想骗大家，要是我说实话我就找不到这份工作了，我不是坏女人，我是个被抛弃的女人，孩子的父亲抛弃了我和肚子里的孩子，我根本就找不到他……"

女工们你看看我，我看看你，有种表情写在她们脸上，这种表情并不是同情，而是鄙视。

女工甲："我们不会和你一起工作，一起生活，你玷污了我们。"

女工丁："马德兰市长说过，我们这里只需要正直的人。"

女工丙是个工头，她走向方汀，说道："方汀，我们不欢迎你，这里不需要行为不检点的羊。"

方汀愕然："为什么？你们为什么要这样对我？不是说这里是羊的天堂吗？为什么对我来说却是地狱？"

收光。

蒙迪埃市街口。

蒙迪埃市民（应该多数是羊，至少也是食草类的动物）载歌载舞，歌颂着他们的市长。

《马德兰市长》

马德兰市长，

马德兰老爹，

您将种植进行了改良，

您用机械代替了手工，

你给了我们嫩嫩的青草，

我们给了您厚厚的爱。

以前我们吃芦苇稻草和茅草，

现在我们吃黄花苜蓿三叶草。

以前我们吃有尖有刺枯老的草，

嚼得我们腮帮子都疼。

现在我们吃扁扁宽宽带籽的草，

舔得我们舌尖子都痒。

马德兰市长，

马德兰老爹，

你给了我们嫩嫩的青草，

我们给了您厚厚的爱。

危机往往发生在兴高采烈的背后。

这时，一辆装载得满满的采石车突然侧翻，压倒了正在边上的方汀。

面对突如其来的事故，市民们还未回过神来，马德兰市长已冲上前去，他使出浑身力气，将石头搬了起来。

被石头压得不能动弹的方汀得救了。

方汀惊魂未定："谢谢您救了我。"

众人高呼："马德兰市长！马德兰市长！"

方汀愣了一下，问道："你就是马德兰市长？"

马德兰市长："是的。"

方汀的神态立即有了变化，她道："虽然你救了我，可是我对你并没有好感，因为你的工厂开除了一个可怜的人。"

马德兰市长有些愕然，方汀已经一瘸一拐地走了。

众人围了上来。

市民甲："市长先生，您别介意那个疯女人的话，她是因为有个见不得人的私生子，才被开除的。"

市民乙："对，她那是自作自受。"

市民丙："市长先生，是您才让我们过上了好日子。"

市民丁："我们都知道您是一个好市长。"

马德兰市长："谢谢大家，大家散去吧，别围在街口了。"

众人哼着顺口溜，渐渐散去。

《蒙迪埃有个好人》

蒙迪埃有个好人，

他把钱撒向穷人，

让我们变成富人，

做了自己的主人。

一直在边上观察着的沙威警官脸上带着狐疑的表情。此刻，他走向马德兰市长。

沙威："市长先生，我从没见过一只羊有那么大的力气。"

马德兰市长："沙威警官，那你今天见到了。"

沙威："我以前也见到过一次，不过不是羊，是狼。市长先生，您知道是在哪儿吗？"

马德兰市长："我怎么会知道。"

沙威一边说,一边盯着马德兰市长的脸:"是在土伦监狱的苦役场,那里关押过一头凶猛的狼,他力大无比,我亲眼见他扛起了一块巨石,他叫冉阿让。"

冉阿让自始至终面无表情。

沙威继续说道:"我一直在追踪他,可是到了这里我迷失了方向,我一向很相信自己的嗅觉。"

马德兰市长:"您围着我转,难道我身上有他的味道吗?"

沙威意味深长地说道:"没有,您是市长,他是苦役犯。"

两人对视着……

切光。

一家收购羊毛的店门口。

幕外音:"我们不得不再一次地通知您,尊敬的夫人,您的女儿柯塞特得了病,她得的是粟粒热,您知道这个病吗? 这可是一种很麻烦的病,我们急需 100 法郎为她治病,要不然我们只能眼睁睁地看着她痛苦,甚至死去……"

方汀六神无主地走来,手里攥着一封信。

她无助地望向四周,"收购羊毛"4 个字吸引了她的目光。

幕外音在继续:"如果能早一天治疗,孩子就能早一天痊愈,痛苦也能早一天结束……"

方汀决定了,她义无反顾地走进店门。出来时,她浑身上下变得光秃秃的,原本又浓又密的羊毛不见了。

飘雪落在她身上,很快化成了水,她情不自禁地打着哆嗦。

市民甲:"嗨,你们看,这里有个怪物!"

市民乙:"咦,她身上的羊毛哪儿去了?"

市民丙："哈，浑身红彤彤的，好好玩哦。"

市民甲带头向她扔雪球，于是，雪球从四面八方向她扔去。

方汀拼命遮挡，但还是被扔中了不少。终于，她爆发了，她冲向带头的市民甲，又抓又挠，最后把他一脚踢翻。

沙威出现了："住手！"

方汀余怒未消，气喘吁吁地看着沙威。

沙威："你扰乱社会秩序，我要拘捕你。"

方汀："是他们侮辱我！"

沙威："我看见的是你打了他。"

方汀："你怎么可以不分青红皂白？"

沙威："到警察局去解释吧。"

方汀："不，我不能跟你去警察局，我的柯塞特还在等着我的钱……"她急火攻心，一下晕了过去。

沙威："哼，装死？装死也要把你带到警察局。"

市民们一看事情搞大了，都作鸟兽散。

沙威拖着她走了几步。

马德兰市长及时出现了，他喝止道："沙威，送她去医院。"

沙威愣了一下："市长先生……"

马德兰市长："你没看见她病了吗？快送她去医院。"

沙威："我服从我的职责，我是个警察，我要维护社会治安。"

马德兰市长："你抓错人了，我过来的时候已经有人告诉了我真实的情况，她是无辜的。"

沙威固执地："那也得问了才知道。"

马德兰市长火了："沙威警长，我以市长的名义命令你，放下她，或者送她去医院。"

沙威满心不情愿,但还是无奈地放下了方汀,然后退至一边,看着马德兰市长。

马德兰市长也不理他,过去抱起方汀,大步流星地走了。

沙威看着他的背影:"力气好大的羊,我怎么闻到了狼的味道……"他略有所思。

收光。

医院。

方汀躺在病床上,依然昏迷着。森普利斯嬷嬷在照顾她。

马德兰市长来了,他轻声问道:"森普利斯嬷嬷,她怎么样?"

森普利斯嬷嬷:"情况不太好。她一会儿清醒一会儿昏迷,甚至有可能熬不过今晚……"

马德兰市长有些惊讶:"怎么可能? 怎么会那么严重? 医生怎么说的?"

森普利斯嬷嬷:"医生说她得了很严重的肺炎,而且已经有一段日子了,当时没有及时治疗,现在已无力回天了。"

马德兰市长面色沉重:"您去休息吧,我来照顾她。"

森普利斯嬷嬷:"好的,我就在外面,有什么事您随时叫我。"她退了出去。

马德兰市长拿了一把椅子,坐在床边,静静地看着她。

没多久,方汀醒了。

方汀:"马德兰市长?"

马德兰市长:"您醒了?"

方汀:"马德兰市长,我要告诉您我不是个坏人,我是个正直的人……"

马德兰市长："我知道,我已经了解了您的所有情况。我不知道您离开了我的车间,为什么您不来找我呢? 这样吧,我来付清您所有的债务,我会负责带回您的孩子……"

　　方汀："我的孩子? 柯塞特? 您能把她带回来吗?"

　　马德兰："我保证。"

　　方汀："太好了,我又可以看见我的小柯塞特了,可是……我怕她认不出我来了……"

　　马德兰市长："她会认识您的,她知道您是她妈妈。"

　　方汀："对,我是她妈妈。她可以睡在我床边的小床上,我可以给她唱歌,哄她入睡……现在她应该识字了,我会教她拼写,她会在草丛里追蝴蝶,我看着她玩耍……"

　　马德兰市长："您不要说太多的话,您需要休息。"

　　方汀："不,让我说,我想说,我害怕睡着,我有预感,我怕睡着了就再也醒不过来了……哦,对了,您愿意把我的小柯塞特抚养长大吗? 她是个很漂亮,很聪明的小姑娘,您一定会喜欢的,我把她托付给您了……"她伸出手来乱抓一气。

　　马德兰市长赶紧抓住她的手。

　　方汀："我好像看见她了,她正在秋千上荡来荡去,德纳第太太一定给她穿得好漂亮,她穿着呢裙子,戴着呢帽子,手里还拿着布娃娃……要是现在我的小柯塞特能在我身边该有多好啊,我好像听到她的声音了,她在叫我妈妈……"

　　方汀努力地支起身,马德兰市长扶住她。

　　方汀靠在了马德兰市长的怀里,留下了她一生中的最后一句话:"太好了,能死在一个好人的怀里,我还是幸福的……"

　　森普利斯嬷嬷进来了:"她……"

马德兰市长冲她点了一下头，轻声说道："她去天国了。"

森普利斯嬷嬷赶紧双手合十，嘴里念叨着什么。

马德兰市长轻轻地将她放平，站起身。

沙威又出现了。

马德兰市长："您来干什么？还要抓她去警察局吗？"

沙威："不，我是来向您道歉的，市长先生。"

马德兰市长："道歉？不用了。"

沙威："不是这件事，市长先生，是另一件事。"

马德兰市长："另一件事？"

沙威："是的，市长先生，是另一件事。我要向您道歉，请求您的原谅。因为我一直怀疑您就是越狱的苦役犯冉阿让……"

马德兰市长："这个不用道歉，您可以继续怀疑。"

沙威："不，不会了，因为我已经抓到了冉阿让。"

马德兰市长："您……抓到了冉阿让？"

沙威："是的，我抓到了他，明天上午就会开庭审理。除了向您道歉，我还要向您辞行，我的任务已经完成，我也不用再待在蒙迪埃了。"

马德兰市长："我知道了，你去吧。"

沙威："您能原谅我吗？市长先生。"

马德兰市长："我从来没有记恨过你。"

沙威："谢谢。"他转身走了。

马德兰市长却陷入了沉思。

森普利斯嬷嬷："市长先生，市长先生……"

马德兰市长："哦，什么事？"

森普利斯嬷嬷指了指方汀："她怎么办？"

马德兰市长:"我来负责她的丧葬费用,您委托本堂神父操办一下。哦,对了,把她的遗物都交给我。"

森普利斯嬷嬷:"好的,我明白了。"

马德兰市长再次陷入沉思……

收光。

狐狸德纳第的小旅店。

马德兰市长拎着个包裹进来了。他看到穿着呢裙子、戴着呢帽子的爱波尼娜正在全神贯注地玩一个金头发的布娃娃,以为是柯塞特。

马德兰市长:"小姑娘,您叫什么名字?"

爱波尼娜头也不抬地答道:"爱波尼娜。"

马德兰先生有些失望。

这时,德纳第夫人从里间出来了,她看见了马德兰市长,赶紧招呼:"唉哟,有客人啊? 您是住店?"

马德兰先生:"不是。"

德纳第夫人:"先生这是要急着赶路吗? 那就歇一下,随意吃点儿什么东西,瞧您头上都冒汗了,先喝口水吧。"

马德兰市长:"好,谢谢。"

这时,柯塞特提着一桶很重的水从外面进来,那桶水把她小小的身躯都压弯了。她艰难地把水倒进水缸,这个水缸几乎跟她差不多高。

德纳第夫人:"柯塞特,打一桶水要那么长时间吗? 一定又贪玩了!"

马德兰市长看向柯塞特,只见小姑娘破衣烂衫,双眼无神,俨然一个小女佣的样子,与打扮得光鲜亮丽的爱波尼娜形成了鲜明的对比。

柯塞特:"没有,夫人,实在太重了,您又规定一定要装满桶……"

德纳第夫人:"好了好了,赶紧去擦地吧,看你,把地上弄得都是水,就知道偷懒。"

柯塞特一声不吭,她找了一块布,蹲在地上擦起地来。

爱波尼娜一直在跟她的布娃娃对话,可能对话完了,她把布娃娃往地上一扔,奔到里间去了。

柯塞特看见了地上的布娃娃,忍不住拿在手里玩了起来。

马德兰市长一直在观察着柯塞特。

德纳第夫人给他送来了水。

德纳第夫人看见柯塞特在玩布娃娃,气不打一处来:"柯塞特,你怎么玩起娃娃来了? 瞧你那脏手,把娃娃都弄脏了。"

爱波尼娜听见了,她从里间冲出来,从柯塞特手里一把抢过娃娃:"那是我的! 你别玩。"

柯塞特眼里噙着泪,强忍着不哭出来。

马德兰市长看不下去了,他道:"都是孩子,为什么一个天一个地?"

德纳第夫人:"您是说这个小丫头吗? 她就是个贱命,我们给她吃给她穿已经不错了,她妈妈都不要她了……"

马德兰市长火了,他一拍桌子,站起来道:"谁说她妈妈不要她了?! 我现在就把她带走。"

德纳第夫人:"哟,还没见过羊有那么大的火气,不过,我也没见过怕羊的狐狸。喂,你怎么还不出来?"她求救了,冲着里间喊道。

德纳第先生出来了:"出了什么事儿?"

德纳第夫人："突然来了一只凶神恶煞的羊,说是要把我们的柯塞特带走。"

德纳第先生："噢,这位先生要把柯塞特带走? 她可是有主人的。"

马德兰市长也不多说,只是取出方汀当时和德纳第先生签的协议放在桌上。

德纳第先生明白了："这么说您是她妈妈的委托人?"

马德兰市长："是的。"

德纳第先生："这可是太好了,这么说您是不是可以把她妈妈的欠款一起还了?"

马德兰市长："是的。"

德纳第先生："还有,您现在说把人带走就把人带走,我们一下子有点儿接受不了,您知道,我们已经抚养了她多年了,我们家里突然就少了一个可爱的孩子……我是一个善良的人,我不会讲讲道理,我爱这个小姑娘,我的太太脾气不好,但她也爱这孩子……"

马德兰市长打断他："您想说什么?"

德纳第先生："嗯……我们要求补偿。"

马德兰市长："可以。"

德纳第夫人叫道："至少 1000 法郎。"

德纳第先生："噢,您对她才 1000 法郎? 我对小姑娘的爱可是要值 2000 法郎,一共 3000 法郎。"

马德兰市长对这样的人已经不想多说一个字了,他很干脆地道:"好,我付钱。"

德纳第夫妇没想到那么过分的要求对方居然一口答应下来,他们面面相觑,一时不知说什么好。

马德兰市长："把那个布娃娃给我。"

德纳第夫人："那可不行，这娃娃不卖的。"

马德兰市长："我给你200法郎。"

德纳第夫人从爱波尼娜手里一把抢过布娃娃，迅捷递给马德兰市长："这是您的了。"

爱波尼娜瞬间哭了起来。

马德兰市长："柯塞特。"

柯塞特过来了。

马德兰市长把布娃娃放到柯塞特手里。

柯塞特拿着布娃娃玩了一会儿，过去递给爱波尼娜："送给你吧。"

爱波尼娜立即止住了哭。

马德兰市长把这一切都看在眼里，他起身道："现在我可以把她带走了吧?"

德纳第先生再也想不出法子来骗钱了，只能说道："当然可以，当然可以。"

马德兰市长向柯塞特道："来，孩子，我们把衣服换上。"他从带来的包里拿出一套小女孩的套装，有衣服，有帽子，还有鞋子，所有东西都是黑色的。

柯塞特穿好了，一身黑，这是为她妈妈穿的孝服。

收光。

米里埃主教家外。

马德兰市长抱着熟睡的柯塞特走来，他把柯塞特轻轻地放在米里埃主教的门前。

马德兰市长:"小柯塞特,安心睡吧,等你醒来,你会发现你的世界已变了模样,在米里埃主教身边,我知道你一定不会再受苦了。"

小柯塞特似乎听见了他的话,小脸上甚至还露出了微笑。

马德兰市长打开包袱,取出银烛台,把它塞在柯塞特怀里。继而,他一声长啸,疾奔而下。

米里埃主教打开门,一眼就看见了地上的柯塞特。

米里埃主教:"玛格鲁瓦尔太太,你过来看,我们家门口怎么有一只小羊?"

玛格鲁瓦尔太太过来了,她走上前去,有些惊讶地叫了起来:"啊,她抱着的是您的银烛台!"

米里埃主教恍然明白了:"是他?"

玛格鲁瓦尔太太诧异地:"他把银烛台还给我们了?"

米里埃主教:"不,他是把这只小羊托付给我们了。"

玛格鲁瓦尔太太:"您怎么知道? 让我把她叫醒,问个明白。"

米里埃主教阻止她:"不要,让她睡吧,你把她抱进去,就让她睡在客房。"

玛格鲁瓦尔太太抱起柯塞特进屋。

米里埃主教仰望天空:"天要亮了,今天一定会发生一件大事……"

收光。

法庭。

众动物窃窃私语,在旁听席上等着开庭。沙威坐在公诉人的席位上,依然一脸严肃。

这时,一只似羊非羊、似鹿非鹿、头上长着一只角的动物出现了,他挪着庞大的身躯走向法官席。

动物甲:"哇哦,你看他头上长着一只角,这是不是就是传说中的独角兽啊?"

动物乙:"独角兽都出动了,可见这案子好大啊!"

动物丙:"抓住了一个潜逃5年的苦役犯,当然是大案子。"

独角兽已在法官的座位上坐下,他举起一柄大木槌,轻敲桌面。

法庭里安静下来。

法官独角兽:"自古以来,我独角兽都象征着公平与正义,现在由我来审判冉阿让案件。带被告入庭。"

一匹几乎跟冉阿让长得一模一样的狼在两条猎犬的押送下走上被告席。

独角兽法官:"沙威警官,请您叙述一下逮捕被告的过程。"

沙威:"好的,法官大人。那天晚上我经过一个果园,发现被告鬼鬼祟祟的,他手里拿着一根树枝,树枝上有2个苹果,他身上沾满了泥土,而果园的围墙并不高,我怀疑他越过围墙,折断树枝,偷窃苹果,我就上去盘问他,他支支吾吾,这时候,我有了一个惊讶的发现,我发现他就是我追踪了5年之久的逃犯冉阿让,于是,我毫不犹豫地拘捕了他。"

没人注意到马德兰市长进来了,他找了个角落悄悄地坐了下来。

庭审在继续,独角兽法官问道:"被告,对沙威警官的叙述你有什么要申辩的?"

尚马蒂厄:"我、我没偷苹果,我只是路过果园,见到地上有一根树枝,就捡了起来,我刚想把上面的2个苹果摘下来的时候,这位警官就出现了……"

独角兽法官:"你是说你没有偷窃苹果?"

尚马蒂厄:"当然没有,法官大人,我虽然是个流浪汉,但我是个诚实的人。"

独角兽法官："沙威警官,你有没有证据证明他的偷窃行为?"

沙威："我没有,我只是怀疑……"

独角兽法官："怀疑无法定罪。"

沙威："法官大人,他有没有偷苹果已经不重要了,重要的是他是一个从苦役场越狱的逃犯,他叫冉阿让。"

独角兽法官："被告,你叫什么名字?"

尚马蒂厄："我、我叫尚马蒂厄。"

沙威："法官大人,这个人叫冉阿让,不叫尚马蒂厄。他是非常凶恶和臭名远扬的苦役犯,他因盗窃罪被判苦役,曾经五六次企图越狱,几年前他成功了,我一直在追踪他。我再说一遍,我完全认识他,他就是冉阿让。"

独角兽法官："被告,你有什么证明你身份的吗?"

尚马蒂厄："我是个流浪汉,我到处流浪,很多人都见过我……"

独角兽法官："这不能证明你就是尚马蒂厄,也不能证明你不是冉阿让。"

尚马蒂厄一时确实找不到更好的证明:"这……"

独角兽法官："沙威警官,你能证明他就是冉阿让吗?"

沙威："法官大人,我有证人,他们都是跟冉阿让一起服刑的苦役犯,一个叫布勒维,另一个叫柯什帕伊。"

独角兽法官："传证人入庭。"

证人室的门打开了。一只豺和一头驴被带了进来,他们是苦役犯布勒维和柯什帕伊。

独角兽法官："布勒维?"

布勒维："在。"

独角兽法官指着被告:"你认识这个人吗?"

布勒维走前几步,向尚马蒂厄望去,他笑着跟他打招呼:"嗨,老兄,好久不见啊!"

尚马蒂厄满是疑惑:"我……不认识你……"

独角兽法官:"布勒维,他是谁?"

布勒维:"这还用说吗? 他当然是冉阿让。"

独角兽法官:"你不会认错吧?"

布勒维:"认错? 不可能,我和这条狼在一根铁链上拴了5年,就因为我是豺他是狼,豺狼豺狼,所以被拴在了一起。我怎么可能认错。"

独角兽法官:"你退下。"

布勒维退回原处。

独角兽法官:"柯什帕伊,你认识站在那里的这个人吗?"

柯什帕伊是一头近视的驴,他几乎走到了尚马蒂厄面前,仔细地端详着他:"千斤顶? 真的是你? 你变老了,逃跑的日子不好过吧?"

独角兽法官:"柯什帕伊,他叫什么?"

柯什帕伊:"他叫千斤顶,我一直这么叫他的。"

独角兽法官:"我问你他的名字?"

柯什帕伊:"哦,他叫冉阿让。"

独角兽法官:"退下。"

柯什帕伊退到了布勒维边上。

独角兽法官:"冉阿让,你还有什么话说?"

尚马蒂厄一时语塞:"我……我……"

独角兽法官敲了一下木槌,道:"我看已经没有什么需要辩论的了。现在,我宣布本案庭审结果……"

马德兰市长站了起来："法官大人，我有话说。"

独角兽法官："马德兰市长？"

马德兰市长走向独角兽法官，说道："我是冉阿让。"

独角兽法官糊涂了："您说什么？"

马德兰市长一字一顿地又说了一遍："我是冉阿让！"

沙威警官的眼睛瞪得滚圆。

马德兰市长在继续说下去："没错，大家都知道我是马德兰市长，其实马德兰是我的化名。我偷了米里埃主教的银器，除了一个银烛台外，我全卖了，换成了钱，我用这些钱研制出了除草的机械，这不仅让我赚了钱，也赢得了大家对我的信任，我又改良了种植方法，改善了大家的生活，这也让我赚了更多的钱，我被市民们选为市长，我一再推脱，可是推脱不掉，你们可能不相信我说的话，觉得这是个奇迹，但是，它是个事实。"

所有人屏息静气地听完了冉阿让的叙述。

独角兽法官："可是……您怎么证明自己是冉阿让？"

马德兰市长走向布勒维："布勒维。"

布勒维有些惊讶："你认识我？"

马德兰市长："我怎么会不认识你？刚才你还说跟我在一根铁链上拴了5年。"

布勒维指着尚马蒂厄："我、我是说他……"

马德兰市长："你小时候被人抓去了，差点儿被人烤了吃，后来你逃了出来，但是屁股上那块烤焦的疤一直在……"

布勒维立即捂住脸，一副羞答答的样子："你怎么可以当着那么多人的面揭我的伤疤？这多难为情。咦，你是怎么知道的？"

马德兰市长不理他了，他转向柯什帕伊："柯什帕伊，你刚才说到千斤顶,你应该记得我这个绰号是怎么来的,你这头蠢驴。"

柯什帕伊有些恼怒:"啊,你敢叫我蠢驴?!"

马德兰市长:"要是别人这么叫你,你一定会用你的驴蹄子踢他,也只有我可以叫,因为我救过你一条命,我顶起了塌方的岩石,救了你,所以大家都叫我千斤顶。"

柯什帕伊:"你、你真的是冉阿让?!"

独角兽法官:"柯什帕伊,他说的是不是事实?"

柯什帕伊:"是的,法官大人。"

独角兽法官:"布勒维,你屁股上是不是有一块烤焦的疤?"

布勒维简直要哭了:"噢,天哪,这下所有人都知道了……"

独角兽法官:"市长先生,尽管您说得有板有眼,有理有据,有头有尾,但是我还是不能相信您,因为冉阿让是一匹狼,而您,是一只羊。"

马德兰市长闻言沉默片刻,缓缓地将披在身上的羊皮扯下,露出了狼的本来面目。

与此同时,惊呼声此起彼落,几乎所有人都惊呆了。

在第一声惊愕爆发之后,接着而来的是死一般的沉默。

突然,尚马蒂厄跳了起来:"我得救了! 我得救了! 我跟你们说吧,我叫尚马蒂厄,我不是冉阿让……"

独角兽法官敲了一下木槌:"安静!"

尚马蒂厄赶紧闭口。

柯什帕伊走向马德兰市长,想看个清楚:"你真的是冉阿让?"

"退后!"沙威已不知何时站到了冉阿让的边上。

柯什帕伊吓得赶紧后退几步。

沙威转向冉阿让:"我差点儿看走眼。"

冉阿让:"您是个好警察。"

沙威对法官道:"法官大人,这已经是另一个案子了,我要把他带走。"

独角兽法官:"好吧。您可以把他带走。"

冉阿让向沙威伸出双手,沙威给他戴上了手铐。

沙威:"走吧,冉阿让。"

光渐收,最后落在那块羊皮上,羊皮静静地躺在地上。

收光。

尾声。

沙威押着冉阿让走来。

沙威:"冉阿让,为什么要这么做? 有了这样一个替罪羊,你完全没了后顾之忧,你可以更加轻松自在地做你的市长。"

冉阿让:"若是让一个无辜的人去代替我服苦役,我会不得安宁。"

沙威:"可是现在,你从一个市长变成了一个苦役犯。"

冉阿让:"现在,是我的身体去服苦役,如果我不这么做,我的心将服苦役。"

沙威:"我的哲学里,好人永远是好人,坏人永远是坏人,而你,到底是好人还是坏人?"

冉阿让:"我是一个被拯救过一次灵魂的人。"

沙威似乎明白了,他点点头,轻声说道:"走吧。"

两人转身往舞台深处走去。

森普利斯嬷嬷和市民们在叫他:"冉阿让。"

沙威回头。

苦役犯和群众们在叫他："冉阿让。"

冉阿让也止步回身。

独角兽和警察们在叫他："冉阿让。"

《心坦荡才会路坦荡》

冉阿让，让我们一起唱，

你的诚实让你变得高尚。

冉阿让，让我们一起唱，

你的勇气让你显得悲壮。

我们记住了你这匹狼，

你的内心是如此的晴朗。

让我们唱首歌为你饯行，

心坦荡才会路坦荡。

做一个诚实的人吧，

行走的路才会宽畅。

让我们唱首歌为你饯行，

心坦荡才会路坦荡。

做一个诚实的人吧，

行走的路才会宽畅。

剧终。

儿童剧

放飞的天空

写在前面

这是一部有相当音乐元素的轻喜剧,因此在表导演的呈现上可以有适当夸张的成分,包括音乐的风格也是如此。

舞美以写意为主基调,虚实相接,实中有虚,虚中有实。要灵动而不呆滞,大气而不简陋。

剧中,有中文歌、英文歌、押字歌、Rap 等,也有"贯口"这种语言艺术,文本中用各种格式表现,比如居中,比如斜体字,请各位主创留意。

时间

当代

地点

上海

人物

老师,学生,家长

老师

教练,男,足球学校与小学合作的足球教练,与校长是中学同学。

校长,女,小学校长。

俞老师,女,小学语文老师。在剧中只是个符号。

舒老师,男,小学数学老师。在剧中只是个符号。

应老师,女,小学英语老师。在剧中只是个符号。

学生

小杰,男,小学五年级学生。小足球队队员。性格活泼,喜欢运动,学习被动。

子川,男,小学五年级学生。小足球队队员。性格内向,学习拔尖,体弱多病。

玫玫,女,小学五年级学生。小足球队队员。性格坚强,外表柔弱,内心强大。

小足球队员甲乙丙丁。

家长

小杰妈妈、爸爸。

玫玫妈妈。

子川外婆。

家长甲乙丙丁。

1

幕启。

三组家庭在台上同时呈现,有外婆带着一个小外孙的,有父母和儿子的,有单亲妈妈独自带着女儿的。

北京时间上午 7 点整。

三组家庭中的闹铃同时响起,有闹钟的,也有手机的。

一下子三家人都动起来了!

小杰妈妈：

每天早上打仗一样，

闹铃就像冲锋号吹响。

子川：

争分夺秒洗脸刷牙，

就为床上多躺一躺。

子川外婆：

水煮鸡蛋面包吐司，

为了营养翻着花样。

玫玫：

三口两口解决战斗，

美味也来不及品尝。

玫玫妈妈：

希望变成千手观音，

可以几件事同时在忙。

小杰：

焦虑的父母被动的娃，

每天都是这样的日常。

众家长：

新的学期新的变化，

双减不知会变得怎样？

众孩子：

新的学期新的期待，

今天有种特别的向往。

众家长：

没了校内考试测验，

怎么知道他的成绩排第几？

没了校外补课辅导，

怎么和同学起跑线上攀比？

学会多少一点没有底，

是状元及第还是被抛弃？

到了中考就像拆个盲盒猜个谜，

盒子里是苦涩还是甜蜜？

已经毫无意义，

追赶也来不及。

众孩子：

一天到晚埋在作业堆里，

校内校外早已分不清楚。

看起来是在题海里遨游，

其实深陷在沼泽的湖。

自己也是糊里糊涂，

喜欢奥数还是三国水浒？

大人们眼里只有分数，

不知道我们心里的苦。

现在要减压减负，

心里忍不住欢呼。

众家长："唉，以前的焦虑突然没了，新的焦虑突然来了。"

众孩子：

是不是可以名正言顺看动漫传奇，

是不是可以理直气壮拿起游戏机?

众家长:

会不会好学的孩子不像以前积极,

会不会顽皮的学生变得更加顽皮?

众孩子:

兴趣班有书画琴棋,

我们早就达成一致。

只想放下手里的纸和笔,

选什么课已经不再是个谜。

众家长:"兴趣班你选哪门?"

众孩子:"我选足球!"

玫玫妈妈:"足球? 你一个女孩子去踢球干嘛?"

子川奶奶:"你一个文弱书生怎么可以去踢球?"

小杰爸爸:"成绩已经那么差了,兴趣课还是选一个跟学习有关的吧。"

众孩子:"我就选足球。"

众家长:"不行不行,不同意。"

众孩子:"老师说了,兴趣课是自己的选择。"

众家长:"这个还是得家长拿主意。"

子川奶奶:"你这时不时就要请病假的身体,选个安静点儿的课不行吗? 万一受个伤我怎么跟你父母交代。"

小杰妈妈:"选个其他课吧,你看有几十门课呢。"

小杰:"可是我的兴趣就是踢球。"

玫玫妈妈:"你怎么会选足球? 我实在搞不明白。"

玫玫:"妈妈,到时候你就明白了。"

子川:"外婆,我就是体质不行,才要加强锻炼,我可不想变成只会做题的书呆子。"

小杰爸爸:"我看啊,他选足球就是为了玩儿。"

对孩子们的选择大人们都崩溃了,孩子们则兴高采烈。

小杰:

足球一脚踢向天空,

美丽的弧线就是一条彩虹。

玫玫:

终于可以像一个男孩,

谁知道奔腾的马儿是雌是雄。

子川:

试卷上我能得心应手,

强身健体我也不会做孬种。

众孩子:

兴趣填补了课后的空,

就像鸟儿出了笼。

等着响起放学的钟,

飞向窗外那片绿草丛。

就问你有没有种,

一起放松一起冲?

让心情在球场上放纵,

看看你是虫还是我是龙?

众家长:

新的学期新的变化,

双减不知会变得怎样?

众孩子:(叠上)

新的学期新的期待，

今天有种特别的向往。

2

教练兴冲冲走进体操房,足球兴趣班的学生已经都在了。

学生们:"老师好!"

教练:"等等,等等,我先出去,再进来的时候,请叫我教练。"

学生们愣神之际,教练已返身走了出去。

学生们觉得很好奇,教练再次进来了。

学生们:"教练好!"

教练:"队员们好!"

学生们露出各种各样的表情。

教练干脆利落:"我先自我介绍一下,我姓钱,就是没钱的钱,我是足球学校的教练,这个学期受你们校长邀请,来我们第一小学给大家上足球兴趣班。好了,接下来一个个自报家门,姓名,年级。我们互相了解一下。"

小杰:"我叫小杰,五四班的。"

玫玫:"我叫玫玫,五一班的。"

接下来同学们一个个报,有五年级的,也有四年级的。

子川最后一个报:"我叫子川,五三班的。"

教练:"好,大家认识了。你们对足球都有个大致的了解吧?"

小杰：“嗯，我喜欢姆巴佩，他的踩单车过人太酷了！”

男同学甲：“我爸是球迷，我经常跟他一起看比赛，可是我们国足实在太臭了。”

女同学甲：“还是别提男足了，脸都不要了，还是我们女足争气。”

教练点着头，望向另一个女同学：“你呢？玫玫，也看女足？”

玫玫：“我不懂球，也不看球。”

教练：“那你为什么报足球兴趣班？”

玫玫：“我是为了让自己变得强壮。”

小杰叫了起来：“变得强壮？我没听错吧？我是不是碰到了一个假的女同学！”

玫玫瞥了他一眼：“要你管？我有我的理由。”

子川也好奇地问：“什么理由？”

玫玫：“我不想说。”

教练不想在这个问题上多纠缠，他道：“好了，下面开始我们第一次的训练，今天的内容很简单，原地跑步。”

小杰：“跑步？不是足球兴趣课吗？”

教练：“没有体能踢什么球？来吧，我们7个人，排一个421阵型，然后原地跑步。”

教练麻利地给大家排好阵型。一声令下，同学们开始原地跑步。

没跑一会儿，有的同学就开始气喘吁吁了。

子川停了下来。

教练：“别停，继续。”

子川：“老师……”

教练：“叫我教练。”

子川：“教练，我跑不动了。”

教练:"跑不动了? 那就走。"

子川:"走也走不动了。"他一屁股坐在了地上。

教练无奈地摇头。

终于,大多数同学都先后累趴下了,小杰是倒数第二个,最后只剩玫玫还在坚持。

小杰:"教练,我两条腿硬得像石头一样了……"

教练:"你们看,你们都比不过一个女同学,难怪中国男足输得毫无斗志,还要靠中国女足去挣脸回来。好,休息10分钟。"

玫玫其实也早就不行了,她只是一直提着一口气在坚持,闻言,那口气松了,立即瘫坐在地上。

教练:"我没想到大家的体能那么差,你们平时实在是缺乏锻炼,我让大家跑步,就是想把你们的体能拉一拉,好了,休息一会儿,接下来俯卧撑。"

小杰:"还要俯卧撑? 这是足球课吗? 我是不是跑错教室了?"

玫玫:"自己选的课,含着泪也得上。"

子川:"教练,我以为足球课就是拿个球踢来踢去而已,没想到……累死我了,我可以退出吗?"

教练:"退出? 才跑了几分钟就要当逃兵了? 还记得前不久女足亚洲杯决赛那场球吗?"

队员甲:"记得,上半场我们落后了两个球。"

队员乙:"但是下半场我们扳回了两个球。"

小杰:"补时阶段我们又打进了决胜的一球!"

教练:"这就是一个人或者一支队伍的意志力,如果放弃了,我们下半场还会进两个球吗? 如果没有决战到底的信念,我们还能打进绝杀对手的球吗?"

教练：

　　　　都说天花板相当高，

　　　　搬个板凳就能摸到。

　　　　都说地上的砖相当低，

　　　　不肯弯腰一样够不着。

　　　　如果现在不跑一跑，

　　　　踢起球来就像船下了锚。

　　　　哪怕球从你眼前过，

　　　　你也伸不出脚只能手叉腰。

　　　　更不要想把对手超，

　　　　人家踢球你只能边上唱童谣。

　　　　一碰到困难就先想着逃，

　　　　以后干什么都不是那块料。

　　　　只有去掉了身上的娇，

　　　　才能抬起头仰天的笑。

子川："老师……哦不，教练，我坚持。"

教练："好样的，那就继续，俯卧撑 30 个。"

子川："三、三十个？"

教练："一次 30 个也行，30 次一个也行，开始。"

同学们开始此起彼伏地做起俯卧撑，有的撑了几下就趴下了，有的还在坚持……

3

校长室。

各种电话铃骤然响起。

校长接起电话"喂"了一声后，家长们的抱怨就如潮水般涌来，快把校长淹没了。

小杰爸爸：

这是个什么兴趣班，

没有踢球只是跑圈？

玫玫妈妈：

这是个什么兴趣班，

男孩女孩一样训练？

子川奶奶：

这是个什么兴趣班，

体质强弱也一锅端？

小杰妈妈：

下课回家也不吃饭，

浑身上下是又疼又酸。

玫玫妈妈：

就连吃饭也端不起碗，

累得牛排也无法下咽。

小杰妈妈：

一回家就往床上瘫，

说什么让身体缓一缓。

子川奶奶：

最担心晚上发哮喘，

一下子缺课好几天。

小杰爸爸：

踢个球怎么这么麻烦？

玫玫妈妈：

当初我不该让她自己选。

子川奶奶：

我们想换个其他的班。

校长：

请给我一点时间，

让我把事情还原。

任课的是个好教练，

对足球有足够的经验。

我会了解课程安排，

请放心，我不会护短。

大家先把心放宽，

有什么问题我来揽。

众家长：

我们不是胡搅蛮缠，

也不需要听什么狡辩；

我们等着校方的道歉，

这样的班最好解散。

终于,家长们投诉完毕。

校长余怒未消:"教练,你给我立刻马上到办公室来!"

教练来了,嬉皮笑脸地:"校长,好威风啊,有什么事儿可以效劳?"

校长:"都是投诉你足球兴趣课的,你到底是怎么上的课?"

教练:"很正常啊,只是让他们练了一下体能,说实话,他们的体能是真不行。"

校长:"你不能拿他们和你们足球学校的孩子比。"

教练:"没有啊,运动量最多只有三分之一,我是在按部就班的循序渐进。"

校长:"循序渐进,你让他们浑身酸痛都趴床上了。"

教练:"浑身酸痛不是坏事,这正说明他们缺乏锻炼。"

校长:"行了行了,你的训练可能不适合他们,你就给他们一个球,让他们在操场上跑跑就行了。"

教练:"不行,这样以后没一个会踢得好球。"

校长:"哦哟,我没想过要把他们培养成足球运动员,踢得好踢不好无所谓……"

教练:"可是我有所谓。"

校长:"我只希望家长们不要来投诉,我们开发各种兴趣班只是想丰富学生们的课余生活,别把一件好事儿变成一件坏事儿。"

教练:"让他们投诉好了,几个月后感谢我还来不及。"

校长:"几个月? 要这样下去,这个班能不能办下去还是问题。"

教练:"那是他们的损失,本来可以让他们的孩子更健康的。"

校长:"不行,我不能让你这么折腾,我要给家长有个交代。"

教练:"你想停办这门兴趣课?"

校长:"不是我想不想,我估计家长都不会让孩子来了。"

教练:"我不信,我们打个赌,如果真的没人来那我自己走,不用你停办。"他说完摔门而出。

4

体操室。

兴趣班的时间到了,教练在等着,果然没人来。他有些失落,拎起双肩包准备走了。

这时,有人来了,教练一高兴,发现进来的是校长。

教练苦笑道:"是你? 呵呵,来看我笑话?"

校长:"你把我想得太小气了,我是来向你道歉的。"

教练:"有什么好道歉的? 你赢了,瞧,没有一个人。"

校长:"那天我态度不好,说话冲了一点儿,我也是被家长的投诉弄得有些急了,请你谅解。"

教练:"你也把我想得太小气了。"

校长:"你没生气?"

教练:"有什么好生气的,事实证明你赢了。我只是有些遗憾,现在的孩子这点儿苦都吃不起,这点挫折都受不了,将来在社会上怎么生存? 不是做作业就是玩手机,不是坐着就是躺着,他们应该在阳光下奔跑,不是在题海里挣扎。"

校长:"那么多年了,你还是老样子,一样的疾恶如仇,一点没变。"

教练："你却变了,你已经不再是当年那个喜欢拉小提琴的小姑娘了,也是,这个世界少了一个演奏家,多了一个校长,也不错。"

校长："你还记得我拉琴? 当年为了学习,为了不让自己分心,我把琴都扔了。"

教练："我知道。"

校长："咦,你怎么会知道?"

教练："我、我猜的,因为后来我再也没有听见琴声过。"

校长："有时候想想还是你好,从小就顽皮,喜欢踢球,一直干着自己喜欢的事儿。"

教练："有什么好的,要不是你当年的鼓励,我就从此趴下了。好了,我走了,你们和足校签的协议我会去解释,不用付钱。"

他拎起包,往门口走。

校长："再等等吧,学生们明天有个测验,老师们都在抓紧给他们讲重点。"

教练："学校还有测验? 不是双减了吗?"

校长："我说习惯了,不是测验,是随堂练习。"

教练："还不就是换汤不换药。"

校长："呵呵,学校也有学校的难处,老师们也在打暗号,背诵就是熟读,默写就是复习,有些话不方便自己讲就让家委会的群主讲,我也理解,毕竟老师的KPI考核还是看学生的成绩。"

教练点点头："我理解,校长也不好当,别让自己压力太大,保重自己。我走了。"

教练刚走到门口,小杰奔了进来。

小杰："教练,校长好,对不起,我迟到了,作业没做完,老师不让走。"

教练愣了一下:"你是来上课?"

小杰:"对啊,今天下午不是足球兴趣班吗?"

教练:"对对对。"

小杰:"他们人呢?"

教练有些尴尬:"他们……都还没来,或许只有你一个……"

小杰:"啊? 不会吧?"

校长:"他们应该还没复习完,你还浑身酸痛吗? 有没有什么不舒服?"

小杰:"没有,就酸痛了两天,现在好多了,觉得浑身有力量呢。教练,今天我们能踢球了吗? 哦,对了,教练,我能去你们足球学校参观吗? 我想去看看大哥哥大姐姐他们是怎么踢球的。"

教练:"没问题。"

小杰欢呼:"噢,太好了!"

正说着,孩子们来了,最后,子川也出现了。

教练有些感动:"你们都来了……"

玫玫:"教练,我们才不做逃兵呢。"

教练点着头:"谢谢大家,你们比我强,我自己差点儿做了逃兵。"他望向校长。

校长笑着道:"好了,踢你们的足球吧,我走了。哦,别让孩子们太累了,他们明天还得上课呢。"

教练:"今天不踢球,今天我们做游戏。"

校长:"做游戏?"

小杰满脸失望:"还不踢球?"

教练:"放心,有你踢的。校长,一起参加吗? 很好玩的游戏。"

校长有些犹豫。

学生们叫了起来："校长，一起参加吧。"

校长："好吧，我也想看看你是怎么上足球课的。"

学生们欢呼。

教练拿来了一个球，将大家分成几拨，开始教大家做一个体现团队合作的游戏，其间笑话百出。在游戏的过程中，人小鬼大的孩子们也发现了教练和校长的微妙关系。

教练："上一次是对大家意志力的一个考验，这一次看似游戏，其实是让大家明白团队精神的重要性。大家明白了吗？"

众队员："明白了。"

校长："游戏不错，这才是寓教于乐，你继续循序渐进吧，我先去忙了。"

教练："谢谢校长肯定。"

校长离去。

教练："我也想谢谢大家，我以为大家都不会来了。"

小杰："教练，梅西患有先天性疾病都能成为世界球星，我们为什么就不能坚持。"

玫玫："还有我们中国的全红婵，14 岁就拿到了奥运金牌，她的妈妈身体不好，她把训练中的苦都咽到了心里，不敢让家人知道。"

子川："教练，我知道乒乓球运动员邓亚萍，她梦想着能够在世界赛场上大显身手，却因为身材矮小，手腿粗短进不了国家队的大门，但是她没有气馁，比别人练得更刻苦，持之以恒的努力终于让她站上了世界冠军的领奖台。"

教练："对，这就是体育精神！你们知道的还真不少。"

小杰脱口而出："是校长告诉我们的。"

教练愣住了："校长?"

子川："嗯,原来我们都想放弃了,是校长找到我们,跟我们说了这些。"

玫玫："校长希望我们来,她说这个教练很棒的。"

教练："还有时间,去操场找找球感吧。"他将手里的球抛给了他们。

小杰欢呼,接了球就跑。

教练却没有跟过去,他心里百感交集。

《放飞的天空》

众孩子:

长方形的操场,

是我们的天堂。

自由自在信马由缰,

无拘无束激情绽放。

看,他左右摇晃,

我不能莽撞。

看,你俩来夹抢,

我轻松一趟。

哪怕你们站成人墙,

我也能把球射进球网。

踢球真的爽,

就像放声唱。

Pass, pass, pass,

皮球在你我脚下争抢。

Shot, shot, shot,

皮球奔向那白色门框。

放飞的天空，

自由地翱翔。

放下握笔太久的手，

给大脑松一松绑。

放飞的天空，

有无限遐想。

呼吸太想呼吸的氧，

是少年就该奔放。

这时，三位老师联袂向教练走来。

三位老师："教练，我们想找你商量一件事儿。"

教练："哦，你们是……"

俞老师："我姓俞，我是他们的语文老师。"

舒老师："我姓舒，我是他们的数学老师。"

应老师："我姓应，我是他们的英语老师。"

教练："哦，原来是'语数英'老师。你们找我有什么事儿？"

三位老师："既然你把我们连在一块儿，那我们就一起说吧。学校的科目林林总总，语数英才是重中之重，学校马上就要摸底，想让他们再冲一冲，要是现在一放松，一个学期一场空。"

教练："什么意思？"

三位老师："就是你的兴趣课最好能分摊点儿时间给我们，让这些神兽归笼再攻一攻。"

教练："我能理解老师们的心情，可是兴趣课也是课。"

俞老师："少上一堂兴趣课，学校的天塌不下来。"

舒老师："要是语数英挂个科，校长就会把我们骂个遍。"

应老师:"还有家长,他们会怪我们没教好他们的孩子。"

俞老师:"孩子们来学校毕竟是来学知识的,不是来踢球的。"

舒老师:"对啊,你这个又不用考试,无所谓的。"

应老师:"对我们来说,能多出点时间辅导,可是太重要了。"

教练沉默不语。

三位老师:"说了半天,你到底同不同意?"

教练:"我不同意! 课堂上的知识固然重要,但是课堂外的天地更加广阔,双减让孩子们减负减压,正是希望孩子们有更多的时间去学习课外的知识,有更多的精力去做他们喜欢的事情,享受兴趣爱好带来的快乐,让他们更加全面的成长。"

舒老师:"这个我们知道,我们也支持双减,但问题是我们也想让他们的成绩能够提高。"

应老师:"对,你这个兴趣课毕竟是不用打分的。"

教练:"兴趣课是没有具体的分数,但他们每个人都会有成长的分。我想了解一下,他们的成绩怎么样?"

应老师:"大多数都是及格和需努力。"

舒老师:"良好的不多。"

俞老师:"就拿语文来说吧,这次的作文题目叫《我心里有……》,一看就是没有生活,缺乏观察,胡编乱造。"

教练:"这看起来是一篇作文的问题,其实这正是因为他们缺乏丰富的生活,如果有更多的时间让孩子们做做家务,种种绿植,他们就会对生活有更多的体会。这样吧,我想我们一起努力一下,我也会督促他们把成绩提高上去,三位老师请回吧。"

闻言,三位老师面面相觑,然后悻悻然下。

教练想了想,吹响了哨子。

听到哨音,小队员们都过来了。

教练:"平时只关注你们训练了,我问你们,你们的各科成绩怎么样?"

子川:"我们……还可以吧。"

教练:"什么叫还可以?"

小杰:"就是……加减乘除没有太大问题……"

玫玫:"可是多个小数点加个 X 只能干着急。"

队员甲:"26 个字母,那是相当熟悉。"

队员乙:"可是它们拼在一起,就会生闷气。"

众队员:"尤其是要写一篇作文,往往会不知如何下笔。"

教练:"我明白了,我想跟大家说的是踢球不是用脚,是用脑,踢球的孩子一定是聪明的孩子,我们既然不比别人笨,那为什么别人能解的题我们解不出? 为什么写不好一篇作文呢? 我现在定一个规矩,我们足球队的队员成绩必须在优良以上。"

队员们:"啊?"

教练:"很难吗?"

子川:"不难。"

小杰:"这……太难了……"

教练:"小杰球踢得好,我就不信你的成绩会比别人差。"

小杰:"我……我会努力的,不过万一达不到,教练别开除我……"

教练:"不行,这点儿挑战都畏畏缩缩还踢什么球? 好了,今天的课就到这里。"

队员们准备离去。

教练又叫住他们:"对了,2 个月后我安排了一场比赛,对手是我同事带的兴趣班,你们可要给我争气啊。"

小杰："嗯,我们一定赢他们。"

5

各自的家。

小杰在埋头做作业。

小杰妈妈和小杰爸爸蹑手蹑脚地透过门缝在张望。

小杰妈妈："简直不敢相信,他就像换了一个人。"

小杰爸爸："不是蛮好吗,现在这样不是你希望的吗?"

小杰妈妈："会不会真的换了个人? 电影里不是有过换个身体换个脸什么的,他会不会身上发生了我们不知道的一些事儿,然后换了个脑子?"

小杰爸爸哭笑不得:"呵呵,要是真这样那也不错。"

小杰妈妈："不行,那还是咱儿子吗!"

小杰爸爸："你不是一直希望有个学霸孩子吗? 他现在的成绩还真是没有低于良好的。你是不是觉得不适应了?"

小杰妈妈："是,浑身不自在,感觉太阳从西边出来了,整个生物钟全乱了……"

小杰："你们别说话好吗? 影响我做作业了。"

小杰爸爸妈妈面面相觑,小杰妈妈一把将小杰爸爸拉走了。

小杰妈妈："走走走,我们去厅里说。"

厅里,子川在做深蹲。

子川："外婆,做了几个啦?"

子川外婆:"哎呀,忘了数了。"

子川埋怨道:"外婆,你在干什么啊!"

子川外婆:"我在想最近的一个月你好像没生过病……以前啊,三天两头生病,不是感冒就是发烧,不是喉咙痛就是拉肚子,儿科医院的护士医生都认识你了,我听得最多的就是'你怎么又来啦?'上学也是隔三岔五地请假,弄得不是躺床上就是在补作业,外婆总觉得对不起你父母,没帮他们带好孩子……"她说着说着眼泪都要出来了。

子川:"外婆,你怎么哭了?"

子川外婆:"幸好你也算争气,缺了那么多课成绩还算不错,外婆有时候还是希望你成绩差点儿,身体好点儿呢。现在少生病了,成绩也越来越好了,可以给你爸爸妈妈有个交代了。虽然家里的花瓶也被你踢碎了好几个,踢碎就踢碎吧,只要你身体好学习好,再踢碎几个也没事儿。当初我是想让你选一门文文静静的兴趣课,你却偏要选这个足球兴趣班,还幸亏听了你的。你练这个蹲坑也是为了踢球?"

子川:"那不叫蹲坑,叫深蹲,教练说了,深蹲可以锻炼腿部力量和腰腹力量,我是后卫,下盘扎实可以硬扛对手,也可以大脚往前开。"

子川外婆:"你现在喜欢上踢球啦?"

子川:"嗯,我们马上要和别的队踢比赛了,我得加紧练。外婆,你别瞎想了,快点数,我重新来。"

外婆:"好好好,重新来。"

子川又开始深蹲:"几个了?"

外婆:"哎呀,外婆又忘了数了。"

子川闻言一屁股坐在地上:"噢,外婆,你是不是得了健忘症啊?"

外婆乐呵呵地:"只要你身体好,外婆真的得了健忘症了你照顾我。哦。外婆要去给你弄吃的了,现在胃口也比以前好了。"

外婆起身往厨房走去。

玫玫妈妈在厨房忙着弄晚饭,玫玫理发后从外面进来。

玫玫:"妈妈,我回来了。"

玫玫妈妈看着女儿目瞪口呆。

玫玫妈妈一愣:"玫玫,你怎么剪了一个男孩子的发型?!"

玫玫:"我就想让大家觉得我是男孩子。漂亮吗? 哦对,男孩子应该问帅不帅?"

玫玫妈妈吓了一跳:"不会吧,玫玫,你……你想变成男孩子?"

玫玫有点儿小得意:"妈妈,我再告诉你一个好消息,我重了3斤。"

玫玫妈妈彻底紧张起来:"重了3斤? 哪个女孩子会觉得重了3斤是好消息? 玫玫,玫玫,你听我说,我们做女人挺好,哦不不不,我应该怎么说呢? 玫玫,你没事儿吧? 最近学校里没受什么……刺激吧?"

玫玫:"没有啊,挺好的。"

玫玫妈妈:"那你为什么突然把头发剪了?"

玫玫:"这样踢球方便点儿。"

玫玫妈妈似乎一下子明白了:"踢球,原来问题出在这儿,我知道了,你是跟男孩子在一起踢球,所以想让自己变成男孩子,当初就不该让你上这个足球兴趣班。我要去跟学校说,让你换个兴趣班。"

玫玫:"不,我挺喜欢踢球的。我发现我现在人也利索多了,妈妈,你没发现我现在起床快了,洗脸刷牙也快了吗?"

玫玫妈妈在想:"好像是……"

玫玫："这样不是挺好吗？你不是希望我动作快吗？我帮你做饭吧。"

玫玫妈妈："不用你帮，不用你帮，你去做作业吧，我想让自己静一下。"

玫玫："妈妈，你知道我为什么想让自己变得强壮吗？"

玫玫妈妈："为什么？"

玫玫："因为我们家没男人，我想保护你。"

玫玫妈妈完全想岔了，闻言一下子泪奔，她紧紧地把女儿抱在怀里。

6

操场一隅。

教练站在那儿，脸色并不好看。

小足球队的队员们垂头丧气走来。他们像斗败了的公鸡，脸上写着不甘，心里透着失落。显然，他们刚输了一场比赛。

他们有的往地上一躺，有的蹲在一角，情绪低落到了极点，教练走上去安慰。

教练："竞技体育就是这样，有赢的就有输的，不幸的是我们是输的一方。"

小杰："对不起，教练，让你丢面子了。"

教练笑了："胜败乃兵家常事，这一次输了，下一次赢回来就是。走吧，回去总结。"

队员们没一个动的。

教练:"怎么? 都走不动了? 以前都顺风顺水,没尝过失败是吗? 好,既然大家都不走,那我们就聊聊今天为什么会输球。"

子川埋怨道:"小杰拿着球根本不肯传,就知道自己带,然后就被抢断了,我在后面看得很清楚。"

小杰:"那你防住别人啊,你要是防住了,对方怎么会进球?"

队员甲:"我好几次跑到位了,你确实没传我。"

队员乙:"你已经浪费几次机会了,小杰敢传吗?"

玫玫:"好了,好了,你们别争了,是我的错,我到后面实在跑不动了,我们就像少了一个人,是我连累了大家,教练,你把我开除吧,我以后再也不踢球了。"

教练:"再也不踢球了? 这场球输得好啊! 我现在很庆幸这场球输了,要是赢了这些问题还暴露不出来。挫折教育,真是太重要了,我跟你们说说我自己吧。"

队员们一听教练要说自己,都静了下来。

教练:"16 岁的时候,我是梯队里最好的前锋,专业队也向我伸出了橄榄枝,我憧憬着在职业的赛场上驰骋,我渴望哪一天能够披上国家队的战袍,为中国而战。可是一次训练中我骨折了,照理说运动员骨折不算什么,但是偏巧不巧,我的这次骨折被医生诊断为终身不宜剧烈运动……我就这样在人生刚要起跑的时候蹲下了,我眼睁睁地看着我当年的队友们噌噌噌地跑到了我的前面,他们有的后来真的变成了国家队的一员。我自暴自弃了,我觉得老天爷对我不公,我觉得我的未来看不到任何的光。那时候,是我中学的同学,也是你们的校长不断的鼓励我,让我重新站起来……"

队员们听得百感交集。

教练:"人生最大的失败就是认输,输不可怕,可怕的是认输,是放弃,是逃避。我问你们,我们赛前围成一圈,大家的手叠在一起是什么意思?"

玫玫:"是给自己和大家一起鼓劲。"

小杰:"团队精神。"

子川:"拼搏到底。"

教练:"好,那我问你们,你们认不认输?"

队员们:"我们不认输!"

歌曲《不认输》

我不认输,

学会走路;

跌倒了爬起,

迈出蹒跚的步。

我不认输,

漫漫征途;

再多的荆棘,

跳出炫丽的舞。

人生没有护身符,

只有一步一步去征服。

擦干泪不哭,

咽下难咽的苦;

再小的身躯,

也不会被降伏。

勇敢的心用铁浇筑,

胸中自有抱负。

7

校长办公室内外。

教练带着队员们敲响了办公室的门。

教练:"校长,我的队员们作文重写了。"

校长:"哦,你看了吗?"

教练:"我没看,我怕到时候他们的语文是体育老师教的了。"

校长白了他一眼:"那去给语文老师啊,给我干什么?"

教练:"孩子们说一定要先给你看。"

校长有些诧异:"那……好吧。"

孩子们一人两句唱了起来。

《我心里有你》

我心里有你,

一个敦实的晒得黝黑的汉子。

你有一本黑色的本子,

上面画满了布阵的格子。

你让我踢球时忘掉孔子孟子,

变成一头头勇猛的狮子。

我心里有你,

一个兢业的实实在在的男子。

你说我是顽皮的猴子,

上蹿下跳坐不住凳子。

我们都是你的弟子，

是你眼里的天之骄子。

记得有一次我藏起了你的哨子，

于是整个球场到处都是你嘶哑的嗓子。

记得有一次我把水灌进了你的鞋子，

球场上到处都是你奔跑的光脚丫子。

记得有一次我穿了裙子，

你奔到总务科去给我借了裤子。

你曾指着我的鼻子，

满脸恨铁不成钢的样子。

你让我合理饮食不要成为胖子，

要千万克制放在眼前的盘子。

你就像父亲对待自己的孩子，

你是扶我们登高的梯子。

你说我是一棵好的苗子，

简简单单的一句句子，

在我心里点燃了种子。

好几次想提醒你忘了刮胡子，

你怎么永远不会去照照镜子。

我们最怕的就是给你丢了面子，

因为你的眼里根本就揉不进沙子。

转眼快到了毕业的日子，

别忘了我们的约定过年一起吃一顿饺子。

……

教练很不自在："你们……你们怎么写了一篇这样的作文……"

校长又白了他一眼："这是你的颂歌啊！不过,写得很好。我们眼里不能只有数字,有了真情实感,他们都是才子。"

众孩子："谢谢校长。"

孩子们互相对视着笑了,冲着教练做了个鬼脸,簇拥着纷纷退出了校长室,顺手轻轻地关上了门。

留下了校长和教练,教练有点不知所措。

校长："我说你真是个傻子,别人在大把地赚着票子,你却在这里带着一群孩子,别人开着豪华的车子,而你开心地骑着两个轮子,已经活了半个多甲子,也不找个人为你打扫屋子?"

教练："我不是个呆子,我也想吃饭的时候添一双筷子,凑成幸福的两口子……"

8

操场。

教练正在指点着小队员们训练,语数英老师又联袂而来。

教练："你们不是又来问我要课的吧?"

三人："不是不是。"

教练："那是他们成绩又退步了?"

俞老师："不是不是,他们的成绩都有进步。"

舒老师："我们是来谢谢教练的,这些孩子比以前更有了上进心。"

应老师："听说你们又要比赛了,我们也想出点儿力。"

教练："好啊,人多力量大,欢迎欢迎。"

俞老师："我给大家讲个踢球的贯口吧,大家听好了。踢球,可分定位球、滚动球和空中球。踢球可以用脚尖、脚背、脚内侧,也可以用脚跟、脚底、脚外侧。除了用脚踢,还可以用头顶。可以跳起来顶,也可以不跳起来顶。顶球可以用头前、头后、头左、头右和头中。顶球不仅要把球顶出去,而且要能控制住球的方向。要它到哪里,就到哪里。此外还要练停球,停球有完全停球和不完全停球,停球可以用脚、用上体、用头。脚部停球可以用脚尖、脚背、脚内侧,也可以用脚跟、脚底、脚外侧。头部停球又可以用头前、头后、头左、头右和头中。这些基本的东西搞好了,就要练战术。战术有个人战术、有集体战术。个人战术有选择位置、运球、过人、射门、抢球和假动作,嘿呀,足球这玩意儿,深奥得很,我一口气说不完,你们学一辈子也学不完。"

玫玫紧张地:"老师,这个要我们背吗?"

俞老师:"不用背,不用背。"

小队员们松了口气。

俞老师:"你们只要告诉我里面有多少动词就行了。"

小队员们闻言集体趴下。

舒老师按捺不住了:"轮到我了吧? 我来给孩子们讲讲菱形站位和三角进攻。(Rap)菱形长得像老菱,四条边就像两把弓。防守的时候整体退,进攻的时候整体冲,保持平行不漏缝,退可守来进可攻。三角跑位插身后,对手阵型会漏空,ABC 三点像个众,就像鸟儿冲出笼。数学踢球也交融,学好眼明耳又聪。"

子川插道:"老师,我知道了,A 点传出球后就赶紧跑向另一点,这样是不是就构成了另外一个三角形?"

舒老师:"太对了。"

教练笑道："哈哈，老师们，你们这是变相抢我的课啊!"

应老师："哈哈哈，那我也抢一次，我给大家唱一首歌吧，里面的单词大家都学过，意思大家也应该懂。"

Open your heart

释放你的心灵，

follow your dream

追逐你的梦想。

One day, you will touch the sky

总有一天，你会手触云霄。

Remember

记住，

Don't forget

别忘记，

Every win named never give up

每一次胜利的名字都叫不放弃。

Tell the world

告诉世界，

I am proud of my heart

我为我自己的心而骄傲。

Tell the world

告诉世界，

There is only me in this world

我是世界上独一无二的存在。

Tell the word

告诉世界，

I will never give up

我永远不会放弃。

歌声让小朋友们热血沸腾,充满了斗志。

灯光在激昂的音乐中渐暗……

9

比赛现场。

雷声,雨声,风声,夹杂着家长们的焦虑声。

众家长:"怎么办?怎么办?下大雨了,这比赛还踢不踢?"

语数英老师:"怎么办?怎么办?淋了雨生了病,就要缺课的!"

众家长:"改期吧,一场无关紧要的比赛而已!"

语数英老师:"改期吧,一场无关紧要的比赛而已!"

所有人的目光看向了教练。

教练的心里起了彷徨,他情不自禁地望向了校长。

教练:

风雨天的比赛不同寻常,

退一步还是往前闯,

成了一道命题的纲。

教室外是更大的课堂,

也是没有备课的节章。

校长:"我不知道答案,但我可以帮你找答案。"

校长走向孩子们。

穿着队服的少年,就像战士披上了铠甲。

校长:

最好的答案写在稚嫩的脸庞,

坚定的目光排成了行。

没有什么能够阻挡,

他们不会向老天投降。

众孩子:"踢! 我们要踢! 风雨无阻! 在风雨中战胜自己,在球场上打败对方。"

稚嫩的声音在风雨中回响。

教练坚定的声音响了起来:"准备比赛!"

队员们围成了圈,那是同心的圆。他们的双手搭在队友身上,互相鼓劲。

一声哨响!

孩子们向暴雨中冲去……

众家长:

不用再为你撑伞,

张开嘴尽情呼吸风雨中的氧。

语数英老师:

课堂上的乖孩子,

没想到会变得如此飒爽。

暴雨中,孩子们毫不畏惧,欢快地踢球……

家长们(念白):

他们是一柄柄无坚不摧的剑,

老师们(念白):

他们是一面面刀枪不入的盾。

一个家长和一个老师（念白）：

子川用他瘦弱的身躯，

挡住了对手射门的线路。

小杰用他娴熟的技巧，

盘过中场大脚长传。

玫玫用她的速度，

直接前插首开纪录。

众人：

goal goal goal,

goal goal goal!

教练：

年少就要张扬，

激情绽放球场。

为你们骄傲为你们狂，

人生当自强。

老师合唱：

风雨的洗礼是最好的成长，

扛起了责任和担当。

家长合唱：

泪水和雨水相融在脸庞，

迸发出无穷的力量。

纠结的心不再迷茫，

风里雨里随你去浪。

校长：

母校永远在你的身旁，

操场边的白杨为你守望。

今天的你给了自己最好的奖赏，

未来的路有了光就会敞亮。

全体合唱：

年少就要张扬，

激情绽放球场。

风雨的洗礼是最好的成长，

扛起了责任和担当。

泪水和雨水相融在脸庞，

迸发出无穷的力量。

今天的你(我)给了自己最好的奖赏，

未来的路有了光，

就会敞亮。

剧终。

儿童剧

唐吉诃德

写在前面

该剧形式上是一部喜剧,但骨子里却是一部悲剧。

为了戏剧演出的流畅,在有些场与场之间的衔接处,唐吉诃德和桑丘可以到观众厅里来表演,观众厅的任何通道都是它们行侠仗义的途经之处。

人物

唐吉诃德

桑丘·潘沙

罗西南多,一匹瘦马,唐吉诃德的坐骑。

理发师

兽医卡拉斯科

牧童安德瑞斯

财主胡安

鞋匠女

磨坊女

旅店老板

傀儡戏老板贝德罗师傅

猴子

公爵夫人

管家

狮子,公爵夫人的宠物。

公爵

假冒的阿尔基菲法师

海岛上的裁缝、农夫、彪悍女人、瘦弱男人、医师、侍从

480

唐家村村民若干、旅店住客若干、傀儡戏演员若干、公爵别墅人员若干、海岛上的居民若干

（除了唐吉诃德、桑丘，其余角色和群众均可以串演。）

序幕　唐家村的一头驴疯了

唐家村的村民们在田间劳作。

这时，一个村民上气不接下气地奔来："不好了！不好了！村里那头拉了一辈子磨的驴疯了！"

众村民："驴？驴也会疯？"

村民："疯了！驴疯了比人疯了都厉害！它突然会像人一样走路了！"

众村民："像人一样走路？"

村民："没错，像人一样两条腿走路，就是长着一张驴脸，吓死人了！对了，它还会说人话！"

众村民："驴会说人话？"

村民："对，打死我也不敢信，可是我亲耳听见的，它说它上辈子是什么游侠骑士……而且，它把骑士的装备也差不多配齐了，什么马呀，长枪呀，盾牌呀，铠甲呀，不知哪里搞来的，现在好像就缺一个头盔了……"

这时，村里的理发师情绪低落地上台。

村民甲："理发师，你怎么满脸沮丧？"

理发师："那头疯驴把我给人洗头的那个铜盆，硬说成是骑士的

头盔,抢走了!"

村民乙:"这下它的头盔也有了。"

理发师:"更令人沮丧的是我家那头骡子也被它带疯了。"

众村民:"啊!"

理发师:"疯得没那头驴厉害,不过征兆已经很明显了。"

村民丙:"大家还愣着干什么? 赶紧去找兽医吧。"

村民丁:"不用找了,兽医卡拉斯科正朝这边来呢。"

卡拉斯科上台。

众村民:"卡拉斯科……"

卡拉斯科:"大家是想说那头疯驴吧?"

村民戊:"卡拉斯科,您是远近闻名的兽医,现在只有靠您了,快想办法救救那头驴吧。"

理发师:"对对对,还有我家那头骡子,它是轻症,应该比较好治。"

卡拉斯科面露难色:"我是兽医,我会内科外科,可是这疯了应该属于精神科吧? 我、我不懂啊!"

理发师叹道:"唉,都是那群孩子整天躲在磨坊里玩游戏,画面里都是打打杀杀的,把个驴都看疯了,这事儿闹的。"

卡拉斯科:"非常规病,得非常规治,不过,我现在没有任何办法,只能任其发展。"

"那怎么办?"众人一筹莫展。

突然,一个村民叫了起来:"它来了! 它来了!"

众村民:"谁来了?"

村民:"疯驴!"

众人吓得赶紧四处躲藏,驴脸骑士唐吉诃德在大家的惊慌中出现了。

唐吉诃德:"我,唐吉诃德,决定骑着我的马,哦,对了,我给我的马起了个响亮的名字,它叫罗西南多,还有,带着我的侍从桑丘·潘沙,决定走遍世界的每一个角落,去行侠仗义,去征服世界!"

初战告捷

晨曦里,唐吉诃德骑着罗西南多,桑丘肩上背着褡裢,主仆俩踏上了征途。

唐吉诃德还在兴奋中:"桑丘,这个世界最迫切需要的就是游侠骑士,现在这个重任落在了它的头上,我们要克服一切艰难险阻,消灭一切邪恶暴行,我要锄强扶弱,维护正义。这个世界,有那么多冤屈需要申雪,那么多不义需要匡正,那么多强暴需要铲除,我已经一刻也不能等了……"它踌躇满志。

桑丘却在打着它的小算盘,此刻颇煞风景地问道:"主人,您只是跟我说做您的侍从,您还没跟我说给我多少工钱呢?"

唐吉诃德:"工钱?游侠骑士的侍从从来不谈工钱的,只领赏赐。这样吧,等我征服了第一个海岛,我就封你做总督。"

桑丘:"您以为打下一个海岛像打游戏那么容易?就是打游戏我看那些孩子也很难打下一个海岛。"

唐吉诃德:"那就让你开开眼,跟着我闯荡世界,总督不是梦。"

桑丘:"真的假的?"

唐吉诃德:"游侠骑士从来不说谎言。"

桑丘也兴奋起来了："太好了！我想无论海岛有多大，我都能管理好的。您放心，游侠骑士先生。"

唐吉诃德："先不要叫我游侠骑士，叫我主人就可以了。"

桑丘："为什么？主人，难道您不是游侠骑士吗？"

唐吉诃德："至少现在还不完全是，等找到一个长官，让他封授我一个骑士称号才能算真正的游侠骑士。"

桑丘刚想说什么却被唐吉诃德打断了。

唐吉诃德："嘘，你有没有听见声音？"

桑丘："什么声音？"

声音响了起来，似乎是一个小孩被打的声音。

桑丘："好像有个孩子在哭喊……"

唐吉诃德："感谢上帝，这么快就给我送来一个尽我职责的良机，这哭声无论是大人还是孩子，一定是弱者，走，咱们这就去行侠仗义。"

树林里，一棵橡树上绑着一个大约 15 岁的孩子，他叫安德瑞斯。财主胡安正挥着牧羊的鞭子抽打他。

安德瑞斯："老爷，求您别打了，好疼的啊！"

财主胡安："疼？你也知道疼？就是要你长长记性。"

安德瑞斯："我下次再也不会把羊弄丢了，您就放过我吧……"

"放过你？没那么容易！"财主胡安挥起鞭子还要打，却被唐吉诃德喝住了。

唐吉诃德："住手！你这大胆无礼的骑士，竟然虐待一个孩子，算什么本事儿！"

胡安莫名其妙："我……我不是什么骑士啊。"

唐吉诃德："你骑上马，拿起长枪，我要好好地教训教训你。"

胡安:"我没有马,也没有枪,这位绅士,您先听我说,这小子叫安德瑞斯,是我雇来放羊的,可是他心不在焉,每天弄丢一只羊……"

安德瑞斯:"我就弄丢了一只羊,你却赖掉了我的工钱。"

唐吉诃德:"你这下流的东西,竟然在一个骑士面前说谎,头顶上的太阳可以作证,我要用这杆长枪戳你一个透明窟窿! 快停止你的暴行,把工钱给这孩子。"

"别别别!"胡安面对指着他的长枪,妥协了,他战战兢兢地把安德瑞斯从树上放了下来。

唐吉诃德:"安德瑞斯,他欠你多少工钱?"

安德瑞斯:"一共 9 个月的工钱,63 个瑞尔。"

唐吉诃德:"好,把 63 个瑞尔给孩子。"

胡安:"绅士先生,我身上可没有 63 个瑞尔,让安德瑞斯跟我回家去拿,我保证一个子儿也不少他的。"

安德瑞斯:"到他家去吗? 那就倒大霉了,背着人他还不活剥了我,说什么我也不会去的。"

唐吉诃德:"不会的,我的命令他必须照办。只要他凭骑士的称号起个誓,我保证他会把工钱付给你。"

安德瑞斯:"大人,我家老爷不是什么骑士,也没有被授过什么称号,他是财主胡安·阿尔杜多。"

胡安:"安德瑞斯小兄弟,你跟我回去,我凭骑士的一切称号发誓,一定把钱付给你,分文不会少。"

唐吉诃德:"好,记住你的誓言,不然,不要怪我手下无情,我一定回来找你算账! 即使你藏得比蝎虎还隐秘,我也会找到你的,因为我是专打抱不平的唐吉诃德。"

胡安:"我记住了,记住了,我一定会给他工钱的。"

唐吉诃德："桑丘,我们走吧。"

唐吉诃德和桑丘走了。

胡安目送他们出了树林,便转身对安德瑞斯道:"过来吧,我的宝贝,那位除暴安良的勇士吩咐过了,我现在就把欠你的都还你。你太讨厌了,所以我要多欠你点儿,好多多地还你。"

安德瑞斯:"你、你刚才发过誓⋯⋯"

胡安:"对,所以我要重新把你绑在树上,重新抽你几鞭子,重新让你长记性。"

这一边,唐吉诃德和桑丘又回到了台下。

唐吉诃德:"桑丘,告诉我,我们刚才做了什么?"

桑丘:"刚才吗?哦,我的主人,刚才我们铲除了一个穷凶极恶的暴徒,从冷酷无情的恶棍手里夺下了皮鞭,拯救了一个无辜挨打的孱弱的孩子。"

唐吉诃德:"这只是第一步,接下来我们要一步一步去征服这个世界。"

桑丘:"主人,您太霸气了,我更关心的是您什么时候能征服一个海岛,好圆了我当总督的梦。"

唐吉诃德:"会有这一天的。"

桑丘:"等我当了总督后,我决不让刚才这种事情发生。主人,我们到了十字路口了,该往哪里走?"

唐吉诃德想了想道:"游戏里好像是这样的,游侠骑士每逢遇到岔路都要思考一番何去何从的问题。这回我们就听从罗西南多的意愿吧,它往哪里走就往哪里走。"

唐吉诃德松了缰绳,让罗西南多自己做主,罗西南多信步往一边走去。

想象的城堡

走了没多远，唐吉诃德突然指着前方，大叫起来："桑丘，快看，罗西南多把我们带到了一座城堡！"

桑丘张望了一番："城堡？哪里有城堡？"

唐吉诃德："你没看见吗？城堡的周围有四座望楼，望楼的尖顶银光闪闪、吊桥、壕沟，简直和游戏里的画面一模一样。"

桑丘："主人，那只是一个旅店。"

唐吉诃德："啊！城堡里出来了两位公主。"

桑丘："那不是什么公主，而是旅店的客人或者帮工。"

唐吉诃德："不能让公主久等，我们赶紧过去。"

唐吉诃德策马而去，桑丘只能小跑着跟上。

旅店门口，两位女士见到一个穿着铠甲挥着盾矛的怪人向她们冲来，吓得惊慌失措。

唐吉诃德："两位尊贵的公主不要害怕，我唐吉诃德信守骑士之道，从来不会对任何人失礼，更不用说是公主殿下了，两位的姿态风范已经表明了你们高贵的身份。"

两位女士面面相觑。

磨坊女："它说我们是公主？"

鞋匠女："还说我们仪态高贵？"

两人忍不住笑出声来。

唐吉诃德："端庄是淑女的美德，无端浪笑有失典雅。哦，我可不是指责两位。"

磨坊女："没关系,没关系,我们本来就不是什么公主。我是磨坊主的女儿,她是鞋匠的女儿。"

鞋匠女："我们只是闲得无聊,来这里帮帮忙的。先生,您说起话来和蔼客气,可是为什么要打扮成这样? 怪吓人的。"

桑丘："我的主人是骑士。"

磨坊女："骑士? 现在哪儿还有骑士? 我只在游戏里玩过。"

桑丘有些尴尬,自嘲地道:"咳咳,你就当是在玩游戏。"

唐吉诃德："麻烦两位公主请城堡长官出来吧。"

鞋匠女："城堡长官?"

唐吉诃德："这座城堡难道没有长官吗?"

桑丘捅捅唐吉诃德："那边好像是旅店老板过来了。"

磨坊女："对对对,他就是这座城堡的长官。"

过来的确实是旅店老板,他见了唐吉诃德的怪模样不禁愣了一下。

旅店老板："绅士先生,恕我直言,阁下是人还是驴?"

唐吉诃德："这不重要,重要的是我想请长官大人封授我骑士的称号。"

旅店老板："封您为骑士? 我有这个资格吗?"

唐吉诃德："当然有,您是城堡长官。"

旅店老板不想和它多缠,随口答应道:"好吧,那我现在就封授您为骑士。"

唐吉诃德："那可不行,我必须先守护我的盔甲,守护一个晚上。"

旅店老板："还有这规矩? 那就是说您要在这里过夜? 可是、可是本店已经没有多余的房间了。"

唐吉诃德:"我不需要房间,骑士是不需要睡眠的,我只要在小礼拜堂看守我的盔甲就行。"

旅店老板:"小礼拜堂也没有,只有一个小仓库⋯⋯"

唐吉诃德:"那也行。"

这时,罗西南多嘶鸣了一声。

唐吉诃德:"哦,对了,能不能给我的伙计罗西南多喂点儿吃的?"

旅店老板:"没问题。两位好心的姑娘,麻烦你们带罗西南多去马厩吧。"

两位姑娘牵了瘦马:"走吧,罗西南多,我们去吃东西。"

旅店老板:"骑士先生,我带你们去仓库,请跟我来吧。"

守　夜

入夜。

唐吉诃德的盔甲整整齐齐地摆放在仓库的货架上,他则挎着盾牌,端着长枪,精神抖擞地在仓库里巡视。

桑丘则哈欠连天:"主人,您的盔甲真有那么重要,值得您整夜不睡守着它?"

唐吉诃德:"对于一个骑士来说,盔甲比他的命都重要!"

桑丘:"我知道,我知道,可是这里又没有外人,盔甲也不会长出腿自己跑,您偷偷睡一会儿又有谁知道?明天盔甲还是会好端端地在那儿的。"

唐吉诃德:"那可不一定,这座城堡里说不定就藏着魔法师,他会趁虚而入，我必须时刻提高警惕。"

桑丘眼睛都睁不开了："主人，您真的不打算睡吗？"

唐吉诃德："骑士是不需要睡眠的。"

桑丘："那骑士的侍从可不可以睡一会儿？"

唐吉诃德："原则上也是不可以的。"

语音未落，桑丘已打起了鼾。

唐吉诃德也不管它，继续自顾自地巡逻。

桑丘突然说起了梦话，梦里他似乎非常害怕："别过来！别过来！"

唐吉诃德："谁？"

桑丘："魔法师，我知道是你……"

唐吉诃德："魔法师，好啊！你终于来了！来吧，让我来破掉你的魔咒！"

唐吉诃德的眼里，那些堆着的玉米袋似乎变成了一群青面獠牙、张牙舞爪的妖怪。

唐吉诃德："好吧，你想用障眼法来迷惑我，没有用的，我会把你们杀个精光！"

唐吉诃德挥剑一顿猛砍，一个个玉米袋被它划破，玉米像瀑布一般往下砸落。

唐吉诃德："这城堡里的一切都受着魔法控制，我要战胜你们！"

桑丘正倚在玉米袋下酣睡，被唐吉诃德刺破的玉米袋越来越多，快要将他淹没了。

这时，桑丘醒了过来："主人，我怎么会在玉米堆里？"

唐吉诃德："桑丘，这不是玉米！这是魔法师的障眼法！"

桑丘："魔法师？我刚才好像梦见了，难道不是梦？"他有些糊涂了。

旅店老板听见响动过来了,见状目瞪口呆:"噢!我的上帝!我的玉米!我这是招谁惹谁了呀……"他一口气接不上来,昏厥了过去。

少顷,磨坊女和鞋匠女也来了。

磨坊女:"咦?老板怎么睡在了地上?"

鞋匠女推了推旅店老板,后者一动不动:"他不是睡着了,他好像是死了……"

磨坊女:"啊!死了?"

旅店老板一下子坐了起来。

磨坊女和鞋匠女以为诈尸了,吓得齐声尖叫。

桑丘奔了过来:"两位公主,发生了什么事儿?"

旅店老板:"快!快!叫那疯子住手……"

此刻的唐吉诃德已完全进入疯魔状态,对一切置若罔闻,只顾砍杀。

傀儡戏

旅店院子。

一些客人围在边上看热闹,磨坊女、鞋匠女也都在。桑丘在人群中居然发现了卡拉斯科。

桑丘:"卡拉斯科?您怎么会在这里?"

卡拉斯科:"还不是因为你们在这里?快跟我回唐家村。"

唐吉诃德:"卡拉斯科医生,您来得真是时候,请参加我的封授仪式吧。"

唐吉诃德单膝跪在旅店老板面前:"城堡长官,请原谅我的冒失,您的损失这位卡拉斯科医生会照价赔偿的。现在,请您封授我为骑士吧!"

旅店老板:"你知道怎样封授吗?"

唐吉诃德:"我不知道。"

旅店老板,:"好,我知道,拿账本来!"

唐吉诃德:"账本?"

旅店老板:"我说错了,是封授时我要念的一些话。"

很快,一个小孩把账本送了来。

旅店老板:"对于你的封授很简单,就是在你的脖子上拍一巴掌,然后再在屁股上踢三脚,要是你能熬下来,那就封授成功了。"

唐吉诃德:"好,长官请。"

旅店老板:"大玉米 11 袋、中玉米 23 袋,小玉米 56 袋,总之,不计其数。我现在就封授你为骑士。"

旅店老板扔了账本,随手就一掌击在唐吉诃德的脖子上。

唐吉诃德摇晃了一下,很快又恢复到原来的姿势。

旅店老板又在他屁股上狠狠地踢了三脚,最后一脚,把唐吉诃德给踢趴下了。

桑丘赶紧过来将他扶起来。

旅店老板:"好了,封授完成。"他似乎解了一口恶气。

唐吉诃德:"谢谢城堡长官。"

旅店老板:"不客气,驴脸骑士先生,请你赶紧上路吧,路上有很多事情等着你去行侠仗义呢。"

唐吉诃德:"我会的,当然城堡长官如有什么需要,我一定会为您效劳。"

旅店老板:"你不要再拔刀冲向我的玉米袋子就上上大吉了。"

卡拉斯科:"快跟我回唐家村去吧。"

旅店老板:"等等,它们可以走,你可不能走,还没赔我的钱呢。"

卡拉斯科:"我……好吧好吧,算我倒霉。"

这时,有个穿着一身兽皮的人进来了。

贝德罗师傅:"老板,有没有房间?"

旅店老板:"哟,是贝德罗师傅啊,您要房间,即便我自己住的都要腾给您。您的猴子和道具呢? 今晚店里有不少客人,您的戏和猴子准能赚钱。"老板毕竟是老板,随时可以切换情绪。

贝德罗师傅:"那好极了。帮我招呼一下,拉猴子和道具的马上就到。"

旅店老板和贝德罗师傅一起往门口走去。

唐吉诃德:"贝德罗师傅是谁? 他演的是什么戏? 那只猴子又是怎么回事儿?"

鞋匠女:"骑士先生,贝德罗师傅可是我们这一带演傀儡戏的名家,跟您一样有名呢。"

磨坊女:"听说今晚演的是《鼎鼎大名的堂盖斐罗斯解救梅丽珊德拉》,这可是一出我可以笑得前俯后仰又哭得稀里哗啦的戏。"

鞋匠女:"对了,贝德罗师傅的那只猴子特别神,它能讲出过去的事儿。"

桑丘:"还有那么神奇的事儿? 我才不信一只猴子能未卜先知呢。"

正说着,贝德罗师傅带着他的猴子回来了。那只猴子很大,没有尾巴,屁股磨得光秃秃的,脸倒还不算难看。

唐吉诃德可不会放过这个机会,他趋步向前,问道:"贝德罗师傅,能问一下您的猴子,我们交的是什么运吗?"

贝德罗:"这位绅士是……"

磨坊女:"贝德罗师傅,这位是……"

"嘘!"唐吉诃德赶紧制止她的介绍。

贝德罗师傅笑道:"我明白了,这位绅士是对我的猴子老弟有所怀疑。好吧,老弟,露一手给这位绅士瞧瞧。"

猴子闻言立即行动起来。它先是绕着唐吉诃德转了几圈,嗅了嗅他身上的味道,继而仔细地端详着唐吉诃德,还不经意地撇了桑丘一眼,最后跑到贝德罗的耳边,唧唧呱呱地讲了一通。

贝德罗心领神会地不住点头,他跑到唐吉诃德面前,单膝跪地谦恭地道:"您是伟大的唐吉诃德骑士! 懦弱的人靠您壮胆,摔倒的人靠您支撑,倒下的人靠您扶起,一切不幸的人都靠您帮助和安慰,还有你,桑丘,世界上最杰出的骑士的最杰出的侍从,你们俩缺一不可,是骑士世界里最完美的搭档,你们一定可以征服世界。"

这时,猴子又跑到贝德罗耳边唧呱了一句。

贝德罗补充道:"对了,它刚刚跟我说,你海岛总督的梦想一定会实现的。"

唐吉诃德怔住了,桑丘更是惊傻了。

贝德罗:"好了,一会儿来看精彩的傀儡戏吧,唐吉诃德和桑丘,最完美的搭档。"他说完就去张罗搭戏台子的事儿去了。

唐吉诃德和桑丘还在目瞪口呆中,磨坊女和鞋匠女却已缠上了他们。

磨坊女:"唐吉诃德骑士,原来您那么了不起啊!"

鞋匠女："桑丘先生,您的梦想真的是当海岛总督吗? 您当了海岛总督可要把我们带上啊,我们还从没走出过这个小镇呢。"

卡拉斯科在一边嘟囔:"还海岛总督呢,真是病得不轻,最伟大的搭档,我看是一对活宝。不过,那只猴子倒是挺有意思的,值得我好好研究研究……"

随着一声铜鼓喇叭声,傀儡戏开演了。

贝德罗上场:"现在要为大家表演的是一件千真万确的事…"

下面有人叫道:"堂盖斐罗斯!"

贝德罗:"对了,就是堂盖斐罗斯救回他夫人梅丽珊德拉的故事。"

傀儡们演绎着故事,贝德罗在一边解释。

贝德罗:"梅丽珊德拉不幸落入了摩尔人手里,堂盖斐罗斯决定不惜牺牲自己的生命去救她。哈,梅丽珊德拉看见了自己的丈夫,她不顾一切跑到丈夫身边,两人骑了马逃了出来,可被摩尔人发现了,摩尔国王立即下令,一定要活捉梅丽珊德拉。"

傀儡戏演到了众多摩尔人围攻堂盖斐罗斯,堂盖斐罗斯为了保护夫人,身中数刀。

台下的唐吉诃德情不自禁激动起来。

唐吉诃德:"桑丘,我们应该去帮助堂盖斐罗斯!"

桑丘:"对,我们要是碰到相似的事情,我们一定会拔刀相助的。"

唐吉诃德:"我说的是现在。"

桑丘:"现在?"

唐吉诃德:"对,现在他就需要帮助!"

桑丘未及拦阻,唐吉诃德已冲上了台。

唐吉诃德:"堂盖斐罗斯! 我来帮助你!"

唐吉诃德对着摩尔人挥剑乱砍，一个个傀儡人被他砍倒。一瞬间，台上一片混乱。

　　贝德罗师傅一见这情景，急得大叫起来："唐吉诃德，你赶快住手！你杀的不是真的摩尔人，而是纸做的傀儡！这下可把我害惨了，这可是我吃饭的家当啊！"

　　唐吉诃德根本不顾贝德罗师傅的喊叫，只顾一个劲地砍杀，没一会儿，戏台都被他砍塌了，道具和傀儡更是被砍得七零八落。

　　贝德罗师傅哭丧着脸："完了，BBQ了，我全部的家当都被他毁了。"

　　旅店老板："见鬼，我怎么想起了我的玉米袋子。"

　　桑丘安慰他："贝德罗师傅，这只能说您的傀儡戏太棒了，太入神了！"

　　贝德罗师傅哭笑不得："难道还是我的错？"

　　桑丘："不不不，我是说我的主人一向疾恶如仇，遇见不平他是一定会出手的。不过，他是个正义的骑士，是一个一点儿也不马虎的人，等他知道原因后，他会赔您钱的，保证不会让您吃亏的。当然，赔钱的还是这位卡拉斯科医生。"

　　卡拉斯科哀号："我、我再也不跟着你们了，再跟下去，我要倾家荡产了！"

挑战狮子

　　唐吉诃德和桑丘离开了旅店又踏上了征程。

只见前面的一片绿草地上，有一群人正在放鹰打猎。其中有一位漂亮的贵夫人，骑着一匹雪白的小马，打扮得非常华丽。更令人惊讶的是在她的不远处有一个笼子，笼子里居然是一头狮子。

唐吉诃德："桑丘，快看，这是一头狮子!"

桑丘："是的，主人，这一次我们看法一致。"

唐吉诃德："桑丘，你过去对那位高贵的夫人说，游侠骑士唐吉诃德向尊贵的夫人行吻手礼。"

桑丘赶紧跑过去："美丽的夫人啊，那位是我的主人，他是一位骑士，他向您问好并且有事儿相求。"

公爵夫人："哦，不知那位骑士有什么事儿?"

桑丘："什么事儿? 对了，主人，您有什么事儿?"他又跑回唐吉诃德身边问道。

唐吉诃德："我要和那只狮子决斗。"

"什么?"桑丘吓得腿都软了，"您……要和狮子决斗?"

唐吉诃德："没错，你就这么告诉那位夫人。"

桑丘："不不不，我不说，我不去说。"

唐吉诃德："那我自己去说。"

桑丘赶紧拦住："不不不，我去说，还是我去说吧。"

桑丘又跑向公爵夫人。

桑丘："高贵的夫人，我的主人没什么事儿，他只是……只是希望您赶紧带着这只狮子离开，对，没错，离开，越快越好，越快越好。"

公爵夫人笑嘻嘻地问道："我为什么要听你主人的话呢?"

桑丘一时语塞："这个、这个……为了狮子的安全……"

唐吉诃德急不可耐地过来了："高贵的夫人，请允许我和您的狮子大战一场。"

公爵夫人:"你要和我的狮子打架?"

唐吉诃德:"是的,驴脸骑士唐吉诃德想挑战万兽之王。"

公爵夫人:"原来你就是传说中的驴脸骑士?"

桑丘:"夫人知道我主人的大名?"

公爵夫人:"你们主仆两人我都听说过。哈哈哈哈,太好玩了,驴脸骑士,我成全你。管家,你去把笼子的门打开。"

管家:"是,夫人。"

管家试图去打开笼子,没想到狮子突然冲他吼了一下,吓得他腿一软跌坐在地。

众人哄笑。

唐吉诃德大喝一声:"你们都退下,离远点儿,我来。"

众人都逃远了些,桑丘有些不忍,但也离远了一点儿。

唐吉诃德勇敢地向狮笼走去。

唐吉诃德:"嗨,狮子伙计,咱们来干一场,看看谁更厉害。"

他打开了笼子,狮子却一点儿反应也没有,只是淡定地看了他一眼。

唐吉诃德:"出来吧,万兽之王。"

狮子从容地打了一个哈欠,然后慢吞吞地转了个身,把屁股对着了唐吉诃德。

桑丘见状赶紧冲上去关上了笼子,并大叫道:"大家都看见了,驴脸骑士的行为真是勇敢,他的盖世神威已经有目共睹了。依我说,决斗的人有勇气挑战,有勇气出场等待交手,就是勇敢者。对方不出场,那是对方出丑,胜利的桂冠应该属于那个等待交手的人!"

公爵夫人也走上前来:"桑丘先生说得对,真的交起手来,损失了狮子还是损失了您,我都会伤心的。这样吧,唐吉诃德骑士,我郑重邀请您和您的侍从来公爵府做客,我想没有比你们的光临更能令公爵高兴的了。"

唐吉诃德:"高贵的夫人,我接受您的邀请。"

公爵夫人:"那我先走一步,我会让公爵好好准备,迎接两位。"

唐吉诃德:"好,我们随后就到。"

公爵夫人带着她的狮子和随从走了。

唐吉诃德目送着她:"多么热情的公爵夫人,一定会有一个更热情的公爵。"

桑丘喃喃地道:"我怎么觉得她不怀好意呢……"

公爵的恶作剧

公爵府。

公爵:"我们要安排一些奇怪的事儿,逗他们玩。"

公爵夫人:"是的,这是最好的消遣,比看小丑表演强多了。"

管家奔了进来:"公爵大人,夫人,那个驴脸骑士来了!"

公爵夫人:"太好了,游戏开始了!"

公爵:"吩咐下去,用最隆重的礼节欢迎我们的骑士唐吉诃德!"

公爵夫人:"我已经迫不及待了,等着把他们好好戏弄一番。太好玩了!"

公爵府的人很快行动起来,他们摆出了一副迎接贵宾的架势。

唐吉诃德一进庭院,两个漂亮的姑娘就把一件贵重的猩红大衣披在了他的肩上。

大院四周的回廊里挤满了人，他们齐声高喊："欢迎天下最勇敢的唐吉诃德骑士光临。"

各种鲜花的花瓣被一把把抛向空中，落在唐吉诃德和桑丘的身上。

"欢迎您，除暴安良、劫富济贫的游侠骑士。"

"欢迎您，任劳任怨、忠心耿耿的桑丘先生。"

唐吉诃德："桑丘，桑丘。"

桑丘："在呢。"

唐吉诃德："桑丘，你知道吗？我们现在受到的礼遇，和我在游戏画面里看到的一模一样。今天，我第一次感受到自己不是一个假想的游侠骑士，而是一个真正的骑士。桑丘，你有没有感受到？"

桑丘："我、我感受到浑身发痒，我花粉过敏……"

公爵和夫人迎了出来。

公爵夫人："欢迎天下最伟大的骑士唐吉诃德和最忠诚的侍从桑丘先生。"

公爵也张开双臂拥抱唐吉诃德："欢迎我的朋友，你们的到来让府上蓬荜生辉。"

唐吉诃德："对于公爵和夫人的邀请我们深感荣幸。"

公爵："请请请。"

主宾落座。

公爵："两位的事迹我是早有耳闻，现在整个西班牙都在为你们疯狂呢。"

桑丘："我们那么有名了吗？"

公爵："你们不仅有名，还将载入史册。"

桑丘："真的？以后很多人……我是指那些后人们，都会知道我桑丘?"

公爵:"当然会,连我说不定也沾上光了。"

桑丘有些得意忘形:"太 NB 了,我想都不敢想。"

唐吉诃德提醒道:"桑丘,宠辱不惊。"

公爵夫人:"伟大的骑士,跟我们说说您的那些事迹吧?"

唐吉诃德谦逊地:"不值一提,不值一提。"

公爵:"桑丘,据说你希望做个总督对吗?"

桑丘:"是的,公爵大人,这个您也知道了?"

公爵:"管家,你在我的辖区里找一个海岛,交给桑丘先生管辖。"

管家:"是,公爵大人。"

桑丘:"这个……公爵先生,我一个庄稼汉,无功不受禄我还是知道的……"

公爵:"我正有事要请两位帮忙呢。"

管家打开了一份地图:"公爵大人,您看这个海岛怎么样?"

公爵:"好。桑丘,我给你的这个海岛土地肥沃,物产丰富,如果你善于经营,完全可以用地上的产出,换取天上的享受。"

桑丘毕恭毕敬地说道:"我一定会努力做个好总督。"

唐吉诃德:"伙计,你先交好运了,我有几点儿要告诫你,当了官,千万不要轻飘飘,为官要公正,待人要宽厚,如果不能为民服务,不如回家去种红薯。"

桑丘:"嗯,主人,我记住您的教诲了。"他望着唐吉诃德,鼻子酸酸的,眼泪都要落下来了。

公爵夫人:"你们主仆两人感情还真深啊!"

公爵:"还没到分别的时候呢。骑士先生,我有一事儿相求。"

唐吉诃德:"公爵大人,您请说。"

公爵屏退左右，气氛一下严肃起来。

公爵："骑士先生，实不相瞒，最近府上出了怪事儿。"

唐吉诃德："什么怪事儿？"

公爵："唉，这事儿弄得我心神不宁，夫人她一到晚上就会长出胡子……"

桑丘："啊！太可怕了！"他盯着公爵夫人的脸，想看出个究竟。

公爵夫人："有什么好多看的，要晚上呢。"

桑丘："好期待啊！"说完，他自知失言，赶紧捂住嘴。

唐吉诃德："这一定是魔法师在捣鬼，放心吧，公爵先生，夫人，我一定会打破魔咒的。"

飞翔的木马

晚上。

唐吉诃德在守夜。

桑丘："主人，这世界上真的有魔法师吗？"

唐吉诃德："当然，要不然夫人的脸上怎么会长出胡子来？"

桑丘："对啊对啊，我好想看看女人长胡子的样子。"

突然，传来了脚步声，唐吉诃德立即警惕起来。

唐吉诃德："谁？"

公爵的声音传来："是我们。"

公爵陪着夫人来了，公爵夫人的脸上围了一块围巾，把眼睛以下都遮住了。

公爵:"情况怎么样?"

唐吉诃德:"一切正常。"

公爵:"不,魔法师已经来了。"

公爵夫人轻轻地将脸上的围巾放了下来,果然,脸上长着长长的络腮胡子。

桑丘目瞪口呆。

唐吉诃德:"夫人,请遮上吧,您美丽的脸庞上不应该长这些东西,我会帮您解除魔咒的。"

"哈哈哈哈!"伴着笑声,一个魔法师出现了。

阿尔基菲法师:"我是阿尔基菲魔法师,伟大的骑士,要解除魔咒,你们主仆两人只有蒙上眼睛,骑上飞翔的木马,就看你们敢不敢试了?"

唐吉诃德:"我有什么不敢的。"

阿尔基菲法师:"哈哈哈哈,有胆量。"

语音未落,4个黑衣人真的抬来了一匹木马。

桑丘:"就是这个?"

阿尔基菲法师:"你可别小看了这匹木马,只要你们坐上去,它就会遁天入地,你们会经受烈日的炙烤,还要经受大风的洗礼。"

唐吉诃德毫不犹豫地跨上了木马:"桑丘,上来。"

桑丘:"不不不,主人,我可不敢。"

公爵夫人:"桑丘,你就眼看着这些胡子永远长在我脸上吗?"

公爵:"桑丘,如果你这点儿勇气都没有,那怎么做一个海岛总督?"

公爵和公爵夫人软硬兼施,桑丘一时不知怎么办好。

唐吉诃德:"桑丘,快上来,别让人瞧不起了。"

桑丘鼓起勇气骑上了木马。

4个黑衣人给他们蒙上了眼睛。

桑丘:"我什么都看不见了!"

阿尔基菲法师:"两位坐稳了,木马要起飞了。"

唐吉诃德紧紧地握住木马的扶手,而桑丘则紧紧地抱住主人的腰。

这个木马其实就是一个放大了的摇摇马,黑衣人一使力,木马便摇了起来。

更多的黑衣人出现了,他们拿着燃烧着的火把,在木马边上舞动。

桑丘:"热死我了! 我们离太阳很近吗?"

过了一会儿,黑衣人撤了火把,在木马周边刮起了大风。

桑丘:"啊啊啊,冷死我了,我们是不是到了地狱?"

唐吉诃德:"安静点儿,桑丘。"

阿尔基菲法师:"现身吧,唐吉诃德,你是一头驴,你只有学驴叫才能破了我的魔咒!"

唐吉诃德学起了驴叫。

阿尔基菲法师:"现身吧,桑丘,你是一头骡子,你只有学骡子叫才能破了我的魔咒!"

桑丘学起了骡子叫。

一阵更加猛烈的晃动后,终于,风平浪静了。

桑丘可能已经吓晕了,直接软绵绵地从木马背上掉了下来。

阿尔基菲法师和黑衣人撤去,公爵一边拍手,一边示意公爵夫人赶紧取掉假胡子。

公爵上前将唐吉诃德从木马上扶下,而公爵夫人则将倒在地上的桑丘扶了起来。

两人将唐吉诃德和桑丘的蒙眼布取下。

桑丘："啊！夫人，胡子没了，我们战胜了魔咒?"

唐吉诃德看了一眼木马，道："失去了魔法，木马终究只是一匹木马。"

公爵："好，现在是我兑现诺言的时候了，勇敢的骑士先生，为了表达我的谢意，我诚意邀请您继续在府上小住几日，至于桑丘先生……管家。"

管家："在。"

公爵："你送总督先生去岛上。"

管家："是，桑丘先生，请。"

桑丘总督

桑丘在管家的陪同下踏上了岛屿。

桑丘一到城门口，满城官员都来迎接，百姓们也夹道欢迎。

人群中有人叫道："总督大人，您怎么那么矮啊，一点不威风呢?"

桑丘笑道："矮有矮的好处，矮更接地气，更能听到大家的呼声。"

这时，一个裁缝拉着一个农夫上前，道："总督大人，您能不能给我们评评理?"

桑丘："哦? 请说吧。"

裁缝："总督大人，我是个裁缝，在海岛上开了一个裁缝铺。昨天，这位农夫来我店里，拿出一块布，问我这块布能不能做 1 顶帽子?

我说可以。后来,他用这块布要我做2顶帽子,我也答应了。最后布还是那块布,他竟然要我做5顶帽子,我想了想,还是答应了他。今天,他来取帽子,我把帽子交给他,但他不但不付我工钱,还要我赔他的布钱。"

桑丘:"老哥,是这么回事儿吗?"

农夫:"是的,总督大人,可你让他把5顶帽子拿出来看看吧。"

桑丘:"把帽子拿出来看看。"

裁缝从口袋里把右手伸出来,只见右手的五个指头上各戴着一顶小帽子。

看到这些小帽子,围观的人哄堂大笑。

农夫:"总督大人,您说他是不是应该赔我布?"

裁缝:"我付出了劳动,当然应该给我工钱。"

桑丘想了想,道:"大家听我宣判,我看这样吧,裁缝赔掉工钱,老乡赔掉布,帽子没收,送给孩子们当玩具。"

语音刚落,孩子们便一哄而上,争抢着裁缝手指上的5顶小帽子。

百姓甲:"这个判决有些糊涂啊。"

百姓乙:"你觉得还能有更好的判决吗?"

百姓甲:"这倒也是。"

喧闹中,一个彪悍的女人拉着一个瘦弱的男人过来了。

彪悍女人哭哭啼啼地:"总督大人,总督大人,这个男人抢了我的钱,却说这个钱本来就是他的,总督大人要为我主持公道啊!"

百姓们又被新的事件吸引过来了,他们停止了喧闹。

瘦弱男人:"冤枉啊!总督大人,今天早上我出城卖掉4头猪,正躲在角落里数钱,这个女人突然冲过来说这钱是她的,抓住我不放,一直把我揪到了这儿。"

彪悍女人:"你当着总督大人的面还敢耍赖? 这钱明明是你从我身上抢走的!"

桑丘:"现在钱在谁身上?"

瘦弱男人:"在我身上。"

桑丘:"拿出来。"

瘦弱男人把钱袋拿了出来。

桑丘接过钱袋,随手扔给了彪悍女人:"拿去吧。"

彪悍女人喜出望外:"谢谢总督大人,总督大人您真是英明果断,让我吻您的手……"

桑丘挥挥手:"去吧,去吧,拿了钱快走吧。"

彪悍女人兴高采烈地走了。

瘦弱男人:"总督大人,您怎么可以这样断案? 这可是我卖猪的钱,这4头猪养了好几年呢……"他急得快哭了。

桑丘:"男子汉大丈夫,哭哭啼啼干什么? 你过来。去,追上她。"

瘦弱男子:"追上她又能怎么办? 您都把钱判给她了。"

桑丘:"我告诉你,不管她怎么反抗都把她的钱袋抢下来,然后带她来见我。"

瘦弱男人闻言一愣,赶紧去追彪悍女人。

不一会儿,男的追上了那女的,要夺她的钱袋,可怎么也夺不下来。

两人又吵闹着来到桑丘面前。

彪悍女人叫道:"天地公道啊! 总督老爷,大人您快瞧瞧,这不要脸的混蛋,胆子竟然那么大,在闹市上,竟想抢走您判给我的钱。"

桑丘问道:"他抢到了吗?"

彪悍女人："当然没有！让他抢走？先要了我的命再说吧，这脓包，要对付我啊，他休想。"

瘦弱男人有些气馁："她说得不错，我实在没有那么大力气抢下钱包。"

桑丘对彪悍女人道："现在把钱袋再一次给我吧。"

彪悍女人把钱袋给桑丘，桑丘却把钱袋还给了瘦弱男人。

彪悍女人："哎，总督大人，您怎么把钱袋给他了？"

桑丘："到底是谁的钱，现在已经一清二楚了。你的力气大得惊人，他根本不可能抢走你的钱。你走吧，这座海岛周围6里内不准你露面，再来就抽你200鞭子。"

彪悍女人："总督大人，我……"

桑丘："你还不走是等着让人抽200鞭子了？"

"不不不，我走我走。"彪悍女人吓得赶紧脚底抹油，灰溜溜地走了。

众人都觉得这位新总督十分英明，对他的断案方式赞叹不已。

管家凑上前道："总督大人，到您用餐时间了。"

桑丘："哦，难怪，我肚子一直在咕噜咕噜叫呢，快快，我饿了。"

管家："总督大人要吃饭了，大家散了吧，散了吧。"

众人散去。

管家将他迎到了餐桌前，伺候他坐下。然后退出门外。

餐桌上已放满了各种菜肴。奇怪的是餐桌边上还站着一个医师，手里拿着一根鲸鱼骨。

桑丘："啊，烤竹鸡，我的最爱……"

医师用鲸鱼骨敲了一下桌子，伺候的人立即把烤竹鸡撤了下去。

桑丘莫名其妙："哎……"

医师:"总督大人,我是医师,头一件事就是要负责您的饮食。您的健康重于我本人的身体,为此,我日夜钻研和琢磨您的体质,以便当您染疾的时候能够正确医治。刚才那盘烤竹鸡,吃了对脾脏有伤害,所以您不能吃这盘鸡。"

桑丘:"好吧,那我就吃这盘红烧兔子肉。"

医师:"总督大人,这盘兔子肉您也不能吃,兔子是细毛动物,兔子肉是最不容易消化的。"他手里的鲸鱼骨又敲了一下桌子。

侍从上前把兔子肉撤了。

桑丘只能再次放下筷子,他看了看餐桌,道:"这热气腾腾的是一大锅杂烩,里面杂七杂八的,总该可以找到一两样既对口味又能滋补的东西吧。"

医师连忙道:"赶快打消这个可恶的念头吧,砂锅杂烩最不补人,只有那些乡巴佬才会吃,总督怎么能吃这种菜。"

说完,他敲了一下鲸鱼骨,侍从又把砂锅杂烩撤走了。

餐桌上只剩下几个薄面卷儿和几片木瓜。

医师:"如果总督大人想要身体健康,吃几个薄面卷儿,再加两片木瓜,木瓜能调理脾胃,帮助消化……"

桑丘气得往椅子上一靠,大声骂道:"你这个魔鬼医师,你这个坏蛋侍从,都给我滚!我要让我的骑士老爷把你们杀得一个不留!滚!还不快滚!"

医师跟侍从使了个眼色,两人往外溜去。

门外,管家在偷听。

管家责怪道:"你们呀,别玩过火了,把他逼急了就没得玩了。你们要学学公爵和公爵夫人,他们把那个傻瓜骑士像小丑一样在玩,这才叫会玩。"

医师好奇地："公爵他们是怎么玩那个小丑的？"

管家："公爵说他的领地遭到了入侵，于是他们放出了一大群羊，告诉他那是一支军队，他冲进了羊群，结果他被愤怒的羊群顶了好几个跟头。"

侍从忍不住大笑起来："还真有这样的傻子。"

他们的对话被悄悄偷听的桑丘全听见了，桑丘气得咬牙切齿，他灵机一动，又快速返回座椅，似乎从没动过一样。

医师："那我们先回去，稳住他。"

侍从："嗯，这样我们也能多玩一会儿。"

两人又蹑手蹑脚返回餐厅。

医师："总督大人，您消气了吗？"

桑丘："没有。"

侍从："总督大人，您要怎样才能消气？"

桑丘："好办，你俩一个做烤竹鸡，一个做兔子肉。"

医师和侍从面面相觑："这个怎么做？"

桑丘："谁做鸡？"

医师："我吧。"

桑丘："好，现在学公鸡打鸣。"

医师勉为其难地学了几声公鸡叫。

桑丘："你，学兔子叫。"

侍从面露难色："兔子……怎么叫的？"

桑丘："你问我我问谁去？"

侍从求助医师，医师也不知道，侍从只能乱叫了几声。

桑丘："兔子是这么叫的吗？"

侍从："我、我也不知道。"

桑丘:"行了,没听过兔子叫,总见过兔子跑吧?"

侍从连连点头:"见过见过。"

桑丘:"那还不跑!"

侍从赶紧像兔子一样在餐厅里跑起圈来,逗得桑丘哈哈大笑。

桑丘对医师道:"你别傻站着,你也像公鸡一样跑。"

医师闻言也赶紧像公鸡一样跑了起来。

管家在门外张望,见状忍不住骂道:"两个蠢货!"

"哈哈哈哈!"桑丘一边笑着,一边脱了总督的衣服,随手扔在了地上。

医师:"总督大人,您……这是干嘛?"

桑丘:"还没玩够吗? 你们玩了我半天,我也玩你们半天,扯平了。告诉你们,你们这些人,除了逢迎拍马还会什么? 我一个庄稼汉,到哪里都饿不死。我赤条条来,赤条条走,没带走一样东西,我跟以前的那些总督不一样。"

桑丘穿着自己的衣服,迈开大步,扬长而去。

留下了一群傻眼的人。

最后一战

郊外。

桑丘独自一人走来,倍感疲惫,又倍感孤独。它找了一块大石头,坐了下来。

桑丘:"主人,您在哪里? 桑丘想您了。还是跟您在一起的时候是最快乐的时候,跟着你我啥都不怕,我们什么都敢干,都敢往前冲。"

这时,传来马蹄声,桑丘循声望去,一下怔住了,又飞快地跳了起来,向马上的人拼命挥手。

桑丘:"主人!主人!是我,桑丘,桑丘在这儿呢!"

唐吉诃德:"桑丘?!噢,我亲爱的兄弟,你怎么会在这荒山野地?"

桑丘:"我不做总督了,还是跟您在一起开心,让我继续做您的侍从吧?"

唐吉诃德:"太好了,桑丘,太好了,你又回到了我的身边。桑丘,快,扶我一把。"

桑丘:"主人,您怎么啦?啊,您受伤了?"

唐吉诃德:"我遇到了一支军队,他们人多势众……"

桑丘:"主人,你遇到的是羊群啊!那是公爵他们故意逗您玩儿呢。公爵和公爵夫人不是好人。"

唐吉诃德:"不,那是一支军队,还是训练有素的一支军队。"

桑丘:"好吧,一支军队,一支训练有素的军队。我说,您打不过不能跑吗?"

唐吉诃德:"骑士只有战败,没有逃跑。"

桑丘:"主人,让我看看,您伤哪儿了?天哪!您浑身都是伤啊!"

唐吉诃德:"这不算什么,最后我战胜了他们。"

桑丘:"来来来,您先躺下。"

唐吉诃德:"可惜没有神油,要不然一涂就好。"

桑丘:"以后咱们设法弄神油,现在我先给您简单的治疗一下吧。"

桑丘刚扶着唐吉诃德躺下，一抬头，突然傻眼了。

一个和唐吉诃德穿得差不多的骑士手持绘有一轮月亮的盾牌向他们走来。

白月骑士："大名鼎鼎的唐吉诃德，我是白月骑士，和你一样，有着不凡的功绩，今天特地来向你挑战。如果我赢了，你要听我的话，放下你的武器，回家安安静静地待一年。"

唐吉诃德："我接受你的挑战，现在就来吧。"他挣扎着起身。

桑丘："哎，等等，等等，主人，您身上还有伤，现在打架可不行，明摆着吃亏的。"

唐吉诃德："既然有骑士向我挑战，我必须应战。"

桑丘急了："换个时间，换个时间。哎，我说你讲不讲武德，你的对手已经伤成这样了，你还好意思挑战？"

白月骑士犹豫了一下，说道："既然你受伤了，那我就让你三招。"

桑丘："不行，不行，换个时间，对大家都公平。"

唐吉诃德："桑丘，站一边去，骑士之间的战斗，你不能参与。来吧，白月骑士。"

唐吉诃德率先向白月骑士攻去，白月骑士果然让了他三招，等到第四招，他一剑将唐吉诃德刺翻在地。

桑丘在一边叫道："胜之不武，胜之不武。"

白月骑士："你输了，信守承诺吧。"

唐吉诃德："好，我会信守承诺，我会回家待上一年。"

这时，白月骑士摘下了面具。

唐吉诃德："是你？"

桑丘："卡拉斯科医生！你怎么也变成骑士了？"

卡拉斯科："众人都希望我治好唐吉诃德，我只能出此下策了，这已经是我医学范畴之外的了。"

桑丘:"卡拉斯科医生,您也曾经给我治过病,我万分感谢您的,但是这一次,我要说,您错了。"

卡拉斯科:"我错了?"

桑丘:"是的,我本来也不懂,但我现在知道了,我的主人,唐吉诃德他生活在自己的世界里,他的世界只有行侠仗义,他勇敢而执着地在他的世界里闯荡,他是幸福的,现在您把他唤醒了,他会痛苦的。"

唐吉诃德:"桑丘。"

桑丘:"主人,我在。"

唐吉诃德:"卡拉斯科,欢迎您加入骑士联盟。"他向卡拉斯科伸出手。

卡拉斯科只能上前和他握手,并把他拉了起来。

唐吉诃德:"卡拉斯科医生,请等一下,跟你回家前让我再战最后一次!"

卡拉斯科:"你要跟谁战?"

唐吉诃德:"你没看见吗? 前面有十几个巨人,他们挥动着他们的 4 个胳膊,他们耀武扬威,他们在向我宣战,我是游侠骑士,我没有退缩的理由,我必须应战!"

卡拉斯科:"巨人? 哪里有巨人?"

还是桑丘了解他的主人:"主人,那是风车,不是巨人。"

唐吉诃德:"那是魔法师的魔法,你们看见的是风车,我看见的是巨人。桑丘,走!"

桑丘:"您要去跟巨人打架?"

唐吉诃德:"是的,我要去战胜他们!"

桑丘:"好,我陪着您。"

夕阳下,他们向风车冲去,一马一矛一盾一侍从义无反顾地迎着风车冲去。

画面定格。渐渐地变成剪影。这是一幅经典画面,是所有人对"唐吉诃德"的记忆……

众人上场。他们唱了起来。

唐吉诃德的故事落下了帷幕

不屈不挠的画面早已成典故

没有人在乎它是人是驴

那一身傲骨用伤痕来铸

没有人嘲笑它是癫是疯

那一生痴迷总让人想哭

是祸是福

驴蹄子走出了

没有人走过的路

是甜是苦

驴蹄子走出了

没有人走过的路

从不认输

剧终。

附：杜邨创作年表

1984 年，与杜冶秋合作创作 30 集广播连续剧《运枪历险记》（根据树棻小说《太湖传奇》改编）。

1990 年，创作大型历史戏曲《师师怨》。

1992 年，创作话剧《城墙》。

1996 年，创作话剧《黑色蜜月》（根据陆萍同名纪实文学改编）。

1996 年，创作话剧《爱情泡泡》，发表于《新剧本》1998 年第 4 期。该剧继上海话剧艺术中心首演后，被北京、青岛等话剧团体先后搬上舞台，获第五届中国戏剧文学奖金奖。

1997 年，创作话剧《爱又如何》（根据张欣同名小说改编）。

1998 年，创作话剧《上海小开》。

1999 年，创作 18 集电视连续剧《谈婚论嫁》。

1999 年，创作话剧《中国航班》，发表于《新剧本》2000 年第 1 期。

2000 年，创作 18 集电视连续剧《岁月作证》。

2001 年，创作电影《千年等一天》。

2002 年，创作话剧《青春之歌》（根据杨沫同名小说改编）。

2002 年，创作贺岁电视剧《太太来了》（上、中、下三集）。

2003 年，创作话剧《第五天神》，该剧继上海话剧艺术中心 2003 年首演后，2006 年被哈尔滨话剧院再次搬上舞台。

2003 年，创作 22 集电视连续剧《男人难当》。

2004 年，创作话剧《浴火忠魂》。

2005 年，创作话剧《蛋白质女孩》（根据王文华同名文学作品改编）。

2005 年，创作话剧《问心无愧》。

2006 年，创作大型历史话剧《清明上河图》。

2006 年，创作儿童剧《宝贝们的天空》（根据张华峰 20 集电视连续剧改编）。

2006 年，创作音乐话剧《丁香花》。

2008 年，创作儿童剧《灿烂的阳光》，该剧获上海市新剧目奖。

2008 年，创作儿童剧《鼓舞》。

2013 年，创作儿童剧《男生贾里》。

2014 年，创作儿童剧《超级市长马小跳》。

2014 年，创作儿童剧《泰坦尼克号》。

2015 年，创作儿童剧《超级拯救》。

2015 年，国内首创儿童游戏剧《萌宠王国》系列总策划、制作人。

2016 年，创作儿童剧《巴黎圣母院》。

2016 年，创作根据陈伯吹同名童话改编的儿童剧《一只想飞的猫》

2016 年，创作并制作儿童肢体剧《孙子兵法》。

2017 年，创作儿童剧《大禹治水》。

2018 年，创作儿童剧《孩子剧团》。

2018 年，创作儿童剧《悲惨世界》。

2019 年，创作话剧《师者之路》。

2020 年，创作话剧《红军 1343》。

2021 年，创作话剧《寻找归宿的流浪者》。

2021 年，创作儿童剧《放飞的天空》。

2022 年，创作儿童剧《唐吉诃德》。

2023 年，创作儿童剧《汉字的味道》。

2023 年，创作儿童剧《田螺姑娘》。

后　记

感谢上海市剧本创作中心,在我即将退休之际,给我的剧作辑集出版,这实在是一份厚礼。我无以为报,唯有继续努力创作,好在创作是没有退休的。

从 1984 年和父亲合作 30 集广播连续剧《运枪历险记》至今,一晃已经有近 40 年了。自那以后,我似乎找到了自己的喜好,跟创作结下了不解之缘,1988 年,又在恩师赵耀民的点拨下进入上海戏剧学院,4 年的系统学习,使我有了较快的成长,感恩每一位老师的教诲。多年后,我有两部作品被搬上母校的舞台,分别是 2007 年的《清明上河图》和 2023 年的《寻找归宿的流浪者》,算是一个学生的交卷。

第一个约我写话剧的,是张先衡老师。1996 年在上海青年话剧团一个空荡荡的房间里完成了《爱情泡泡》。第一个约我写电视剧的,是张戈老师,他对我的信任令我感动,我算不上一匹千里马,但这两位长者绝对是我创作生涯的伯乐,感恩在怀。

从上戏毕业进入上海艺术研究所,直到 1997 年调入上海话剧艺术中心,算是正式成为一个职业编剧了。2007 年,话剧中心为我出版了我的第一本剧作选《上海小开》。之后,想挑战一下自己,在蔡金萍院长的邀约下,2013 年进入中国福利会儿童艺术剧院,创作激情又再次被点燃,感谢剧院给予我这样好的一个平台,让我实现了新的创作理想。

这本剧作选是个自选集,从目前所创作的 34 个舞台剧剧本中选了 12 部,算不上最完美的,甚至有个别还不是最满意的,但是是我的成长轨迹,个人觉得还是挺有意义的。这里面,有的作品被几个不同的院团搬上舞台,有的作品得了一些奖,有的作品有不错的票房,有的作品成为专家老师们的议题,还有的剧本至今未能上演。这些作品,我一视同仁,作品中的每一个人物几乎都是跟我同呼吸共命运的,我爱他们,他们也爱我,我们相扶相偕,走到今天。

我还会继续走下去……

最后,再一次感谢上海市剧本创作中心的领导及徐正清兄,感谢一直以来对我作品的关注和支持。

图书在版编目(CIP)数据

杜邨戏剧作品自选集/杜邨著;夏萍主编.—上
海:上海人民出版社,2023
(海上风艺术文丛)
ISBN 978-7-208-18587-6

Ⅰ.①杜… Ⅱ.①杜…②夏… Ⅲ.①戏剧-剧本-
作品集-中国-当代 Ⅳ.①I230

中国国家版本馆 CIP 数据核字(2023)第 208912 号

责任编辑 赵蔚华
封面设计 邵 旻

海上风·艺术文丛
杜邨戏剧作品自选集
杜 邨 著 夏 萍 主编

出 版 **上海人民出版社**
 (201101 上海市闵行区号景路 159 弄 C 座)
发 行 上海人民出版社发行中心
印 刷 上海商务联西印刷有限公司
开 本 890×1240 1/32
印 张 16.5
插 页 2
字 数 377,000
版 次 2023 年 11 月第 1 版
印 次 2023 年 11 月第 1 次印刷
ISBN 978-7-208-18587-6/J·692
定 价 78.00 元